신세계 수성 ¹

신세계 수성 1

초판 1쇄 인쇄 2013년 09월 25일
초판 1쇄 발행 2013년 10월 02일

지은이 한 용 기
펴낸이 손 형 국
펴낸곳 (주)북랩
출판등록 2004. 12. 1(제2012-000051호)
주소 153-786 서울시 금천구 가산디지털 1로 168,
우림라이온스밸리 B동 B113, 114호
홈페이지 www.book.co.kr
전화번호 (02)2026-5777
팩스 (02)2026-5747

ISBN   979-11-5585-042-8 04810(종이책)
979-11-5585-043-5 05810(전자책)
979-11-5585-041-1 04810(set)

신세계 수성

한용기 지음

1

book Lab

작가의 말

아름다운 대자연의 세상! 지구의 미래 모습이 아닐까 하는 상상을 해보았습니다. 그리고 생명 연장의 꿈! 인간의 수명이 400년이라는 긴 세상이지만 출산율이 낮아서 귀중한 생명이라는 것을 강조하고 싶었던 세상! 또한 범죄가 없는 세상을 꿈꾸었으며, 어떠한 것에도 사람이 먼저라는 생각을 가지고 글쓰기에 임하였습니다. 물론 주인공이 그곳에서의 이방인이라는 것으로 인종 차별에도 관심을 기울인 작품입니다.

그리고 자연과 과학! 과학문명은 발달되어 있으되 자연과 일체가 되어 살아가는 그런 세상을 담아보려고 노력하였습니다. 주 내용은 소중한 생명의 물을 놓고 다툼이 이는 것과 야욕 때문에 웃고 우는 과정을 그렸고, 그들만의 생활과 방식을 담아 보았습니다. 용서와 화해의 모습! 그리고 따스한 가족사와 인간애를 집중적으로 묘사해 보았습니다. 제목처럼 깨끗한 그런 신세계가 있으면 얼마나 좋을까 하고 말입니다.

이 소설을 읽으시는 모든 분들께 마음의 기적이 일어나기를 바라며, 아름다운 마음과 사람이라는 생각을 가지시길 소원해봅니다.

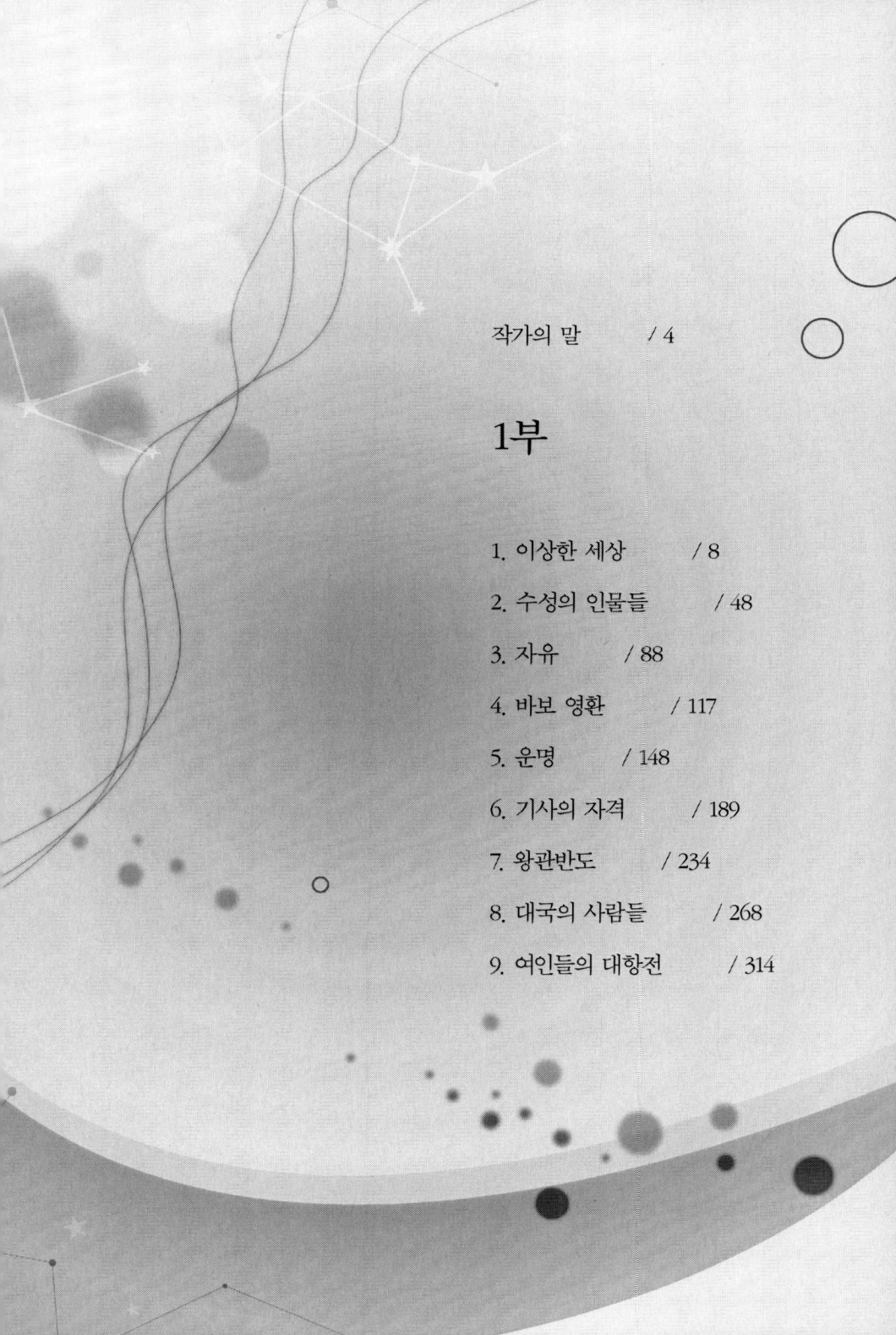

신세계
수성

1부

이상한 세상

최영환은 정신이 드는지 몸을 움직임과 동시에 눈을 희미하게 떴다. 눈을 뜨자 자신의 앞의 상황을 보고 순간의 헛것을 보는 듯한 기분이 들었다. 꿈속이나 아니면 동화 속과 판타지 영화에서나 볼 수 있는 생명체의 모습들이 보였던 것이다. 텔레비전에 나오는 여자 연예인의 작은 얼굴과 비교해서 좀 더 작게 보인 정체불명의 얼굴과 섬세하게 보이는 이목구비! 그리고 그들은 인간들보다 연한 분홍색의 피부를 갖고 있었고, 키는 165cm 정도로 보였다. 하지만 눈동자들은 맑아 보여서 영환의 마음에는 그들이 마치 요정처럼 보였다.

'뭐지? 꿈속인가? 일단 가슴이 솟구쳐 나와서 여자들인 듯한데 말이 안 나오는 거 보니 여긴 꿈속이 분명해.'

그가 정체불명의 생명체와 자신의 반응을 보고 꿈속이라고 단정 지을 때 눈앞의 요정(?)들이 뭐라고 떠들어댔다.

"@#$%&."

생명체는 다섯 명이었다. 각기 뭐라고 떠들다가 영환의 얼굴과 모습을 보고 재미있는 듯 손가락을 세우며 웃고 난리들이었다.

'그래, 꿈이어서 뭔 소리인지 안 들리는 거야. 인종도 틀리잖아.'

영환이 눈앞에 펼쳐진 상황이 꿈속이라고 믿고 있을 때 어떤 생명체가 그한테 가까이 오더니 그의 볼을 잡아당겼다.

"악!"

"@#$%§∞."

"이거 뭐야! 꿈이 아닌가? 당신들 뭐야! 사람이야, 귀신이야?"

그가 처음으로 입을 열자 지켜보던 생명체들은 신기한 듯 서로 얼굴을 쳐다보며 또다시 뭐라고들 떠들어댔다.

"저거 말을 하는 거 보니 우리랑 비슷하지만 왠지!"

"그렇지. 우리랑 비슷하게 생겼는데…… 뭘까?"

"그래, 옷이며 피부를 보면 우리랑은 완전히 다른 세상사람 같은 데……."

"이상하게생긴 생명체긴 하다. 아마도 우리한테 병사가 부족해서 산에서 보내준 사람이 아닐까?"

꿈속은 아니어서 놀랐지만 이상한 정체불명의 그들이 불편한 생명체는 아닌 거 같아서 마음을 놓고 지켜보다가 도무지 무슨 말인지 답답하고 자신을 어느 동물원의 동물을 보는 듯이 하여서 적잖게 기분 나빠진 영환이었다.

"뭐라고 하는 거야? 뭔 뜻이야? 당신들은 누구고 여긴 어디야?"

영환이 버럭, 하고 고함을 쳤다.

"이상하게 생긴 게 소리는 엄청 크네."

"일단 묶어서 '모시'님께 가보자."

"그래. 호호호. 저 인상 쓰는 모습 좀 봐. 엄청 바보 같아.'

"악! 무슨 짓들이야! 이거 놓지 못해!"

'아! 이거 보기보다 힘들이 세잖아. 죽일 거 같지는 않지만 짜증나네. 그런데 여긴 어디지? 내가 왜 이런 데 있는 거지? 어제만 해도 친구들과 동생 녀석들과 한잔하고…… 음, 기억은 잘 안 나지만 죽지는 않은 거 같

은데 도무지 생각이 안 난다. 뭐지? 뭐야!'

영환은 자신의 처지를 잠시 생각해 보다가 눈으로 들어오는 풍경을 보고 놀랄 수밖에 없었다. 아름답게 날아다니는 이름 모를 각종 새들과 무지개의 계곡도 말도 안 되게 투명하고 맑은 물과 은갈색과 초록색이 조화를 이룬 절대 자연의 향연을 보고 감탄하지 않을 수 없었던 것이다. 그야말로 말로만 듣던 무릉도원에 온 듯한 기분이 들었다.

'와! 세계 어디에 가도 이런 곳은 없을 것이다. 저기 날아다니는 새나, 저 무지개 계곡과 엄청나게 투명한 물, 그리고 저 숲! 마치 동화 속 세상 같다. 이런 데서 살면 나쁜 인간이라고는 없겠지? 저 여자들도 예쁘게 생겨서 그런지 나쁜 사람들 같지는 않은걸. 그나저나 여기 진짜 어디야? 확실히 지구는 아닌 거 같고 외계 행성에 온 것인가? 말 안 되나? 하지만 말 안 되는 일이 사람의 일생에서 가끔 일어난다고들 하지만 진짜로 여기가 지구가 아닌 다른 세상이면 난 어쩌지?'

"@#$%&……."

"@#$%&……."

'역시나 내가 아는 여자들과 마찬가지로 이곳의 여자들도 수다가 심하네. 그런데 옷이 야하다고 해야 하나? 의상들이 독특하네.'

영환은 정체불명의 여 생명체의 의상에 관심이 갔다. 다섯 명이었지만 각기 다른 색을 걸쳐 입은 여 생명체들이었다. 짙은 보라색과 자주색의 옷감을 목에서부터 가슴 부위를 지나 허리 부분까지 일렬로 동여 걸친 여인과 얇은 파랑색과 얇은 분홍색 그리고 연한 녹색을 걸친 여인 등이었다. 색깔도 달랐지만 몸에 의상을 걸친 그들의 모습 또한 각기 다르게 보였다. 일렬로 걸친 여인, 십자형으로 걸친 여인, 그리고 엑스자형으로 걸친 여인 등이었다. 특이한 건 가슴골과 각선미가 훤히 보이게끔 입은 여인들의 모습이었다. 물론 엉덩이 부분은 스커트와 같은 옷감을 입은 여인들이었다.

쫙!

갑자기 어느 여인이 자기들의 뒷모습을 보고 생각에 잠긴 영환의 **뺨**을 후려 갈겼다. 왠지 맞을 짓을 하였을 것 같은 영환이기에 그냥 맞고 말았다.

'되게 아프네. 역시 힘이 세구나.'

다시금 경치를 보는 영환이었다. 바로 반성하는 영환의 모습을 보고 때린 여인도 더 이상 어떤 행동도 하지 않았다.

"@#$%&*."

영환을 양 옆에서 끌다시피 데리고 가던 여인들도 계속 뭐라고 떠들어 댔다.

픽!

"아야! 아얏!"

영환이 포박당한 채 어느 장소로 오자 웬 늙은이가 앉아 있다가 그를 끌고 온 일행들의 말을 듣고는 들고 있던 지팡이로 영환의 머리를 때렸다.

"총장님, 때리시면 어떻게 해요! 허약하게 생겨서 곧 죽을 거 같은데요."

"아니야. 누가 그러는데 우리말 못하는 놈의 머리를 때리건 말을 할 수 있다 해서……."

"뜨악! 그게 뭐예요? 역시나 연구가이시며 존경스러운 모시님."

'뭐야! 저 늙다리가 모시야? 아고, 머리야. 시퐁!'

"허, 그놈 참 못나게도 생겼다."

"젠장, 나도 할이다, 할!"

영환이 짜증스러워서 한마디 내뱉었다.

픽! 또다시 날아오는 지팡이!

"이놈이 누구보고 할이래. 고얀 놈! 누가 이놈 말부터 가르쳐 주거라!"

"제가 가르쳐줄게요."

영환은 자신을 향해 손짓을 하며 다가오는 여인의 말소리가 아름다운 목소리라고 생각하였다. 아니 이곳의 여인들의 목소리는 다들 환상적이게 아름답다고 느낀 영환이었다.

"오! 선지구나. 그래, 언제나 상냥한 네가 가르친다면 금방 말을 할 수 있을 것이다."

잘 익은 자두 빛의 머릿결과 수정처럼 고운 분홍색의 얼굴 그리고 마치 코스모스에 입을 맞추는 듯한 연분홍색 입술과 맑고 푸른 눈동자를 지닌 선지였다. 영환은 선지라는 여인을 본 순간 심장이 멈추는 듯하였다. 한마디로 마음을 빼앗겨 버린 것이다. 어느 누구나 요정처럼 어여쁜 여인이랑 사귀고 싶지 않았던가. 영환은 수정처럼 고운 선지가 자신한테 관심을 가져주자 더욱 마음을 빼앗겨 버릴 것 같았다. 그러나 다음 순간 그의 행복한 생각과 환상이 깨어지고 말았다.

쫙!

선지가 자신을 부담스럽게 쳐다보아서 기분이 상하였는지 영환의 뺨을 인정사정없이 후려갈긴 것이었다.

'맙소사! 이곳의 여인들은 하나같이 손부터 나오네. 내가 무슨 잘못을 했다고……. 이곳에서는 여자들을 쳐다보면 범죄인가? 젠장!'

선지의 손이 매워서인지 눈물을 흘리는 영환이었다. 하루에 뺨을 두 대 맞아서인지 아픈 영환의 얼굴이었다. 당연히 부풀어 오른 그의 얼굴이었다.

'일단 잘못했다는 말부터 배워야겠구나. 이거 이러다가 죽겠구나. 젠장! 할!'

"쏘리!"

픽!

자신을 쳐다보자 이번에는 주먹을 날리는 선지였다. 여인의 주먹이었지만 힘이 들어간 선지의 손찌검에 영환은 그대로 실신해서 어디론가 끌려갔다.

으으……. 어느 건물의 방 안에서 신음소리가 들려왔다. 신음소리의 주인공은 영환이었다. 그곳은 작고 초라한 건물이었으며 목조로 만들어 놓은 듯 나무 냄새가 나오는 방이었다. 연상하기에는 어느 동물원의 우리 비슷하게 만들어 놓은 건물인 듯했다. 밤이어서 잘 모르겠지만 영환은 방 안 벽의 틈새로 바깥 풍경이 들어오는 느낌을 받았다.

'아이고 머리야! 그런데 우리야, 뭐야? 바깥이 다 보이는 방이잖아. 혹시 저것들은 아름답게 생겼지만 순 야만인족이 아닐까? 일단 손이 되게 아프고 아직도 얼얼하네! 시풍! 아무튼 이곳의 여자들은 처다보지 말아야 되겠어. 순 깡패 같은 것들.'

"후후, 정신이 드세요?"

"어? 악!"

영환은 오늘 겪은 일을 너무나도 깊게 생각하다가 사람의 목소리에 그만 비명을 지르고 말았다. 영환이 놀라는 소리에 상대방도 놀라기는 마찬가지였다. 상대방은 뒷걸음질을 하면서 저만큼 피해 있었다.

"아! 미안해요."

상대방의 목소리가 여자 같아서 소리가 들려오는 쪽을 보고 사과하고 보는 영환이다.

'아차! 여자의 얼굴을 처다보질 말아야지. 아니면 또 맞는다. 시풍!'

그러나 알 수 없는 말이 들려올 뿐 상대방은 더 이상 이상한 행동은 하지 않았다. 고개를 숙이며 애원하는 듯한 영환의 모습을 보고 웃음 짓는 상대방인 여인이었다.

"남자가 분명한 거 같은데 왜 그렇게 소심하시죠? 안심하세요. 전 다른 아가씨들이랑 다른 사람입니다."

"할! 악! 미안해요."

영환은 웃음 짓는 여인을 보고 자신도 모르게 이곳에 와서 듣고 배운 말인 '할'이라는 말을 해버렸다. 그 뜻은 영환도 이해하는 단어여서 실언을 했다고 생각하고 두 손으로 입을 틀어막은 영환이었다.

"아니에요. 전 못났어요. 다들 그렇게 보는걸요."

'엥, 뭐야! 저 여자는 흔히 말하는 이조 조선의 하녀인 듯이 말하잖아. 이곳도 계급이 존재하는 곳인가?'라고 생각하며 영환은 혹시나 또 주먹이 날아올까 봐 고개를 연신 위아래로 흔들어보았다.

"그렇게 소심할 필요 없어요. 참 이름은 무엇인가요?"

"네, 무조건 잘못했습니다."

"혜! 음, 일단 말부터 가르쳐야 하나? 하긴 선지 아가씨도 그렇게 당부하셨으니……."

"……?"

"음! 당신은 이제부터…… 아! 모시님이 할이라 부르라 하셨으니 할이라 부를게요. 알았나요, 할?"

"할!"

여인이 떠들어대자 자신도 알고 있는 단어인 '할'이 나오자 대답하는 영환이었다.

"음! 그럼 일단 쉬운 거부터 배워보시죠. 저의 입 모양을 잘 보세요. 할?"

"할!"

모시 총회!

상석에는 총장으로 불리는 모시라는 늙은 사람이 앉아 있었고, 좌우로는 그들의 직위 순으로 앉아 있는 것처럼 보였다. 표정들로 보아서 어느 정도 총을 움직이는 자들로 보이는 인상들이었다. 그리고 뒤쪽과 회의석의 양쪽 뒤로 많은 여인들이 앉아 있는 걸로 보아서 여인들이 남자보다 많은 총인 듯하였다.

"그럼 우리하고 피부색이 완전히 다른 인간이라는 말입니까?"

"그렇다네. 어디에서 온 것인지는 조사해보면 알게 될 것이고, 문제는 그 생명체가 우리의 말을 못한다는 것이네. 모르는 척할 수도 있겠지만 우리의 풍속도 완전히 모르고 있는 것이 분명해서 우리가 사는 세상의 생명체는 아닌 것처럼 보이네."

회의에 참석한 사람들은 20~50대로 다양하게 보였고, 의상들은 어깨 부분이 튀어나온 중세시대의 의상과 비슷한 느낌으로, 어께 밑 가슴 쪽으로는 자신들이 속한 총을 상징하는지 어떤 문양이 수놓아졌으며, 그 속으로는 각종 색과 비단 같은 옷감으로 목 부위부터 허리 부분까지 내려가 있었다. 비슷한 무늬의 옷과 특징인지 아니면 계급인지 모를 손목에 파도가 치는 듯이 묘사되어 있는 것을 차고 있었다. 금색, 그리고 은색, 마지막은 녹색의 문양이었다.

"선지야! 지금은 누가 감시하고 있지?"

"네. 우리 총의 하녀인 해저가 맡고 있습니다."

"해저? 그 아이는……."

모시가 뭔가를 얘기하려는 순간, 선지가 그의 말을 자르고 자신이 속한 그룹인 총의 하녀인 해저를 보호하는 모습으로 말을 했다.

"네. 우리 총의 최 하녀인 해저입니다. 당분간 그녀에게 맡기기로 하였습니다."

그녀의 말에 다시금 다짐받듯이 말해보는 모시였다.

"그러나 군중들 앞에서는 네가 그자를 맡는다고 하였다. 그러니 네가 한 걸로 사람들에 각인시켜라. 알겠느냐?"

"네, 모시님!"

"다음은 각 총의 반응은 어떻게 되어가던가?"

모시가 남자 일행들에 묻자 상석의 우측 옆, 제일 안쪽에 앉아 있던 차미라는 인물이 먼저 대답하였다.

"네. 우리 총과 같은 생각을 가진 총은 타르총과 류시총인 두 곳입니다. 그리고 중립적인 성격의 환시총입니다. 사실 환시총은 늘 그렇듯 항상 관전자 입장이었습니다. 새삼 오랫동안이지만요. 그리고 자기 이득을 먼저 취하는 그들이니까요. 뭐라고 말할 거는 안 되는 거 같습니다."

차미의 말에 옆에 앉아 있던 가람이라는 인물이 부가 설명식으로 말해 보았다.

"문제는 대총장입니다. 워낙에 갈팡질팡한 성격인 분이어서 그분은 대총장이면서 어떠한 생각을 가지고 있는지 도무지 이해하기 어렵습니다. 모순인지 아니면 태평인지……."

대총장이라는 말만 나오면 못마땅하듯이 표정을 지어보는 총장이라는 인물이었다.

"그분은 너무 물러 터졌어. 달콤한 말만 듣고 나중의 일을 생각하지 않는 성격인 게야."

"그래도 뭔가 생각이 있는 분일 겁니다."

"생각이 아니라 공동 소유 땅인 왕관반도를 해시가 독차지한 것에 뭔가 뇌물을 받았거나 아니면 대총장이 원하는 것을 들어주었을 것이야. 대총장이 되어가지고…… 에잉!"

"문제는 가장 약소한 대지를 차지하고 있는 우리 총이 왕관반도 대지의 일부를 분할 받아야 합니다. 차미님께서 타르와 류시가 우리의 뜻을 동조하였다고 하시는데 그들이 과연 다른 말을 하지 않을까요? 왜 이런 말들을 드리는 것이냐면 타르 총장님은 거의 허수아비나 진배없어요. 사실 '잠'이라는 인물이 실세인 타르총입니다."

모시 총장의 말에 좌측에 있던 마른 체구의 거나라는 인물이 말을 받았다. 모시 측의 회의 진행은 남자는 앞쪽, 여자들은 뒤쪽을 차지하고 앉아 있었다. 회의는 총에서 비교적 영향력이 있는 실력자들이 참석한 듯했다. 잠시 정적이 흐르고 '예'라는 여인이 조심스럽지만 뭔가 말들을 말을 하였다.

"차미님!"

"네."

"타르총이나 류시총이나 총장님들이 타 총과의 만남은 거절하는 것인 가요?"

"네. 관료들을 보내도 만나주지는 않습니다. 귀족들이 나가도 거의 힘들다고 보셔야 합니다."

차미가 보고받은 내용은 왕관반도의 대지에 대한 물적 증거가 있으면 제시하고 아니면 조용히 기다려보자는 식으로 말하고는 딴청들을 피웠다는 내용이었다.

"음! 그럼 물적 증거들을 수집하는 수밖에는 없겠네요. 일단은 고서라든지 아니면 대지란 원래의 주인이 있으니까 왕관반도의 주인을 찾는 것이 좋을 듯합니다. 어딘가에 문서들은 남아 있을 것이니까요."

예의 말에 다들 동조하듯 고개를 끄덕여 보였지만 피리라는 인물이 답답하다는 식으로 말하고 나섰다.

"음! 총장님들을 우리 쪽으로 오게 하려면…… 아! 이참에 그 이방인을 홍보용으로 사용하면 되는 것이지요. 이상하게 생긴 말하는 생명체가 있다고 소문을 아니 전문을 보내는 것이죠. 그러면 진위 여부를 확인하려고 인사들이 몰려들 것이니……."

이상한 생명체란 영환을 이르는 말이었고, 피리의 말에 모시가 동조하고 나섰다.

"오! 그거 좋은 생각인걸. 피부색도 다르고 생김새도 다르고 하니 좋은 홍보용이 되겠구나. 특히나 환시나 타르, 류시의 자녀들이 한참 호기심이 많을 나이니까……."

영환을 홍보용으로 쓰자는 의견들이 분분하자 진심인지 가식적인지 선지가 불편한 얼굴로 한마디 했다.

"그럼 불쌍하지 않을까요? 자신의 의지와 상관없이 그렇게 생겼는데 우리가 동물인 양 취급하면 같은 사람으로 미안하다는 생각이 들어요."

딸인 선지의 말에 달래듯 말해보는 차미였다.

"선지야, 저런 생명체가 우리에게 왔다는 것은 어쩌면 '광'이 주신 선물일지 모른다. 사실 이방인에게 미안하긴 하지만 우리도 기회가 왔을 때 기회를 잡아야 살아남을 수 있는 것이다. 그러니 특이한 생명체가 우리에게 온 것은 좋은 징조이다. 그렇게 생각하자꾸나."

귀족이라는 사람들의 모습에 여인 귀족의 대표인 예가 일류을 버리는 말들에 한숨을 쉬었다.

"맞는 말씀들이긴 한데 어찌 그렇게까지 해야 하나요? 총장님들을 오게 하려는 제 말이 이방인을 관람용으로 한 듯합니다. 다른 방법은 없을까요?"

하지만 그녀의 말은 묻혀버리고 말았다.

"달빛은 참 밝구나. 달이 몇 개나 되나? 우리 달이랑은 밝기가 틀리잖아. 밖을 볼 수 없으니 답답하고, 아! 죽겠네. 이게 대체 뭐야. 내가 뭔 죄를 지었다고……. 어무이! 당최 이해할 수 없는 상황이네 이거. 이런 황당한 상황이 말이 돼? 시풍, 시풍. 설마 여기서 평생을 살아가는 건 아니겠지?"

영환은 자신의 처지를 이해하지 못하겠다며 구시렁거렸다. 최영환! 그의 현재 나이 28세! 직업은 공단의 기술직이었고 미혼에 성격은 '재미있다'와 '인사성이 밝다'와 '인상이 좋다'는 말을 자주 듣곤 하는 인물이었다. 그리고 아직 미혼인 이유는 이성과의 만남에서 말을 잘 못 한다는 단점이 있었다. 한마디로 여자한테 약한 체질이었던 것이다.

"좀 피곤하네. 아프게 맞아서 그런가? 아직도 열이 나네. 영환아, 영환아! 혹시라도 살아서 이곳을 나갈 때까지 속 죽이며 살자. 그나저나 의상이나 건물 등을 보았을 때 지구로 따지면 중세기 정도일 듯하겠네. 그리고 이상한 건 여자만이 보였어. 남자들은 어디론가 일하러 간 것인가? 아니면 전쟁? 혹시라도 전쟁의 한가운데로 온 것이면 난 망했어요."

영환은 이 생각 저 생각을 하다가 잠이 들었다.

툭! 툭!

"이봐! 일어나. 우리와 비교해서 엄청 둔하네."

"으응! 뭐지? 꿈이 아니었어?

"이봐!"

몇 번인가 같은 말이 들려오자 영환은 말소리가 들려온 주인공을 찾아서 올려다보았다. 일견하기에는 중세 소설 속에 나오는 기사의 차림인 목소리의 주인공이었다. 잠에서 막 깨어난 멍한 영환의 눈에는 어떤 색인지 모를 긴 머리에 거만한 태도로 자신을 내려다보고 있는 아침의 방문객을 보고 말없이 '피식' 소리 내어 웃었다. 그러자 방문객은 자신을 대하는 영환의 태도가 불량하게 보였는지 자신의 발로 영환의 한쪽 어깨를 짓눌렀다.

큭!

"더러운 놈! 역시나 들려오는 말처럼 추잡한 반응에 건방지기 짝이 없구나."

퍽! 퍽!

다시금 발로 폭행을 가하는 아침의 기사(?)였다.

"니은님! 그만해두세요. 아직 정신이 없는 불청객이어서 사람들의 기분을 잘 모르고 함부로 행동하는 볼모예요. 그러니 니은님이 참아주세요."

"음! 해저인가?"

"네, 죄송합니다. 주제넘게 끼어들었습니다."

"네가 저놈의 언어와 건강을 책임지고 있다고?"

"네, 니은님!"

"다시 또 저런 눈으로 올려다보거나 추잡하게 웃으면 죽인다고 전해라."

"네."

니은(129세)이라 불린 기사 차림의 여인이 나가자 긴 한숨을 내쉬어보는 해저였다.

"휴! 할님, 어쩌다가 그러셨어요? 하긴 아직 말을 이해 못하니…… 어쩐다. 저러시다가는 다른 사람에게 또 봉변을 당하기 십상인데…… 일단 이해할 수 있게 눈빛이나 몸동작을 자제하는 법을 가르쳐보자."

'아! 환장! 젠장! 웃었다고 때리고, 처다봐도 때리고, 이게 뭐 하는 세상인지. 다 저럴까? 아니, 아니, 앞의 저 여인만 빼고는 다들 지랄 같은 성격들인 거 같아! 그런 듯. 시퐁!'

"일단 세수 좀 하세요."

해저(104세)는 영환의 앞에 물이 가득 들어 있는 용기를 내어놓더니 자신의 손으로 씻는 시늉을 해보았다. 순간 영환은 바보 멍텅구리가 된 듯 기분이 들었다.

'맙소사! 아, 정녕 저들한테는 바보인 것인가? 에잇, 일단 씻고 보자.'

영환이 얼굴을 씻자 웃음지어 보는 해저였다.

"할님은 성격이 좋으신 듯해요. 기분 나쁠 것인데 잘 참으시고, 저의 행동에 군소리 없이 따라하니 고맙기도 하네요."

'뭔 소리야? 아, 답답해. 이들의 말을 얼른 배우든가 해야지, 나 원!'

"이해되시죠? 일단 여성분들을 뵈면 머리와 눈은 땅으로 향하고요. 손은 가지런히 앞으로 모으시고, 이상한 소리를 내어도 안 되고, 거친 숨소리도 내어서는 아니 되어요. 아시겠죠?"

"끄떡, 끄떡."

정성껏 자신을 이해시키려고 노력하는 해저의 모습에 영환은 뭔가 뭉클한 감성에 사로잡혔다.

'저런 여자는 모르는 타인이 다치거나 아파하면 자신도 슬퍼하며 눈물을 흘릴 거야.'

영환은 정성스럽게 자신을 돌봐주는 해저가 마음에 들었다. 옷은 대충 입어서 그렇게 미인은 아니었지만 마음씀씀이는 이곳의 어느 여인들보다 성숙하다는 느낌을 받은 우리의 '할'님이었다.

그렇게 낮과 밤이 네다섯 번 바뀔 때까지 영환은 이 세계의 언어와 그들의 문화를 배우면서 시간을 보냈다. 이제는 어느 정도 말귀를 알아듣기도 했지만 혹시라도 이곳 사람들이 싫어하는 불쾌한 말이 나올까 숨죽이며 배운 말을 되풀이하며 조심스럽게 언어의 벽을 허물어갔다. 물론 한곳의 거취 장소에서 다른 곳으로는 전혀 가보지 못했고, 밖으로도 한번도 나갈 수 없는 신세였다.

"어제 오늘 배운 말 중에서 이해 못하는 거 있으세요?"

"음! 귀족들한테 인사할 때는…… 아니 그냥 아무 소리 하지 말고 고개만 숙이라고 하였는데 혹시라도 말을 시키면?"

"네. 그럴 때는 그냥 '전 잘 모르겠으니 저의 주께 물어 보십시오.' 하세요."

"그럼 이곳의 귀족은 어떻게 구별한다는 것이죠?"

"간단해요. 일단 여성분인 경우 특이한 머릿결! 여러 갈래로 빛깔이 다 다르고 머릿결의 한 부분에 수정색의 장신구가 있고, 긴 머리 때문에 잘 안 보이지만 귀걸이에 각 귀족을 상징하는 문양이 있어요. 우리 모시총의 귀족들의 문양을 보자면 하늘에 떠다니는 구름 모양의 문양과 이 세상에서 가장 소중한 물빛의 문양들이 있어요. 다른 총들의 귀족들도 비슷해요. 우리 총은 물이 움직이는 듯 묘사되어 있는 문양과 흐르는 물의 문양, 그리고 다른 총의 귀족들은 용솟음치는 문양과 물결이 하늘로 빨려 올라가는 문양 등이 있어요. 아마도 귀족들을 보시게 도시면 금세 알아보실 거니까 걱정하지 마세요."

"그런데 왜 그 흔한 물 때문에 전쟁도 불사하는 것인지……?"

"그건 할님이 아직 잘 모르셔서 이해 못하실 건데요. 사실은 이 세상의 모든 물줄기는 한곳으로부터 흘러 나와요. 바로 '광'님이 계시는 하늘까지 닿은 산인데요. 그곳에서부터 세상의 기후와 물을 주는 구름이 생성되어요. 그래서 각 총과 '표'라는 적국이 서로를 견제하면서 이 세상의 생명의 원천이라는 '광님 산'을 차지하고자 하는 것이에요."

"그럼 그 광님 산이라는 것을 차지하면 뭐가 좋은데요?"

"할님은 역시 바보님이세요!"

"할!"

"생각해보시면 이해되실 건데요. 음, 한마디로 간략하자면 인간들의 '자존심'이죠. 자기 자손들이 편하게 살기 위한 그런 것이에요."

"자손들 때문에 목숨을 걸고 겨우 산 하나를 가지고 싸운다?"

"절대 산 때문이 아니잖아요. 어느 산이나 물은 충분히 나오는걸요. 하지만 절대 권위를 상징하 는 산이어서 문제인 것입니다."

"아니 좀 전에는 이 세상의 모든 기후와 비를 주는 구름이 생성된다고……"

"네, 그렇게 말씀드렸죠. 그러나 어떻게 산이 기후와 비구름을 줄 수 있겠어요? 그게 다 그 산의 비밀인 것이죠. 할님이 어느 세상에서 오셨는지 모르겠지만 이 세상은 의외로 과학이 발전하였답니다. 아마도 할님의 세상보다는 많이 발전하였을 것입니다."

"갑자기 과학은 왜……"

"후후. 조정한다는 것이죠."

"그럼 설마 광님 산에서 비를 오게 하는 장치가 있다는 것이라는?"

"네. 후후."

"그럼 당신들의 전쟁 무기는 어떤 것인가요?"

"당연 고전 무기겠죠. 검과 활 등."

"엥? 과학이 발전하였다면서요?"

"할님이 어떤 상상을 하는지 알 거 같은데요. 사실 이 수성은 오래전에 벌써 다른 우주로 여행을 갔다 왔다는 설이 있어요. 그 근거로 인명을 대량으로 살상할 수 있는 무기를 못 쓰게 만들어 놓았죠. 그런 장치가 이 세상 어딘가에 가동되고 있다는 사실이 있어요."

"설마……."

"안 믿으셔도 되고요. 살다 보면 아시게 될 거예요."

"아직요. 한 가지만 더요. 그럼 그렇게 과학이 발전하였으면 이곳의 사람들의 의상은 왜 그렇게……?"

"왜 그렇게 거추장스럽냐고요? 간단해요. 앞에 말씀드렸듯이 이 세상 어딘가에 가동되고 있는 어떤 장치 때문에 과학이 들어가는 어떤 섬유도 어떠한 의상도 금방 해져서 못 입어요. 그래서 사람들은 고전적인 의상들을 입고 다니는 것이죠."

해저의 이곳 생활 모습과 설명은 점점 믿기 힘든 말과 이해할 수 없는 말뿐이었다.

"참, 잠시만요. 아까 전에 뭐라고 하신 것이죠? 이곳이 수성?"

"네, 맞아요. 우리들의 선조님들이 그렇게 별명을 붙였다네요. 우주 공간에서 이 별을 보면 너무나도 아름답고 수정을 품은 듯이 맑으며 무한 물의 빛이 반짝인다고 해서 그렇게요."

"무한 물의 빛?"

"네. 할님도 여기 오시다가 보셨는지 모르겠어요. 뭐라고 형용할 수 없는 그 아홉 가지의 빛이요. 물에서부터 뻗어나가는 빛을 말하는 거예요."

"아, 무지개!"

"무지개요?"

"네, 일곱 가지 색을…… 아아, 이곳은 아홉 가지인가요? 감탄하다가 그게 몇 줄기인지도 모르고 보았네요. 할!"

'이게 말이 될까? 뭐 어째? 아주 오래전에 벌써 우주로 나갔다고? 그리고 아니 아마도 대량살상무기는 핵무기를 말하는 것이겠지만 그런 무기를 못 쓰게 하는 장치가 이 별의 어딘가에 가동되고 있다? 하지만 거짓

말은 아닌 거 같고! 음, 그럼 광님 산을 차지하려고 하는 족속들은 광님 산의 어딘가에 그 장치가 있다고 믿고, 차지하고자 하는 목적이 아닐까? 만약에 내 생각이 맞으면 아주 더러운 별로 여행을 온 것이네. 여행이 아니라 떨어진 것이지만…… 할!! 아무튼 어떤 이유에서건 인간의 욕망은 끝이 없다는 좋은 예구나. 내가 철학자도 아니고 별 생각이 다 드네.'

밤이 되자 해저가 나가고 영환은 그녀가 말한 수성에 대한 믿기 힘든 설명을 종합해서 생각해 보았다.

'아! 그나저나 어머니 등 가족들이 난리겠는데. 친구나 동생 놈들도 그렇고, 하루아침에 증발해버린 나여서. 본의 아니게 죄송하고 미안들 하네. 벌써 일주일은 지나간 듯하구나. 오늘도 이쯤에서 잠이나 자볼까. 그런데 이상한 건 몸이 가볍다는 말이지. 흠, 마치 구름 위나 중력이 없는 공간에서 있는 것처럼 말이지. 이 수성이 지구보다 중력이 낮은 게 아닐까? 맞아서 땅바닥에 처박혀도 별로 아프지 않다는 느낌이 들었는데…… 이곳의 바다도 푹신한 느낌이고…… 음, 기분 탓인가? 에이, 아니겠지.'

영환은 자신의 그런 느낌이 맞을 것이라고는 생각도 못한 채 잠이 들어버렸다.

표 왕국의 수도 오름!

발달한 도시의 야경과는 불빛의 크기가 다르지만 나름 운치가 있고, 세 개의 달빛과 대조를 이루어서 보는 사람들로 하여금 안정을 취할 수 있는 분위기의 어느 나라의 도성이었다. 도성 바깥쪽으로는 왕궁이 있는 도성이라는 걸 알리는 모습이라는 듯이 푸른색과 주황색의 불빛 등이 장사진을 이루고 있는 모습이었다. 그런 불빛의 등이 도성의 중심지로 향하고 있는 듯하였다. 도성의 외곽에서 달팽이 모양으로 중심지로 향해 늘어진 등불인 것이었다.

그리고 산허리 부분에 마치 신을 숭배하듯이 하늘로 우뚝 솟아오른 성 같아 보이는 건물이 이었다. 특히 한 점은 피라미드식의 건축물이었고, 각 건물 당 삼각형의 뾰족한 기둥들이 하늘을 향해 뻗어 있는 것이었다. 연상하기로는 이집트의 피라미드에 삼각형의 기둥을 세워 놓은 듯이 보이는 수성의 어느 나라의 성전의 모습이었다. 일반 사람이 보면 '저런 데서 한번 살아보았으면' 하는 마음까지 들 성이었지만 보기와는 다르게 어둠이 깔린 밤이어서 그런지 스산한 기운까지 감도는 분위기의 성이었다.

　불빛이 새어나오는 성 어느 건물의 상단부에 자그만 정원이 있었고. 작은 연못이 있었다. 역시나 이곳도 파란색과 주황색, 그리고 녹색 빛의 등이 놓여 있었다. 그 건물 정원에 어느 남자가 세 개의 달 모양을 관찰하는지 우두커니 쳐다보는 것이었다. 남자지만 은색 머리를 어깨까지 길렀으며, 근엄하게 보이는 염소수염과 열정적인 붉은 얼굴의 남자! 한밤중에 무슨 생각에서인지 먼 하늘의 달을 감상하더니 혼잣말을 중얼거려보는 그였다.

　"우리 왕국이 협력체에서 단일왕국으로 된 것이 120년이던가, 130년이던가! 나의 300년 인생 중에서 제일 가치 있는 일이 연합체로 이끈 것이라고들 한다. 하지만 말이야, 난 아직 건재해. 아직도 할 일도 많그 말이야."

　"아버님! 야심한 시각에 침소로 안 드시고……. 오늘 같은 습기가 많은 날은 건강에 해롭습니다."

　"아, 정이냐? 하하. 어서 오너라. 그런데 혼자 온 것이냐?"

　생각에 잠겨 있던 근엄한 남자는 자신을 아버지라 부르는 남자에게 시선이 갔다. '정'이라 불린 남자와 부자지간인 듯하였고, 달빛을 보며 욕망의 생각에 사로잡혀 있던 얼굴빛과는 다르게 인자한 미소로 반기는 남자였다.

　"네. 아이들은 자고 있어서."

"허허, 고놈들 참······."

"오빠 아이들 대신 제가 왔어요, 아빠!"

"오! 수와구나. 네 녀석이 여기까지 웬일이냐? 평소 늙은 아버지가 있는 이곳을 잘 안 오던 녀석이."

"헤헤, 그거야 생각도 없는 결혼하라는 아빠의 잔소리가 듣기 싫어서 안 온 거죠."

"고얀 놈!"

아들과 말하다가 세상이 밝아지는 듯한 수와(112세)라는 딸아이를 보자 자상하게 인상을 쓰는 은색 머리의 남자였다.

"그런데 무슨 생각을 그렇게 하고 계신 것이죠?"

"네놈 생각을 했다. 언제나 철이 들어서 수정 같은 아기들을 보여 줄까하는······."

"헤헤, 이제 그만 포기하시지. 한 나라를 좌지우지하시는 '대'님께서 어찌 어린 딸아이를 구박하시옵니까? 그렇잖아도 골머리 아프신 분이. 호호."

"얘야, 이것아!"

수와의 오빠인 정의 말이었다.

"허허, 거참! 오빠는 저렇게 점잖은데 여동생은 저렇게나 철딱서니가 없다니······."

"헤헤, 그거야 오빠는 저에 비해 나이가 많고, 전 어리고······ 그런 것이죠! 아빠 대님."

"네 녀석이 올해 나이가 어찌 되누? 늙은 아비여서 딸아이의 나이도 모르겠다."

"이제 110을 넘겼잖아요. 뭘. 오빠는 210이던가? 후후."

"에잉, 말은 잘해요."

딸아이와의 신경전에 얼굴을 약간 구기는 '대' 즉 왕이었다. 바로 은색 머리의 이 남자가 연합국이라 불리는 '표' 나라의 왕이었던 것이다. 그의 나이 345세! 이곳 수성의 사람들은 어떻게 나이를 계산하는지 나이 숫자들만 보면 장수하는 듯했다.

"그런데 어쩐 일이냐?"

"아, 맞다! 제가 이래 봬도 정보전의 일원이잖아요. '상' 나라의 모시총의 어떤 소문에 관한 것이에요. 좀 흥미 있는 정보여서 아빠 귀나 밝게 해 드리고자 왔어요. 어때세요? 저 기특하죠?"

"그래, 그래. 어서 말해 보거라."

어린 딸아이와의 말싸움을 이길 수 없다는 듯이 그냥 말해보라는 표제국의 왕이었다.

"아빠, 말하는 동물이 있다면 어떻게 생각하세요?"

"그냥 말해봐라, 이놈아!"

아버지를 대신해서 어린 여동생의 예의를 나무라는 오빠인 정의 다그침이었다.

"정보에 의하면 모시총의 우리하고 생김새가 다른 종족이 포획되었다는데요. 체격은 이곳의 남자들이랑 비슷하다는 내용이고요. 얼굴이 우리들보다 조금 커 보이고요. 그리고 피부색이 완전히 다르답니다. 우리말도 이해 못하는 걸로 봐서는 아마도 인간의 모습을 한 동물이 아닐까 생각이 들어요."

"음, 아버님, 혹시 저자들이 우리의 눈을 끌기 위한 눈속임이 아닐까 합니다. 아니면 피부색이 조금 이상한 자를 변장시킬 수도 있는 것이고요."

"오빠는 꼭 그렇게 생각을 해요, 참."

"오빠 생각이 맞는 듯하구나. 허허허, 아무튼 고맙다. 애비 생각해서 재미있는 일을 생각하게 해줘서. 아무튼 정이는 국경수비대에 연락해서 우리 공주님의 관심 있는 물건에 대한 조사를 지시하거라. 허허헛."

"아빠! 그건 제가 직접 가서 알아보면 안 될까요? 여기저기 여행도 좀 하고 싶어요. 헤!"

"이 녀석! 사실은 여행을 가고파서 그런 이상한 말을 꺼냈구나?"

"아니에요. 그건 사실이고요. 사실 그동안 저는 성 안에만 있었잖아요. 네? 이번 기회에 세상 구경도 좀 하면 안 될까요? 아빠 대님."

"그건 안 된다. 아직……."

"오빠는 가만있어. 네? 아빠!"

"으이그, 아직 위험한 세상이다. 특히나 다른 곳 여행 중에 너의 신분을 안다면 어떤 일이 일어날까 상상을 해 보거라. 너는 공주의 신분이니라. 너 하나 때문에 여러 사람이 힘들어지고 애비 또한 마음을 못 놓는 것이야. 그렇게나 나가고 싶다면 바다에나 다녀오너라."

"쳇!"

이곳 수성은 지구의 3/2 크기였으며, 두 개의 대륙으로 나누어져 있었다. 하나는 '표' 왕국이 차지하고 있었고, 다른 한쪽은 6총의 지배하의 협력국인 '상'국이 차지하였다. 대지의 중력이 가벼워서 수분이 빨리도 증발해버리는 수성의 자연 환경이었다. 그러니 자연 황무지와 동물과 사람이 살 수 없는 대지가 20%나 되었고, 50%가 바다였으며, 나머지 30%가 풍요롭고 자연경관이 빼어난 대지였다. 그나마 바다도 점점 말라가고 있었다. 그야말로 하늘에서 떨어지는 '비'가 없으면 언제든 말라버리는 수성의 대지였던 것이다. 그래서 수성의 사람들은 물을 자신의 생명처럼 소중이 생각하는 것이었다. 그리고 물 때문에, 좀 더 구체적으로 말하자면 비를 오게 할 수 있다는 '꽝님' 산의 쟁탈전과 수분이 많은 대지를 두고 다툼이 있는 수성이었다. 자신의 소중한 땅과 아름다운 자연경관을 지키려는 자와 뺏으려는 자들의 다툼에 영환이 어떤 이유에서 이곳 수성으로 날아온 것이었다.

수성의 자연 위성인 세 개의 달은 약 2시간 간격으로 떠오른다고 한다. 첫 달은 태양이 질 때쯤인 수성의 시각인 오후 4시 정도에 모습이 보이며, 태양이 지고 어둠이 덮여오면 그 모습이 완전히 보인다고 하였다.

그때 태양과 교체하듯 두 번째 달이 모습을 드러내고, 두 번째 달이 떠오르는 시간과 다음 날인 태양이 떠오를 때쯤을 기준으로 해서 시간을 계산한다고 한다. 수성의 대지의 가벼운 중력과 마찬가지로 달의 중력 또한 가벼워서 그만큼 빨리 뜨고 빨리 지나간다고 하였다. 한마디로 대지와 수성의 위성인 달이 하루를 도는 시간은 지구보다 빠르다는 것이었다. 그러니 시간도 자연 지구보다는 약 한두 시간은 빠르게 흘러가는 듯하였다

"그럼 태양이 뜨고 지는 시간이 일정하게도 12시간과 두 번째 달이 뜨고 지는 시간이 12시간으로 일정하다?"

"네, 그런 거예요. 할님은 보기보다 이해력이 빠르시네요."

"할! 그럼 잠자는 시간과 식사 시간은요?

"식사는 해가 뜨고 7시쯤이고요. 중식은 12시에서 1시쯤, 그리고 석식은 7시 정도요. 잠자는 시간은 정해지지 않은 것이니까 보통 10시에서 02시 사이에 숙면을 취하죠. 그리고 할님이 물으신 '한 달'이라는 시간은 아마도……."

수성의 하루는 지구와 마찬가지로 24시간과 한 달이 지나는 날짜는 수성의 예전부터 내려오는 방식으로 달이 3개여서 30일로 한다는 것이었고, 생명의 시작을 알리는 우기가 1월부터 5월까지였고, 건기는 6월부터 10월이라 하였다.

"음, 종합해보면 내가 살던 지구와 마찬가지로 하루가 24시간에 한 달은 30일로 일정하고, 1년은 열 달이라는 말이네요. 흠, 그럼 올해가 몇 년 몇 월인지?"

"네, 정확히……."

수성력 45010년 6월 24일이었다.

"그럼 내가 언제 이곳으로 온 것인지?"

"호호! 아마도 5월 2일 정도일 거예요."

"아, 그리고 당신이나 이곳의 나이도 그러면 빨리 먹겠네요? 정확한 표현인가요? 아니면……."

"호호호. 제 나이 올해에 104예요."

"컥! 104? 맙소사. 아무리 그래도 엥! 그런데 조금도 늙지 않으셨네요?"

"할님은 나이가 얼마인데요?"

"28요."

"에, 보기에는 140은 되어 보이는데요."

"켁! 나 참! 그럼 수성에서 나이가 제일 어린 분과 제일 많은 분은요?"

"네. 모시님이 올해 412세시고요. 대총장님이신 완르님이 420세예요."

"커헉! 그럼 어린 분은 설마?"

"네, 아기들인 1살이겠죠. 호호호."

해저의 장난 같은 말에 넋이 나간 영환이었다. 사실 사람들의 나이 때문에 놀란 영환이었다. 아무리 시간이 빨리 간다고 하지만 그래도 지구보다는 약 80일 정도가 없다는 것인데 사람의 수명의 대한 호기심과 놀라움이 드는 것은 당연한 영환의 모습이었다.

"나중에 아시게 되겠지만 우리의 어린 친구들이 어떤 모습인지 아시게 되실 거예요. 일단 더 설명하자면, 30세 이하, 60세 이하들은 성인들과 차이가 많이 나요. 하지만 70~80세는 성인 모습과 거의 비슷해요. 그리고 80세 이하는 이성하고 사귀는 걸 불법으로 간주하여 엄격히 다스리고 있어요. 물론 80세 이상은 성장이 거의 자랐으며, 혼인하거나 기사나 군사에 지원할 수 있고요."

"음, 그러면 인구는요?"

영환은 장수하는 이들의 인구 또한 지구보다는 월등이 많을 것이라 생각하고 물어보았다.

"우리의 6개 총 합이 750만이고요. 표 왕국이 총 730만이에요."

"헛! 장수하는데 왜 그렇게 인구가 적어요?"

"물론 이론적으로는 인구가 많아야 하는데 가뭄과 자연재해 때문에 불행하게 죽는 자와…… 결정적으로 출생률이 저조하다는 것이에요. 평균 12가구당 한 명을 출산하니까요."

"음. 심각한 현상입니다. 기근으로 죽는 자와 출생률이 한참 저조하다."

"네, 이곳이야 그나마 총장이 계시는 도시이니까 자원과 땅이 풍족하지만 외곽과 타 지역은 심한 현상이에요. 그래서 수성은 물 때문에 목숨을 걸어요. 너무나 소중한 물 자원인 것이죠."

"그럼 물이 풍족한 데서 기근이 있는 쪽으로 물을 옮기는 건?"

"네, 할님처럼 의견이 있었고 그렇게 행하였지만 수분이 워낙 빨리 없어져서 금방 땅속으로 스며들거나 흩어져 버렸어요. 그래서 이곳 사람들은 저주받은 땅을 외면하고…… 더 이상 어떤 조치를 못 하는 것이죠. 할 만큼 했다는 지도부의 반응이었어요. 호호호."

말하는 도중 영환의 모습에 웃음을 터트린 해저였다.

"왜요? 제가 뭘……."

"할님은 못 느끼셨나요? 할님 말하는 모습이 상당히 발전했어요. 아직은 많이 이상하지만 거의 알아듣고 말할 수 있잖아요."

그녀의 말에 영환 본인도 놀라웠다. 어느덧 50일이라는 시간이 흘러서 그런지 어느 정도 이곳의 언어를 소화해내는 영환의 모습이었다.

어둠이 찾아오는 밤이 오자 다시금 자리를 뜨는 해저였다. 영환은 누워서 해저의 말을 되새기며 정리해보았다.

"음, 하루는 24시간이고 한 달이 30일로 일정하고 5개월의 우기와 5개월의 건기가 있으며, 그 기준으로 1년을 조합한다는 것이네. 지구가 1년이 365일이고 여기는 300일이다 쳐도 나이들이 장난이 아닌데 도무지……. 아! 그런가? 자연이 빼어나게 좋아서? 설마 그래도 말이 안 된다. 사람의 수명이 어찌 자연과 연관이 그렇게 크게 있겠는가. 아마도 무엇인가 이들을 오래 살게 하기 위한 어떤 비밀이 있을 것이다. 그리고 이런 세상에도 귀족이 있고, 하인들이 있다. 또한 기근이 있어서 불행하게 사는 사람들 또한 있다. 이런 거는 지구랑 별 차이 없네. 역시나 사람이 사는 곳이라는 것인……. 음, 어떻게 가뭄이 드는 곳에 물을 공급할 수 없을까? 에이, 지구보다 월등히 앞서는 기술력을 가진 이곳 수성의 과학자도 못 하는 일을 허접한 내가 어찌 어떻게 할 수 있겠나. 쩝! 그런데 환장하겠네. 시풍! 아아악! 내가 왜 이런 곳에 와 있는 것이야. 설마 여기서 저들처럼 100년이고 200년이고 살아야 하는 거야? 어무이!'

"할님? 어서 일어나세요. 할님!!"

"으음! 엇, 해저님?"

"정신이 드셨으면 밖으로 나가셔야 해요. 우리 총의 지도부들이 할님을 보자고 난리들이세요."

"무, 무슨 일이죠?"

밖의 눈치를 살피던 해저가 다급하게 영환을 일으켜 세웠다.

"그냥 따라오세요. 그리고 아셨죠? 앞에 계신 분들은 다들 귀족이고, 어찌 해야 한다는 걸요. 꾹 참으시고 저들의 말에 그냥 묵묵히 대답만 하세요. 네? 부탁드려요."

이곳의 문화를 아직도 이해하지 못하는 이방인인 영환이 혹시라도 또 실수할까 봐서 초초해하는 해저였다.

"네 이놈! 자세가 그게 무엇이냐! 당장 다리를 땅에 대거라."

"이봐! 어떤 나라든 왜 망하는지 아는 것인가? 그 원인이 다 그대 같은 귀족이 있어서다. 더러운 자기중심적인 성격 말이야. 언제나 타인을 하인 다루듯이 하는 성격 때문에 불화가 생기고, 사람들의 원성을 사서 망하는 것이야. 난 이곳에서는 힘이 없는 족속이지만 목숨 구걸하기는 싫다. 그러니 제발 죽여라. 난 그렇게 살았다. 더러운 놈들!"

영환은 해저의 부탁대로 죽어주려다가 대뜸 벌레 보듯 하는 귀족이라는 나부랭이의 말에 화가 치밀어 속에 있는 말을 내뱉고 말았다. 혹시나 해저한테 피해가 갈까 염려되었지만 더러운 꼴은 못 참는 성격인 영환이었다. 하지만 역시나 돌아오는 건 그들의 매질이었다. 영환은 그렇게 다음 날도 그다음 날도 그들의 비유를 맞춰주지 않은 채 몸이 상하도록 매질을 견디어내야 했다. 고집! 영환의 고집이었다. 그런 영환의 생각은 어차피 그들의 개처럼 사느니 죽는 길을 택하였던 것이다.

하지만 그에게 성격을 죽이게 하는 사건이 찾아왔다. 어쩌면 당연한 결과였던 사건이었다. 비록 모시총의 하녀였지만 언제나 밝고 수수하게 보인 해저가 며칠째 보이지 않자 궁금하던 차에 다른 하녀한테 물어보니 어딘가에 갇혀서 심한 몰골로 있다는 것이었다.

'아! 그렇구나. 생각을 못 한 건 아니지만 풍경이 좋아서 남을 해코지 안 할 거 같은 이곳도, 사람들이 사는 곳이지. 그래, 이곳도 야비하고 속물들도 있겠지. 내 잘못이구나. 내 잘못이야.'

"네놈이 이제야 정신을 차렸구나. 그래, 보잘것없는 네놈은 벌레나 동물이다. 그리고 우리들은 네놈의 주인이다. 이놈! 내가 한 말을 다시금 말해 보거라."

"네, 주인님. 저의 주인이시고 저는 하류이면서 벌레 같은 동물입니다."

"하하핫! 그래! 그렇지. 이제야 자신의 처지를 아는구나. 네놈은 이제부터 저기 보이는 동물의 우리에 들어가서 말이 있을 때까지 저곳에 처박혀 있어야 한다. 알겠느냐?"

"네, 주인님!"

땅바닥에 널브러져 있는 영환과 그를 조롱하듯이 말하는 귀족의 모습이었다. 그들은 이방인인 영환을 완전 동물 취급하고 있었던 것이다.

약 1평은 되어 보이는 동물의 우리에 바닥은 지푸라기요, 천장과 우리의 기둥은 강한 나무인지 아니면 쇠말뚝인지 모를 단단한 것으로 되어 있어서 어찌할 방법이 없는 그야말로 동물을 가두기 위한 작은 공간이었다. 그런 우리 안에 삶을 포기한 것인지 멍한 표정으로 앉아 있는 사람이 있었다. 자신도 모르게 수성이라는 곳으로 빨려온 영환이었다.

'이것으로 되었다. 그나마 해저가 안정을 취하였다니 안심이다. 그래도 나를 위해 자신을 희생한 해저가 아니던가. 비록 동물 취급을 받고 있지만 난 사람이다. 받은 도리는 갚아야지. 그래. 하하. 이제 웃을 힘도 없구나.'

그가 귀족들한테 머리를 숙이자 자아도취에 빠진 귀족들이 영환을 충동질하듯이 해저를 구박하던 짓을 멈추고 그녀를 풀어주었던 것이다.

"달님! 어찌하여 저렇듯 마음이 여리고 고운 분을 이런 곳으로 보내셨습니까? 보잘것없는 저 때문에 심한 문초를 겪으신 분입니다. 제발 그분을 원래 있던 자리로 보내주십시오. 이렇게 간청하나이다. 저는 죽어 없어져도 되나이다. 그러니 제발 그분을 가엽게 여기시고 시기와 갈등이 없는 원래의 그곳으로 되돌려 주소서!"

수성에도 삶의 기도가, 사람이 사는 곳이어서 신을 향해 기도라는 걸 올리는 이가 있었다. 기도를 올리는 이는 모시총의 최하급인 하녀 해저였다. 어느덧 기도를 올리던 그녀의 눈가에 이슬이 맺혔다. 눈물을 흘릴 정도로 감성에 젖은 그녀 해저였다.

"세 개의 달빛도 아름다운데…… 이렇듯 아름다운 곳인데…… 아름다워야 할 사람들의 마음은 그렇지 않구나. 사람의 마음은 어쩔 수 없는 것인가. 어쩌면 내가 있던 곳이 훨씬 인간적이겠구나. 당연한 것인가? 후후."

할 말을 잃은 영환이 헛소리마냥 중얼거려보았다. 그렇게 좁은 동물의 우리에서 생활하게 된 그였다.

"알았느냐? 네놈 이름은 할이며, 누군가 어디에서 왔냐고 물으면 '표 왕국의 사람이 살 수 없는 황무지의 출신'이라 하여라. 누가 쳐다보아도 절대 불쌍한 표정을 지어서도 안 되고, 꺼내달라고 해도 안 될 것이며, 구경꾼들의 얼굴을 3초 이상 보아서도 아니 된다. 알았느냐?"

"네, 주인님!"

모시총에서는 사람의 말을 하는 이상 생명체의 소문을 듣고 확인 차 찾아오는 사람들의 반응에 대한 주의와 동정심 유발과 어떠한 감정도 내비추지 말라는 경고를 다짐받듯 영환에게 말하였다.

이상 생명체의 관한 소문이 각지로 퍼지자 구경꾼들이 모여들기 시작하였다.

"어라, 진짜네! 저 생김새와 저 눈과 머리도 야만적이게 생겼다."

"와! 어쩜 사람 같은데 저렇게 원시적이게 생겼지?"

'후, 빌어먹을. 당신들이나 난 그렇게 다르게 생기지 않았는데 별……. 이 별에도 자기만은 특별하다는 존재들로 가득 차 있나? 그래, 난 동물이다, 동물이야.'

"이봐! 사람의 말은 할 줄 아는 것인가?   어디에서 왔나?"

다들 이상한 눈으로 쳐다보았지만 어느 체격이 작은 갸름한 얼굴의 남자로 보이는 자가 말을 걸어왔다. 어색한 콧수염이 특이한 남자의 모습이었다.

"지구에서 왔습니다."

"지구?"

"네. '표' 왕국의 땅속에 존재하는 지구라는 곳에서 나도 모르게 왔습니다."

모시총의 밥맛들인 귀족들이 귀띔한 표 왕국의 황무지(荒蕪地)에서 왔다는 말을 잠시 생각해보다가 자신이 살던 고향의 모습을 빗대어서 표 왕국과 지구를 혼합하여 말하였던 것이다.

"표 왕국의 땅속에 그런 곳이 있었던가?"

영환이 멋대로 지어낸 말을 곰곰이 생각해보는 어색한 콧수염의 남자였다. 수성 사람들의 특징은 100세 이상의 남자들은 체격이 일정하게도 170 이상들이다고 들었다. 여성들 또한 165가 평균 신장이라고 하였다. 사실 수성의 남자들의 모습은 영환과 크게 다르지 않았다. 이목구비도 지구의 남자들과 비교해서 비슷해 보였고, 단지 얼굴색이 다를 뿐이었다. 지구처럼 백인, 황인, 흑인은 없고, 불그스름한 얼굴과 짙은 분홍색, 그리고 분홍과 갈색이 섞인 얼굴이 대부분이었다고 하였다. 물론 헤어스타일은 전혀 다르지만 말이다. 수성의 남녀는 거의 장발이 많다고 해저는 얘기하였다. 영환이 이들과 비교되는 것은 검은 눈동자와 짧은 머릿결, 그리고 피부색이었다. 앞의 남자는 해저가 말한 수성의 남자들의 특징과 거리가 먼 여성들 체격과 비슷해 보였으며, 작은 얼굴과 어울리지 않게 어색한 콧수염이었다.

'해저가 말한 것과는 다르잖아. 저 남자, 혹시 여자가 남자로 변장한 것인가? 아니겠지? 눈빛을 보니 장난기가 많아 보이는 자이긴 한데……'

"물론 있지요. 이곳의 사람들이 모르는 이 세계의 땅이 존재합니다. 우리들은 그곳을 지구라 부르지요."

"음, 처음 들어보네. 아! 그럼 그대는 아무튼 표 왕국 사람인 것이네?"

"아니지요. 저는 그냥 저일 뿐입니다. 그러니 어느 나라 사람도 아닙니다."

"호, 그런가? 그런데 그대는 어찌하여 이런 곳의 그런 우리에 갇혀 있나? 동물이 되기를 원했나?"

"설마요. 저도 모르는 영문입니다. 재수 없는 인간이라고 생각합니다."

"그래? 혹시 내가 그대를 풀어준다면 어찌하겠나? 나의 하인이나 종이 되겠나?"

"설마요. 지금도 충분히 하인보다 못한 취급을 받고 있는데 뭐 하러 같은 짓을 되풀이하겠습니까?"

"음, 생각이 많은 동물일세. 음……."

하며 영환과 거리를 좁히며 다가오는 이상한 남자였다. 맑은 자수정의 색깔을 띤 남자의 눈동자와 영환의 검은 눈동자가 마주쳤다.

'욱! 뭔 놈의 남자가 눈빛이 저렇게 맑아?'

남자의 눈빛을 보자 자신이 호모인 것처럼 마음이 이상해짐을 느낀 영환이었다.

'난 절대로 이상한 놈이 아닌데…… 뭐야! 저 눈은…….'

"절대로 나쁜 마음은 없는 그대인 것 같은데 하루빨리 자신의 고향으로 돌아가길 바라겠네."

안쓰럽다는 느낌과 측은하다는 느낌이 묻어나오는 남자의 말이었다.

"고, 고맙습니다."

그러나 자신의 이상반응에 등 뒤로 식은땀이 흐르는 영환이었다.

'음, 진짜 나 자신이 싫다. 어떻게 저런 이상한 남자에 마음이 흔들리지? 젠장!'

넓은 총성 앞 광장에 모시를 비롯하여 선지와 그녀의 오빠인 강인한 인상의 '차미'와, 영환을 아침마다 구박하던 여기사 '니은' 등이 보였다. 모시총의 귀족들이 대부분 모습을 드러낸 것이었다.

"하하, 어서 오시시오, 타르님, 환시님!"

"모시총에 오심을 영광으로 생각하겠습니다. 차미라고 하옵고, 옆에는 제 여식인 '선지'라고 합니다."

"영광입니다."

"호! 과연 듣던 대로 아름답도다. 아름다워! 여긴 내 자식일세. 빙아, 인사 올려라. 모시총의 모의님과 귀족분들이시다."

"빙이라고 합니다. 모시총은 초행입니다. 여러모로 잘 부탁드리겠습니다."

"영광입니다, 빙님."

수줍은 듯 인사를 건네는 '빙'(115세)이라는 사내와 선지가 접대하듯이 빙 쪽으로 건네는 말이었다. 수성의 젊은 사람들은 상대방의 얼굴을 바로 쳐다보는 경우가 거의 없었다. 여자건 남자건 첫인상만 확인할 뿐, 골똘히 쳐다보거나 이상한 반응을 보이면 정신병자 혹은 범죄자 취급을 받고 있는 수성의 젊은 사람들 간의 사회 풍습이었다. 그래서 영문을 모르는 영환이 그토록 맞았던 것이다.

"하하하, 환시님! '빙'이하고 '선지'가 잘 어울리는 듯합니다."

"하하, 부럽습니까, 타르님?"

"하하하."

남자지만 외모에 신경을 쓰는지 곱다한 의상과 예술적이게 가꾼 머리결과 티 한 점 없는 수수한 얼굴의 빙이었다. 그러나 어딘지 모르게 불편해 보이는 인상의 빙이라는 사내였다.

"우! 저것이 소문의 말하는 동물인가요?"

"네, 타르님. 저것이 바로 이상 생명체인 말하는 동물입니다. 이놈! 네놈을 보시러 일부러 먼 곳에서 귀중한 발걸음을 하신 분들이시다. 인사는 해야지!"

"어허, 이놈! 당장 구부리지 못할까!"

모시총의 '피리'라는 인물과 '고니'라는 인물이 말하고 나섰다. 피리와 고니! 이 두 사람은 모시총의 야심가이며, 각 총들을 충동질하여 풍파를 일으키고자 함은 물론, 나아가서는 대총장의 자리까지 노리고 있는 인물들이었다. 역시나 영환과 해저를 심하게 고문을 한 자들이 바로 이 둘의 측근들이었다.

"허헛! 거참 신기한지고."

"그러게요, 환시님. 인사도 한다고? 그럼 어디 인사나 해보아라."

환시와 타르! 그들은 모시가 속한 6총의 2총과 3총의 수장들이었다. 환시가 311세였고, 타르가 299세였다. 시력이 안 좋아서 물방울 모양의 안경을 쓰고 다니는 인물인 환시와 인자함과 왠지 천연한 모습의 타르였다.

"네. 환시님과 타르님께 인사 올립니다."

"하하하."

"아버님, 불쌍하군요. 그만 가심이……."

이 세상에서 말할 수 있는 동물은 인간밖에 없는지라 영환이 불쌍해 보였는지 아버지인 환시에게 그만하시라는 신호를 보낸 빙이었다.

"그래, 그래. 모시님! 그만하고 모시총의 수정 차나 맛봅시다."

"네. 이리로……."

어른들이 발길을 돌리자 어느 정도 따라 걷다가 영환 쪽으로 시선을 돌리는 빙이었다.

'저건 또 뭐하는 행동이야? 거참 이놈의 세상은 남자들이 어찌 다들 저렇게 아름답게 보이지? 젠장, 난 진짜 바보인가, 변태인가? 죽겠네.'

"확실한 건가?"

"네. 표 대국의 염탐자들이 보내온 소식과 실물 그림을 보면 거의 확실합니다."

굵은 목소리의 주인공은 이 건물의 주인인 듯하였다. 그러나 어떤 이유에서인지 자신의 수하와 대화에도 자신의 얼굴이 안 보이게 설정해놓은 어느 귀족의 저택 내부였다. 암흑 속의 대화였던 것이다.

"음. 대의 딸인 수와라! 어쨌든 계속 감시하고. 함부로 움직이지 않는다. 만일 그녀 옆의 대의 기사들이 있는 것이라면, 특히 장기사인 '걍'이 있으면 우리 또한 무사하지 못한다. 그는 강해. 천민 출신으로 장기사까지 오른 인물이야. 명심해라. 그리고 지하 감옥에 갇혀 있는 자의 신분은 그냥 평민인가?"

"네! 아직 조사 중에 있습니다만."

"음, 이상한 인물이었어. 말하는 모양새를 보아서 절대 그냥 평민은 아닌데……. 어쩌면 우리한테 큰 무기가 될 수도 있으니 계속 추적해보고, 지켜보자."

"넵."

지금은 건기의 계절인 7월의 초순경 밤이었다. 오늘도 세 개의 달님들은 푸르스름하게, 불그스름하게 빛나고 있었다. 첫째 달과 세 번째 달은 푸르스름한 빛과 회색의 색을 띠고 있는 반면, 밤의 시간을 알리는 두 번째 달은 불그스름한 홍조의 달이었다.

"달도 세 개여서 밝기는 하구나. 크기도 세 개 다 다르네. 먼저 뜬 달이 축구공만 하다면, 두 번째 달은 농구공만 한가? 세 번째 달은 배구공 정도 크기구나. 아아아, 참. 과학이 지구보다는 발달하여서 저기 세 개의 달에도 생명체가 살고 있는 건 아닐까? 언제였나. 미래에 관한 할리우드 영화들 보았는데 달에도 사람이 50만 정도가 살고 있다고 하였는데…… 수성의 달에도 가능할 법한데……. 음."

"물론 살고 있어요. 첫 번째 달과 세 번째 달에만 생명체가 살고 있지만요. 약 만이천 년 전에 수성에서 달로 이주해갔다는 설이 있는데 자세한 건 그곳에서 살고 있는 사람들한테 물어봐야겠죠?"

고향이 그리워서 달을 보며 이 생각 저 생각을 하고 있던 영환은 어디선가 들려오는 목소리에 화들짝 놀랐다.

"누, 누구요?"

"놀라셨다면 죄송해요. 그냥 모시총을 구경하다가 어색한 말소리가 들려서 온 것뿐이에요."

"아, 아니……."

'이 밤에도 돌아다니는 자가 있네? 지금 시간이 얼마야? 해저가 말한 것을 생각해 보자면 두 번째 달이 머리 위를 지나서 '광남' 산이 있다는 쪽으로 가르치면 하루의 시작인 01시라고 하였는데…… 저 남자는 뭐야?

설마 목소리를 들으니 낮에 구경 온 일행들 틈의 환시인가 환관인가 하는 아들놈이 아닌가? 아호, 돌겠네.'

"지구가 뭐죠?"

영환이 환시의 아들에 대한 자신의 감정이 미묘해진 기억을 되새기며 불쾌한 마음을 추스르자 말고 고운 목소리가 다시금 들려왔다.

"아, 그냥 지구요."

'네놈이 알 리가 있겠냐.'

"음, 고향인 모양이죠?"

"아, 네네."

'그냥 제발 저리 가라!'

그러나 영환의 바람과는 달리 점차 거리를 좁혀오는 한밤의 불청객인 빙이었다. 밤이지만 세 개의 달이 밝게도 떠있어서 밖의 풍경이 훤히 보이는 수성의 한밤이었다.

"전 나쁜 사람 아니에요. 그렇게 뒷걸음질 치지 않으셔도 되고요."

영환은 무의식적으로 뒷걸음질을 쳤다. 빙의 생각과는 달리 자신의 마음 때문에 뒷걸음질을 친 영환이었다.

"그렇겠지요. 하지만 제가 나쁜 사람입니다. 그냥 다른 데로 가시거나 취침을 하심이 좋을 것이오."

"후후. 나쁜 사람이 뒷걸음질을 치나요? 음."

영환의 반응을 보고 뭔가 생각하면서 빙이 다시 말하였다

"혹시 심하게 맞으셨나요?"

사람에 대한 거부감을 보인 영환이어서 안쓰러운 감정에 말을 걸어본 빙이었다.

"아니요. 설마요. 다들 잘해주십니다."

"왜 사실을 말하기 싫어하시죠?"

"진짜입니다. 모시총은 좋은 분들만 있어서……."

"남자가 의지나 용기가 없군요. 그럼 그렇게 동물처럼 살다가 죽을 건가요? 다시는 자신이 살던 고향에 가지 못한 채?"

앞의 빙이라는 사내가 뭔가를 아는 것처럼 물어오는 게 싫었고, 모시총의 귀족들과 마찬가지로 자신을 실험 대상으로 여기는 것 같아서 싫은 영환이었다. 그래서 밑져봐야 본전이라는 식으로 말해보는 그였다. 영환이 뭔가 말하려고 하는 순간 이상한 방문객이 참견하고 나섰다.

"그럼 그대가 그한테 무엇을 해줄 수 있는 것인지?"

"누구신가요?"

"그냥 지나가던 사람이다."

"사람이다? 나도 사람의 출신 성분을 따지기 싫지만 반말은 듣기 안 좋네요. 저도 귀족이라면 귀족입니다. 그대! 예의를 갖추시길 바랍니다."

"호! 본인은 누군가 했더니 일생을 허약체질이어서 기침에 거동조차 잘 못한다는 환시총의 자제분이셨네. 이거 미안. 하대하는 것이 버릇이 되어서……"

자신을 알고 있는 듯이 보인 참견자의 대한 궁금증이 일어난 빙이어서 한마디 던졌다. 더욱이 '상' 나라에서 6총 중 제3총의 자제가 아니던가. 그런 그의 정체를 알고도 도도하게 말을 하는 상대방의 정체가 궁금하였던 것이다.

"누구시온지?"

"아! 그냥 지나가던 사람! 나중에 본인이 누구인지 알게 되실 것이오."

참견자의 태도에 화가 동하였지만 언제나 양보하는 성격의 빙인지라 그냥 참고 말았다.

"그런데 이봐! 앞의 신사분한테는 말을 주고받더니 본인이 오자 등을 돌리는 이유는 무엇이냐?"

한밤의 참견자는 영환의 등 뒤로 식은땀을 흐르게 한 장본인인 어색한 콧수염의 남자였다. 그를 본 영환은 자연 등을 돌리고 말았던 것이다.

'아흑. 오늘밤은 뭔 날인가? 이상한 남자 놈들이 두 놈이나 나타나서 기분 이상하게 만드네.'

"이봐, 사람 말이 안 들리나?"

"기분 나쁘셨다면 죄송. 본인도 남자한테는 관심이 없어서 등을 돌린 것뿐이오."

"어라, 그럼 앞의 신사는 관심이 있었고?"

"그 신사도 남자하고는 안 어울리게 단아하게 보인 보습이 싫어서 뒷걸음질 친 것이며……."

"호, 그러니까 우리 두 남자의 모습이 그대의 마음을 끌리게 하였다. 그런 것인가?"

"……."

"설마 그러기야 하겠습니까? 우리들하고 말을 주고받으면 몰매 맞을까 염려되어서 저러는 것 일겁니다."

"후후, 역시나 마음이 착하다는 빙! 그대요."

환시의 아들 빙! 이름과 어울리는 연분홍색을 띤 빙산처럼 맑고도 투명한 피부색을 가진 그였다.

"그대는 우리가 여자였으면 하겠다는 것인가?"

"아니고…… 남자들이 여자처럼 아름다우면 보기가 거북한 본인입니다."

"하하하. 그대는 땅속에서 왔다고 하였지? 이상한 말 같지만 일단 믿어주겠다. 그리고 우리가 사는 수성에는 우리보다도 훨씬 예쁜 남자들이 많이 있다네. 그들을 보면 거북하다는 말은 삼가야 한다."

"후후후, 그건 그래요. 거북하다는 말은 듣기가 좀……."

'음, 콧수염은 잘못 붙였나?'

'어머, 뭇 남자들이랑 비슷하게 하고 나왔는데 저 사람의 눈이 좋다고 해야 하나? 섬세하다고 해야 하나?'

"그런데 듣자하니 뭔가 말하는 듯이 보였는데…… 말해보라! 앞의 신사분은 환시총의 빙이니까. 그리고 그의 성격상 타인에게 도움을 주겠다고 싶으면 도움을 주는 분이다. 뭔지 궁금하구나. 뭐냐?"

잠시 눈치를 살피던 영환이었다. 다시 밑져봐야 본전이라는 식으로 말하고자 하였다.

"사실은……."

영환은 자신도 모르는 사이 수성으로 온 것이며, 해저라는 하녀를 만나서 그나마 언어와 식생활을 할 수 있었고, 그리고 말하고자 하는 본론인, 해저가 어딘가에 심하게 문초를 겪고 있다는 말도 서슴없이 말하였다.

"음, 그래서 표 대국의 민폐를 끼치지 않으려고 '땅속'이라고 하였던 것이네? 그런데 물어 보겠다. 그대는 표 대국이 어떤 나라인지도 모르는데 그 나라에 대한 피해까지 염려하였던 것이냐?"

"아닙니다. 그냥 모시의 귀족들 말대로 하면 억울할 거 같아서 반항심에 그렇게 말하였던 것입니다. 그리고 여기서는 표 국을 적국이라 칭하는데 표 국에서도 이쪽을 적국이라고 칭할 거 아니겠습니까? 그래서……."

"그럼 그대는 중립적인 성격인가?"

"저는 그런 거 잘 모릅니다. 일단 제 관심사는 저에게 도움을 주고 자기를 희생하다시피 한 해저를 구하는 데 관심이 있을 뿐입니다."

"그대가 말한 내용이 사실일 것이다. 인간 이하의 취급을 받고, 그대에게 도움을 주던 인물 또한 아무리 하녀의 신분이지만 몹쓸 문초를 겪었고, 하지만 우리가 도움을 줄 수도 있으니 ……. 말해보라고 할 때 의심 같은 건 안 해보았나? 우리가 모시총에 밀고하면 그대나 해저라는 하녀는 이번에는 문초가 아니라 죽음일 것이라는 걸."

"하하하. 과연 수성에는 그렇게 아름다운 자연 풍경에 실망을 안겨주는 족속들뿐이구나. 해저나 나나 어차피 죽을 것이면 그냥 이렇게 죽는

게 나을 것이다."

어색한 콧수염의 진담으로 보이는 말에 오기가 발동한 영환이었다. 가장 추잡한 인간들이 안심시켜놓고 뒤에서 갖은 음모를 꾸미는 것이 아니겠는가!

"이봐! 콧수염과 얼음산 피부! 네놈들. 아니지, 여자가 남자 흉내를 내니까 중성인이라 해야 하나? 욕도 하기 싫었구나. 그냥 당장 날 죽여라."

콧수염의 남자가 자신의 반응을 보고자 한 말일 수도 있지만 그냥 오버하는 영환이었다. 정확히는 그들의 귀족이라는 신분의 대한 자기중심적인 성격에 반발하고 싶었던 것이다. 마치 막대기를 가지고 개미에 장난치듯이 보인 수성의 귀족들이어서 그러고 싶은 영환이었다.

"이름이 할이라고요?"

"네깐 것들이 멋대로 붙인 이름이어서 내 이름은 아니다."

"그럼 지구의 이름이 무엇인지?"

"관심 끊어라. 개 같은 것."

"이봐, 너무하구나."

영환의 입에서 오랜만에 막말이라고 생각한 단어들 줄줄이 흘러나왔다. 누가 말을 해도 상대방의 말을 끊고 자기 말만 하는 영환이었다. 그러면서 가슴이 후련해짐을 느낀 영환이었다.

"뭐야! 더러운 콧수염 년아. 네깐 것들은 날 맘대로 해도 되고 네놈들은 대접을 받겠다? 쌍스런 것들."

"그렇다는 것이다. 그대는 생각이 몹시도 짧구나! 아니면 생각이 모자라거나……."

"이런 개 같은 것. 네년."

"아니에요, 할님. 우리가 뭐가 부족해서 그런 것을 밀고하겠어요? 이분 신사님은…… 아니, 숙녀님은 아니…… 우리가 어찌 여자인 걸 알아보신 것이죠?"

"멍청한 것! 티가 나잖아. 여기 남자들은 얼굴이 여자보다 한참이나 크더구만 뭘. 네깐 것들은 그것도 몰랐냐? 하여간 남을 괴롭힐 줄 알았지. 머리는 빈 것들!"

"듣자듣자 하니 그대는 너무 방자한 입을 가졌구나. 진짜로 밀고해버린다."

콧수염의 진심으로 밀고하자는 것이 아니라는 것을 뒤늦게 알아챈 영환은 벌떡 하고 일어서더니 다시금 예의를 차리는 척하면서 간청하듯이 말하였다.

"아니…… 음, 날 죽여도 된다. 그러나 해저는 음…… 빙이라고 했나? 당신이 모시총에서 빼주어라."

"그게 부탁하는 사람의 자세냐?"

"미안. 응? 콧수염 여자? 얼음 여자? 부탁드리오. 이렇게 간청합니다."

"알았어요. 하녀 하나쯤 옮기는 일은 간단해요. 하지만……."

"난 괜찮다. 당신들이 사는 이곳 수성에서는 난 이방인이다. 어느 곳으로 가든 난 눈에 튀일 것이며, 그러니 여기랑 사정이 비슷할 것이라고 생각한다. 그러니 난 상관하지 말고 해저나 자유롭게 살게 해주시오."

수성에서의 생활이 어느덧 60여 일이 지났다. 영환이 생각하기로는 이곳 수성이 약 200년 후의 미래의 생활로 보였으며, 또한 200년 전의 보습으로 보인 수성에서의 생활이었다. 그리고 얼마 되지 않는 수성에서의 보고 느낀 점이지만 인간의 나쁜 점들을 많이도 느낀 영환이었다.

"그리고 왜 이렇게도 본인에 도움을 주려고 하는 건지……."

영환이 생각한 당연한 질문이었지만 상대방은 아무렇지 않게 받아들이는 모습의 말이 나왔다.

"할님은 이곳 수성을 안 좋게 보고 계시지만 아름다운 곳이랍니다. 인간이 편리하게 살아갈 수 있는 문명이든 과학이든 오래전에 존재해왔고, 또 그런 것이 단절된 사회가 1만 년 가까이 된다지만 이곳 사람들은 아무런 불편함 없이 생활하고 있습니다. 그리고 그동안 이곳에 오셔서 보고 느낀 것과는 달리 좋은 면도 많이들 있답니다. 물론 투쟁도 있고, 욕망들이 있겠지요. 하지만 사람이 먼저라고 생각하는 사회인 수성이랍니다. 그러니 그렇게 나쁘게만 보지 마세요."

"그건 상류층인 당신의 생각이고, 하인으로 취급받은 해저는 그렇지 않을 것이라고 생각한다. 아닌가? 세상은 음지가 있으면 자연 양지도 있다는 것이다. 뭐 내가 살던 세상도 마찬가지지만……."

영환과 빙이 주고받는 말을 참견하고 나서는 콧수염의 남자였다.

"후후후. 그럴 것이다. 인간의 근본적인 문제이자 변해야만 하는 세상의 이치일 것이다. 그대의 말도 맞고, 빙의 말도 맞다. 음, 음과 양이다. 좋은 말이었다. 새겨두도록 하겠다. 그대!"

"해저의 일은 제가 알아서 할게요. 그런데 할님? 제가 여자란 것이 표가 나셨나요?"

빙의 의문의 말에 콧수염의 인물도 영환의 반응이 궁금한지 기대해보는 눈치로 그의 말을 기다렸다.

"아니, 그냥 넘겨짚었어. 사실 나도 잘 몰랐는데 당신들이 알아서 실토하네."

수성의 인물들

며칠째 못 보던 해저가 영환의 앞에 나타났다. 몰골이 말이 아닌 해저의 모습이었다.

"할님, 죄송해요. 저 때문에……."

"아니, 아니요. 해저의 잘못은 어느 것도 없는데, 오히려 나 때문에 당신이 다쳤으니 미안할 따름입니다."

"저, 또 뵐 수 있는 것인지요?"

"하하. 물론입니다. 해저! 당신만 잘 있으면 전 언제든 만나러 가겠습니다. 전 이렇게 보여도 꽤 강합니다. 아무한테나 당하지 않는 인간입니다. 그러니 저에 대해서는 안심하시고 더 늦기 전에 어서 모시총을 떠나세요."

'강하긴 개뿔이 강해! 강했으면 진작 아니 해저가 없었으면…… 얘기지만'

영환의 이별의 인사의 말에 주위를 살펴보고 영환에게로 다가오는 해저였다. 물론 그녀의 반응에 다른 곳으로 눈을 돌리는 빙이었다.

"저, 할님. 원래 성함이 영환님이라고 하셨지요? 영환님, 부디 몸조심하시고 영환님의 원래성격대로 밝게 사시길 기원하겠습니다. 그러니 몸을 너무 자학하지 마세요."

"하하, 뭘. 별 마음을……. 해저님도 더 이상 나 때문에 눈물 같은 건 흘리지 않았으면 합니다. 약속입니다."

읍! 음!

그녀는 대답 대신 영환의 입을 틀어막았다. 무언의 약속인 듯 영환의 입에 자신의 입술을 얇게 포갠 것이었다. 언제 또 만날 수 있고 언제 또 다시 그의 얼굴을 보게 될까를 생각하던 해저는 자신의 의지와 상관없이 영환의 입술을 덮친 것이었다.

영환도 자연 그녀를 받아들였다. 영환은 28년 인생 중의 몇 안 되는 황홀하고 아쉬움과 서글픔이 많이 남는 해저와의 입맞춤이라고 생각하였다. 짧았지만 의미가 있는 첫 키스의 여운이 있는지 눈과 입술을 동시에 움직이고는 영환과 눈을 한번 마주치고 이내 발걸음을 옮기는 해저였다.

"해저!"

지금이 아니면 평생을 후회할 거 같은 기분이 들은 영환의 외침이었다.

"네?"

그의 부름에 뒤돌아서서 영환에 대한 자신의 대한 생각하였던 말이 나오기를 기대하는 눈빛의 해저였다.

"날 기다려줄 수 있는 것인지요. 싫다고, 아니 된다고는 하지 마시오. 자신이 보잘것없는 하녀라고도, 나 같은 자에게 피해만 줄 뿐이라고도 말하지 마시오. 그냥 날…… 아니 내가 오기를 기대하겠다는 표현만으로도 난 행복하게 여길 것이오. 그러니 당신의 해맑은 미소만이라도 보여주시오."

영환의 어설프지만 진심이 묻어나오는 자신의 대한 감정을 생각한 그에게 환한 미소로 보답해주는 해저였다.

'이 세상에서 당신보다 미소가 아름다운 여인은 없을 것이오. 껍데기만 예쁜 선저나, 이 세상에서 제일 예쁘다는 어느 여인도 그대보다는 못할 것이오.'

"다행이다. 수성에 와서 처음으로 알게 된 여인인데…… 빙이라는 여인도 사람이 좋아보였으니 잘 대해주겠지. 이제 한시름 놓았나? 후!"

"뭐가 한시름 놓았나?"

"컥! 콧수염 그대는 아직도 안 갔나?"

영환은 이 세상에 혼자밖에는 없는 시간인 새벽 1시쯤에 또다시 말소리가 들려오자 상대방의 목소리를 기억하고 귀찮은 듯이 말하였다.

"음, 그대는 상당이 예의가 없구나. 어쩌면 본인으로 인하여 자신의 마음속에 있는 여인을 꺼내줄 수 있었는데 말투가 지나치다."

"지랄하네. 이봐! 생기다 만 콧수염아. 이제 그만 집으로 귀가하여라. 어리게도 보이는데……. 그리고 사사건건 타인의 생활에 참견하는 것은 좋지 않다!"

"하하하. 어리다? 좋지 않다? 이런! 본인이 그렇게 만만하게 보였나?"

"당연. 그리고 티 나는 콧수염은 제발이지 달고 다니지 말라. 거북하다."

"뭐 좋다. 언제 한번 표 대국에 오거라. 그땐 특별히 그대를 손님으로 대접하겠다. 그리고 원래 이름이 영환이라고? 조금 하인 티가 나지만 기억해두겠다."

하고 싶은 대로 말하고, 하고 싶은 대로 행동하는 방문객인 콧수염의 인물에 대한 생각을 영환은 두 가지로 요약해두었다. 첫 번째는, 거만한 귀족층의 자녀라는 것과, 두 번째는, 공주라 할 수 있는 신분인 빙을 알고도, 하대하듯이 하는 모습으로 보았을 때, 최소 총장보다 높은 영향력이 있는 권력가나, 왕국의 자녀로 요약해 두었던 것이다.

구름 사이로 지나가는 비행선이 있었다. 비행기는 아니었으며, 기구도 아니었다. 그냥 하늘 위 구름 사이로 떠다니는 열차 정도로 보인 수성의 비행 물체였다. 이 수성의 하늘을 달리는 열차는 고운 수정의 색깔로 달린다고 해서, '수정형'이라고 불린다. 수정형의 구조는 각 주요 도시마다 역을 건설하였고, 역마다 굵고 긴 조형물을 하늘을 향해 사각 모양의 탑

식으로 건설하였다. 역의 규모는 동서남북으로 약 1km 되었고, 높이는 지상으로부터 약 200m 상공에 설치되어 있었다.

역과 선로에는 강력한 전자석의 상하로 밀어내는 힘을 작용시켜 하늘을 뜨게 할 수 있었다. 하지만 과학자들은 그것만 가지고는 탈선의 위험이 있다고 판단하여, 연구 끝에 선로에다가 수성의 가벼운 대기를 응용하여 일정한 간격으로 전자석의 탑과 하늘을 올라가는 힘을 가진 수소 가스를 주입한 둥근 공 모양의 거대한 공기층들을 고정시켜 놓았다. 하지만 또 다른 문제가 있었다. 바로 선로의 전자석탑과 공기층들에 연결해주는 줄이 그것이었다. 자석의 탑과 공기층들은 전기의 힘으로 오래간다 하지만 굵게 만들 수도 없고, 가늘게도 만들 수 없었던 것이다. 그러다가 생각한 방법이, 태양열로 지탱하게 하는 장치인 구리 관이었다.

구리 성분은 전기가 통하지만, 자석에는 힘이 통하지 않는 성분이었다. 상하좌우로 구리 관을 설치. 하관 속에는 올라가는 힘을 설치. 상관 속에는 올라오는 힘보다는 약한 힘을 설치하여 탈선의 위험을 막았다. 좌와 우 관 속에는 서로 상극되는 힘을 설치하였고, 물론 수정형의 앞뒤로 밀어내는 힘과 당기는 힘을 장착하여서 서로의 힘에 반응하여 움직임이 가능하게 하였다. 한마디로 자석의 힘을 이용한 '하늘의 비행물'이었다. 그리고 200미터나 위로 지나가게 하는 이유는 자연환경 파괴의 최소화시키는 데 목적이 있었다. 수분이 생산되는 산맥의 파괴의 최소화와 흐르는 강물의 대한 오염의 최소화였다. 대부분 도심 외곽으로 지나갔으며, 사고에 따른 인명 피해도 최소화시킨 것이었다.

수정형은 수성의 대류과 대류을 횡단하는 하늘의 유일한 교통수단이었으며, 수정의 대류은 초승달 모양으로 서쪽이 표 대국이었으며, 동쪽이 영환이 잡혀 있는 모시총이 속한 협력국인 상나라였다. 대지의 크기는 지구의 유럽과 아메리카대륙 정도 되었다. 표국이 유럽 정도 되었고, 상국이 아메리카 정도 되었다. 그런 양 대륙을 횡단하는 수정형은 왕복 2

개의 비행길이 있었으며, 오전 시간에(09시, 12시) 두 번, 오후 시간에(3시, 6시) 두 번이 있었다.

　수정의 하늘은 어떠한 전자식의 비행물체가 날 수 없어서 자연석을 이용한 수정형이 편리함은 주는 대류 간 비행체였던 것이다. 비행의 속도는 대략 250~300km/s로 달리고 있었다. 그 수정형의 고급 승객실에 앉아 있는 여자와 그녀의 수행원으로 보이는 남자가 빈 승객실에 앉지도 않고 깍듯이 서 있었다.

　"걍은 어떻게 생각하지? 안 보였지만 지척에 있었을 것인데 나와 그자가 말하는 내용을 들었을 거 아니냐?"

　"네, 속하는 공주님의 신변이 우선입니다. 아무것도 듣지 못하였나이다."

　"그런가! 알았다. 가서 쉬어라."

　"네. 불편함이 있으시면 속하를 찾으소서!"

　"되었다. 다른 할 일 없는 하녀들이 있다."

　"네. 그럼……."

　걍이라는 인물이 조심히 뒷걸음치듯 물러가자 다시금 말을 시키는 공주라는 여인이었다.

　"하지만 내가 그런 입이 거친 사내에 추잡한 내용이 담긴 말을 듣고 있었는데 왜 그자를 그냥 내버려 두었지?"

　"네. 속하는 송구하오나 그자의 말이 일부는 맞아서 그냥 내버려 두었나이다."

　"일부는 맞는 말이다?"

　공주의 분위기를 살피던 걍은 머리를 조아리면서 대죄하듯이 말해본다.

　"송구합니다."

　"아니다. 귀족들이 일반인의 눈에 그렇게 비춰진다는 말은 오래전에 들어서 알고 있었다. 그래도 기분은 유쾌하지만은 않더구나. 특히 그자! 재미있게 생겼지만 말을 함부로 하는 자였다."

"신경 쓰지 마십시오. 천박한 인물이었습니다."

"아니, 말을 함부로 하였지만 다시 보고픈 자였다. 다시 만나게 되면 또 그렇게 말을 하는 인물일까?"

"그럴 리가 있겠사옵니까."

"성으로 돌아가면 정보전에 내 말을 전하라."

공주는 수하인 강이라는 인물에게 뭐라고 지시사항을 말하였다.

"네. 그리 하겠나이다."

공주! 일국의 왕의 딸을 보고 공주라 칭하지만, 이곳 수성에서는 총장들의 여식보고도 공주라 칭하는 사회였다. 계급은 표 대국이 대(왕), 충(총리), 강(장관) 그리고 상급귀족, 상급기사, 하급귀족, (표의 총리와 장관은 상급귀족에서 선출됨) 대장기사, 기사 일반인이었다. 협력국인 상나라는 대 총장, 각 총장, 상급귀족, 상급기사, 하급귀족, 대장기사, 기사, 일반이었다.

강이라는 수하가 공주라 칭한 여인은 표 대국의 대의 딸인 수와였다. 그녀는 아버지인 대의 만류에도 불구하고 모르게 대의 성을 빠져나와서 '말하는 동물'인 영환을 보고 돌아가는 길이었다. 이번이 타국의 여행은 처음인 그녀 수와였다. 허락 없는 여행에 뭔가 변명이라도 할 겸 해서 타국의 유명하다는 아름다운 자연경관과 각 총의 생활 모습을 두루 살피고, 귀성길에 올랐던 그녀였다. 하얀 빛을 띤 연분홍색의 피부에 자수정 색깔의 눈매와 비단결같이 길고 고운 머릿결, 조금은 도도하게 보이지만 얇은 핑크색 입술이 매력적인 수와의 인상이었다.

'후후후. 좋은 경험이었어. 특히 그자 또 만나고 싶다. 본인이나, 그대나, 내가 한 말을 따라하다니 특이한 자였어.'

넓은 마당에 젊게 보이는 사람들이 각기 신체를 단련하는지 한데 모여서 젊음의 열기를 내뿜고 있었다.

"핫! 앗!"

"이요옵!"

'지랄들 하네. 저게 뭐야! 딱 보기에도 그냥 형식적인 동작이잖아. 역시나 귀족 나부랭이들인가! 하긴 조선조나 유럽이나 좀 있다 하는 인간들은 내보이기 위해 형식적인 모습만 보여 주었을 뿐 여타 진지한 면은 없었을 것이다, 라는 생각을 했었는데……. 그래도 그렇지. 꼭 예전의 모습들이잖아! 얼빵한 것들! 에라, 저래서 뭔 일을 한다고……. 인간사는 모순들뿐이라고 누가 말하였지만 여기나 내가 살던 역사나 매한가지구나.'

영환의 아직도 구금되어 있는 상태였다. 정확히 말하자면 동물의 우리에 갇혀 있었다고 봐야 옳을 것이다. 그래서 영환은 스스로의 힘으로 탈출하고픈 욕망도 들었다. 하지만 쉬운 일은 아니었다. 일단 감시자들이 너무나 많았고, 그리고 어디를 간들 눈에 띄는 자신의 모습이어서 쉽사리 행동을 못 옮긴 것이었다. 탈출해봐야 본래의 자리로 돌아올 뿐이라고 생각하였던 것이다. 그러나 벗어나고픈 생각의 영환은 우리에 갇혀 있는 내내 수성의 인간들의 습성과 행동 및, 성별의 습관을 관찰하기 시작하였다. 먼저 자신의 눈에 보이는 넓은 운동장의 젊은이들의 신체적인 훈련 과정과, 이곳 사람들의 생활을 면밀히 관찰하면서, 틈틈이 기회를 엿보고 있었다. 오늘도 젊은것들이 형식적인 동작만 할 뿐 아무런 성과가 없는 눈요기였던 것이다.

'대체 언제까지 여기에 있어야 하는 것이야. 젠장! 저것들의 행동도 이제는 진절머리가 난다. 뭔가 방법이 없을까? 하물며 내부 갈등이라든지 아니면 인간의 존엄성의 법률이 있어서 날 구제해주는 어떤 것이 있든지……. 답답해, 답답해. 이제는 기합소리만 들어도 짜증이 난다. 네놈들이 뭔 기사나 된다고. 시풍!'

수성의 하늘은 어떠한 전자식의 물체도 다닐 수 없었지만, 육로로는 많은 양의 힘을 축척할 수 있는 전지의 힘으로 움직이는 자동차가 있었다. 최고 운행속도는 전지자동차가 200km/s에 육박하였다. 도로는 한마디로 잘 짜여진 건설 계획의 따른 어느 도로이든 왕복 2차선 이상이었고, 왕복 4차선 이상의 도로 주변 100미터 내에는 어떠한 건물도 건설할 수 없는 수성의 교통 환경이었다. 하지만 계급사회라 할 수 있는 수성의 일반인들은 자동차를 소유하고 싶어도 쉽게 얻을 수가 없었다. 행정구역의 책임자의 승인이나 귀족의 승인이 있어야만 자동차 소유가 가능한 일반인들이었다. 자신들과 같은 편의시설을 이용하는 평범한 일반인들이 못마땅하여 그런 규제(規制)를 가하였던 귀족들이었다. 하늘을 달리는 수정형도 일반인이 이용하는 하급실과 귀족 이상의 신분들이 이용하는 고급실의 승객실이 있었고, 전자석으로 움직이는 열차 또한 비슷한 그들의 환경이었다.

수심이 10미터 이상이 되어도 물속이 들여다보일 거 같은 맑은 물이 흐르는 무지개의 계곡을 지나는 같은 문양의 자동차가 4~5대 정도 있었다. 문양으로 봐서는 어느 귀족의 소유인 자동차 같아 보였다. 그런 귀족 소유의 자동차가 달리는 소리에 한낮의 여유를 즐기고 있던 이름 모를 각종 색깔의 예쁜 새들이 어디론가 날아오르는 모습도 보였다.

"해저님은 아직도 우울하신가 봐요?"

"아닙니다. 저, 빙님! 제발 존칭은 생략해주세요. 몹시도 불편합니다. 저 같은 하류한테 그렇게 깍듯이 대할 필요 없습니다. 더욱이 공주님 신분이 아닙니까."

"호호. 오는 내내 그런 걸 생각하였나요? 하지만 어쩌죠? 전 누구한테나 높임말 쓰는 습관이 있어서요. 말 한마디가 자신의 일생을 망친다고 하잖아요. 그러니 신경 쓰지 마세요."

"그래도……"

"호호. 그런데 영환님은 어떤 인물이던가요?"

빙의 갑작스런 질문이었다.

"네. 아! 저도 잘 모릅니다. 고작해야 1달 20일 정도 지켜보아서요. 하지만 순수하신 분 같아 보였습니다. 우리들보다 고집도 있어 보였고, 자존심도 있어 보였고, 그리고……."

"그리고?"

"자신보다 약한 사람한테는 상냥하게 대하는 분이었어요."

"후후. 모른다고 하면서 많이도 살펴보았네요."

"네. 아! 네."

"후후. 아직도 경계하는 거 같은데 그럴 필요 조금도 없어요. 그냥 편하게 생활하시면 되어요."

"네. 빙 아가씨!"

빙과 해저가 말하는 사이 어느덧 환시총의 도심으로 접어드는 차량들이었다. 환시총은 모시 총과 비교할 수 없게 크게 보인 도심이었다. 모시총의 총 면적이 상나라의 100% 중 10%를 차지하고 있다면, 환시총의 규모는 그 두 배인 20%는 되었다.

환시총으로 달려오는 내내 도로의 양옆으로는 울창한 숲과 잘 정돈된 푸른 농경지와 간간이 사람들을 위한 편의시설이 설치되어 있었다. 농작물은 쌀 종류와 밭에서 일구는 감자종과 나무 밭들이 많아서 사과나 배 같은 과일들을 많이 수확하였다. 보기에는 과일나무가 차지하는 면이 절반은 농경지의 5/2는 되어 보인 환시총의 농경사회의 모습이었다. 그런 풍족한 환경이어서 보는 이들은 수성에서 사시사철이 늘 푸르다고 말하는 환시총이었다. 도심 또한 대륙의 제일가는 빛의 도시라고들 자칭하는 환시총의 총장이 머무는 도시였다. 다른 도시들과 달리 빼곡히 들어서 있는 건물들과 도시의 언덕에 위치한 환시총의 상징인 웅장하게 보인 '제3총장성'이 모습을 드러내었다.

외곽의 북쪽으로부터는 운하(運河)가 도심의 약 반 바퀴를 가로질러서 서쪽으로 고고히 흐르고 있었고, 운하의 폭도 500미터 가까이 되었고, 수심 또한 깊은지 운송수산단과 여행객이 이용하는 유람선 같은 것도 보여서 수송 수단에도 활발한 곳이었다. 도심의 곳곳에는 성스럽게 보이는 건축물과, 그에 어울리는 고목들이 하늘을 향해 묵묵히 뻗어 있었다.

그런 것들의 주변에는 한낮의 여유로움을 즐기는 시민들과, 학업에 열중하다가 잠시 나들이 나온 학생들로 보이는 인물들이 쉬는 공간이 마련되어 있어서 사람들의 인기를 끌고 있는 인공적인 자연환경이었다. 특히 눈에 띄는 것은 특정 건물들의 색깔이 비슷하다는 것과 밤이 되면 '대륙에서 유일하게 휘황찬란한 아름다운 야경에 빠져보세요.'라는 문구가 적혀 있는 안내 표지판이 보였다. 그런 환시총의 도심의 모습을 보고 자신이 살아온 환경과 비교하여 감탄하는 사람이 있었다.

"후후. 모시총보다는 많이 다르죠?"

"네."

빙의 말에 수줍은 듯 대답하는 해저였다.

"곧 자연스럽게 동화될 것이고, 사람들과도 친절하게 생활하게 될 거예요."

"고맙습니다. 빙 아가씨."

'이제 저의 마음에 와 닿는 곳으로 왔습니다. 모든 게 영환님 덕분입니다. 그러니 저의 고마움을 답해줄 수 있게 제가 있는 곳으로 오시게 되기를 바랍니다. 여기서도 영환님을 위해서 기도드리겠습니다. 부디 자신의 안녕을 돌보소서.'

"어서 오십시오, 총장님!"

"어서 오십시오, 빙 공주님!"

해저가 자신의 마음에 있는 말을 생각해 보는 사이 그들의 성에 이르자, 환시총장을 영접하던 무리들이 말을 맞춘 듯이 일제히 떠들어대었다. 빙이 인사를 받자 시녀 몇몇이 총총걸음으로 그녀에게로 다가왔다.

"오랜 여행의 피로가 많으시겠습니다. '향기의 목욕물'을 준비해놓겠습니다."

"그래, 부탁해요. 그리고 이쪽은 '해저'라는 이름으로 그대들의 동료니까 앞으로 잘 부탁해요. 해저! 저들에게 인사해요."

"해저라고 합니다. 앞으로 잘 부탁드립니다."

해저가 인사를 건네자 그녀의 앞으로 다가오는 여인이 있었다. 환한 미소를 머금은 그녀의 이름은 설리라고 하였다.

"자, 이쪽으로 오세요. 제가 안내해드리겠어요. 이제부터 이곳이 해저님의 성지라고 생각하세요. 오늘은 제가 안내해주는 숙소에서 쉬시고 내일부터 해저님이 할 일과 우리 총의 규모며, 사람들의 의무적으로 해야 할 일들을 설명해드리겠어요."

다음날 아침 환시총의 시녀들이 머무는 아담한 정원이었다. 그 정원에 여인으로 보이는 인물들이 몇몇이 모여 있었다.

"우리는 여인의 몸이지만 남자 못지않은 강인한 정신 자세와 그에 맞는 힘을 기르는 일도 의무적으로 해야 해요. 해저님이 있던 모시총에도 다른 총에도 우리 같은 여자의 몸으로 남자의 버금가는 이름난 여성 기사가 있는 걸 아실 거예요. 모시총의 '니은'님과 이곳 환시총의 '순선'님! 그리고 대총에 '서린'님이 대표적인 분들이시죠. 그렇지만 그분들도 노력해서 지금의 직위까지 오른 분들로 누구나 노력하면 될 수 있다는 가능성을 보여주신 분들이죠. 그렇습니다. 처음부터 잘하는 사람은 없겠지요?

아니 들 그런가요? 앞으로 제 앞의 네 사람은 약 30일간 아무것도 하지 말고, 이곳의 여인으로서 지켜야 할 자세와 지금의 말을 되새기며 여러분의 손에 들려 있는 단단하고 무거운 나무로 만든 검을 들고 제 옆의 교관님이 알려주신 대로 하루를 알리는 아침 6시부터 하루를 마무리하는 시간인 18시까지 동작들을 반복하여 움직여야 할 것입니다. 그리고 이제부터는 공주님의 허락 하에 행하는 일이니까 어느 누구하고도 말을 섞거나 말을 나누는 걸 허락하지 않겠어요. 질문사항이 있어도 안 받을 것이며 그렇게 30일간 같은 생활을 하셔야 할 겁니다. 이상! 교관님! 부탁 드려요."

해저와 같은 환시총에서 처음 생활하는 신입 시녀들이 3명가량 더 있었다. '화선', '해인', '지혜'가 그녀들이었다.

"와하하하하! 뭐라? 그 어린것이 지 멋대로 여행을 다녀왔다?"

"네, 왕자님."

"음, 미리 알았으면 녀석의 버릇을 고쳐 놓을 기회였는데 말이야."

"하지만 걍이라는 인물과 실력자들이 대거 동행하여서 미리 말씀 못 드렸나이다."

"음, 걍이는 강하긴 하지. 그 밑의 기사들 또한 만만히 보이는 인물들이 아니고 말이야. 아마도 정이형의 안배겠지?"

"네, 왕자님! 그럴 것입니다."

"정이형은 머리가 좋은 사람이지만 너무 상냥하고 밋밋해. 그런 사람이 이런 대국의 차기 지도자가 되는 것은 생각해 볼 문제야."

"그러나 왕자님! 정이 왕자님의 밑으로 인재들 또한 많이 있습니다. 그들이 나라를 잘만 경영한다면 크게 문제가……."

수하의 말이 당연하지만 답답한 듯이 말을 자르고 나서는 표 대국의 어느 왕자였다.

"그러나 귀족이나 일반인이나 상관하지 않고 등용하는 데 문제가 있어. 그런 것만 보았을 때 귀족이나 여타 호족들의 원망을 사는 것이야."

"하지만 왕자님! 그들은 모두……."

"나도 알고 있다. 인재들이지. 허나 다른 자들은 그렇게 생각하지 않는다는 게 문제야. 특히 귀족들이 자기들을 무시하는 처사라고 생각할 것이다. 안 그런가? 자존심들이 누구보다 강한 그들이 아닌가? 그러니 오죽 하겠어."

"하오면 왕자님은?"

"하하하, 나에게 무엇을 물어 보려고 하는 것인가?"

"……."

"흠, 난 말이야. 누구의 말도 듣고 싶지 않아. 나의 생각이 맞는다고 생각하면 그리 할 것이야. 그것만 알아둬!"

"알겠나이다, 왕자님."

"그나저나 내 동생 감의 행방은 아직인가?"

왕자의 물음에 우물쭈물하는 그의 수하였다.

"그 어리바리한 것이 세상 구경을 한다며 지 멋대로 성을 떠난 지가 어느덧 12년은 족히 되었네. 아버님도 노심초사하고 계시네. 되도록 빨리 알아봐!"

대의 자손들은 5남 1녀였다. 1왕자가 '정' 212세였으며, 2왕자가 '랑' 205세, 3왕자가 '배' 190세, 4왕자가 '현' 182세, 그리고 현재 행방불명된 5왕자 '감' 173세였으며, 막내딸이 '수와' 112세, 막내하고 오빠들하고 나이 차이가 많이 나는 대의 가족사였다. 지금의 왕자라는 인물과 수하의 대화 내용을 보면 1왕자에 대한 불편한 점과 자신의 막내 동생들에 대한 말이 나왔다. 수하하고 대화하던 인물은 대의 3왕자인 배이었다.

"그만 나가보라."

'음, 사람들은 특히 '랑'이형 측은 막내 남동생은 감을 전부터 못 마땅히 생각해왔다. 우리랑은 출신이 다른 형제란 이유였다. 하지만 같은 아버지의 밑의 형제가 아니던가. 하지만 생각이 많은 감이가 그런 걸 모를 이유가 없었다. 그래서 여행을 간다고 하고 떠난 것일 것이다. 아마도 우리 형제 중 머리가 제일 좋거나, 아니 확실히 머리는 비상한 녀석이었다.

그 어리바리한 점도 일부러 설정해놓은 녀석의 하나의 방법일 것이고, 형제들의 따가운 시선 속에서도 공부든 뭐든 흔들림 없이 헤쳐 나간 녀석이다. 그런 녀석이 하루아침에 증발하듯이 없어졌다. 나도 모르는 형제들 간의 뭔가가 있었을까?

감이를 어찌해볼 수 있고, 눈에 가시처럼 행동한 사람은 2왕자인 '랑'형이다. 아니 어쩌면 나를 포함한 형제 전원이 그의 증발에 관계가 있을 수 있다. 여자라고 만만히 볼 수 없는 '수와'도 마찬가지일 것다. 형제지만 못마땅한 형제를 해칠 수가 있을까? 누구한테나 상냥하게 대하는 큰형인 정이형과 나 같으면 그럴 수 있을까? 내 생각이 틀리기를…….

아니면, 우리 형제들을 이간질시키고자 누군가의 음모도 생각해 볼 문제이다. 과연 그럴 자가 누가 있을까? 음, 아버님께 자웅을 겨루던 송전과 선전도 무시하지 못하는 존재들이다. 하지만 그럴 분들은 아니야. 또 누가 있을까? 장충이나 노강! 장충님은 2인자로 오랫동안 있었으니 권력욕이 더 있을 수도 있을 것이다. 노강 또한 상급귀족이니……. 휴, 이런! 이러다가 끝이 없겠는걸.'

"후후후. 수와가 귀성하였다고? 녀석, 성질하고는……. 누굴 닮아서 성격이 그런지. 그리고 배가 수하들이랑 자주 회의를 한다?"

"네, 모임을 자주 갖는 듯합니다."

"음, 내용을 알 수 있겠나?"

"네. 좀 어려울 것이라고 사료됩니다만……."

"음, 큰형은 역시나인가?"

"네, 관료들과의 모임이 없으시면 언제나 그렇듯, 한 손에는 항상 책 한 권을 드시고 정원을 거닐고 계셨습니다."

"공부벌레인 큰형과 셋째라? 큰형은 우유부단한 성격이그, 셋째는 한 가지 일에 집중하면 무서운 집념을 가지고 있다는 점인데 역시나 그도 경계의 대상인 것인가?"

"그렇습니다. 아마도 이곳 성의 최고 방해물이 될 수 있는 분이 배 왕자님이십니다."

"큰형보다도 더?"

"그럴 것입니다. 정 왕자님이야 언제나 한가로이 정원을 거닐기만 하시는 분이옵고, 특히나 그분의 성격에 늘 근심을 쌓고 계시는 대님이십니다. 그 점을 염두에 두시고 왕자님은 자신의 능력을 천천히 대님께 보여주시기만 하시면 되옵니다."

"그런가? 하면 현과 수와는?"

"현 왕자님 역시 학업에만 열중하고 계시며 사람을 이끄는 재주는 없다고 사료되며, 수와 공주님은 세상사에만 관심이 있으신 분입니다. 공주님과 4왕자님은 큰 걱정은 안 하심이 좋을 듯합니다."

"하지만 말이야, 그들이 가면을 쓰고 있는 것이라면?"

"자신을 위장할 수도 있다는 말씀이시온지?"

"당연하네. 뭐든 가능성을 생각해둘 필요가 있다는 것이네."

"네! 알겠나이다."

"그럼 대장님, 저 인간을 지하 감옥에 가두자는 말씀이신가요?"

모시총의 수비부대장인 여기사 링이 수비대장의 부름을 받고 그와 독대를 하던 중 의아심이 들어서 재차 물어보았다.

"그렇다네. 상부에서 결정한 일이야. 그를 보러오는 관객들이 줄어들자 사람들의 궁금증을 유발시키는 차원에서 그를 감옥에 가두어두고, 다시 한 번 그자를 이용해보자는 의견들이었어."

"그렇다 해도 같은 인간으로서……. 귀족들의 생각은 도무지 이해하기 어렵습니다. 주제넘은 말이었다면 죄송하지만 죄 없는 그자가 조금은 불쌍한 생각이 들어서 떠들어봤습니다."

"아니네. 맞는 말인데 뭘. 아무튼 그리 알고 지하 감옥으로 이송하라 명령하게."

"네."

"이봐 니은? 당신들 그따위로 사는 게 아니야. 이상한 세상으로 온 것도 억울한 판에 뭐 어째? 개인의 의사와 상관없이 누구의 소유물 취급하는 것이야? 내가 네놈들의 물건인가, 하인인가? 그리고 내가 죄 지은 게 있으면 죄명이라도 읊어 보거라!"

퍽! 퍽!

영환이 아무리 발버둥 쳐봐도 돌아오는 건 그들의 매질이 전부였다.

"에잇! 양심도 인격도 없는 더러운 것들!"

퍼억!

처음에는 사정을 봐주면서 폭행하던 니은은 영환의 입에서 험한 말이 나오자 검 집의 끝으로 내리쳐서 기절시키고는 지하 감옥으로 운송하라는 명령을 내리고 돌아갔다.

'나라고 왜 인격과 양심이 없겠냐. 그냥 이런 사회로 온 네놈의 잘못으로 여기거라.'

모시총의 감옥은 지상 감옥과 지하 감옥으로 나누어졌다. 비교적 죗값이 가볍거나 귀족 출신의 범죄자 들은 지상 감옥에, 죄질이 나쁘고 험한 인간성을 지닌 인물은 거의 지하 감옥에서 지내야 했다. 말이 죗값, 죄질이라지만 힘없는 평민은 그냥 지하 감옥으로 감금하는 모시총의 치안법이었다.

지하 감옥의 규모는 지상에서 약 10미터 밑에 설치되어 있어서 빛은 물론 사람들의 소리조차 들을 수가 없는 꽉 막힌 공간이었다. 수감자들의 방의 개수는 60개 정도로 중간에 통로가 있었고, 양쪽으로 방들이 즐비하게 늘어서 있었다. 영환이 갇혀 있는 지금의 시기는 농경지로 지원을 가 있는 죄수들이 있어서 거의 텅 비어있다시피 하였다. 수감자들의 방의 시설은, 약 5평 정도 되었고, 그 작은 방안에 화장실이며 세면도구가 설치되어 있었다.

"어욱, 젠장! 이젠 어이없게도 웃을 힘도 없네."

교도관으로 보이는 자들이 수감자의 방 안으로 영환을 내던지다시피 하였다.

"이게 대체 뭐냐! 처음에는 그저 자연경치며, 사람들의 모습이 영화나 동화 속같이 아름답기만 하더니, 아주 더러운 세상이네 이거. 아! 더러워. 아악! 개 같은 것들."

"음, 무슨 소리인지……. 그대는 수성 사람이 아닌가? 못 알아듣는 말을 하는구나."

"에, 그러는 당신은 누구냐?"

"나는 나다!"

"그럼 나도 나다!"

영환이 다시 수성의 말을 하자, 그가 떠드는 이상한 말에 궁금증이 나서 다른 수감자가 다시 말을 시켰다.

"우리말은 하는데, 좀 전의 언어는 어느 곳의 언어지?"

"안 믿겠지만 본인은 여기 사람이 아니오. 재수 없게도 별 이상한 데로 와서 환장하는 중이오."

"음. 어떻게 오게 되었는데 그러나?"

"그걸 알면 이렇게 있겠소?"

"음, 모를 일이구만. 운명이거니 해야겠네."

자신의 처지를 무의식적으로 얘기하다가 별 위로의 말은 기대하지 않았던 영환이었다.

"운명이거니 해야 한다? 틀린 말은 아니구려."

"진짜로 그대의 말이 맞는다면 기다려보시게. 뭔가 방법이 있겠지."

"당장 여기서 나가는 게 문제요."

"그것 또한 기다려보게."

"여기가 우주의 한쪽이 맞긴 한 것이오?"

"우주가 맞긴 하네만…… 그대가 살던 곳의 문명은 어느 정도였나?"

"뭐 한…… 대략…… 정확히는 모르겠고, 7천 년은 된다 하더이다."

"7천 년이라! 하하핫, 우리보다는 약 4만 년은 뒤처진 문명이구만."

"그럴 것이오. 알던 사람으로부터 그리 들었소이다. 그러나 사회의 발달은 내가 살던 지구가 더 많이 발전한 듯하오."

"어떤 면이 말인가?"

"여긴 사람들의 기거하는 아파트라든지, 빌딩이라든지 그런 게 없잖소. 높은 빌딩도 안 보이고 자동차의 소리도 안……."

영환의 수성과 자신이 살던 곳을 비교해보는 말에 참견하고 나서는 다른 수감자였다.

"빌딩? 아파트? 그런 게 뭐가 필요 있나? 사람들도 많지 않구만. 안 그런가?"

"그렇긴 하네요. 하지만 자동차는?"

"하하하. 여기도 자동차가 다니고 있네. 자네가 생각하는 자동차가 어떤 것인지 모르겠지만, 여기도 전지의 힘으로 움직이는 자동차가 있다네. 네 바퀴고 말이야. 물론 거의 귀족들만 소유할 수 있단 말이야."

"또 전에 듣긴 들었는데요. 하늘에는 전자장치의 어떠한 물체도 날아다닐 수 없다고 들었는데…… 그거야 뭔가 장치가 있어서 그런 것들은 무용지물로 만든다고 하여서 이해되는데요. 사람들이 들고 다니는 무기는 왜 검뿐이 없는 것인지?"

"살상무기를 말하는 것인가?"

"그렇소이다."

"후후후. 뭐 궁금하긴 하겠구만. 사실은……."

수성의 무기 역사 또한 4만 5천 년에 이른다고 하였다. 그러다가 약 4만 년 전에 광이라는 인물이 나타났다고 하였다. 어느 분야의 고명한 학자인지는 정확히 밝혀진 바가 없었고, 출신 또한 불투명하다고 하였다. 어느 곳이든 인류 역사는 전쟁의 역사라고들 한다. 수성 또한 마찬가지였다. 약 5만 년의 문명을 가진 수성은 4만 년 전의 과학기술이 총망라되어 수성의 위성인 3개의 달은 물론, 더 멀리 우주로 나갈 수 있었으며, 인간들의 욕심 또한 끝이 없었는지라 서로 시기하고 질타하고, 그런 것들이 붉어져 결국 전쟁이라는 극단적으로 치달은 상황이 되어버렸다.

원래 수성의 인구수는 4만 년 전에 10억 이상은 되었었다. 그러다가 전쟁, 특히 대량 살상무기인 핵전쟁까지 발발해서 결국 인구의 수가 100분의 1로 줄어드는 상황이 되자, 보다 못한 광이라는 인물이 저명한 학자들과 규합하여 핵무기 같은 대량 살상무기를 무력화시키는 연구를 하기 시작하였다. 그 결과 오늘날의 이르는 수성의 어느 곳인가에 있다는 장치, 그 장치를 개발하여서 오늘날의 전쟁은 핵무기 같은 걸 소용없게 만들었고, 또한 인명을 해치는 어떤 장치든 완전 소멸시켰다. 완전소멸이란 무기에 들어가는 원자재가 되는 물질과, 철광석 같은 자원을 한 데 모아 박멸하듯이 소멸시켜버렸다.

그러나 그의 대한 부작용도 심각하였다. 사람을 살리고자 연구하였던 과학이 또 다른 재앙을 불렀다. 자원들을 소멸시키는 데 들어간 핵무기의 힘이 자연의 피해를 보았던 것이다. 원래 수성의 어느 곳이든 풍요로웠던 대지가 일순간 변동하여 어느 동식물이건 살지 못하는 땅이 생겨났고, 그 여파로 인하여 바다 또한 말라 들어가기 시작하였던 것이다. 넓은 바다가 마르기 시작하자 자연적으로 사람들에 목숨과도 같은 맑은 물 또한 증발하기 시작하였다.

한마디로 인공적인 대재앙을 막고자 자연의 대재앙을 불러온 결과였던 것이다. 자신들의 실수로 인하여 다른 재앙을 불러왔다고 생각한 광과 그의 과학자들은 비를 오게 할 수 있는 장치로의 연구를 하기 시작하였다. 그래서 특단의 조치로 수성에서 제일 높고 제일 안전하다는 '대산'에 그 장치를 장착, 수분이 저하되면 자동적으로 가동되게 하는 장치를 설치하였던 것이다. 수성의 노화현상을 완전히 막진 못하였지만 어느 정도 안전 수위까지는 안정될 수가 있었다. 그 후부터 대산은 광의 이름을 따서 '광님' 산이라고 불리어졌다. 물론 오늘날까지 그 장치가 어떤 것이며, 어떻게 생긴 것인지 사람들은 알 수가 없었다. 완전히 비밀리에 행하여진 광과 그의 과학자들의 안배였던 것이다.

'해저와 저 사람의 말을 들어보면 거의 일치하는데 내 생각은 아마도 그런 기후를 조절하는 장치는 없을 것이다. 만약에 있다면, 자연적으로 약간의 기후 조절만 가능하게 만드는 그런 장치일 것이다. 다만 사람들에게 안정과 믿음을 주고자 광이라는 인물의 철저한 고도의 기계였을 것이다.'

거기까지 생각을 마친 영환은 다시 궁금함을 물어보았다.

"그럼 4만 년 전부터 인명을 해치는 장치는 없어졌다? 그럼 기사들처럼 보이는 자들이 가지고 다니는 검은 무엇인가요?"

"하하. 물론 인명을 살상하는 무기를 제조하였지만 그것 또한 무용지물이 되었네."

"왜요? 그런 건 전자식도 아니잖아요."

"그렇지! 당기기만 하면 되는 것인데……. 하지만 '광'이라는 과학자는 확실히 머리가 좋았어. 미래의 인간들의 성격을 감안하여 철광석 같은 것만 소멸시켜서는 안 된다고 판단한 그는 생활에 쓰이는 소량의 쇠 성분만 남겨두고 모든 쇠 성분을 와해시켜버리는 분해요소를 개발, 수성의 모든 대지에 분해요소의 액체를 집중 투하하여 오늘날까지 어느 누구도 합금 같은 건 쓸 수 가없었고, 그 덕분에 4만 년 전의 과학문명이 발달하였지만 4만 년이 지나오면서 과학은 제자리걸음을 하였던 것이야."

"그럼 지금의 검은 무엇이지?"

"하하. 당연히 쇠붙이는 아니지. 구리 성분에 알루미늄을 입힌 것이지. 쇠보다는 날카로움이 못하겠지만 비교적 무겁고, 단단하다네."

어느 세상이건 남자들은 무기에 대하여 호기심들이 많았다. 역시나 영환도 검이며 활과 화살이 궁금하여 물어보았다.

"그럼 활은요?"

"검하고 비슷한 성분이지. 좀 더 강한 성분을 입혔지만. 왜 그렇잖은가. 활대는 강하고 탄력이 있어야 한다는 걸."

"음, 그럼 이곳엔 pc 같은 건 없겠습니다?"

"pc라! 그런 건 과학문명의 상징이 아닌가. 하지만 이곳엔 없네. 아니 자취를 감췄다고 봐야하겠지만."

"그럼 4만 년을 컴퓨터나 통신이 없이 지내왔다는……?"

"통신은 있네. 유무선 통신도 있고 방송 통신도 있다네. 아무렴, 4만 년이 내려오면서 그렇게 답답하게 살아왔겠나? 뭐 듣자하니 어느 곳에서는 또다시 합금속이나 살상무기를 연구한다는 소문은 있었네. 이곳 사람들은 머리가 좋거든. 하지만 대량의 인명 피해가 있는 전쟁은 없어야 하는데……. 그대가 살던 곳도 마찬가지겠지?"

"그렇죠. 인간들의 끝없는 욕심이 늘 화근이었죠."

후~

말을 마친 다른 수감자는 긴 한숨을 쉬어보았다. 어디가 불편한 듯이 보인 사람이었다. 영환은 그런 그의 모습에서 이곳 사람들의 수명과 건강에 대하여 물어보았다.

"어디가 불편한 것인가요?"

"아니네. 이곳에 오래 있었더니 좀 불편하구만."

"제가 살던 곳은 인간의 수명이 70 정도인데요. 물론 하루가 24시간에 365일이 1년이지만요. 여기는 대체……?"

"후후, 여기 오기 전에 누군가에게 대충은 들은 듯 보여지네만……."

"네, 이곳은 1년이 300일 정도가 1년이라는 것과 하루의 시간이 24시간이라는 것은 들었지요."

"사람의 수명이라……. 하긴 그대가 살던 곳과 비교해보면 큰 차이가 나겠구만. 음, 이곳은 평균 수명이 약 450은 될 것이야. 대신 출산율이 낮아서 인구수는 별로 늘어나지는 않지만……."

"그럼 그렇게 긴 수명이 대체 어떤 작용 때문에 오래 사는 것인가요? 4만 년 전에도 인간이 수명이 그렇게 길었나요?"

"뭐 비슷했다네. 그리고 긴 수명이라. 그건 아마도 수성의 자연환경 덕분이 아닐까 생각이 드네. 그대 말고는 인간의 수명에 의아심이 드는 사람들은 별로 없을 것이네. 다들 자연적으로 그렇게 살아가나 보다 하겠지만."

"자연환경 덕분이라……."

"그럴 것이야. 그대도 잠시 보았겠지만 수성의 날씨는 변함이 거의 없어. 고작 있다면 우기건기겠지만. 그리고 언제나 맑고 화창하잖은가. 공기도 좋고 먼지나 공해 같은 것도 없어서 그럴 것이야. 생각해보면 간단해. 자연환경이 변함이 없으니 인간 또한 변함없이 자연을 따라가지 않겠나?"

"그래도 이해하기 어렵습니다. 인간이 400년 이상을 살아가니까요."

"후후후."

"그런데 말하는 도중 '그대, 그대' 하시는데 어떤 인물이랑 비슷한 면이 있는 듯이 보입니다."

영환의 자신과 습관적인 말투를 구사하는 인물이 있다는 것에 궁금한 수감자였다.

"그런가? 그자는 지금 어디 있나?"

"갔어요. 여자 같은데 변장을 한 거 같았어요. 제가 '말하는 동물'이라는 소문이 돌아서 저를 우리에 가두고는 관광객들을 오게 만든 듯합니다. 몹쓸 짓이죠. 사람이 사람을……. 개 같은 것들. 또 열 받네. 에잇, 더러운 것들!"

"허! 그런 일이 있었나? 같은 수성 사람으로 면목이 없구만. 본인이 대신 미안하네."

"아니오. 그 본인이라는 말도 그렇고 그 콧수염이랑 비슷한 말을 하는구려."

"후후후. 아마도 본인이 알 수도 있는 사람일 것이야."

수감자의 변장한 사람을 안다는 말에 궁금한 영환이었다.

"네? 그자가 누구인데요?"

"후후, 나중에 말해주겠네."

'후후, 그 녀석 드디어 외출을 한 것이냐? 하긴 오랫동안 성 안에만 갇혀 있었지. 그 녀석 성격상 궁금함을 못 참으니 저 이방인을 보고자 핑계대고 여행을 온 것이구나. 아무튼 건강하게 잘 있는 듯해서 다행이구나.'

"그런데 당신은 누구인가요? 무슨 잘못을 하셨길래……. 오래 동안 있으셨다고?"

"하하, 그것도 나중에 말해주겠네."

"나 참, 뭘 물어보면 나중에……."

"하하, 미안하이."

"참 수성은 여자들이 더 많이 보이는 것 같던데?"

"후후, 궁금하였을 것이야. 더욱이 이방인이니까 말이야. 그대가 살던 곳은 모르겠는데."

"우린 50:50이었어요."

"후후, 이곳은 남자가 40이라면 여자는 60일 것이네. 정확한 수치는 남자가 35 정도로 보아야 맞을 것이네."

"음, 왜 그렇죠?"

"본인이 알겠나. 하지만 이런 설이 있다네. 아주 오래전 전쟁으로 인해 여자만이 많이 살아남아서 그런 영향도 있을 것이고, 또 이곳 수성은 예로부터 여자아이 출생률이 높았다고 하네. 웬일인지 아직 밝혀진 바는 없네만."

"음, 그럼 세상이 시끄럽겠군요. 여자라는 동물은 수다가 심하잖아요."

"하하하, 그대가 살던 곳도 그랬나? 여자들이 시끄럽기는 하지. 하지만 수성의 여자들을 무시하면 안 될 것이야. 나중에 알게 되겠지만 상급기사들에 드는 실력자들이 여자들이 많이 차지하고 있으니 아무 여자한테나 괜한 시비는 피하게, 이방인 친구."

"네. 주먹들이 세긴 하더군요. 그럼 여자들이 훨씬 많으면 일부다처제가 많이 있겠습니다."

"그건 귀족들이나 호족들에 해당하는 말이지. 일반인들은 그냥 둘이 만나서 잘 산다네."

"그럼 나머지 여자들은요?"

"혼자 살겠지. 하하하."

"음……."

"이제 그만하고 좀 쉬세."

'음, 긴 수명의 원인이 자연환경이라……. 말이 될 수도 있겠지만 그래도 너무 긴 이들의 인생이다. 여자들이 강하다. 흠.'

"본 교관은 다른 이들하고 다르다. 상냥하지도 않고, 내 식대로 여러분들의 마음과 몸을 단련시켜줄 것이다. 간혹 험한 말도 불사(不辭)할 것이다. 아직까지도 요령 피우는 자가 있다. 집중하라."

환시총 시녀들의 작은 정원에서 말이 들려왔다. 시녀들 4명과 여기사의 외침이었다. 해저가 이곳 환시총으로 온 지도 어느덧 10일이 지나고 있었다. 여인의 몸이지만 고된 시녀로서 또 여성기사로서의 훈련을 참고 견뎌내야 했다. 기사가 되려는 마음은 없었지만 환시총의 규율로 인하여 60세 이상이면 누구나 하는 훈련이며 의무의 항목이었다. 오늘도 아침 6시에 굳은 자세로 시작하여 정오의 땡볕을 견디고 오후 6시까지 훈련을 하는 중이었다.

"그대는 다시 굳은 자세부터 취하라!"

다행히 해저는 어느 정도 여교관의 훈련 방식에 따라가고 있었지만 다른 어린 시녀는 아직 헤매는 중이어서 같은 여자지만 마치 선머슴처럼 보이는 교관의 독설(毒舌)에 더 힘들어하는 듯하였다.

"그게 아니다! 바보인가! 좀 더 절도 있게 하여라. 다른 이들도 집중하라."

엄격하게 보이는 여교관의 말투여서 훈련을 받은 시녀들은 힘든 훈련 와중에 더 힘들게 하는 그녀의 다부진 외침이었다.

"지혜는 오늘부터 자신의 문제가 무엇이길래 남들보다 못하는지 생각하고 이해력을 키워라. 다른 이들도 그녀를 도와주기 바란다. 오늘은 이상!"

"수고하셨습니다."

"수고하셨습니다."

"헥헥! 오늘도 겨우 끝났나! 지혜는 오늘도 구박받았어. 하지만 집중력이 한참 부족한 거 같기는 한데……."

"죄송해요! 저 때문에……."

"그 말이 아니야. 뭔가 문제를 찾아보자. 해저도 많이 도움을 줘라. 비슷한 나이니까!"

"네!"

해저와 지혜는 비슷한 나이인 104세 정도였다. 그녀들과 같은 일과를 소화해내는 시녀들인 화선이 127세, 해인이 122세였다.

"사람은 과학적으로도, 인격적으로도 바보는 없잖아. 다만 보는 관점이 달라서 구속하는 언어일 뿐이야. 지혜도 알고 있잖아. 나도 이해력이 좋지는 않지만 나름 노력하고 있어. 남한테 피해주기 싫어서. 지혜도 그런 마음만 있으면 나와 다른 분들하고 호흡이 맞춰질 텐데……"

"응, 노력해볼게. 고마워."

같은 시녀들이지만 같은 처지의 동료들한테 피해 주기 싫어서, 그리고 자신도 그렇게 월등하지 않다고 느낀 해저가 여가 시간을 활용해 무딘 지혜를 코치하고 나섰다.

"아니, 고맙다는 말은 나중에 하고 일단은 이해력을 키워보자."

"응. 미안하다. 괜히 나 때문에 너까지 힘들게 해서."

"후후, 아니야."

"넌 미소가 좋구나. 불평불만 없는 해저의 얼굴을 보면 뭐라 할 사람은 없을 거야. 언제나 해맑은 미소여서. 우리가 만난 지 얼마 안 되었지만 너의 그런 점이 좋아. 원래 그런 성격이었니?"

"아니. 나도 인간인데 우리 같은 하급 시녀가 좋은 일이 있어 웃을 수 있겠어? 그냥 나도 모르게 이렇게 이런 모습이 된 거 같은데 굳이 원인을 따지자면……"

해저의 흐리한 끝말에 뭔가 궁금증이 일어나듯이 물어보고 나서는 지혜였다.

"따지자면?"

"아마도……"

"해저는 조금 답답한 면만 아니면 다 좋은데 너무 궁금증을 유발시키니까……"

"아! 내가 그렇지? 미안. 그냥 비밀은 아닌데 나도 모르게 타인의 마음을 의식하게 되어서 언제나 조심하는 거 같은 거야."

그러나 다시 보채는 지혜였다.

2. 수성의 인물들 **73**

"그러니까 그 원인이 뭐냐고?"

"후후, 그냥 그래."

"에이, 말 안하면 나 그냥 뒤처진다! 큰 비밀 아니면 좀 들어보자."

상냥한 심성의 해저는 지혜의 작은 협박에 숨김없이 말하였다.

"사실은……."

해저가 어느 인물을 말하자 역시나 반응은 한결같았다.

"와! 그러니까 우리하고는 아니 수성 사람이 아니라는 거지? 생김새도 다르고."

"아니 생김새는 비슷해. 다만 피부색이 조금 다를 뿐이고, 우리보다 이목구비가 조금은 클 뿐이야. 그렇게 이상하게 생기신 분은 아니야. 하지만 나를 아니 다른 사람을 생각하는 그냥 상냥한 성격이야."

"호호호. 너를 좋아하는구나? 물론 너도 좋아하고."

"아니, 그건 아니야. 하필이면 나 같은 걸……."

지혜의 좋아하는 감정이라는 말에 부정적인 말을 하지만 말한 본인인 해저는 수줍은 듯 괜히 얼굴을 붉히고 말을 얼버무렸다.

"그래서 그분 때문에?"

"아니야. 아! 아마도 그럴 거야. '사람의 감정은 신분 여하를 막론하고 자유일 뿐이다.'라고 말씀하셔서……. 그렇게 알고 미소를 흘려드렸는데 좋아하셔서……. 음, 이런 질문은 그만하고 이제 복습해보자."

"호호. 좋아하는구나?"

"그, 그냥 복습이나……."

"알았어. 호호, 왕 내숭! 해저님. 하지만 다시 만나면 좋아한다고 고백은 하고 싶겠지, 해저님?"

지혜의 놀리는 말에 얼굴이 더욱 붉어진 해저는 눈을 약간 흘기고는 본연의 태도로 돌아와서 지혜와 모든 검술의 기초라 할 수 있는 어깨와 눈과, 팔을 일렬로 맞추는 자세를 잡고 숨 호흡법과 여자들의 특기인 우연성을 발휘하여 뒷다리를 어깨 높이까지 올려서 어깨와 팔과 목검과의 높이를 일렬로 하게 하는 동작들을 반복하였다. 그러나 증심잡기가 여간 힘든 게 아니어서 자주 넘어지곤 하였다. 그중에 한참이나 불안정한 지혜의 동작이 늘 문제였던 것이다. 그래서 오늘은 하루 일과가 끝나고 일몰 시간에 동년배인 해저가 지혜의 복습에 동참하였던 것이다.

"하악! 난 안 되나 봐. 그냥 남들의 잔심부름이나 하는 체질인가 봐."

그녀의 포기하고 싶다는 말에 측은한 마음이 들은 해저는 뭔가 위로의 말을 해준다.

"아니야. 누구나 처음에는 잘나지 않았잖아. 그러니까 너의 잠재의식을 아주 조금만이라도 발휘한다면 어떤 것이든 가능할 거야."

"휴, 말이라도 고마운데 난……."

"일어나. 다시 해보자. 요령인 거 같아. 자! 따라해 봐!"

그렇게 해저의 하루는 또 지나가고 있었다.

힘없게 보이는 몸으로 정원을 거니는 여인이 있었다. 그녀의 이름은 빙! 환시총장의 딸이었다. 원래 허약한 체질로 태어났다. 소녀기가 지나고 발육기가 올 때쯤 건강이 급격히 나빠져서 거의 매일을 약에 의존하여서 살아왔다. 그녀의 현재 나이 115세! 이제 막 성년기를 접어든 시기인 그녀였다. 한곳에 오래 서 있지도 못하였고, 하루 24시간 중 12시간은 잠을 자야만 하는 신체였다. 어느 날은 정원을 거닐다 쓰러져서 잠을 자곤 하는 그녀여서 언제나 그녀의 호위자와 시녀들이 늘 따라다녔다. 장시간의 수면도 하루 중 잠이 오는 시각이 언제인지도 정확히 모르는 불투명한 그녀의 하루하루의 연속이었다.

"후! 웬일이지? 내 몸은 나도 잘 모르는데 요즘은 조금 이상한가. 아니 변화가 있는 듯이 느낌이 드는데 원인이 뭘까."

얼음같이 창백한 얼굴과 연분홍빛의 얼굴의 빙! 그녀는 오늘도 갖가지 어떤 문양의 모습을 띤 정원수와 글자 모양으로 잘 손질한 연못의 울타리를 돌아서 자기만 오면 수줍은 듯 얼굴을 내미는 은빛과 흰 구름 색깔의 물고기들을 바라보면서 혼잣말로 중얼거려보았다.

"너네들도 말을 할 수 있다면 편하겠는데 왜 다른 사람이 오면 모습을 안 보이려고 그러고, 나만 오면 얼굴을 내미는 것이니? 나한테 뭔가 할 말이 있는 것이니? 후후. 나도 참 미물에 뭘 물어보는 거야?"

그녀는 말을 나누는 친구들이 없었다. 그녀의 신분 탓도 있지만 허약한 몸 때문에 밖으로 못 나가서이다.

"호호, 그러고 보니 장난스러운 얼굴의 정체를 알 수 없는 콧수염의 여인을 닮았구나. 후후, 그녀의 신분은 뭘까. 나의 신분을 알고도 도도하게 말을 하였다. 확실히 보통은 아니었어. 나중에라도 다시 만나면 친한 척 말이라도 걸어봐야지. 그리고 음, 그 불쌍하지만 모든 감정이 다 있어 보이는 얼굴의 이방인인 영환님. 그분을 다시 만나 보았으면. 해저님이랑 잘 아니까 언젠가는 이곳으로 오시게 되겠지? 다음에 만나면 또 어떤 얼굴일까? 또 어떤 모습일까? 그분의 숨김없는 모습이 생각난다. 이 세상에서 처음으로 나에게 욕이며 하대를 한 사람이어서 그럴까? 무례하였지만 불편하지는 않은 사람이었어."

"그럼 조심해야 할 사람은?"

"우선은 나중에 알게 되겠지만 이곳 지하 수감시설에 '아블'이라는 자가 있네. 들어서 알겠지만 남자의 평균 키보다 크고 힘이 좋은 자이네. 성격도 인격 이하의 사람으로 극히 경계해야 할 사람이고, 만약에 밖으로 나가면 모시총의 여기사인 니은하고 어느 곳에 가든 니은과 같은 기사들일세. 기사들이란 대부분 평민 출신으로 귀족 밑의 계급이어서 자부심이 어느 무엇보다 강하는 사람들로, 특히 자존심이 강하네."

지하의 수감시설에서 며칠이 지나자 할 일이 없이 괜히 따분한 영환은 옆의 다른 죄수에 수성에 대하여 공부해보려는 심산으로 궁금한 것을 물어보았다.

"음, 아블이라는 사람하고, 기사들. 그리고요?"

"하하. 물론 귀족이니 호족이니 하는 자들이지."

"예전의 지구의 역사 속에도 '호족'이란 층이 있었는데 여기서는 누구를 말하는 것인지?"

"하하. 그대가 말하는 호족은 아마도 비슷할 것이네. 수성에서도 왕족과 귀족에 버금가는 자들로 어느 나라건 단체건 영향력이 크고, 부지를 많이 차지하고 있는 자들이네. 한마디로 어느 지역에 속한 권력가들이라고 보면 될 것이네."

"그럼 귀족보다 위에 있는 왕족들도 함부로 못한다는 뜻이네요?"

"그렇지. 아마도 세상을 움직이는 자들일 것이네. 생각해보면 간단하지만 어떤 나라건 전쟁이나 다툼이 있으면 제일 먼저 그들이 축적한 물자들을 써야만 하니까 말이야. 인간들이 사는 곳은 다 그렇잖은가. 뭔가를 원하고 움직일 때는 영향력 있는 세력의 도움을 받지 않은가 말이야. 그러고 보니 그대가 살던 곳이건 이곳이건 생각하는 동물이 지배하는 곳에는 다툼이란 걸 피할 수가 없는 이치이네. 인간의 태생은 싸움인가? 그대가 전에 이곳의 인상을 마치 천사들이 사는 곳 같다고 했는데 그대의 마음에 상처를 준 것 같아서 미안하구나."

"아니요, 그런 생각은 하루 만에 깨어졌다고 말씀드렸잖아요."

"하하하, 그랬나? 그래도 민망하구나, 민망해."

"어쩌면 70년의 인생의 지구보다는 약 6배의 인생을 사는 이곳 수성의 사람들이 야심은 더 큰 듯합니다. 자연의 이치겠지요. 그만큼 인생이 기니까요. 욕심을 더 내는 거 같기도 합니다. 그냥 그런 생각이 듭니다."

"하하하, 말이 되는 말이네. 그대! '할'하게 생겼지만 말은 잘하네, 그래."

"이곳의 인간들이 저를 '할'이라 부릅니다. 할!"

"아하하하하."

"그런데 당신의 이름은 무엇이지? 여기 사람들은 다들 외자 내지는 두 자던데."

"본인의 성명을 말인가? 그것도 나중에 말해주겠네."

"할! 나 원, 또 나중에……."

영환과 다른 죄수와 말하는 사이에 어느덧 어둠이 덮어오는 밤이 찾아왔다. 지하어서 세 개의 달이 얼마만큼 떠올랐는지는 모르겠지만 느낌상으로 알 수 있는 영환이었다.

'저자! 그냥 이곳에서 허송세월을 보내는 거 같지는 않아 보인다. 뭔가 상당히 박학다식하게 보이고 고급 인격의 티가 난다. 많은 걸 갖춘 자들의 냄새가 나고 어딘지 모르게 품위 있는 느낌이 든다. 대체 저자는 누굴까? 거부였다가 하루아침에 파산해서 무전취식하다가 수감시설로 보내졌나? 궁금하다, 궁금해.'

영환은 수수께끼의 남자가 몹시도 궁금하여 별 상상을 다 발휘해 보았다.

"그럼 현재 수성의 정세는요?"

"음, 소위 말하는 1강 6소연합이지."

"1강은 표 대국인가요?"

"알고 있네? 더 따지기는 귀찮지만, 서쪽 대륙은 표 대국이 130여 년 전에 4개의 협력 국에서 하나로 뭉친 지금의 대국이 될 수 있었고, 6소연합국은 지금과 마찬가지로 약 850년을 이어져왔네. 물론 아주 예전에는 두 개의 대륙이 하나로 합쳐졌다는 설이 있지만 가설일 뿐이고, 3만 년 전부터 내란에 내란을 걸쳐 수많은 크고 작은 국가가 나타났다 사라지곤 하였네. 하지만 망국의 명맥을 유지한 인물들이 다시 나라를 세우고, 또 너도 나도 나라의 주인이 되어보자는 야망에 작은 나라를 세웠다가 다른 강국에 의해 무너지고 그러길 수백 차례가 되어서 지금의 정세가 되었네."

"그럼 표 대국이나 다른 약소국들도 어쩌면 오래전의 망국의 후예들이란 말인지요?"

"그럴 수도 있는데 다들 자신의 선조에 대한 강박관념(强迫觀念)이 지나쳐서 회피하는 편이네."

"왜요? 일국을 세웠다는 것은 엄청난 자랑이 아닌가요?"

"그렇지만은 않기 때문이지. 말이 일국의 통치자였겠지만 누군가 내세운 '꼭두각시' 노릇을 한 인물들이 많아서였지. 하지 않을 수 없어 또는 마음이 내키지 않으나 마지못해서 부득불 일국을 이끌어온 인물들이 많았다는 말이 있어서이네. 그런 선조들을 누가 좋아하겠나."

"그럼 거의 대부분요?"

"하하, 내가 그 시대에 태어나지 않아서 잘 모르겠지만 아마도 거의 그랬을 것이네."

"이해 못하겠는데요? 누가 무엇 때문에 통치자 자리를 남한테 씌워 준다는 말입니까?"

"음, 난 학자는 아니지만 어떤 추측이 있다는 말을 들었어. 가령 누군가 나서기는 싫었고, 뒤에서 조정하는 자! 그래서 타국과의 전쟁을 야기해서 어떤 목적을 쟁취하기 위해 어부지리를 노리는 그런 의인들과, 강한 상대를 어찌할 수 없어서 타인의 손을 빌려 힘 빠지게 하고 배후를 치려고 하는 자!"

"말씀 중에 죄송하지만 다 바보들이네요."

"하하하, 바보들이다?"

"그렇잖아요. 그냥 힘을 길러서 못 마땅한 것을 치면 되는 것이지 뭘 그렇게나 치졸하고 머리 아프게……."

"하하하, 그대 말이 맞네. 우리 선조들은 바보들이야."

"하하, 죄송."

"아니야. 본인도 그런 생각을 가끔 했어. 물론 추측이지만 추측도 선조들이 후예들한테 보인 관점이었으니까 선조들이 이해 못할 행동들을 한 것은 사실이야. 하지만 조종당하기 싫어서 나름 선전한 선조들도 많이 있다는 말들도 있네. 안 그러하겠나? 그래도 자신의 국민들이 피해들을 보는 것인데 이용당한다고 생각한 통치자들이 비밀리에 배후를 도려내려고 하는 그런 강인한 모습들도 보여주신 선조들이 많이 계셨다고 하네."

무명의 말에 다른 호기심이 발동한 영환은 밤이 가는 줄도 모르고 또 물어보곤 하였다.

"그럼 현재도?"

"음, 아니라고도 말 못하고, 그렇다고도 말 못하겠네. 그런 건 아마도 이 시대에 살아가고 있는 우리들이 풀어야 할 문제인 듯하이. 그대도 무서운 참상의 전쟁은 없어야 한다는 생각이겠지만 본인도 그러하네. 모든 일이 암중의 인물에 의해 일어나지 않겠나. 그러니 불편한 나라든 통치자든 없어져야 하네."

"참, 그대는 나이가 어떻게 되나?"

"하하, 28요."

영환이 대답한 나이에 곰곰이 생각해보던 무명은 해답이라도 찾은 양 고개를 끄덕이며 말하였다.

"음, 그럼 그대의 세상은 우리의 1년보다 125일이 많은 것이 되겠네? 그럼 지금의 나이에 그냥 125이란 숫자를 붙이게. 그럼 그대의 수성에서의 나이가 153살이 되겠네."

무명의 말에 크게 놀라서 눈을 동그랗게 뜨고 중얼거려보는 영환이었다.

"아니 무슨 계산법이 그래요? 내 나이가 153라니. 할!"

"나이는 그거 숫자일 뿐이라고 생각하시게. 하지만 그대의 지금 모습에서 최소 200년간은 크게 변하지 않거나 건강하게 살아갈 수 있으니까 말이야. 하하하."

"그, 그래도요."

"이제 그만 수면이나 취하세."

"네. 그럼 당신의 나이는요?"

"하하하, 그대보다는 많으니 걱정 말게. 173이네."

"아! 그럼 이만 주무시지요, 큰형님!"

"큰형님이라! 하하하. 그래, 잘 자게."

흑막이 쳐진 듯이 보이는 건물의 내부였다. 보고하는 자와 보고받는 자! 흑막 너머로 굵은 목소리가 들려왔다.

"음! 그러니까 피리와 고니가 다른 나라로 보이는 자들과 뭔가를 주고받았다? 어떤 자들인지는 알아보았나?"

"네. 그게 아직……. 한두 번 뒤쫓았지만 웬일인지 홀연히 시야에서 벗어났습니다. 무언가 눈속임이라도 부리는지 바로 앞에서……."

"이런! 사람이 갑자기 사라질 리가 있겠나? 좀 더 신중히 움직여 봐! 그리고 다른 건?"

"네, 이건 그냥 소인의 생각으로 지하의 무명인을 관찰하다가 '아블'이라는 자를 보게 되었는데 그자한테서 풍기는 기도가 워낙 불량하게 보여서 사람을 시켜 알아보니 여기사인 니은을 어찌해 보려다가 잡혀 들어왔던 것입니다. 그리고 며칠 전에 수감자들이 믿고 의지하고 따르던 표장이 되었사온데 그게 원래의 늙은 표장을 구타하고 빼앗은 자리라는 거랍니다. 덩치도 커서 다른 죄수며 감시하던 경비병들도 어찌지 못하는 자였습니다."

"니은을 어찌해보려다가 지하행이 되었다. 하하핫. 재미있는 자구나 음, 힘깨나 쓰고, 배포가 있는 자구나, 눈여겨보다가 본인에게 데려오라. 그런 무지한 자는 요긴하게 써먹을 때가 있을 것이야."

"네, 하오면……."

모시총장 집무실!

총장인 모시와 그의 측근들인 총의 귀족들이 좌우로 앉아 있었다. 모시총은 6총의 상나라에서 제일 약소한 협력체였다. 인구 또한 750만 중 겨우 92만 정도가 거주하고 있는 모시총이었다. 소유한 대지도 상나라의 10%를 차지하고 있었고, 그마저도 불모지가 3%를 차지, 사람이 살 수 있는 환경은 극히 적은 총이었다. 그런 연유로 언제나 힘없는 약소 총에 해당하였고, 다른 총들의 눈에 무시 대상인 총이었다. 무거운 분위기의 총장이 입을 열었다.

"전의 우리랑 같은 생각을 가진 총들이 이제 와서 다시 태도를 바꾸었다? 그 이유는 무엇인가?"

그의 말에 언제나 먼저 입을 여는 '선지'의 아버지이자 총의 상급귀족인 차미(257세)가 말을 받았다.

"네, 일전에는 공동 소유였던 황무지가 자연적으로 생명수가 생겨나면서 사람이 살아갈 수 있는 환경이 되자 먼저 발견하였다는 이유로 부당하게 대지를 차지한 4총인 해시의 처신의 대하여 류시와 타르가 뜻을 같이하였으나 약 1달여 만에 태도가 돌변하여 우리와의 접촉을 꺼려하고 있습니다."

"그 원인은 무엇이라고 보는가?"

모시의 말에 좌측 좌석에 앉아 있는 마른 체구의 피리가 말하였다.

"음! 해시의 압박에 의해서가 아닌가 생각이 듭니다. 어느 총보다 인구 수도 많으며 군사력도 50만이나 되어서 또, 정보력 또한 철두철미하여 어떠한 움직임에도 즉각적인 반응이 있는 총입니다. 아마도 우리와 다른 총들과 접촉하는 것을 알아내고 발 빠른 정보통을 인용해 대 총장을 이용한 것 같습니다."

"음, 눈치 빠르고 영악한 해시가 대총장을 이용할 것을 생각 안 해본 건 아니지만 역시나, 역시나야. 다른 대안은?"

모시가 다른 대안이 없느냐고 묻자 잠시 침묵이 흐르고 고니가 나섰다.

"음, 그 이방인을 아예 대총장 쪽으로 넘기면 어떨는지요?"

"음! 그자를 대총장한테 넘기고 그의 환심을 산다?"

영환을 대총장한테 팔아버리자는 고니와 가끔 관료들의 눈살을 찌푸리게 하는 피리였다. 역시나 사람을 팔자는 말에 눈살을 찌푸리는 차미와 예의 등이었다.

"그건 안 됩니다. 아무리 그래도 그렇지 본인과 상관이 없이 우리 마음대로 팔아버리자고 하는 것은 좀……. 인격적으로도 비난받을 처사입니다. 좀 더 상황을 지켜보시다가 정 안 되면 다른 대안을 찾아보겠습니다. 그러니……."

모시도 차미의 의견에 동참하는 듯이 고개를 끄덕이며 만류하였다.

"그래, 그건 좀 그러네! 언론이 가만있지 않을 것이야."

하지만 물러서지 않은 피리와 고니의 태도였다.

"그까짓 남의 여론이나 언론이 무서워서 천금 같은 땅을 포기하시겠습니까? 그리고 그자는 같은 인간이 아니지요. 안 그런가, 고니?"

"그렇습니다. 그냥 팔아버립시다."

피리와 고니의 인격이 없는 말에 화가 동한 차미가 버럭 하고 소리친다.

"그게 말이 되는가? 생각들 좀 하고 말하게. 나 원, 아무리 천금의 땅이라지만 같은 인간이 어찌……. 그리고 어론 여론을 무시하자고? 큰일 날 소리! 그리되면 땅을 차지해도 다른 이들이 보고만 있겠나? 저절 인간들이란 소리가 나올 것이고, 그리되면 다른 총에서도 비인간즈이라는 말을 내걸고 우리 땅을 침략하기도 한다면 어쩌겠나?"

차미의 말에 동조하고 나서는 이가 있었다. 여기사인 니은의 사촌오빠이자 모시총의 모든 남자들의 우상인 '품위의 기사인 가람(210세)이었다. 후의 영환의 심성에 매료되어 그를 기사로서의 훈련을 시키는 인물이기도 하였다.

"차미님의 말씀이 지당하십니다. 그렇습니다. 인격적으로도 그렇고, 할이라는 인물은 어떻게 해서 온 것인지 모르겠지만 우리 총의 인물은 아니잖습니까. 그런 이유로 가히 안 되는 일인 것 같습니다. 그러니 다시한 번 재고해주십시오."

가람의 말에 울화가 치민 피리와 고니이었다.

"뭐라! 감히 어디서 기사 나부랭이가 참견을 하는 것인가?"

"뭐라고? 본인도 귀족이란 걸 잊었는가? 그리고 이런 말도 못하면 그게회의인가? 말씀을 좀 가려서 하시오, 피리!"

"뭐라!"

"어허, 나 원! 기사가 무서워서 어디 회의에 참석하겠나."

"뭐라? 그럼 참석하지 말든가. 별 도움 없게 얇은 술책만 꾀하는 인물이 무슨……."

"이이이! 말이면 다인가?"

"왜! 덤벼보겠나?"

"다들 그만하세요! 보기가 민망합니다."

피리와 고니의 태도에 모시총의 여성 귀족의 대표로 참석한 '예'가 저음이지만 정도가 있이 또렷하게 말해보았다.

"음, 아무래도 피리님과 고니님이 앞의 유혹에 잠시 넘어가신 듯합니다. 잘못된 생각이셨습니다. 모시총의 대표 귀족들인 우리가 그런 처사를 하면 밑의 사람들도 따르지 않을 것이며, 앞으로도 우리의 발전에 악영향을 끼치는 것은 당연할 것입니다. 아시잖아요. 어느 나라든 국민의민심이 제일 중요하고 무섭다는 것을요. 그리고 국민들의 민심을 잃은총은 과연 치세를 이어나갈 수 있을까요? 당장 앞의 유혹보다는 좀 더시일을 두고 의견들을 모아 보시죠. 우리가 이렇게 의견 차이가 심하면될 일도 안 되니 그만들 하시고, 보다 효과적인 대안들을 생각해보시죠."

"애초에 기사가 이런 자리에 왜 나오는지……."

"이런! 귀족이며 상급기사인 본인이 안 나오면 그대들은? 그럼 그대들도 나오지 마시오."

"뭐 이런!"

"그렇게 못마땅하면 검을 뽑으시오."

항상 자기 잘못을 모르는 사람들이 있다. 피리와 고니들이 그런 유형이었고, 상급기사인 가람 또한 상대가 걸어온 싸움은 피하지 않는 유형이었다. 머리와 눈썹과 수염이 서리 맞은 양 온통 흰색으로 덮였지만 노익장을 과시하는 총의 총수인 모시가 위엄 있게 중재하며 달하였다.

"어허, 그만들 하라니까! 아랫사람들 보기가 민망한 것을 알아두게. 한 번만 더 타인을 배려하는 마음 없이 나오는 대로 말하는 자가 있으면 언제든 배제시킬 것이야. 알아들 둬라."

분위기가 가라앉자 조심스럽게 한마디 더해보는 예이었다.

"이제 그만 그 이방인을 지상으로 올리시지요. 그것도 보기가 안 좋습니다. 그리고 지하의 시설에서 오랫동안 있다는 그자도 그만 풀어주시고요."

지하의 희미한 전등불 사이로 북적이는 인물들이 있었다. 농경지 지원을 마치고 돌아온 아블이 일당들과 고요한 지하의 시설에서 근 한 달 동안 갇혀있는 영환, 그리고 무명인이었다. 지하로 복귀한 아블이 영환의 특이한 모습에 호기심이 발동하여 뭐라고 떠들어대고 있었다.

"히야, 저놈 참 이상하게도 생겼다. 다들 보라. 이제부터 내 말을 안 듣는 자가 있으면 자손이 저렇게 생기게 할 것이다."

그의 말에 수감자들이 자신들의 방으로 가다 말고 돌아와 영환의 모습을 구경했다.

"홋! 과연 이상하긴 하지만……."

"할하게도 생겼다."

자신을 보고 뭐라고 떠들어대는 것에 불편한 영환은 특히 아블에게 욕을 하며 소리쳤다.

"네놈이 더 이상하게 생겼다. 더러운 놈아. 꼭 삼류 양아치처럼 생겨먹어서 좋겠다, 좋겠어!"

어떤 남자이고 삼류 양아치라고 하면 좋아하는 사람이 없을 것이다. 특히나 아블이라는 불량배는 더욱 참기가 어려웠다. 성격이 불량한 아블이 아니던가. 영환이 갇혀 있는 방의 구조물을 이리저리 흔들어대며 영환을 향해 고함을 지른다.

"뭐라고? 이놈! 당장 이리로 오거라, 이놈!"

단단하고 튼튼한 구조물이었지만 거구의 아블이 힘을 주어 흔드는 바람에 소리 내며 흔들리기 시작하였다. 그러자 썩은 미소를 날리면서 뭐라고 떠들어대는 아블이었다.

"이까짓 것 박살을……"

"뭔 소동인가! 제자리로 돌아들 가라!"

지하의 탁한 공간 안으로 맑은 여자의 목소리가 들려왔다. 목소리의 주인공을 알아보고는 음흉한 눈빛을 발산하는 아블이었다.

"아블! 네놈이었나! 또 무슨 수작이냐? 당장 꺼져라! 경비들은 뭣들 하나. 저자들을 각자의방으로 인도하도록. 그리고 저자와 저자를 꺼내라!"

니은이 자신을 보고 풀어주라는 말에 순간 행복한감이 들은 영환이었다. 탁하고 지저분한 지하보다는 그래도 지상이 훨씬 좋지 않겠나, 그리 생각하자 만세라도 부르고 싶은 심정의 그였다. 무명 또한 같은 생각이었을 것이다. 그러자 무명이 니은에게 묻는다.

"이제 풀어주는 것인가?"

"그렇다. 이제부터 당신은 자유다. 그러니 가고 싶은 곳으로 가라."

영환은 니은이 무명을 보고 자유라는 말을 하자, 자신도 풀려나지 않겠나 하며 떠들어보았다.

"나도 풀려나는 거겠지?"

픽!

몸에 뭔가가 부딪히는 소리와 함께 한참이나 밀려나면서 쓰러지는 영환이었다.

"크흐흐, 이방인 놈이 감히 어디서 말대꾸야."

아블의 발길질이었다. 그는 자신의 방으로 가는 척하다가 니은의 수감자들을 풀어주라는 말에 돌아오며 영환을 향해 악하게 발길질을 가하였던 것이다.

퍼억! 픽!

그러나 아블은 잠시 잊고 있던 니은에 의해 온몸에 강하게도 폭행을 당하였다.

"이놈한테는 앞으로 10일간 물 한 모금도 주지 마라. 알겠나!"

여자지만 당찬 여기사인 니은의 무게와 위엄이 서려 있는 말에 수감자들과 그들을 감시하는 경비들이 일제히 대답하며 각자의 방으로 향하였다.

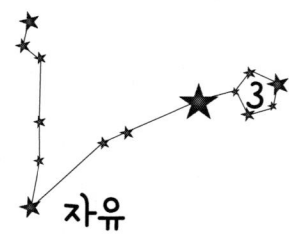

자유

밖으로 나오자 눈부신 햇살이 그들을 반겨주었다. 아블의 갑작스런 폭행에 쓰러졌다가 가까스로 정신을 차린 영환과 무명의 수감자였다.

"밝은 데서 보니 우리와 조금 다르지만 거짓 없이 생겼구나. 뭐 그대가 우리들을 보면 이상하듯이 우리가 그대를 보는 눈이 이상하더라도 참고 이해하시게. 몸조리나 잘하고 언제 어디서 다시 만나든 서로에 대한 호감은 잃어버리지 말도록 하세!"

영환의 양어깨를 가볍게 툭 치고는 발걸음을 옮기는 무명인이었다. 하지만 몇 걸음 안가서 멈추더니 뒤돌아서서 영환을 향해 뭐라고 말하는 무명인이었다.

"감! 그대가 알고 싶어 하던 내 이름일세!"

"감! 감님, 만나서 반가웠습니다."

감! 영환은 감이라는 이름을 그냥 평범하게 받아들였지만 이 이름이 가지고 있는 힘은 굉장히 컸다. 수성의 한쪽 대륙을 차지하고 있는 대국의 '대'라는 통치자의 다섯 번째 아들이며 왕자의 신분이 아니던가! 영환은 대국과 상국의 6개의 총만 알 뿐 통치자들의 인적사항은 알 리가 없었다.

그가 감(173세)을 향해 마중 인사차 고개를 숙이고 뒤돌아서자 쩨려보는 눈이 있었다. 눈 꼬리를 말아 올려 심기불편하게 보이는 니은이었다.

"네놈이 아예 겁을 상실했구나. 감히 내게 하대를 하다니!"

"그럼 당신은 왜 내게 하대를 하는 것이지? 피차 같은 입장이 아니던가? 나도 내가 살던 곳에 가면 존칭을 받고 하대도 하며, 한마디로 언어의 자유국이었다. 신분 고하도 없고, 잘난 사람 못난 사람도 없다. 하지만 여기……."

픽!

눈동자를 동그랗게 말아 올린 니은이 영환의 얼굴에 주먹을 날린 것이었다.

"참다 참다 별 희귀종이 다 있구나. 여기서는 나와 나의 상관이 법이다. 다시 한 번 입을……."

"그래, 개 같은 것아! 때려라 때려. 더러운 것! 네 년놈들은 뭐가 그리 폭력적이지! 저질 인격체에 몰상식한 것들!"

자신 때문에 피해를 볼 일도 없는 해저도 없겠다. 신이 나서 반항해보는 영환과 그의 태도에 심기불편하게 보인 니은이 장시간 다투는 장면을 연출하였다.

"그리고 나한테 뭔 죄가 있느냐, 이 잡것아!"

"이이……."

"안 그래? 내 죄명을 말해 봐. 말 못 하지? 사실은 말 못 하는 게 아니라 내게 죄가 없으니까. 그리고 어딜 가나 힘쓰는 것들은 폭력만 쓰는 것들은 머리가 텅 비었을걸? 그럴 거야, 아둔한 것! 재수 없는 것!"

말싸움에서는 영환이 니은보다는 한참 위였다. 그러나 여긴 다른 세상이 아니던가. 여자의 최대 수치심인 '못생겼다, 지저분하다, 그리고 머리가 비었다'라는 말은 여자를 상대로 해서 안 되는 것이었다. 영환은 나름 얼마나 억울하였기에 그런 기본 예의를 망각하고 실언을 하였던 것이다.

"이이이……"

얼굴이 붉으락푸르락해진 니은이 더 이상 참을 수 없어 폭발하고 말았다.

"왜! 또 폭력 쓰려고? 그래 어디 해 봐!"

영환도 물러날 기미가 없었다.

"네년 같으면 억울하지 않겠어? 더러운 것!"

퍼퍼퍽!

"무, 무지한 것이 사람 잡는다. 악!"

영환을 때리다 말고 멈칫하면서 한마디 하고 가버리는 니은이었다.

"미안하다."

'엥? 저 폭력 여자가 뭔 일이지? 미쳤나? 미안하다? 나한테 한 말이 맞나? 거만하고 도도하게 생긴 것이 사과의 말을 하다니 도무지 이해가 안 가.'

"아무리 그래도 상대는 여자가 아닌가? 여인이 아무리 강해보여도 여자의 심정은 변함이 없네. 한없이 억울하더라도 그대의 말은 지나쳤네."

영환이 니은의 갑작스런 태도에 의아심을 가지고 생각하던 중 가라앉은 듯하지만, 굵은 톤의 목소리가 들려왔다. 목소리의 주인공은 모시총의 상급기사이며 니은의 사촌오빠인 가람이라는 인물이었다. 독특한 목소리의 음색을 가진 인물이며, 훤칠한 체격에 연한 갈색 피부에 과묵하고 이목구비가 남자답게 생긴 사내였다. 충만한 눈빛과 과묵해 보이는 입, 그리고 품위 있게 보이는 그의 모습이었다.

"하지만 너무한 건 사실. 안 그렇소? 이상한 데로 날아와서 억울한 판에 툭하면 때리고 걷어차고, 얼굴을 쳐다봤다는 이유로 때리니 이게 뭔 세상이야. 그리고 내가 뭔 동물도 아니고 사람들에 구경을 시켜? 개 같은 인간들. 내 말이 틀렸으면 말해보시오."

"진정하시게! 이런 세상에온 그대의 운명이라고 생각하시게. 이젠 이곳 사람들의 특징을 조금이나마 알았으니 행동만 조심히 하면 될 것이 아닌가."

"뭐라고? 행동을 조심하라? 그게 위로야? 희롱하는 거지. 그리고 나만 조심하면 뭐 해. 다짜고짜 주먹부터 날아오는 세상인데."

"여기 사람들을 대표하여 미안하게 생각하네. 나는 가람이라 하네. 일단 자리를 옮기세."

'음, 자리를 옮겨? 그럼 나도 자유의 몸인가? 일단 못이기는 척 따라가 보자.'

기사들의 저택, 특히 수성의 어느 나라를 가든 상급기사는 일반 기사들보다 대우가 달랐다. 가옥도 일반 귀족들의 저택하고 규도며 풍기는 분위기가 비슷하였다. 그만큼 상급기사라는 직위는 비중이 있는 존재였으며, 어느 회의든 참석이 가능하였고, 기타 의견을 제시할 수 있었다. 6총에 각각 한 명씩 상급기사가 있었으며 그 밑에 장기사가 한두 명씩 있었다, 대국은 상기사(원, 독) 2명, 장기사(강) 등 3명이었다.

저택의 정원을 지나서 어느 아담한 건물로 안내되어 들어간 영환이었다. 수성의 건물들은 대부분 사각형의 지붕의 중간 지붕이 뾰족하다는 공통점이 있었다. 이름 모를 단단한 석재로 물을 뜻하는 글자를 새긴 가공석을 지붕 위에 올려놓은 모습도 있었다. 손바닥을 하늘을 향해 떠받치는 모양의 가공석들을 건물 입구의 기둥과 잘 정돈되게 쌓아올린 담벼락의 부분 부분에 가지런히 올려다놓은 모습도 눈에 들어왔다.

'뾰족한 지붕과 손 모양의 가공석이라……. 음, 이곳 사람들도 신을 믿는 모양이지?'

저택의 하녀로 보이는 여인의 안내를 받으며 들어간 건물은 작은 정원도 보였고, 정원 옆으로 유달리 풀 한 포기 없는 공간이 보였다. 영환이 보기에는 그 공간은 아마도 이 건물의 주인이 신체 단련을 하거나 그와 비슷한 용도로 쓰일 것이라고 생각하였다.

'여기 푸른색의 풀은 지구의 잔디와 비슷하고 이상한 것은 감옥에서나 풀밭에서나 사람한테 해를 주는 해충 같은 게 안 보이네? 솔직히 말이 안 된다. 인간이 사는 곳은 해충과 쥐 같은 게 있을 것인데, 특이한 세상이네. 이런 것도 장수의 해답인가?'

"할님! 주인님께서 모셔 오시라고 하십니다. 절 따라오세요."

영환이 자신이 안내받았던 건물과 환경의 대해서 생각하는 중 시녀 하나가 건네는 말이었다. 시녀의 안내를 받으며 이곳의 주인이 있다는 건물의 응접실로 보이는 내부로 안내되어 들어갔다. 응접실로 들어서자 상석에는 그가 알고 있는 사람인 가람이 앉아 있었고, 좌우로는 비교적 어려보이는 청년과, 완숙미가 풍기며, 정숙하게 보이는 여인! 그리고 맞은편에는 생각하기에도 성격 있게 보이는 여인이 앉아 있었다. 수성 여인들의 특징인 자주색의 머리를 단정에게 빗어서 어깨 양옆까지 내려오게 하였고, 도도하게 보이는 자주색의 눈빛과 자수정 빛깔의 입술. 우아하지는 않게 보였지만 단아한 자세로 앉아 있는 여인이었다. 일견하기에는 가람의 부인과 아들, 딸로 생각되었다.

"어서 오세요. 얘기는 들었지만 우리와 조금 다를 뿐 그렇게 이상하게 생기지는 않으셨네요. 저는 가람님의 부인이랍니다. 어려워 마시고 편히 앉으세요."

"아, 네. 감사합니다."

"일단 차 한 잔 드시게."

"네, 감사."

영환이 차를 한 모금 들이키자 가람의 가족들을 소개하였다.

"이 녀석은 본인의 아들인 '아리'라고 하네. 아리야 인사드려야지."

"반갑습니다, 할님! 다른 세상 분이시라고 들었습니다. 그곳에는 다들 할님처럼 생기셨나요?"

"네, 그렇죠."

"그리고 이쪽은 사촌동생이며 여기사인 니은이라네. 그대랑 한참이라 다투던 사이겠지만……."

읍!

영환은 가람의 말에 차를 마시다 말고 하마터면 실수할 뻔하였다. 차를 뱉을 뻔했던 것이다.

"설마 저 여인이 그……."

"왜 이상한가? 그렇긴 하겠다. 늘 기사 옷을 입고 돌아다녀서 못 알아보는 건 당연할 수도 있겠네. 하하"

"그래도 상상이 안 갑니다. 저렇듯 단아한……."

자신을 놀리는 듯이 보인 영환에게 미간의 인상을 쓰며 앙칼지게도 소리를 지르는 니은이었다.

"역시나 놀리는 것이냐?"

"아, 아니 단아하다는 것은 아름답다는……."

"놀리는 것이 맞다는 말이네! 이이……."

"그게 왜 놀리는 것이오! 여인한테 아름답다고 하는 건 최고의 찬사가 아니오? 나 참!"

"네놈한테 이상한 말 들으니 기분 나쁘다. 어떤 소리도 하지 말거라."

니은의 앙칼진 소리에 멍해지는 영환이었다.

"하하하, 그만들 하여라. 분명히 저자는 널 놀리는 것이 아니었다. 앞으로 자주 볼 텐데 사이좋게 지내라."

영환은 자주 본다는 말에 놀라며 가람의 말을 되새기며 물어본다.

"자주 보다뇨? 그럼 제가 여기서 기거하는 것입니까?"

"왜 아니겠나! 사실은 모시총 회의에서 그대를 어엿한 국민으로 받아들이기로 하였네. 그러니 그리 알고 이곳에서 마음 수련과 몸 수련도 해 보시게."

"아!"

"왜, 싫은가?"

"아니요, 그런 건 아니지만……. 후!"

"음! 살던 곳으로 가고 싶은가? 하긴 그러겠지. 심한 문초를 겪었으니."

"네! 이곳에는 많은 걸 알고 계시는 학자나 어떤 공간 같은 걸 연구하는 과학자 그런 분은 없는지요."

"음, 알아봐주겠네. 일단 막 나와서 피곤할 테니 그대가 안내받았던 가옥으로 가서 쉬게."

휴! 가람의 저택인 어느 작은 정원이 딸린 건물 안에서 한참이나 긴 한숨소리가 흘러나왔다.

"집에 가고 싶다. 아, 이게 뭐야, 대체. 대체 뭔 일 때문에 내가 이런 황당한 곳으로 오게 되었을까? 이제 겨우 자유를 얻었다지만 갈 곳이 없구나. 아니 잘하면 가능하겠다. 과학문명이 지구보다 5만 년이나 앞선 문명이니까 뭔가를 알고 있는 학자나 과학자가 있을 것이야. 분명히."

땡그랑!

"헛, 뭐야! 무슨 소리야?"

무의식적으로 생각에 잠겨있던 영환은 뭔가가 떨어지는 소리에 화들짝 놀라면서 자신이 기거하던 방 밖의 응접실로 눈이 갔다. 응접실 가운데에 어떠한 물건이 날아왔던 것이다. 무슨 용도에 쓰이는지 모를 네모난 궤짝의 물건이었다. 물건을 보고 다가가던 영환의 귀에 앙칼진 목소리가 들려왔다.

"상자를 열고 안의 내용물을 들고 밖으로 나오너라."

니은의 말이었다. 아마도 그녀가 영환의 응접실에 문제의 궤짝을 던진 것 같았다.

"나 참, 뭐라고 하는 거야?"

영환은 마지못해서 상자 안의 내용물을 확인하였다. 그러자 안에는 먼지가 쌓인 검 몇 자루와 검 자루보다 굵고 아담한 크기의 손잡이 모양의 어떠한 물체가 있었다. 영환은 먼지로 뒤덮인 목검을 가지고 밖으로 나갔다.

탁!

영환이 들고 있던 목검이 부딪치는 소리가 나면서 내동댕이쳐졌다. 역시나 놀람의 연속인 영환의 오후였다.

"아, 깜짝이야. 뭐 하……."

"뭐 하나. 검을 집어 들어라. 가만히 있으면 내 검이 네놈의 심장을 찌를 것이야."

"허억, 뭐 하는 짓이오?"

"악!"

인정사정없는 손 돌림의 니은이었다. 겨우 목검을 집어 들자 또다시 날아오는 검! 아무리 목검이기는 하나 검의 초보자인 영환의 손목이 욱신거려왔다.

"비실한 놈! 다시 주워라."

탁!

"말할 틈은 주시오. 잠깐! 악! 대체 무슨 짓이야?"

"오냐! 그래 또다시 반말이 튀어나오는구나. 오빠의 부탁이었다. 네놈을 죽을 정도로 패버리라고."

'가르치라는 말이겠지. 순 깡패 년아.'

탁!

"악!"

어김없이 들려오는 둔탁한 소리와 영환의 비명소리였다. 그렇게 영환의 자유의 하루는 깊어갔다.

"너희들이 그동안 겪은 일을 훈련이라고 생각하겠지만 가장 기초적인

교육이었다. 그간 너희들의 행동과 관찰력과 이해력을 바탕으로 너희에
맞는 보직에 배속하겠다. 우선, 화선과 해저는 제4관으로 가며, 해인은
제3관, 그리고 지혜는 제5관으로 가라. 목적지까지는 앞의 여기사들을
따라가면 될 것이다."

환시총의 가장 뒤 정원인 여 하급기사들을 위한 장소가 있었다. 그곳
에 해저 일행들이 30여 일의 훈련을 마치고 어떠한 팀에 배정하는 약식
이 진행되고 있었다.

"해저야, 또 만나자. 아니 시간만 되면 자주 만나자."

"응, 지혜도 힘내고 또 보자."

환시총은 성별을 막론하고 100세 이상이면 누구나 겪어야 하는 관문
이 있었다. 이름하여 '환시총의 마음의 훈련'이었고, 모든 하녀들이나 하
인들도 포함되었다. 기초 교육이 해저 등이 받은 30여 일의 기본교육이
끝나면 5관에서부터 1관까지 오르는 계단 형식의 교육이었다. 5관은 실
력이 뛰어나도 마음의 자세가 안 되어 있고, 자신의 실력에 자만하거나,
뒤처진 자들의 복습하는 과정인 초급 코스였다. 단 상위 2단계인 2관부
터는 자신이 원하는 곳으로 지원이 가능하였으며, 최상위인 1관을 마치
면 하급기사로서의 영광이 주어졌다. 물론 5관에서 3관까지는 다음 단계
로의 승격이 일정하게 정해진 바가 없어서 노력과 실력을 인정받아야지
만 오를 수 있는 다단계였다. 단번에 제3관까지 다다른 해인은 엄청난 것
이었으며, 제4관으로 직행한 해저와 화선도 대단한 것이었다.

"휴! 다행이다, 해저야. 5관도 많이들 고생한다는 소문이 있던데 운이
좋아서 4관으로 와서 그나마 안심이야."

"그러게요. 그래서 지혜가 걱정이에요."

"후후, 걱정 마. 지혜도 처음보다는 월등히 늘었잖아. 두고 보자. 잘해
낼 거야."

항상 자신보다는 타인을 먼저 생각하는 해저의 마음씀씀이였다. 그러

나 그녀들에게로 고난과 자신과의 힘거운 싸움이 기다리고 있었다.

"바보 같은 놈들. 작은 술책만 할 줄 알았지, 머리들을 못 굴려 한심한! 그러니 이것도 안 되고 저것도 안 되지. 오히려 남 좋은 일만 시킨 격이잖아. 하긴, 차미나 가람들이 문제이긴 하지만 말이야. 더 큰 문제는 예인데 그녀를 어찌하면 포섭을, 아니 어떠한 유혹에도 넘어올 그녀가 아니다. 뭔가 방법이 없을까? 없으면 걸림돌인 그녀를 제거하는 수밖에는 없다."

혼자말로 중얼거린 듯이 보였으나 수하 한 명이 검은 천 너머로 대기하고 있었다.

"네. 일단 그녀의 손발을 묶는 수 말고는 없습니다."

"손발?"

"네, 그녀의 아이들이죠."

"그래서?"

"아이들을 어디에다가 감금하는 것이죠."

수하의 언사에 대노하고 말하는 굵은 목소리의 귀족이었다.

"네 이놈! 그걸 지금 방법이라고 내놓는 것이냐? 그런 건 하류잡배나 하는 짓거리가 아니던가."

"아닙니다. 주인님 그러니까……"

수하의 말을 다 듣고는 함박웃음을 터트리는 굵은 목소리였다.

"와하하하! 그거 좋은 방법이다. 그래, 그놈이 있었지. 그래, 그놈을 방법을 써서 내게 데리고 와보라."

"네. 그럼……"

수하가 나가자 다른 통로 쪽으로 보고 말을 하는 귀족이었다.

"거기 있나?"

"네."

"그자는 어디로 향하였나?"

"네, 아직 뚜렷한 목적지는 없는 거 같사옵니다. 평 걸음으로 모시총을 빠져나가 지금쯤이면 환시총으로 들어섰을 것입니다."

"허허, 걸어서 다닌다? 오랫동안 지하에 있어서 햇살이라도 쬐일 요람으로 그러는가?"

"그렇지는 않은 것 같습니다. 아무리 그래도 그 먼 거리를 걸어서 가는 사람이 있겠습니까."

"다른 이상한 점은 없었고?"

"네, 이방인과 지하에서 한동안 말을 주고받고 하면서 지낸 거 같습니다. 헤어질 때도 뭐라고 중얼거리며 떠났습니다. 이방인 그자를 어찌해 보시겠습니까?"

"아니다. 전에는 내 손이 뻗었지만 지금은 가람의 저택에서 머물고 있다. 이게 다 '피리'하고 '고니' 놈 때문이다. 그자들이 수준 낮은 소리들을 해서 오히려 이방인을 풀려나게 하였다. 물론 언변이 강한 '예'가 나섰지만 그래도 그렇지 생각 없는 인간들인 피리, 고니 한심한……."

"하오면……."

"일단 그자를 더 지켜봐. 분명히 뭔가가 있는 자였어. 이방인도 지켜만 보다가 틈이 생기면 납치해오고!"

"네, 그럼……."

"'움'의 제안으로 '예'의 아이들을 어찌해 볼 수도 있지만 그건 하류짓거리다. 뭐 하류인 '아블'이라는 자를 시켜서 해결하자는 '움'이의 생각이었지만, 역시나 하류는 하류 생각밖에는 못하는 족속들인가."

"뭔 동작이 그리 굼뜨지? 좀 더 민첩하게 움직여라."

"에잇, 안 해!"

영환은 니은의 가르침의 태도가 맘에도 안 들었고, 사실적으로 가르치려고 하는 것보다도 자신을 개 패듯 패는 데 목적이 있는 것 같아 보여서 심술이 났던 것이다. 상대방인 니은 또한 도무지 배움의 자세가 안 되어 있는 영환으로 보였다. 그래서 몸으로라도 느끼며 배우라는 식으로 더 혹독하게 하루하루를 갈구며(?) 왔던 것이다.

"한심하구나. 이방인! 지구 남자들은 다 그렇게 못돼먹고, 다 그렇게 하고자 하는 의지가 없는 것이냐?"

"야! 네깐 것이야말로 그게 어디 가르침의 자세냐? 폭행의 자세지. 그리고 지하에 한 달 이상을 죄 없이 갇혀 있다 보니 의욕 상실했다, 왜! 네깐 것도 당해 봐. 그게 얼마나 죽을 맛인데……."

힘없이 주저앉아서 숨을 불안정하게 들이쉬는 영환이었다. 그러고는 다시 억울한 표정을 지으면서 니은을 향해 중얼거렸다.

"그리고 내가 왜 이런 훈련을 받아야 하는 것이지? 도무지 더러운 세상이야. 지들 멋대로 날 동물의 우리에, 그것도 모자라서 지하에……. 생각을 해봐! 진짜 더러운 기분이잖아. 후, 후욱!"

근 3일 내내 매질을 당한 영환이었다. 어느 누가 매질 앞에 당하겠는가. 거친 호흡을 하던 영환은 그대로 실산하여 잠이 들고 말았다.

세 개의 달이 머리 위까지 차오른 한밤중의 가람의 저택의 내당 쪽에 있는 아담하고 아름답게 꾸며진 어느 건물의 창가에 여인이 달을 쳐다보며 앉아 있었다.

'죄 없이 동물 우리에 지하 감옥에…….'

찬 달빛을 받아서 그런지 유난히 창백해 보이는 니은의 얼굴이었다.

'나도 저자가 불쌍한 거는 알지만, 하지만 괘씸하잖아! 말을 막 하고 그것도 여자들이 싫어하는 말만 하니 내가 그러는 거지. 하지만 밖에 버려두고 온 것은 너무하였나? 아!'

영환의 태도를 생각해보던 니은은 뭔가가 생각이 났던 것인지 어디론가 황급히 뛰어갔다. 어디론가 뛰어가면서 머릿속으로 떠오른 생각 하나!

— 언니! 저 시녀들은 왜요?

— 네, 할님이 자신은 시중 받을 자격이 안 된다며 시녀 둘을 본관으로 돌려보내셨다고 하네요.

'그 바보! 하필 시녀들을 보낼 게 뭐야. 뭔 대단한 신사라도 된다고. 아직까지 그 자리에 실신해 있으면 어떡하지? 그 바보 같은 게 여러 가지로 신경 쓰이게 하네.'

영환이 귀거하고 있는 별관에 다다랐다. 별관 안에는 그의 모습이 안 보였고, 쓰러져 있던 장소로 이동하자 거기에도 없었다. 영환이 있어야 할 곳에 없자 불안한 마음으로 여기저기 찾아다니는 '얼음공주' 니은이었다. 니은 본인도 잘 알고 있었다. 불온한 무리들이 영환을 노리고 있다는 걸. 그래서 사촌오빠인 가람이 자신을 그의 경호 겸 기사로서의 교육을 맡긴 것이었다. 특히나 본관이나 자신이 기거하는 내관 쪽에서 멀리 떨어져 있는 별관이 아니던가. 그런 불안한 생각이 들어서 그런지, 찬 달빛을 받아서 창백한 얼굴이 더욱 창백해져갔다. 그러나 그녀는 여인들의 위상을 드높인 기사가 아니던가! '불안한 마음은 마음을 더욱 불안하게 만든다'는 생각에 침착해진 그녀는 일단 대노한 오빠의 모습과 자신이 들어야 하는 질타를 감수하고 오빠인 가람에게 보고하기로 하였다.

역시나 집 안이 떠날 갈듯이 대노에 찬 가람의 목소리였다.

"뭐라고! 그게…… 이런…… 이이이…… 어떻게 사람이 그럴 수가 있느냐? 아! 밖에 있는가?"

가람의 수하들이며 하인들이 어느새 달려와 대기하고 있었다.

"너는 차미님의 저택에, 너는 '예'님의 저택에 이 말을 전하라. '할 납치 실행' 몇 자 안 되니 적지도 말고 정확히 외우고 그대로 전하라. 지금 당장들 달려가라!"

"그리고 그대와 그대는 지금부터 이 아이의 직위를 박탈하겠으니 처소에 연금하고 밖으로의 출입을 차단하라."

니은의 직위인 기사 자격을 박탈한다는 가람의 말이었다. 그러자 그의 아내가 만류하고 나섰다.

"가람님, 아무리 그래도 그렇지 여동생이 아닌가요? 직위 박탈까지는……."

"아니에요, 언니. 제 실수며 잘못이에요. 여기에 보고하러 왔을 때부터 각오하고 있었어요. 그러니 그만하세요. 제 거처로 가 있을게요."

굳은 얼굴로 돌아서는 니은이었다.

"그리고 그대와 그대는 이방인이 오후 3시부터 좀 전의 시각인 10시니까 3시와 10시 사이의 모든 목격자들을 모아보고 그 시간에 우리 집 주변에 수상한 자들이 보이지 않았는지 조사해 봐. 이 근방 1km 안에 거주하는 자들을 전부 깨워서라도 알아내. 당장!"

가람의 온 사방을 울리는 듯이 들린 굵은 목소리였다. 하지만 집안의 수하와 하인 40여 명과 '차미'가 지원해준 30명으로도 영환의 흔적은 찾을 길이 없었다. 그렇게 3일이라는 시간이 지나갔다.

영환의 실종이 3일째 되던 날 밤 시간이었다. 차미의 저택에 그의 여동생인 선지와 여 귀족대표인 예, 그리고 가람 등이 응접실에 모여 있었다. 가람이 여동생의 실수로 납치사건이 발생한 것에 대하여 미안한 마음으로 입을 열었다.

"먼저 죄송하고 송구할 따름입니다. 인격은 안 가르치고 기사로서의 실력만 가르친 듯합니다. 이제야 차미님의 회의에 참석한 것도 죄송합니다."

"아니오. 내 자식인 '선지' 이 녀석도 그렇고, 다들 귀족이라고, 자신은 상급이라고들 생각해서 문제였지요."

차미의 상급귀족으로서의 인격이 보이는 말이었다. 그의 말에 자신도 뜨끔 하는지 선지는 두 눈을 살포시 감아버렸다.

"음, 좀 뭔가 증거나 목격자는 있던가요?"

예의 타인의 대한 걱정스러운 말이었다.

"네, 아직……. 하지만 이상한 소식은 한 가지 가지고 왔습니다."

"그게 무엇이오?"

가람의 말에 궁금함을 물어보는 차미였다.

"네, 얼마 전에 니은이를 해하려다가 미수에 그쳐서 지하 감옥에 수감되어 있던 '아블'이라는 자가 할의 실종과 비슷한 시간대의 감옥에서 어디론가 사라졌다고 합니다. 워낙에 험한 인상과 불량한 태도 때문에 주위의 사람들에 눈총을 받던 자였습니다."

"그게 할의 실종과 연관이 있을까요?"

"그래서 실종 당일 밤에 '할 납치 실행'이라는 단어를 두 분께 드린 것입니다."

"음, 좋은 대안이었어요. 실행이라는 단어에 혹시나 하고 우리 아이들을 안전한 곳에 묵게 하였지요. 그 결과 원래 아이들이 있던 건물의 침입의 흔적이 있었어요. 감사해요, 가람님."

"아닙니다. 우리 중 누군가 뭔 일을 당하면 수하를 시켜 그런 암호를 전달하게 하자는 데 의견들을 모았으니 당연한 결과였습니다."

"그래도 가람의 머리에서 나온 것이 아니오. 가람은 어떻게 이런 일을 미리 알고 그런 암호를 생각해내셨는지?"

상급귀족이지만 직위가 낮아도 배울 건 배우자는 인격과 유달리 호기심과 궁금증이 많은 인물이었다.

"젊었을 때 이런저런 사건을 많이 접해봐서 그런 것입니다. 그리고 어느 단체건 집단이건 동시다발적으로 뭔가를 노리니까 그런 것도 염두에 두고 말씀드린 것입니다."

"음 동시다발적이라……."

"그러나 아직도 위험이 도사리고 있으니 당분간 자제분들의 외출과 나들이는 가급적 피하시는 게 좋을 듯합니다."

"네, 그러나 아블이라는 자하고 할의 실종과의 연관은 무엇이오?"

"아, 죄송합니다. 잠시 젊은 시절의 기억 때문에……. 음, 먼저 문제는 어떤 인물이 자신의 힘을 믿고 '월권행위'를 하였다는 것입니다. 수감시설은 총의 수비대장인 장기사 '릴'이 맡고 있으나 그조차도 모르게 죄수가 감옥에서 빠져나갔으며, 수비대의 기사들이 만류하자 그들을 강제로 뿌리치고 어딘가로 홀연히 사라졌다고 합니다. 아마도 막강한 힘을 가지고 있는 모시총의 재력가이거나 그와 버금가는 인물일 것이라는 추정입니다."

"허, 그럼 이름이라도 알고 있다던가?"

가람의 누군가의 월권행위에 대한 설명에 어이없어 하는 차미의 질문이었다.

"그런 얘기는 아예 없었고, 무대포식으로 어떤 표찰을 제시하며 갔다고 합니다. 기사들의 말을 조합해서 들어보니 그게……."

"더 말해보시오."

"네, 그게……."

문제를 야기할 수 있는 인물이이어서 우직하고 강인하다는 상기사인 가람도 꺼려하는 인물인 '상록'(308세)이었다.

"으음! 모시 총장님의 외아들이 아닌가. 이거 참!"

지그시 눈을 감고 있던 선지가 끼어들면서 한마디 해본다.

"혹시 상록님을 비방하려는 목적과 아니면 표식을 모방할 수도 있는 거 아닌가요? 한마디로 총장님과 우리들 갈라놓기 위한 음모나 이간질일 수도 있잖아요."

"후후, 이제 선지도 자기 의견을 자주 제시하는구나. 하지만 이렇게도 생각이 드는구나. 음모나 이간질을 우리가 알게 하기 위한 술책. 또는 우리의 판단력을 흩트려놓을 목적이 있는 것! 일단 월권행위인데, 표식을 함부로 우리에게 보여주었다는 것! 그게 무엇을 뜻하니?"

"음, '우리는 월권행위든 뭐든 함부로 할 수 있다.'는 것이 아닐까요? 어느 누구도 건들 수 없는 사람인 총장님의 아드님이 되겠죠."

"또?"

"음, 표식을 굳이 안 보여주어도 되는데 자신 있게 보여주었으니까 가짜일 가능성도 있고요. 소녀의 생각은 가짜 표식 같아 보입니다."

"그럼 그런 일을 꾸밀 수 있는 사람들이 누구누구 있을까?"

"아, 음! 일단 이 방에 모여 계신 분들이고요. 죄송해요."

"아니다, 계속해 보거라."

"또 총회의 할 때마다 항상 뭔가를 얻자는 느낌의 피리님과 고니님, 그리고 얼마 전의 타르총에서 귀성한 거니님과 진짜 모시 총장님의 아드님인 상록님, 그리고 모시총의 재력가이며, 호족인 도니님 등이 계십니다."

다시 예가 물어본다.

"그럼 그중에서 제일 의심스러운 사람은?"

"소녀의 생각으로는 제가 말씀드린 전원이 포함되지만 그중에서 특히 의심이 가는 인물은 상록님과 거니님, 도니님이라고 생각합니다."

"그럼 피리와 고니는?"

"그분들은 술책을 잘 쓰시지만 심약한 분들이라고 생각이 들어서 그분들은 이번 사건에 제외시킨 겁니다."

선지의 말이 끝나자 아버지인 차미를 비롯해서 예와 가람은 크게 웃어 보았다.

"하하하."

"커허허허. 곧 총의 재녀로 인정받겠습니다, 선지 아가씨."

"후후, 그래, 네 말이 맞다. 그럼 이제 어떻게 해야 하지?"

어른들로부터 넘치는 칭찬을 받은 그녀는 자세를 바로하고는 다음 말을 이어 갔다.

"네, 일단 제력가인 도니님의 대한 수소문을 해보셔야 할 것입니다. 최근 그분한테 뭔가 심경의 변화가 있었나와 이방인의 대한 호기심이 누구보다 크게 발동하지는 않았나 하고요. 그리고 그분의 전각 중에 경비인들이 신중히 서 있으면 그분이 정말로 의심스럽다고요. 그리고 거니님인데요. 역시 최근 행적을 파악하는 데 있는 듯 보입니다. 혹시나 타르총에 환심을 사기 위해 이방인을 빼돌릴 수 있으니까요. 그쪽과의 최근 접촉 여부를 알아내보는 방법도 있을 것이고요. 다음은 상록님입니다. 언제나 그렇듯 총장의 성에서 잘 안 나온다고 합니다. 그러니 수하들을 장사꾼으로 위장시켜서 성에 들게 하고 그분의 최근의 행적과 어떤 이상한 일이 있는지에 대하여 수소문을 해보는 것이지요. 이상입니다. 그냥 다른 분들의 머리에서 나오는 생각 같습니다."

"아니다. 다 그렇지는 않은 것이다. '다 그렇게 생각할 것이다'라는 말은 잘못된 말이다."

"그럼 그럼요."

가람도 한마디 거들자 그를 보며 뭔가 물어보는 선지였다.

"할의 실종 당시 특징은요?"

"음! 쓰러져 있다던 장소에서 코에서 나온 것으로 추정되는 출혈이 땅바닥에 묻어 있었네. 비교적 많은 양의 피였는데 지하에서 금방 올라와서 과로로 피를 흘린 것인지 아니면 침입자에 의해 강제적으로 흘린 것인지는 잘 모르겠네."

"그럼 '룽'(개)에게 냄새를 맡게 하고 찾으면요? 가능하지 않겠습니까?"

"오! 선지야, 좋은 생각이다."

밖의 경비를 서는 자들도 무지막지한 거한의 발길질에 진절머리가 쳐졌다. 벌써 며칠째 계속하여 폭행을 가하지 않은가! 아무리 이방인이라해도 너무 심한 처사라고 생각한 경비인들이었다.

"으으, 그냥 죽여라! 더러운 개 새끼야. 자식아! 양아치 자식아."

영환은 안간힘을 짜내어 소리를 질러보았다. 벌써 4일째 물 한 모금 못마시고 맞기만 하는 그였다.

"크흑, 크흐! 죽여라."

얼굴의 치아며 광대뼈며, 금이 갔는지 숨을 들이쉴 때마다 인상을 구기는 영환이었다. 신체도 성한 부위가 없는 듯이 보였다. 한쪽 다리는 휘었으며 옆구리에서는 연신 피가 흐르고 있었다.

"이런 할 놈을 봤나!"

"그래, 할이다, 신발 놈아. 네놈 아비는 분명이 짐승일 것이야. 네놈 어미 또한 짐승일걸. 그러니 네놈 같은 쓰레기가 짐승보다 못한 짓을 하지. 안 그래? 크흫흫흫."

"이이이……."

퍽퍽퍽!

다시 폭력을 가하는 소리가 났다. 그때 지하여서 그런지 상단의 문 쪽에서 삐걱 하는 소리와 발걸음 소리가 들려왔다.

"그만하라!"

말과 동시에 영환이 갇혀 있고 묶여 있는 적막하고 공포로 가득한 방 안으로 천으로 얼굴을 가린 남자로 보이는 자가 들어왔다.

"네놈은 잠시 비켜 있어라."

얼굴을 가린 남자는 영환의 신체에 폭력을 가하던 거한 즉, 아블이었다. 잠시 몸을 위탁하고 있지만 거만한 태도와 신경에 거슬리는 말을 하는 천의 남자가 영 싫은 눈치인 아블이었다. 하지만 고용인의 눈 밖에 나면 어떠한 봉변과 다시금 지하 감옥으로 가야 한다는 생각에 꾹 눌러 참고 있는 아블이었다.

"한 가지만 묻자. 네놈은 뭐하는 놈인데 우리 일을 방해하는 것이냐?"

"네 부모도 짐승이겠구나."

"이이, 이놈이 아직도 자신의 처지를 이해하지 못했구나. 더 맞아야겠다. 보거라. 이놈이, 길……."

"병신, 병신 놈이네. 네놈 부모도 병신이겠고, 네놈의 아들도 병신이겠구나. 크흫흫흫!"

학대당하면서 의식은 살아 있는 영환이었다. 역시나 말싸-움에서는 수성의 어떤 위인이 오든 그한테는 못 당할 심한 욕설과 타인의 심기를 불편하게 만드는 말재주를 가진 영환이었다.

"이이……."

팍!

더 이상 들을 수도 없는 영환의 말이었고, 참을 수도 없는 엄청난 모욕의 말에 이성을 잃고 옆의 경비인이 들고 있던 방망이로 영환의 머리를 심하게 내리치는 천의 남자였다. 남자의 방망이의 매질에 나뭇가지가 꺾이듯 고개를 떨어뜨리는 영환이었다. 그의 모습을 지켜보던 경비인이 상세를 살펴보았다.

"주, 죽은 거 같습니다."

"뭐라? 에잉! 그럼 어딘가로 가서 수장시키든 땅에 묻든 맘대로들 해."

"그것보다도 이렇게 하시면……."

중성적인 음색으로 천의 얼굴의 말에 만류하는 자가 있었다.

"음, 그렇게 하면 되겠구나. 좋아! 역시 '움'이야."

"그럼 다들 모여 봐!"

아블과 자신의 수하들이 모여들자 다음 지시사항을 말하는 '움'이라 불린 자였다.

늦은 새벽, 가람의 저택!

니은은 요즘 자신의 실수로 이방인이긴 하나, 하나의 생명을 지키지 못했다는 상실감에 잡혀 있었다. 오빠이지만 상급기사인 가람이 자신의 기사 직위를 박탈한 것에는 일말의 관심도 없었다. 다만 자신의 인격적인 탓으로 그런 일이 벌어지게 되었다는 생각에 자신이 싫었고 원망스럽기만 하였다. '얼음공주'라는 소리와 여성들의 우상인 기사라는 소리를 듣고 있는 그녀지만 그녀 또한 가슴 여린 여인이었다. 연금 상태였지만 언제든 밖으로 나가서 휘젓고 다닐 수도 있는 그녀였지만, 반성과 자책의 시간을 가져본 니은이었다. 그래서 인적이 없는 늦은 새벽시간에 저택의 정원을 걷곤 하였다. 어릴 때부터 좋아하고 자신이 가꾸어오던, 낮이 되면 굵고 큰 잎이 활짝 펼쳐지고, 밤이 되면 두 손 모으듯 모아지는 잎을 가진 '퓨'라는 나무 앞까지 걸어온 그녀였다.

'퓨' 나무에 기대서 하루를 알리는 저 멀리서 동이 떠오르는 것이 수줍은지 동쪽 하늘을 온통 붉은색으로 물들인 곳을 바라보고는 핏기가 사라진 자신의 창백한 얼굴을 만져보는 니은이었다. 눈물! 영환에 대한 그리움도 아니었고, 못난 자신 때문도 아니었다. 그냥 자신도 모르게 흘러넘치는 눈물이라고 그녀는 생각하였다.

한참을 그렇게 서 있던 그녀는 태양이 모습을 드러내자 발걸음을 옮겨갔다. 힘없이 걸어가던 그녀는 자신도 모르는 사이 영환이 쓰러졌던 장소까지 다다랐다. 그러자 쓸쓸한 미소를 한 번 짓고는 돌아서는 찰라 자신의 눈을 의심하였다. 어떤 물체가 문제의 장소에 있는 것이 보여서다. 설마 하는 심정으로 사람으로 보이는 물체에 접근하였다. 신분 확인이 불가능할 정도로 많이 훼손된 모습이었지만 특이한 생김새에 그가 누구인지 잘 아는 그녀 니은이었다. 실종되었던 '할'이라는 자가 거의 죽은 꼴로 다시 나타나자 가람의 저택은 일순간 침묵이 흘렀고, 저택의 여기저기서 조용하고도 바르게 움직이는 사람들의 모습도 보였다. 의사나 의료업에 종사하는 사람들을 불러오라는 저택의 주인의 지시였다.

"성한 데가 하나도 없구나. 의식은, 아니 숨은 붙어있는 게 맞는가?"

귀족의 거처든 이름 있는 호족의 거처든 의료나 의학 담당자가 한 명씩은 거주하는 그들의 저택이었다. 다행히도 상급기사인 가람의 저택에도 응급치료를 할 줄 아는 자가 있어서 그나마 지혈과, 환자의 신체를 더이상 훼손 안 되게 간단한 수술을 할 수 있었다.

"네, 미미하게나마 심장은 뛰고 있습니다. 다행히도 니은 아가씨가 그 시간에 산책을 하셔서 발견할 수 있었던 듯합니다. 조금만 더 늦게 발견하였으면 이자는 벌써 죽은 목숨입니다. 하지만 여기 이대로 방치하다가는 저도 저자의 생명을 장담할 수 없습니다. 이름 있는 의사들을 불러오게 하는 것이 좋거나 이자를 데려가는 것이……."

"아니 될 말. 이자는 여기서 나가면 더 심한 꼴을 당할 수 있으니 의사들을 데려오라 하였네. 그대는 그들이 도착할 때까지 무슨 수를 써서든 살려봐. 집사, 밖에 있는가?"

"네."

"차미님이나 예님께 이 사실을 알리게."

"벌써 연락드렸습니다."

"허허, 빠르기도 하구만. 그리고 혹시 모르는 일이니 수하들을 시켜서 저택 주변을 경계하라 이르게. 니은이는 어디 있느냐?"

"여기 있습니다."

"음, 넌 이제부터 '할'의 주위에 있어라. 한눈파는 것도 용서 안 할 것이야."

"네."

풀이 죽은 니은은 오빠의 말에 기어가는 소리로 대답하였다.

'큰아버님 부부는 누구보다 심성이 바른 분들이셨는데 조실부모한 어린 동생을 가여운 마음에 그저 귀엽게만 받아줬어. 내가 버릇없이 키웠구나. 내 잘못이지 누구를 탓하겠는가.'

"기사도도 없다는 말인가! 아무리 적이라도 상처 입은 적은 상대를 아니 하는 것인데 너무 심하게 해를 가했습니다. 다리며, 팔, 치아, 옆구리와 머리가 너무 심하게 가격당한 듯합니다. 가람님, 이것 좀 보셔야하겠습니다."

가람은 자택 의사의 말에 뭔가가 또 잘못되었나 싶어서 그에게로 다가갔다.

"왜 그러나?"

"송구합니다. 이걸 이제야 본 듯합니다. 이자의 머리를 누가 싸매어놓았는지 이 천 때문에 하마터면 의사들이와도 장의사를 불러야 할 판이었습니다. 경향이 없는 제 잘못이지만 전 누군가 응급처치를 한 줄 알았는데 누가 머리에 흘리는 피를 보고 겁이 나서 천으로 말아 놓은 듯합니다."

문제의 천을 알아보는 가람이었고 옆에서 지켜보던 니은이 기어가는 소리도 말하였다.

"제, 제가…… 큰일인가요?"

의사의 심각한 말에 조심히 물어보는 니은이었다. 그러나 가람이 버럭하고 고함치듯 나무란다.

"너, 이이…… 어찌……."

"아씨께서는 급한 마음에 그러신 줄 압니다. 그러니 그만 노여워하십시오!"

"으음! 그런데 괜찮겠나?"

"가운데 쪽에 뭔가 딱딱한 것에 가격을 당하였는지 직접적인 의식불명 원인은 머리의 상태 같습니다. 아마도……."

"아마도?"

"살아나도 백치가 될 가능성이 높습니다."

"음……."

쿵!

가람이 의사의 말에 탄식의 신음소리를 내는 찰라 그의 등 뒤로 쿵 하고 뭔가가 넘어지는 소리가 났다. 니은이 충격을 받아서인지 아니면 며칠의 수면 부족으로 기절한 것인지 쓰러지고 말았다. 쓰러진 니은이 정신을 차린 건 10시간이나 지난 후였다. 그간의 수면 부족과 신경과민으로 실신한 것이었다. 깨어나자 아침이었던 시간이 어느덧 해가 거의 질 무렵의 시간이었다.

확!

니은은 덮고 있던 이부자리를 내팽개치고는 황급히 의료실로 뛰어갔다. 의료실에 도착하자 영환의 상태부터 살필 요량으로 그를 찾았지만 영환은 의료실에 없었다. 영환뿐이 아니라 어떤 사람들도 안 보였다. 불안한 마음이 든 니은은 영환의 거처로 뛰어갔다. 제발 무사하기를 바라며, 그리고 불안한 심정의 자신을 위로하는지 어느 존재에게로 기도를 드리는 심정으로 뛰어갔다. 영환이 기거하는 곳으로 다다랐지만. 상세를 보살피는 사람이나 간호하는 사람의 모습은 보이지 않았다.

또다시 떨리는 마음을 추스르고 영환의 방으로 다가가며 방 안의 모습을 살펴보았다. 니은의 마음은 그렇게 반가울 수가 없었다. 방 안에는 영환이 반듯하게 눕혀진 채 고요히 잠들어 있었던 것이다. 니은은 이제 안심이라는 식으로 방 밖의 벽에 기대어서서 숨을 골랐다.

"어머! 아가씨, 괜찮으세요?"

웬 시녀의 목소리에 니은은 화들짝 놀랐다.

"어! 음, 네가 저자의 간병을 하는 것이니?"

"네. 부인께서 그리 하라십니다."

"알았다. 난 밖에 있겠다. 무슨 일이 생기면 부르도록!"

가람의 말이 떠올라서 밖에서 호위인 역할을 하려는 니은이었다. 얼마쯤 있자, 본관 쪽에서 한 무더기의 인물들이 자신이 경계하고 있는 쪽으로 오고 있는 것이 보였다. 오빠인 가람과 상급귀족인 차미. 그리고 피리와 고니가 무슨 일인지 별관 쪽으로 오고 있었다.

"무슨 일들이신지요?"

그녀의 말에 고니가 귀찮은 듯이 건성으로 말하고 나섰다.

"아가씨는 알 것 없네. 비켜주게."

"무슨 일인지 모르나 안에는 저와 대련을 하다 조금 다쳐서 누워있는 병자가 있습니다. 지금 막 시녀 하나가 그의 간병을 시작하였고요."

니은은 물러서다가 일행들의 뒤에서 따라오고 있는 오빠인 가람의 수 신호로 분위기를 파악하고 자신과의 대련으로 다쳤다는 핑계를 대어보았다. 그녀 또한 피리와 고니가 어떤 인물들인지 대충은 알고 있어서 뜸 들이지 않고 자신의 잘못 또한 인정하는 말도 더 붙였다.

"심려를 드리게 해서 죄송합니다. 저자의 입이 험해서 혼내주려는 심산 으로 그만 다치게 하고 말았습니다."

"그래도 상세를 보아야겠네. 비켜서게."

니은은 피리의 말에 마지못해서 비켜주었다.

피리는 방 안의 모습을 보자마자 의심의 눈초리로 시녀한테 따지듯이 물었다.

"어떠냐. 분명히 숨은 쉬고 있는 것이냐?"

"네. 그간 영양실조와 다른 세계에서의 삶, 그리고 동물 취급과 죄 없 는 지하 감옥에서의 생활, 그런 것들이 심신을 피로하게 만들었다고 합 니다. 직접 확인해 보시겠습니까, 피리님 고니님? 하긴 청각과 눈이 좋으 시면 육안으로도 이 사람의 상태를 아시겠지만요. 뭐든 일에 박학다식하 신 두 분이 아니십니까!"

대본을 외운 배우처럼 막힘없이 말을 잘하는 시녀였다. 마지막 말의 '박학다식하다'는 말은 꼭 놀리는 것처럼 들리기도 하였지만, 영환의 상태 를 살피는 데 정신이 팔린 그들이어서 본인을 '잘 보았구나!'의 인상만 남 겼을 뿐이었다.

"음, 귀에도 숨 쉬는 소리가 들리네."

고니의 '숨 쉬는 소리가 들린다'는 말은 거짓말이었다. 아무리 청각이 좋아도 약 10미터 가까이 떨어져 있는 거리인데 숨소리가 들리겠는가. 말 잘하는 시녀의 농간에 놀아난 꼴의 피리와 고니이었다.

"음, 말도 잘하고 간병도 잘하는 아이구나. 우린 그만 가서."

"정말 어떤데요? 제가 10시간 만에 일어났다면서요? 그럼 저자도 줄곧?"

차미와 피리 등이 물러가자 별관의 응접실에서 니은이 가람한데 물어본 말이었다.

"음, 모르겠단다. 생명에 지장이 있을지 없을지는 새벽쯤에 보면 알게 된단다. 일단은 수하들을 배치해놓았다. 그러니 너는 그만 돌아가서 쉬어라."

"아니에요, 저도 여기 있을게요."

"알았다. 또 괜한 사고는 치지 말거라."

"네, 미안해요."

가람은 뭐라고 따끔히 혼내려는 욕 한마디 하려다가 어린 여동생의 얼굴을 보고는 화를 눌렀다.

"되었다. 앞으로 잘하면 된다. 잘못된 말이나 행동 하나가 많은 적을 만들며 나아가서는 자신을 추악하게 만드는 것이라고 가슴에 새기어라."

"네."

천의 일부가 시야를 가린 귀족의 저택 안이었다. 굵은 목소리의 천을 가린 남자가 흥분한 모양새로 떠들어대고 있었다.

"뭐라고? 그놈이 살아있다고? 확실한 게냐?"

"네, 확인했사옵니다."

"이런! 그때 그놈 누구야? 내게 죽었다고 아뢴 놈 말이야?"

"무지한 수하들이 무슨 잘못이 있겠습니까. 다 제가 잘못 가르친 탓입니다."

"그래? 그럼 네놈이 대신 죽어라!"

"주, 주인님, 소인 같은 자를 죽여서 어디에 쓰시겠습니까. 귀하신 주인님의 넓은 아량으로 용서해주십시오."

"그놈 참……. 이제 어쩐다? 그놈은 본인의 모습과 목소리를 알고 있다. 지금은 경계가 심해졌을 것이니 기회를 엿보다가 제거하라!"

"네, 그리하겠습니다."

'움'이란 남자가 귀족의 저택을 나오자 실수를 한 수하가 대기하고 있었다.

"어떻게 된 것이냐? 살아 있는 자를 죽었다고 한 이유는 무엇이냐?"

움은 자신의 주인인 귀족과 대화하기 전에 문제의 수하를 수소문해서 대기시켜놓은 상태였던 것이다.

"그냥 저도 모르게……. 죄송할 따름입니다, 움님!"

"으음, 이런 일을 하자면 심약해서는 아니 된다. 강한 마음을 먹어라."

"네, 하지만 불쌍하지 않겠습니까. 우리가 저 자신이 당한다고 생각하니 우리도 그런 일을 당한다면 누군가 구해줄 게 아니겠습니까. 그렇게 생각하니…… 아니 그렇게 생각했습니다."

움은 답답한 수하라고 생각하였지만 그래도 나중의 일을 염두에 두었다는 생각에 용서해주기로 하고 그냥 돌려보내주었다. 하지만 이런 일로 하여 자신의 상전(上典)과 자신을 곤경에 처하게 하고, 그들이 하는 일을 방해하는 두 명의 적을 만들고 말았다.

9월의 하순경 오후, 가람의 저택.

벌써 3일째! 아무런 움직임이 없었다. 니은과 시녀가 해주는 일이라고는 이마의 땀과 의식이 돌아오게끔 해주는 팔다리의 물리치료가 전부였다. 물론 물리치료는 전문가의 손길이 필요해서 어느 곳의 치료사를 데리고 와서 해주었다. 오늘도 벌써 태양이 세 개의 달 중 첫 번째 달에게 배턴을 넘겨주는 시간이 가까이 왔다.

오늘도 오전에 한 번 오후에 한 번 영환을 간병하던 시녀가 시원한 물에 수건을 적시며 이마를 닦아주려고 손이 가는 찰라 놀라서 작은 비명을 지르고 말았다. 영환과 눈이 마주친 것이었다.

"꽤, 괜찮으세요? 정신이 드신 것이죠? 불편하신 데가 있으세요?"

"……"

"제 말 들리세요?"

시녀는 의식이 돌아온 영환을 보고 놀란 마음을 진정시키고 몇 가지 질문을 했다. 그러나 영환은 아무런 반응이 없이 눈만 뜨고 있을 뿐이었다.

"왜 무슨 일이야? 아!"

시녀의 놀라움의 소리에 밖에서 경계를 서고 있던 니은이 다급한 동작으로 시녀한테 물어보며 눈을 뜬 영환을 보고 무슨 일인지 짐작하며 감탄사가 나왔다.

"다행이구나. 난 오빠께 말씀 드리고 오겠다."

"아가씨, 잠시만요."

시녀는 돌아서서 본관 쪽으로 발을 옮기는 니은을 불렀다.

"뭐지?"

"아무래도 이분! 말을 못하거나 기억…… 아니면…… 그러니까 의사선생님이 필요할 거 같아요."

시녀의 떨리는 음성에 문제가 있다고 생각한 니은은 서둘러 본관으로 뛰어갔다.

"공허(空虛) 상태입니다. 그리고 백치(白痴)가 될 수도 있습니다."

잠시 후 급히 수배한 정신과 의사로 보이는 사람이 영환의 상태를 살펴보며 말했다.

"공허 상태라면?"

"머리가 빈 상태라는 것입니다."

"그럼 백치는?"

"바보라는 얘기입니다."

니은이 알고는 있는 단어였지만 혹시나 하고 물어보는 모습이었다.

"음, 눈빛의 초점이 흐리한 걸로 봐서는 아직도 충격에서 헤어나지 못한 듯합니다."

의사가 말하는 도중 영환이 상체를 일으켰다.

"정신이 드는가? 그대는 누구인가?"

"……"

영환은 의사의 말에 그를 쳐다보기만 하고 말이 없었다. 그러면서 천천히 방 안에 있는 사람들을 관찰하듯이 쳐다보며 눈길을 돌리다가 니은과 시선이 마주치자 눈빛의 동요가 있었다. 그리고 그녀의 옆에 놓인 검을 보고는 기겁하듯이 의사의 뒤로 숨기까지 하는 영환의 모습이었다. 그의 모습에 자학하듯 자리를 피하는 니은과, 안쓰러움이 배어나는 가람의 얼굴이었다.

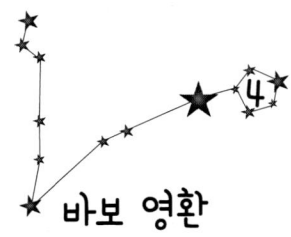

바보 영환

영환의 의식이 돌아오고 5일째! 다른 곳에서는 벌써부터 한 해의 마지막 달을 보낸다는 의미로 축제가 한참이었다. 곧 100해를 닺이하는 선남선녀들은 곱고 품위 있고 아름다운 색상의 옷감을 골라서 유명 디자인에게 의뢰하여 자유의 몸을 기념하는 뜻으로 100을 상징한다는 푸른 보석 문양의 물방울을 가슴 쪽에 수놓은 의상들을 주문하곤 하였다.

수성의 사람들의 의상은 상하의가 따로 있는 옷을 입는가 하면, 여자든 남자든 상하의가 합쳐진 의상들을 입고 다닌다. 일명 '나래'옷이었다. 어찌 보면 불편하게 보이나, 맵시도 좋아 보이고, 허리 둘레에 고급스러움이 더한 벨트 같은 걸 걸치면 잘록한 허리도 자랑할 수 있고, 디자인도 상위 부분과 하위 부분을 나누어 굴곡 있게 디자인하였으며, 여행이나 일상생활에서도 불편하지 않게 하기 위해서 신체에 잘 갈무리되게 하는 옷이었다. 물론 속에는 얇은 옷들을 입고 다니지만 말이다.

보통 그런 옷을 입은 선남선녀들은 각자 좋아하는 이상형에 청혼을 하였고, 공원 같은 곳에는 동성 친구와 이성 친구 간에 짝을 지어 자신들의 특기들을 더한 예술성을 타인에게 보여주었고, 다른 이들은 지구와 마찬가지로 노래며 연극을 관전하며 흥에 겨워 막달을 보내는 풍습이었다.

　아무튼 그런 축제의 분위기 속에서 웃어야 할 얼굴에 어둠으로 가득한 여인이 있었다. 언제나 자신에 찬 모습에, 싱그러운 얼굴! 그리고 당당한 모습의 그녀! '얼음공주' 니은이었다. 오늘도 멍하니 별관의 앞뜰에 앉아 있는 영환의 모습이 보였다. 어느 날 갑자기 이상한 곳으로 와서 갖은 고생이며 갖은 가혹행위를 받았던 영환이었다. 수성으로 오고 석 달만에 백치인간이 되어버린 영환이었다. 자신도 그의 불행에 한몫했다는 죄책감에 그에게 다가가지도 못하는 니은이었다. 거리를 두고 치켜보기만 하는 그녀였다.

　영환은 어린아이마냥 손에 무언가를 들고 장난치듯이 하다가 혼자 웃고 떠들곤 하는 모습이었다. 그러다가 뒤에서 자신의 모습을 지켜보던 니은과 눈이 마주치자 어느 바위 뒤로 가서 숨더니 다시금 그녀를 조심히 쳐다본다. 그러다 숨어버리고 자신이 쳐다보는 사람이 반응이 없자 경계를 풀고는 헤, 하고 웃어주는 영환이었다. 그런 그의 모습에 울컥하고 뭔가가 넘어오는 것을 느끼는 니은이었다. 그녀가 자리를 피하자 자신 때문이라고 생각하는지 바보는 말도 할 수 없는지 벙어리마냥 뭐라고 소리를 내어보았다

　"어워! 어어, 여어!"

　자신이 불러서 멈춰 섰다고 생각한 바보는 그녀에게로 쩔룩대는 걸음으로 조심히 다가가더니 그녀가 돌아서자 화들짝 놀라며 두 손을 모아서 얼굴을 가리는 시늉을 하고는 그녀가 다시 반응이 없자 또다시 헤, 하고 웃어준다. 완벽한 바보 영환이었다. 그녀도 미소 짓자 같은 바보라고 생각하는지 그녀를 향해 잘 굽혀지지도 않은 손가락을 치켜세우더니 웃으며 좋아하는 영환이었다.

　"에, 헤헤에, 워.(너도 나랑 같은 바보구나. 어쩌다가!)"

　"훗!"

입가의 가지런한 미소가 황홀하게 느끼게 하는 니은의 미소였다. 하지만 바보가 알겠는가!

'그래, 웃어주는 거야.'

사실 그녀는 어린 시절인 20세 전에 부모들이 사고사로 세상을 떠났다. 그때 이후부터 혼자 남은 충격으로 웃음을 모르고 자랐고, 어떤 일이든 표정 변화가 거의 없는 얼굴이어서 별명이 '얼음공주'라고들 하였다.

"어헤허워.(오! 너도 웃을 수 있네. 완전 바보는 아니구나.)"

"해저야, 요즘 무슨 일이 있어? 힘없게 보이고 집중력도 떨어진 듯한데……."

"아니요. 훈련이 힘들어서 그런 거 같아요."

'훈련이 힘든 것도 있지만 요즘 무슨 일인지 힘이 안 나고 집중이 안 되는 건 왜일까? 벌써 10일 이상은 이렇게 이상한 기분이 들었는데……. 나한테는 가족도 없는데 같은 핏줄인 가족이 뭔가 안 좋은 일을 당하면 이상한 느낌이 온다는데……. 가족은 아니지만, 설마……. 이런 생각 하면 안 되지만 혹시라도 영환님께 무슨 일이 생기셨나?'

환시총의 하급기사 교육인 제5관문 중 4관에서 훈련을 받고 있는 해저와 화선이었다. 그녀들은 부푼 기대와 호기심으로 제4관에 입문! 그러나 기다리는 건 초급 교육과 비교도 안 되는 것들이었다. 조금만 실수하여도 처음부터 다시 시작해야 하는 그런 교육들이었다. 특히 집중력과 민첩함, 그리고 과감함과 응용력 등을 테스트 받는 4관이었다. 그리고 무엇보다 힘든 건 어떠한 장소에서 예고 없이 물질적인 힘이 압박을 가하면 어떤 것이든 활용할 수 있어야 하는 응용력 테스트가 문제였다. 물론 두 손을 직접 쓰거나 하면 실격! 다시 처음부터 해야 하는 부분이었다. 말이 응용력이지만. 신체의 민첩함과 과감함 집중력을 동시에 발휘해야 하는 4관의 막바지 교육이었다. 그래서 응용력 테스트에 맞게끔 4관의 첫

단계인 집중력과 민첩한, 과감함, 그리고 마지막인 응용력이었다.

"앗!"

"왜 그래?"

"그만! 해저는 처음부터 다시! 다음 화선 차례다. 준비하라!"

해저는 교육 중 이런저런 생각을 하다가 집중력이 흐트러지고 말았던 것이다. 덕분에 해저는 4관의 시작인 집중력부터 다시 해야 하는 장소로 이동하였다. 집중력은 어느 정해진 장소로 가서 무언가 날아오면 그것이 무엇인지 알아내야 하고, 손으로 잡을 수 있는 것은 잡아야 하는 코스였다. 10개중 단 한 개라도 틀리면 다시 복습에 복습을 하는 과정이었다. 물론 눈을 가리고 하였으며, 신호가 오면 답을 내야 하였고, 신호가 없거나 본인 맘대로 움직이는 것도 제한되어 있었다.

그러나 언젠가는 합격하는 관문이라고 판단 하에 교육생들의 자세 또한 관찰하고 점수를 매기는 각 관문이었다. 하루 중 정해진 시간에 도전해야 했고, 도중 포기하면 그에 따른 점수가 주어졌다. 그 점수는 2관이나 1관까지 마치고 밖으로 나가서 기사가 되면 하 중급으로 나누어야 하기 때문에 점수제가 있었던 것이다.

점수를 적게 받은 사람은 하급 중에 하급 시설에 배석하였고, 점수를 좋게 받은 사람은 평생이 보장되는 시설인 기사나 중급기사, 장기사 하의 하급기사로 들어가는 경우도 있었다. 물론 인격이 불량하거나 교육 태도가 무성의하면 곧바로 퇴출하는 환시총의 기사 교육기관이었다.

환시총과 같은 탄탄한 기사 교육기관은 대총에 1개와 표 대국의 3개가 있어서 일반 국민들이 기사로의 기회를 도전한다고 한다. 물론 어느 나라 국민이든 신분 확인만 되면 입문이 가능한 환시총과 다른 교육기관이었다. 표 대국의 국민이 환시총의 기사 교육에 입문하여도 된다는 말이다. 이런 제도는 대륙에 비하여 인구수가 적어서 어느 나라든 인구를 끌어오는데 첫 번째 목적이었다. 상나라의 6총의 기사들은 대부분 환시총과 대충의 기사 교육기관 출신들이었다.

"뭐하는 거야?"

"네, 부인께서 할님의 신체를 알아 오라고 해서요. 할님의 옷가지들이 다 해졌잖아요. 그래서 부인께 말씀드렸더니……."

별관의 응접실에서 영환의 신체를 측정하는 시녀와 어느새 영환 곁에 자주 오는 니은이었다.

"헤에, 어워(어! 바보 왔어? 내 몸을 간지럽게 만지는 이건 뭐야? 이것도 바보야?)"

"훗."

영환이 자기를 향해 웃음을 짓자 회답하듯이 눈썹을 살포시 내리며 웃어주는 니은이었다.

"헤어워.(아 바보라고? 그럼 이곳에 사는 것은 다들 바보야?)"

"아가씨!"

영환의 신체를 다 쟀는지 작은 종이 첩을 들고는 궁금함을 물어보는 '로와'라는 시녀였다.

"왜?"

"음, 아시겠지만 곧 결혼하신다면서요?"

시녀의 입에서 나오는 말! 자신도 모르는 결혼이라니……. 황당한 니은은 시녀에게 되물어본다.

"그게 무슨 소리지?"

"아, 죄송합니다. 본관의 시녀들이 하는 얘기들을 들어서요. 전 아가씨도 아시는 줄 알고……."

시녀의 말을 듣다 말고 휑하니 본관 쪽으로 발걸음을 옮기는 니은이었다. 그녀의 갑작스러운 태도에 놀란 바보는 그녀가 사라진 쪽을 손가락질하며 뭐라고 떠들어댔다.

"어어후워워.(저 바보 열 받았나 봐. 바보가 열을 받다니 이상하네. 이봐! 뭐야.)"

바보 영환은 니은이 나가자 어린아이마냥 순수한 눈으로 한참이나 니은이 사라진 쪽을 바라보며 시녀인 로와의 치마 자락을 살짝 당겼다.

"아구! 착한 할님, 여기 가만히 계세요. 금방 올게요."

시녀마저 나가자 혼자가 되는 게 무서운 바보인지라 또 뭐라고 중얼거리며 울먹거린다.

"어헝윙휘후.(바보들이 어디 가? 나 같은 바보는 싫은 거야? 그런 거야?)"

급기야 울음을 터트린 바보 영환이었다. 어린아이가 울듯이 동네가 떠나갈듯이 소리치며 울어보는 바보였다. 그때 바보의 울음소리를 듣고 주위를 어슬렁거리는 무언가가 있었다.

"오라버니, 그게 무슨 말씀이시죠?"

본관의 응접실에 사촌 오누이가 마주앉아 있었다.

"네 나이면 벌써 분가(分家)하고도 남았다. 그러니 그리 알도록!"

"전 받아들일 수 없어요. 전 아직 해보고 싶은 것이 많아요. 오라버니야말로 그리 아세요."

니은의 앙칼진 소리와 태도였다.

"왜, 신랑감이 마음에 안 차냐? 그렇기는 하겠다. 류시총의 상기사의 아들이니까. 하지만 너보다도 나이가 많고 기사로서 뭐 그다지 뛰어나지는 않지만 성격이 좋다는 소리가 있더라. 그러니⋯⋯."

"일없어요. 가고 싶으면 오라버니나 가세요."

"뭣이? 이런! 이이!"

"호호호, 당신이 지셨네요. 제가 보기에는 '종'님 측과 더 자세히 말씀해보는 것이 좋다고 보아요. 그쪽에서도 마음이 없다면 당사자인 두 사람만 불쌍하잖아요. 그리고 좋아하는 사람이 있으면 어떻게 하시려고⋯⋯."

"음, 알았소."

"그럼 전 가보겠어요."

"어, 그래. 할의 상태는 아직이지?"

"네. 뭐. 이제는 저한테도 잘 와요. 그런데 물어볼 게 있어요."

"음, 대충 뭘 물어보려고 하는지 짐작은 하고 있었다. 할의 일이지? 그럴 것이야. 궁금하겠지. 하지만 그냥 좀 더 있자구나."

"그래도요. 왜 저렇게 잘 대해 주시냐고……. 다른 일반인들보다 더 관심들이 많으시니까. 고작 이방인이잖아요. 뭔가가 있는 것인가요?"

"미안하구나. 더 이상 말 못 해준다. 누구한테도 너의 언니한테도 말 못 해주는 것이다."

"그래요, 아가씨, 저도 그냥 참고 있답니다. 할님이 불쌍하기도 하고요."

"그럼 한 가지만요."

"무엇이냐?"

"&%$#@?"

니은은 암호문 식으로 특정 사람의 이름에 들어가는 문자를 물어보았다. 가람은 그녀의 암호의 물음에 고개만 끄덕일 뿐 더 이상 기타 말이 없었다. 그녀 역시 생각한 말이 맞을 것이라 생각하고 가람의 응접실에서 나와 다시 영환의 거처로 발걸음을 옮겨갔다.

"으르릉! 크르릉!(그래서 너는 안 돼. 겨우 그런 일에 울음을 터트리냐? 한심한 인간 놈!)"

"어워워헝헝!(너도 바보라고? 그런데 왜 나랑 다르게 생겼지. 완전 털만 잔뜩 있잖아. 요즘 딸바보 아들바보가 유행인데 너도 털 바보구나!)"

은색의 포유류 동물인 '룽'이 바보의 앞에서 귀찮은 듯 쳐다보며 으르렁거리고 앉아 있었다. 수성 사람들은 개와 비슷한 생김새의 포유류를 '룽'이라 불렀다. 개보다는 한참이나 큰 송아지만 하였고, 특이한 점은 눈썹이 확실하게 보였다는 것과 어른 손바닥 모양과 크기의 귀였다. 이 동물도 200년에 가까운 수명을 지녔다.

그런 덩치 큰 동물이 바보인 영환의 앞에 앉아서 한심하다는 듯이 쳐다보고 있었다. 사실 이 동물은 가람의 훈련 동물로 이름은 '손'이라 하였고, 사람이 없을 때 영환의 주위를 맴돌라는 명령을 받고 수행 중이었다. 또 불온한(월담) 인간들이 들이닥치면 물어서 쫓아버리는 것과 아는 인간들이 나타나면 자동적으로 다른 데로 가서 경계를 서라는 명령의 훈련을 받은, 사람의 죽음을 앗아갈 수 있는 능력을 가진 동물이었다.

'손'은 귀를 쫑긋이 세우며 몸을 일으키더니 본래의 위치로 돌아갔다. 특정 사람의 소리와 냄새를 맡고 물러난 것이었다.

"어워워헝!(너도 가냐? 또 혼자야. 흑흑.)"

또다시 울음을 터트린 바보였다. 그의 울음소리에 다급히 달려오는 이가 있었다. 그는 다름 아닌 니은이었다.

"훗."

그녀의 미소를 보자 금방 잠잠해지는 바보였다. 혼자가 무서웠던 바보는 정숙해야 할 아녀자의 품에 안기려고 하는 듯이 아기마냥 본능적으로 품을 찾아 들어갔다. 니은은 바보의 황당한 행동에 화들짝 놀라 바보를 밀쳐내었다. 그러나 다시 울음을 터트리는 바보! 하지만 동정심에 바보의 얼굴을 감싸주는 여인이었다.

"헤!"

"금방 울고 금방 웃고. 확실히 바보구나. 아니 미안."

자신의 입에서 나온 말 중에 최고의 실언이라고 생각한 니은이었다. 자신 때문에 바보가 된 것이 아니던가! 그런 생각이 들어서였다.

"자, 이제 그만 일어나 방으로 가자."

영환을 부축하며 일으켜 세우려는 그녀에게 이상한 생각이 들었다. 가벼움! 어느 아기보다도 엄청 가벼웠던 것이었다. 그녀는 이상한 생각과 또 문제가 있는 것이 아닌가 하고 의사를 수배하여 진단받게 하였지만 별다른 문제는 없다는 판단이 나왔다. 하지만 니은이 아닌 본인인 영환이 정상의 정신이었다면 답은 금방 나왔을 것이다. 중력! 몸에 배인 중력의 힘 때문이었던 것이다. 약 4배의 무거운 중력의 지구 생활에서 한참이나 낮은 수성의 중력이 그의 몸을 가볍게 띄워준 것이었다. 반대로 수성의 사람들이 지구에서 생활한다면 걸음조차도 못할 것이다. 그러니 자연 영환의 몸은 수성 사람들보다 4배는 가벼운 게 정상이었다.

영환 또한 수성으로 와서 땅이며 방 안이며 왠지 모르게 푹신하다는 느낌이 들었었다. 영환이 그렇게나 심하게 폭행을 당하고도 안 죽을 수 있었던 것도, 치유가 빨리 된 것도 중력의 힘이 작용하였을 것이다. 영환도 이런 사항을 깨우쳤으면 그렇게 당하거나 하지는 않았을 것이고, 어디든지 마음대로 드나들 수 있는 신체의 능력을 발휘하였을 것이다. 하지만 바보가 되어버린 영환이었다.

수성에 새해가 찾아왔다. 길고도 긴 건기의 시기가 가고 생명이 자라날 수 있는 힘을 가진 우기가 찾아온 것이다. 그렇게 평화로운 일상이 반복되는 듯하였으나 모시총에 좋지 않은 그림자가 드리워졌다. 모시 총장의 부고(訃告)였다. 총장의 갑작스러운 죽음을 둘러싸고 모시총의 양대 세력들인 차미가 인도하는 우파와 거니와 욕심이 많은 호족, 도니 등이 주도하는 좌파가 대립하는 정세였다. 우파 측은 차미, 예, 가람, 릴 등이었고, 좌파는 거니, 도니, 피리, 고니 등이었다. 양대 세력들을 저울질한다면, 우파는 병력과 월등한 실력의 기사들이 많이 포진(布陣)되어 있었다.

좌파는 우파의 병력에 버금가는 사 병력과 재력이었다. 문제는 모시의 아들인 상록이 어느 쪽으로 기우냐가 문제였다. 상나라는 일개의 총이 국가처럼 이끌어가지만 후대는 정해진 바가 없었다. 단 전 총장이 특정 인물을 명시(明示)하면 명시되어 있는 인물이 차세대 총장의 직위에 오르는 체계(體系)였고, 총장의 가족들이라고 자리까지는 물려받지 못하는 체계였다. 한마디로 누구나 인망이 두터운 자가 있으면 그런 인물을 추대(推戴)하곤 하는 각 총들의 정치적인 풍습이었다.

"우선 각 행정구역의 지도자와 국민들, 그리고 상하 차별 없이 모든 이들이 투표할 수 있는 국민투표로 선출합시다!"

모시총의 총회였다. 상급귀족인 차미는 당연한 원리인 신분 여하에 관계없이 전 국민이 투표하자는 제안을 하였다. 그러자 심기 불편한 인물들이 있었다. 차미의 반대편에 앉아 있는 자들! 바로 거니와 도니 일행들이었다.

"그건 아니 되오. 시간도 많이 걸리고 총수가 부고되고 7일이나 지났는데 총의 상징인 총수자리를 비워둘 수 있습니까? 허음."

사실은 국민투표를 해봐야 인망이 두터운 차미가 선출될 것이 분명하였기 때문에 차미의 제안을 반대하고 나서는 피리였다.

"맞습니다. 귀족과 호족 등 지방의 행정구역장들을 규합해 다수결로 선출하는 방식으로 합시다."

"옳소!"

우파보다 귀족과 호족들이 많이 참여하고 있는 좌파의 유리한 상황인 다수결로 하자는 건의 제안이었고, 좌파들인 고니 등은 찬성하듯이 환호하고 나섰다. 하지만 우파의 반대도 만만치 않았다. 먼저 예가 의견을 말하였다.

"그건 아니 될 겁니다. 그리 선출하는 방식으로 하면 누구든 귀 호족과 행정 장들을 매수할 수 있으니 불공정하다고 봅니다."

그녀의 의견에 맞장구치는 상급기사 가람이었다.

"맞습니다. 선출은 공정하게 해야 국민들도 따르는 것입니다."

그의 말에 전과 마찬가지로 피리와 고니가 눈살을 찌푸리며 화내듯 소리친다.

"뭐라! 그럼 당신들의 말만 공정하고 우리들은 불공정하다는 말이오?

듣기가 상당히 거북합니다."

"누가 그런 뜻으로 얘기한 겁니까? 누구나 생각해보면 다수결원칙이 불공정하다고 생각들 할 것입니다. 거너님 등이 속한 좌파가 우리 우파보다는 인원이 훨씬 많은 거 아닌가요? 안 그렇습니까?"

가람의 말에 술책을 꾀하듯이 말하는 고니였다.

"지금 사람이 없다 인정하는 게요? 우리 쪽에 사람이 많다는 건 그만큼 거너님의 인망이 두텁다는 소리 아니오? 그동안 어떻게 꾸려 나와서 사람이 우리의 절반밖에는 안 되는 건지……. 안 그렇소, 여러분?"

"고니님 말씀이 옳소!"

역시 여장부 예였다.

"그런 타인의 감정을 주는 말장난들은 그만 두시지요. 귀족이면 품행(品行)이 있게 말씀하세요. 애초에 많은 사람들과 왕래하는 좌파의 의미도 트집 잡으려면 잡을 수 있다는 걸 명심하세요. 누구나 탐욕(貪慾)이 있다는 걸 알고 있지만 총을 위해서 통솔력과 지도력이 탁월한 분을 추대하였으면 합니다."

좌중은 예의 타당성(妥當性) 있는 말에 침묵이 흐리고, 우파의 총수인 차미의 차분하고도 절제된 소리로 말하였다.

"역시나지만 언제나 사람들을 위해서 생각해주시는 예님을 총장으로 추천합니다. 가장 적합한 인물이라고 생각이 듭니다. 그러니 예님은 부디 거절하지 마세요. 좌중을 이끄는 지도력과 타인을 배려하는 마음, 그리고 여성분들이 월등히 많이 있는 시기에 적합하다고 생각이 듭니다. 우리도 뭔가 새로운 변화와 개혁이 필요하여서 새로운 인물을 추천 드리는 것입니다. 누구나 완벽한 사람은 없습니다. 본인도 그렇고요. 하지만 예님은 어느 한쪽도 치우치지 않고 늘 중심을 잡아오셨습니다. 다들 그렇게 받아들여 주셨으면 합니다."

차미의 생각지도 못한 말에 좌중은 물론 본인인 예는 놀라움을 금치 못하였다. 누가 보아도 다음 대의 총장의 자리에 적합한 인물은 차미가 아니던가!

"그럴 수는 없어요. 전 많이 미숙합니다. 정치며 정책도 모르고요. 차미님은 오늘 이상한……."

예의 사양한다는 말에 말끝을 자르고 말하는 차미였다.

"지금 예님이 말씀하시는 것이 정치, 정책이며, 무엇보다 중요한 사람의 마음을 움직인다는 것입니다. 본디 정치, 정책이란 사람을 위한 것입니다. 그런 사람을 위하는 마음의 예님이시란 것입니다. 거니님이나 피리, 고니님과 상기사인 가람님도 찬성들 하실 겁니다. 안 그렇습니까, 거니님?"

총의 최고 세력가인 차미가 2인자라고 여겨지는 거니의 얼굴을 정면으로 응시하면서 의견을 물었다. 하지만 무언의 정치적 협박이 묻어 있었다. '최고 권력가인 내가 마다하는 자리인데 그대 또한 미련을 버리게.'라는 의미의 말이었을 것이다. 이것으로 혼돈이 야기될 수 있는 상황을 면하게 되는 모시총이었다.

차미의 생각은 이러하였다. 만약 자신과 적대시하는 좌파가 충돌하면 남는 것은 국민들의 욕이요, 생각해보면 간단한, 민심이 떠나서 총의 인구가 다른 총으로 이주하는 것은 당연한 결과여서 양보하자는 생각과 보는 이로 하여금 상급귀족인 자신이 국민들의 위해 희생한다는 생각을 심어주기 위함에서였다. 그리고 딸인 선지에게 많은 걸 보고 듣고 느끼라는 일환으로 각종 회의에 참석시키고 총명한 그녀로 하여금 사람들의 눈에 존재를 알림으로 해서 안팎으로 입지를 다지자는 데 있었다.

"이런! 저러면 일이 틀어지잖아. 차미가 자리를 포기할 줄은 몰랐어. 우리가 당했어. 알게 모르게 심계가 깊은 인물이야."

"그러나 거니님, 아직 희망이 있습니다. 여자의 여자라 하였습니다. 뭔가 대안을 마련해보겠습니다."

거니의 저택에 요지의 인물들이 모여 있었다. 총회에 참석하고 생각지도 못한 차미의 일격에 침울한 분위기의 저택이었다. 거니의 침울한 말에 얇은 술책을 꾀하는 고니가 돌파구라도 있다는 듯이 말해보았다.

"오! 그래. 무엇이오?"

"일단 지켜보시다가 도니님의 재력으로 일을 꾸며 보시는 게 어떻겠습니까?"

"재력으로 사람들을 매수하자는 말이오?" 그건 뻔히 보이는 방법이오. 아까도 말이 나왔소이다."

"표 나게 하면 당연히 안 되겠지요. 하지만 차츰 단계를 밟아서 후일을 도모하면……."

역시나 고니의 얇은 술책이었다. 그러나 맞장구치는 자도 있었다.

"아주 틀린 말은 아닙니다. 이는 이에, 모순은 모순에, 여자는 여자에. 당하기보다는 뭔가를 해보는 것도 좋을 듯합니다."

피리의 말이었다.

"으음, 도니님은 어찌 생각하시오?"

"저야 뭐……."

호위해주는 자들과 걷고 있는 여인이 있었다. 모시총의 모든 여인들의 대변인이었으며, 민초들의 삶의 희망이자 모시총의 차세대 총장으로 추대된 '예'였다.

'마지못해서 받아들였지만 좋은 것만은 아니다. 자칫 잘못하다가는 나와 내 아이들뿐만 아니라 온 국민이 위험에 처하는 혼란이 올 수도 있다. 어느 시대나 여인들은 남성들이 하는 일에 관전만 해왔고, 참견할 수도 없었다. 시대가 바뀌었다고 하지만 세상에는 변하지 않은 게 있다. 바로 자격지심(自激之心)에 불타는 여인들에 대한 남성들의 따가운 시선, 여인들의 처신 등이 그런 것이다. 그런 것 때문에 전도유망(前途有望)한 여인들이 꽃도 피우지 못하고 남성들의 그늘에 가려지곤 했다. 어쩌면 차미라는 인물도 여인들을 이용하려는 목적일지도 모른다. 그리고 나에게는 사람이 너무 없다. 이런 나는 과연 총을 잘 꾸려갈 수 있을까?'

그녀의 근심어린 생각이었다. 환희(歡喜)보다는 근심걱정이 더 많은 그녀 예였다. 사실 겉으로는 그녀를 인정하였지만 속으로는 어떨지 잘 모르는 총의 사람들 마음이라고 생각한 그녀였다.

늦은 오후, 가람의 저택!

응접실에 호기심 어린 눈빛으로 가람을 쳐다보는 눈이 있었다. 비상시기여서 직위도 되찾은 여기사 니은이었다.

"뭘 자꾸 쳐다보느냐? 밖에 나가서 청년들이나 그렇게 쳐다 보거라. 모르긴 몰라도 백이면 백이 다들 너랑 사귀자고 난리들 칠 것이다."

가람의 말에 궁금증을 유발시키는 발언을 하는 니은이었다.

"저 좋아하는 사람 있어요."

풉!

그녀의 말에 차를 마시다 말고 뱉는 가람이었다. 놀라기는 가람의 부인도 마찬가지였다.

"뭐라고? 네 녀석이? 거짓말하지 말거라. 남자들을 벌레 보듯이 하면서 무슨……."

"호호호. 아가씨, 정말이세요?"

"부인도 참! 저 녀석의 말을 믿는 것이오? 말도 안 되는 소리 아니오."

"뭐 좋아요. 하지만 그 얘긴 그만두시고요 그 대단하신 차미님이 왜 그러셨는지 아시는 것이 있으세요? 있으시죠?"

니은의 나올 것 같은 물음에 귀찮은 듯이 말해보는 가람이었다.

"모른다. 나도 왜 그러셨는지 모른다."

"음, 혹시…… 아니시겠죠?"

"뭘 말이냐?"

"저도 누구보다 존경하는 분이 예님이지만 이상한 기분이 들어서요. 여인들을…… 그러니까……."

니은의 애매한 말에 한소리 하고 마무리하듯 말하는 가람이었다.

"무슨 말인지 모르겠다만 혹시라도 그런 이상한 소리는 어느 누구한테도 하지 말거라. 알았니? 그리고 당분간 너는 수비대 일에서 손 떼고 내 명이 있을 때까지 근신하고 있어라 .네 녀석은 아직 근신(謹愼) 기간이 아니냐. 그러니 당분간 답답해도 이방인 녀석이나 잘 감시 하여라."

오빠의 공적인 말에 새침해진 니은이었다. 하지만 그냥 당할 수 없다는 생각에 올케인 가람의 부인에 한마디 하고 자리를 피한다.

"언니는 어찌 저런, 모든 일을 공적인 것으로 치부하는 인물이랑 여태 살고 있는 거죠? 답답하지 않으세요? 저 같으면……. 에잇, 꽉 막힌 양반아."

말하는 도중 붉으락푸르락 변해가는 오빠의 얼굴과 마주치자 그동안 참았던 말이지만 장난이 섞인 말을 하고는 줄행랑치는 니은이었다.

"저, 저, 저! 실수한 것도 큰 질책하지 않았건만 뭣이 어째!"

"호호, 다행이네요. 죄책감에서 며칠을 잠을 못 이루시그, 풀이 죽어 계시던데 그나마 밝은 모습을 되찾으신 듯합니다. 뭐 원래 미소란 걸 모르는 분이었지만."

"그거야 부인께서 잘 보듬어 살펴주신 결과 아니겠소. 고맙소."

"고맙긴요. 사실 걱정 많이 했습니다. 우리 집으로 오신 지 110년이나 되셨는데 그동안 웃는 모습을 보인 적도 없었고, 언제나 침울한 아가씨였는데……. 후후, 이방인이 재미있는 모양이십니다. 하루 종일 붙어계시니."

"흠, 철이 들어가는 것이겠지요."

"으르릉!(네가 개냐? 내가 개지. 왜 네 발로 걷고 지랄이야. 거참! 신기한 인간 일세.)"

"어후후워웡!(네 발이 편하구나! 좋은데 이거!)"

사람의 모습이 안 보일 때는 항상 '손'이라는 동물(개)이 바보의 곁에 와서 귀찮은 듯이 지켜보곤 하였다. 어느새 영환도 손의 흉내를 내는 경지(?)까지 도달하였다. 지금도 발과 손으로 땅을 뛰어다녔다. 얼굴에는 흙이 잔뜩 묻어 있었고, 입과 코 등에는 동물이 음식을 섭취한듯이 각종 풀잎과 지저분한 액체가 묻어 있었다. 한마디로 사람이 동물 노릇을 하는 모습이었다.

"어휘웡!(또 어딜 가는 거야?)"

사람의 기척이 느껴지자 모습을 감추는 '손'이었다.

"오늘도 얼굴에 뭘 묻혔구나. 그러면 안 된다고 말했잖아. 사람이 사람 노릇을 해야지."

놀고 있는 영환의 얼굴을 보다가 자기도 모르게 전의 일이 떠올라서 울컥하는 니은이었다. 총의 사람들이 그들 동물 취급하며 우리에 가두지 않았던가! 사람이 사람 노릇을 못 한 건 모시총의 권력가들이었다. '예'가 없었다면 지금도 한 줄기 햇볕도 안 들어오는 지하의 컴컴한 방에서 희망도 없이 줄곧 있었을 게 아닌가.

'사람이 사람 노릇이라! 나도 누구도 이 말을 잊지 말았으면······.'

"헤~어휘웡!(어서 와라! 이상한 바보야.)"

니은은 바보의 의미를 모르는 말에 미소를 한 번 짓고 시녀인 로와를 불렀다.

"로와야! 로와 거기 있는 것이냐?"

시녀는 불러도 대답이 없었다. 늦은 오후 시간이어서 다른 시녀와 교대하러 갔을 것이다. 영환을 돌보는 시녀들은 오전 6시부터 4시 정도에 교대하였다. 4시부터 자정 시간인 밤 10시까지 영환을 돌보는 시녀는 '다이'라는 이름이었다. 그러자 별관에서 허겁지겁 뛰어오는 여인이 있었다. 한눈에 보아도 어리바리한 모습의 시녀 다이의 모습이었다. 언제나 실수 투성이인 그녀여서 가람의 저택에서 유명하였다. 하지만 심성은 말 잘하는 로와와 마찬가지로 좋은 편이었다. 그래서 가람의 부인이 그 둘을 영환의 시녀로 발탁한 것이었다.

"네, 죄송합니다, 아가씨. 제가 막 교대하였습니다. 뭐 시키실 일이라도?"

"여기 이자를 잘 씻겨주어라. 그리고 이제부터는 로와나 네가 교대하기 전에 한 번씩 얼굴을 씻겨주는 것이다. 알았느냐?"

"네, 아가씨. 자, 이리로 오세요, 할님."

영환을 데려가다 말고 니은에게로 몸을 돌리면서 처연한 얼굴로 궁금함을 물어본다.

"아가씨, 이분은 언제까지 이렇게 사셔야 합니까?"

"왜! 시중들기 싫은 것이냐?"

"설마요. 그게 아니오라 너무나도 불쌍해서 드리는 말씀입니다. 듣자하니 우리며 지하 감옥에서……."

"그만하여라."

'왜 불쌍하지 않겠니. 하지만 저자의 운명인 걸 어쩌니. 진짜 뭔가 방법이 없을까?'

영환의 모습에 여러 가지 생각을 해보았지만 딱히 떠오르는 방법이 없었다. 그렇게 또 며칠이 지나갔다.

수성력 45011년 2월 10일!

모시총의 새 희망으로 떠오른 '예'의 즉위식이 거행되고 있었다. 연합국인 '상'국은 6개의 총이 850여 년의 전통(傳統)을 지키며 내려왔다. 그중에서 모시총이 오늘 새로운 총장을 맞이하는 날이었으며, 총의 제7대 총장의 즉위식이었다. 역대 총장들은 자신의 이름 뒤에 '시' 자를 붙여오는 풍습이 있었으며 하나의 전통이었다. 이제는 '푸'시가 아닌 '예'시 총이 된 것이었다.

예의 나이는 젊은 층인 212세였으며, 수성의 역사와 인류학을 연구해왔고, 어릴 때부터 모든 이는 차별이 없어야 한다는 사상을 배웠으며, 어느 것에든 구애받지 않는 사상을 생각해왔다. 또한 그녀는 사람들의 마음을 이해와 화해시키는 법과 존중하는 법을 늘 가슴에 새겨두며 살아왔었다. 그 노력의 결과 오늘날 총장이 될 수 있었다고 그녀를 아는 사람들은 그렇게 생각하였다. 하지만 마음은 편치 않은 자리라고 생각한 그녀였다. 그렇지만 이미 엎어진 물이라고 생각하고 최선을 다할 결심의 그녀! 예시 총장의 마음이었다.

"즉위선서: 본인은 나라와 국민을 위하여 최선을 다해서 총을 이끌어 갈 것을 맹세하며, 어떠한 일에도 굴하지 아니하고, 탄압(彈壓)과 억압(抑壓)이 없는 세상을 만들어 갈 것을 명세합니다. 온 국민께 감사드리며 수성력 45011년 2월 10일 총장 예!"

그녀의 짧고도 명확한 선서가 끝나자 여기저기의 군중들은 박수갈채를 보내며 환호하였다.

예의 즉위식이 끝나고 며칠 후인 2월 14일 오전, 가람의 저택!

"그러니까 할을 데리고 환시총의 '도해병원'에 다녀오라는 것이죠? 왜요? 여기서 의사를 부르면 안 되는 건가요?"

"당연하지 않니? 우리 총도 아닌데 의사 같은 저명한 인물을 함부로 오라 가라 할 수 있는 것이겠느냐. 그런 인물을 우리 '임의'(任意)로 데려오면 국제적으로도 안 되는 일이야."

"언제 출발하나요?"

"지금 바로 다녀 오거라. 그쪽에는 연락을 취해 놓았다."

오빠의 말에 희망을 가지고 환시총으로 출발하는 니은이었다. 차량도 상급기사인 오빠 덕에 고급스러운 차를 이용하게 되었다. 영문을 모르는 바보는 그저 신기한지 차량의 좌석에서 조금도 앉아 있지 못하였다. 이리저리 만져보고 무엇을 확인하는지 깨물어보기까지 하였다. 생각보다 단단했는지 니은을 보며 뭐라고 중얼거리는 바보였다.

"어워워훨!(맛이 없네. 저것도 음식이라고……. 내 손가락이 더 맛있다.)"

"훗!"

그의 천진함에 미소만 보낼 뿐인 니은이었다.

환시총의 기사 교육기관인 하급기사 교육의 제4관문!

"헉헉. 벌써 몇 달이야? 이러다가 점수 미달로 밀려나는 것이 아닌가!"

"허헉. 걱정 마세요. 뭔가 방법이나 요령이 있을 거예요. 차분히 마음을 가라앉히고 다시 해보시죠."

"해저는 언제나 긍정적이어서 좋아. 아마도 너의 최고 장점일 것이야."

해저와 화선은 아직도 4관에서 해매고 있었다. 비교적 비상한 머리라는 화선도 방법이 없이 미끄러짐의 연속이었다. 다시 처음부터 하는 코스가 반복되었던 것이다. 도무지 길이 안 보인다고 생각한 그녀들이지만 해저의 긍정적인 모습에 다시 용기를 내어보는 화선과 같이 교육을 받는 일행들이었다. 기사 교육은 1년에 한 번 열린다 한다.

해저는 운이 좋게도 우기 시기인 '하'후에 와서 초급 교육을 받고 하급기사 관문인 4관에 안착하였다. 물론 처음에는 시녀가 되는 것도 자격을 갖추어야 한다며 30일 동안 교육을 받았지만 어떤 연유에서인지 그녀를 4관문으로 배정하였다. 그 말은 기사가 되라는 뜻으로 해석한 해저였지만 궁금함은 떠나지 않았고. 모든 교육을 마치면 시녀들의 관리라는 '셜리'라는 인물에 물어볼 참이었다.

하지만 제4관문은 초급 교육과는 확연히 달랐다. 단순하게 보였지만 하나하나의 숨어있는 물질에 이해를 못하면 4관문의 마지막 단계인 '응용력'에서 자주 떨어지는 꼴을 당하였고, 다시 처음 단계로 와서 시작해야만 했다. 벌써 석 달이나 4관에서 꼼짝달싹도 못하는 처지의 해저 일행이었다. 다른 관에는 모르겠지만 4관에는 해저와 화선 등 다른 곳에서 기초 교육을 받은 여인들이 6명은 더 있었다. 104세의 나이인 해저보다는 많은 나이인 그녀들이었다.

"혹시 협동심도 있는 거 아닐까요? 모르니까 물질의 특성들을 한 가지씩 알아서 정보를 나누어보시죠?"

비상한 머리라는 화선의 말이었다. 그녀의 말이 일리가 있는지 다들 찬성하고 교육에 임하였다.

차창 밖으로 무지개 연못과 계곡들이 문양을 수놓은 것처럼 아름답게 꾸며졌지만 니은의 눈에는 안 들어왔다. 그녀도 타 층에는 첫 여행이었다. 하지만 무의식적으로 눈이 가는 것은 왜였을까. 마치 유리인 듯 투명해 보이는 호수와 그 위로 날아드는 각종 빛깔이 나는 새들. 그리고 울창한 산림. 어떤 곳은 여인의 아름다운 머릿결같이 곱게 빗은 모습의 동산이 보였고, 연한 안개와 연한 햇빛을 받은 산과 산 사이의 호수가 관광객을 기다리는지 입체적인 그림이라도 그리듯이 보인 작은 호수의 모습이 눈에 들어왔다.

'저렇게 아름다운 곳에서 살면 어떤 기분이 들까? 저 호수는 새들을 더 반길까, 사람을 더 반길까? 아마도 자연은 자연스러움을 반길 것이고 기다릴 것이다. 저런 곳은 사람이 가면 안 되는 듯하다. 사람이 가면 홀연히 자취를 감출 것이다. 사람이 사람을 싫어하는데 자연도 사람을 싫어할 것이다.'

마음의 소리를 해보는 니은이었다. 그녀가 생각하는 사이 바보는 그녀의 어깨에 기대어 잠이 들어 있었다. 그런 바보를 보고 처연한 생각에 젖은 그녀는 영환을 위해 생각해본다.

'너는 어째서 이런 세상으로 왔니? 자연은 아름답겠지만 사람의 마음은 황량한 이곳, 수성에는 뭐 하러 온 것이니?'

처연한 얼굴로 영환을 보다가 다시 감성에 젖는 니은이었다.

'차라리 그렇게 바보로 사는 것도 좋을 거라는 생각이 드는데…… 정신을 차리면 또다시 상처 입을 것인데…… 또다시 이용당할 것인데…… 오빠는 대체 할한테 무엇을 원하는 것일까? 나는 과연 이 사람에게 또 어떤 짓을 하게 될까? 가끔 아니 냉정한 내가 무섭구나. 난 날 키워주고 오늘날의 나를 있게 해준 오빠가 먼저란다. 너를 더 이상 ㅈ켜줄 수 없단다. 용서해달라는 말은 하지 않겠다.'

감성에 젖은 그녀는 눈물을 흘리며 영환의 얼굴에 자기 얼굴을 밀착시킨다. 그의 이마에 살짝 입맞춤을 하는 여인 니은이었다. 이 눈물 한 방울과 입맞춤! 그녀에게는 처음 있는 일이었으며, 앞으로의 삶에서 가장 슬프고 가장 행복한 순간이었다고 말하는 냉정하기만 하던 여기사 니은이었다.

니은과 영환의 차량은 어느덧 6총은 물론 수성의 대륙에서 손꼽히는 아름다움을 지녔으며, 평화의 상징적인 건물이 있는 곳, 그리고 축복받은 땅이라는 대륙에서 몇 없는 천연 운하가 대도시를 가로지르며 고고히 흐르는 곳! 6총의 문화의 중심이고 환시총의 제1도시이며 빛의 도시라는 '다나' 시였다. 그곳에 풍운의 삶을 가진 남자, 영환과 자신의 운명과 싸우는 얼음공주 니은이 모습을 드러내었다.

"어서 오세요! 니은님이시죠?"

니은이 병원의 입구에 들어서자 눈에 뛰는 그녀의 모습에 병원의 관리자로 보이는 자가 마중을 나와 주었다.

"네. 그리고 이 사람이 환자예요. 뭔가 작성할게 있다면서요?"

"네, 안내해드리겠습니다. 이리로 오십시오."

다해병원은 규모며 시설이며 예시총의 어느 병원하고도 비교가 안 되게 컸으며, 어느 호족이나 귀족이 운영하는지 고급스러움을 더하는 장식과 편의시설이라고 생각이 들었다.

"읽어보시고 여기와 여기에 서명하시면 됩니다."

본 병원은 환자의 치료의……

"위험할 수도 있다는 것인가요? 운명할 수도 있다는 것인가요?"

병원 측에서 서명하라고 내민 서류를 확인하다가 이상 내용에서 재차 확인하듯이 병원의 인사에게 물어보는 니은이었다.

"네."

병원의 정원에서 거닐고 있는 여인이 있었다. 언제나 우수에 찬 눈빛과 창백해보여서 처연한 얼굴이라는 소리를 듣는 여인, 니은이었다.

'치료하다 죽을 수도 있다……. 그게 너의 운명이라면 그냥 자신을 원망하여라. 어쩌면 나쁜 일은 잊어버리고 가는 것도 좋은 것이라고…….'

"역시나 해시(제4총장) 측에서는 형식적인 모습이었습니다. 총장의 즉위식에는 항상 총장의 가족이 아니면, 총에 속한 상급귀족이 오는 것이 전통이었는데, 기사들은 몇 명만 보내온 듯합니다."

예시총의 총회의 인사들이 참석하자 '서선'(총장의 비서실장)의 보고사항이었다. '서선'의 말에 좌중의 웅성거림이 들려왔다.

"기사들을 축하사절로 보내다니 뭐 저런……."

좌중을 정숙(靜肅)하게 만드는 힘을 가진 예의 차분하고도 맑은 목소리가 울려 퍼졌다.

"진정들 하세요! 총의 상급자들이 저런 작은 도발에 넘어가면 되겠습니까. 그릇이 작다고 생각들 하세요. 저런 일에 일일이 흥분하면 될 것도 안 됩니다."

말을 끊고 잠시 좌중의 분위기를 보고는 서선한테 다음 사항을 보고

하라는 눈치를 주었다. 서선과 같은 총의 임원들은 총장이 바뀌어도 자리를 고수하는 자들이 대부분이었다. 하지만 비서실장급인 인물은 총장이 원하는 인물을 직접 임명하는 그들만의 운영방침이 있었다. 현제 서선이라는 인물은 일반귀족 출신으로 예와 같은 이념을 가졌고, 그녀와 함께 어린 시절을 보낸 그녀의 38해 아래인 164세의 '서선'이었다. 그리고 예나, 서선이나. 아직 혼자의 몸이었다. 여자가 훨씬 많은 수성의 사회상 이성과의 혼인이란 잘 이루어지지 못하였다. 앞서서 '감'이라는 인물이 영환에게 설명을 해주었지만 수성의 성별분포도를 보면 혼인을 할 수 있는 나이인 100세 이상이 여자가 6.5명, 남자가 3.5명이었다. 특히나 귀족들 출신의 여성이 아무나하고 혼사를 치를 수는 없는 처지여서 더 그러하였다.

"네, 언제나 그러하였지만 6총의 공동 소유권이 있는 황무지였던 대지에 호수가 생기자 국민단체며 어린 학생들까지 나서서 시위하고 있습니다. 땅과 가깝다는 이유와 막강한 힘으로 대지를 독식한 '해시총'에 반발하고 있는 건 다른 총도 마찬가지이긴 합니다. 특히나 요즘은 총장님이 새로이 추대되자 희망을 걸어보는 이들이 상당합니다."

"그 대지가 크기는 합니다만…… 음, 서선은 다른 총과 접선하여 회합을 주선할 방법을 모색하여보고, 수비대장인 '릴'에게 시위자들이 격하게 행동하면 다칠 수 있으니까 그들을 조심이 해산시키는 일도 소홀이 해서는 안 된다고 전해주세요. 그리고 그 대지의 이름은 무엇이고, 크기가 얼마나 하죠?"

그녀의 물음에 거니가 쏩쓸한 미소를 띠며 말하였다.

"음, 이름은 '왕관 섬'입니다. 총 면적은 거의 우리 총의 면적 정도 됩니다. 상당히 큰 편입니다."

"그럼 그 대지가 어떻게 6총의 공동 소유가 되었던 것인지 원래 주인은 누구였는지 자세히 조사해서 보고해주세요. 그리고 다른 분들도 대지에 관한 참고 자료들을 찾아보세요. 아주 작은 것 하나라도 모이면 큰 힘이 될 수 있습니다. 우리만의 방법을 강구해보자는 것입니다. 각 총장들과 회합은 성사되지도 않을뿐더러 믿을 수가 없어요. 그러니 우리가 먼저 뭔가를 찾아내서 대안을 올리면 대총장이든 다른 총장이든 무시하지 못할 것입니다. 그리고 한 가지 더 말씀드리자면 눈앞의 이익에 치중하지 말고 앞날을 생각하는 관료들이 되어 봅시다."

거의 누구나 할 수 있는 생각이었지만 마지막 말의 의미는 많은 걸 생각하게 하는 그녀의 언변이었다.

"젠장! 앞날을 생각하는 관료들이 되어 봅시다? 무슨 의미야? 유치하면서도 짜증나잖아. 어린아이 취급하는 거야 뭐야! 이게 다 차미 놈 때문이야. 차미 놈이 대권을 잡았으면 어떻게 하든 끌어내릴 수 있는데. 보는 시각이 많은 예를 무시할 수는 없는 거니까 어쩐다? 이봐! 움."

"네, 주인님."

천의 얼굴과 그의 수하 움이라는 사람이었다.

"아블이는 어디 있는 것인가?"

"아블이는 왜 찾으시는지?"

천의 얼굴이 움에게 가까이 오라는 수신호를 보내었고, 그에게로 다가간 움이는 황당해하는 얼굴로 만류하는 소리로 말하였다.

"아니 되옵니다. 그러다가는 사람들의 원성을 삽니다. 어찌 그런……."

"그럼 다른 방법이 있는가?"

"하지만 사람을 해하는 방법이잖습니까? 차미나 다른 자들이 대권을 잡아도 그러시겠습니까? 당연히 주인님이란 걸 알게 될 것이고, 우리는 어디에도 발 뻗을 곳이 없게 됩니다."

수하의 말에 심드렁한 얼굴로 전의 기억을 하는지 머리를 천장으로 향하고 생각에 잠겨보는 천의 얼굴이었다.

'네 녀석은 안 된다!'

'왜요? 저도 상급귀족 아닙니까? 그만한 자격이 된다고 생각합니다. 아버님은 제가 하는 모든 일을 왜 그렇게 못마땅하게 여기시는지……'

'당연한 거 아니냐. 틈틈이 올라갈 생각은 아니하고 움이란 놈과 그저 얇은 술책만 꾀하고……. 모를 줄 알았느냐! 이방인을 잡아올 때부터 넌 이미 경계 대상이었으며 모르긴 몰라도 너란 걸 알고 있을 것이다. 차미나 가람이 말이다. 그자를 곱게 돌려보내 주었어야 했다. 차라리 그랬으면 너에게 한 가닥 희망은 있었겠지. 나를 닮아서 성정과 태포와 친화력이 있다고 믿었을 것이다. 녀석아, 때는 기다리면 오게 되어 있다. 물도 급히 마시면 체하듯이 말이다. 세상을 보는 눈을 길러라, 이놈아!'

'하지만 아버님의 대를 이어……'

'이놈아, 그렇게 얘기했는데 어찌……. 답답한 위인 같으니! 귀족들이건 일반 국민들이건 먼저 다가가는 모습을 받아들이지 너처럼 황량하게 굴면 누가 믿고 따르겠느냐. 세상의 힘은 무시하면 안 될 것이고, 당연히 거칠게 다루어서도 안 된다. 순리(順理)와 이치(理致)에 맡겨야 하느니……. 당장 너들 믿고 따르는 자가 누가 있느냐? 그동안의 너의 삶을 되짚어 보거라. 그럼 답이 나올 것이다.'

'그런 말씀을 하시고 떠나셨다. 순리와 나의 삶을 되짚어본다……'

"알았다. 그만 물러가라."

"네. 하오나 총회나 총의 하는 일에 자주 얼굴을 비추소서. 얼굴 또한 진심의 표정으로 일괄하시면 다른 귀족들이 주인님께 관심들을 가지실 겁니다. 그러니……"

"알았다. 그놈의 잔소리! 아버님과 비슷하구나."

고행성사를 하듯이 대화하는 이들이 있었다.

"하하하, 잘하고 있다?"

"그렇습니다. 들리는 정보에 의하면 상당한 친화력과 포용력으로 입지를 다지는 모습이었다고 합니다."

"오히려 더 힘든 상대가 되겠구나."

"그렇습니다. 모시총이…… 송구합니다. 예시총이 가장 쉽겠다고 생각하였는데 의외의 변수 같습니다. 차미라는 인물이 왜 그런 결정을 하였는지 조금은 이해가 가는 듯합니다."

"하지만 차미라는 인물은 결코 만만치 않아. 그와 조율하는 가람이라는 인물도 그렇고. 차미라……. 그는 상급귀족이 아니던가? 자존심 강한 그런 인물이 자기에게로 올 자리를 양보하였다. 그것도 여인에게 말이지. 결코 그냥 넘긴 것은 아닐 게야. 아무튼 그를 예의 주시하게! 그리고 여인이 대권을 잡아서 여인 밑에서 못 있겠다는 남자들의 반발도 심할 것이야. 염두에 두고 우리와 뜻을 함께할 자들을 모색해 봐!"

"네, 그리하겠습니다."

다해병원의 정원수 그늘 아래서 환시총의 최고 명산인 저 멀리 보이는 '무산'이라는 산을 바라보며 나무에 몸을 의탁한 여인이 서 있었다. 허연 안개와 구름이 새의 날갯짓을 하는지 양옆으로 활짝 펴서 자신이 속한 산 주변을 에워싼 듯한 모습이 보였다. 그 산의 계곡에서 운무의 몸체인 거대한 폭포수가 여인의 머리를 풀듯 내려앉은 모습이 장관이었다. 하지만 그런 대자연의 신비를 우수에 찬 눈빛으로 바라보기만 하는 여인 니은이었다.

며칠 전!

'언제까지 기다려야 하는 것인지. 의식은 돌아왔나요?'

'아직입니다. 인체에서도 가장 조심히 다뤄야 하는 머리니까요. 시일이 많이 걸릴 것입니다.'

영환이 병원에서 치료를 받은 지 벌써 7일이나 경과되었다. 아무리 길어도 3일 정도면 정신이 돌아올 거라는 병원 관계자의 말과는 달리 두 배인 7일이나 경과되었던 것이다. 그녀의 성격에 못 참고 두세 번을 관계자에게 상황을 물어보았지만 대답은 한결같았다.

니은님! 병원 주변에 계시면 8층의 회복실 00실로 오시기 바랍니다.

병원 측의 안내 방송이었다. 듣자마자 뛰다시피 가는 니은이었다. 회복실로 안내되어 들어가자 어떤 인물이 바보스럽게 멍하니 앉아 있었다. 지구에서의 나이 28세! 수성에서의 황당한 나이 150세인 영환이었다.

'뭐야! 뭐지? 아호, 머리 아프다. 뭔 일이었지? 가물가물 희미하지만 더러운 꼴을 당한 거 같잖아. 아까는 웬 더러운 인상의 놈이 날 개 패듯 패더니 이상한 천을 가린 인간하고…… 뭐였지? 꿈이었나!? 멍하네. 맞아! 니은이라는 개쌍이…… 날 팼지. 맞아! 아뇨. 시풍. 온몸이 안 아픈 곳이…… 있네. 하나도 안 아파. 엥! 벌써 나았나? 신기하네. 거참. 니은 그 쌍이 날 벌써 치료했나? 완전 병 주고 약 주네. 얼굴은 곱상하니 생겨서 완전 악독한 심보였어. 음, 앞으로 당하지 않으려면 그냥 죽어줄까? 그래, 죽어주자. 더러운 것. 생각만 해도 열 받지만 그 맞잖아, 여자한테 이겨서 뭐 해. 점잖은 남자인 내가 참아주자. 암!'

"괜찮은 거니?"

허걱! 화들짝!

영환의 마음속 최대 나쁜 인물인 문제의 니은이 그의 마음을 참견하듯 깨고 물어보는 말이었다.

'아, 항상 어떤 인간을 생각하면 문제의 그 인간이 나타나는 현상은 뭐지? 시풍!'

"하하하, 왔어요? 니은님! 이런 불초한테 몸소 왕래를 다하시고 존경스러운 니은님!"

'나는 내가 재수 없어.'

그의 말에 처연한 얼굴로 보고는 뒤돌아서 얼굴을 훔치는 니은이었다.

'저게 미쳤나? 혹시 아니겠지. 눈물을 닦고 있는 것이야? 미친것! 미치려면 곱게 미쳐야지 별!'

영환은 그녀의 반응에 미쳤다고 생각하였다. 사실 바늘을 찔러도 눈물 한 방울 안 나올 거 같고 인간성이 냉정하고 차갑게 보인 그녀가 아니던가! 아무튼 그동안 니은을 '냉혈녀'라는 인상을 받은 영환이었다.

'미안하구나. 이제는 미쳤구나. 수성에서 손가락 안에 드는 실력과 기술을 갖춘 병원이라고 들어서 왔는데 미치게 했구나.'

영환의 모습에 대한 감성에서 깨어나고 기분 나쁘게 생겼다고 생각한 병원 관계자를 강요하듯이 끌고 밖으로 나가는 니은이었다. 병원 관계자를 병실 앞의 벽에 세우고는 강압하는 말을 하는 그녀였다.

"어떻게 된 것이지? 진정 죽고 싶은 것이냐? 차라리 바보가 낫지 저런 천치로 만들어놓으면 어떻게 하라는 말이냐?"

생각해보면 바보나 천치나 같은 말이었다. 언제나 차분하고도 냉정한 그녀였지만 영환의 모습에 상실감을 얻은 상태였다.

"저, 정상입니다. 지금도 니은님이라고 하셨잖아요."

관계자의 말에 니은은 '아' 하고 탄성음을 내었다. 자신의 실수를 잘 인정하지 않는 그녀의 성격상 죄 없는 관계자를 휑하니 옆으로 밀쳐내고 영환에게로 다시 다가갔다.

'다 들었다. 바보나 천치나 같은 말이지. 멍청한 것 폭력만 쓰는 무식한 것!'

하지만 어색한 미소를 흘리면서 니은을 다시 반기는 영환이었다.

"하하, 전 원래 바보여서 그렇게 신경 쓸 일이 못 됩니다. 착하고 아름다우신 니은님!"

'확실히 난 바보야.'

"내가 니은이고 넌 누구지?"

'저런 개쌍! 지가 미쳤으면서 누굴 보고 미친놈 취급하는 거야?'

"헤헤, 당연히 저는 저죠. 할!"

"그럼 넌 어디서 왔지?"

"지구요."

'다행이다.'

그녀는 늘 자신의 감정을 감추고 살아왔다. 역시나 표현을 하지 않았지만 속으로는 다행이라고 생각하는 그녀이다.

"그럼 옷가지를 갖추고 따라나서라! 총으로 귀환한다."

"네, 니은님!"

그들이 내려가자 대기하고 있던 차량의 기사가 니은을 향해 허리를 굽히더니 문을 열어놓는 모습이 보였다. 잠시 머뭇거리는 영환에게 앙칼진 목소리가 들려온다.

"뭘 머뭇거리나! 탑승하라."

"전 앞에 타겠습니다."

"아니다. 옆에 타라."

"네, 그럼……."

"잠깐!"

찰싹!

자신이 왜 뺨을 맞은 것인지 이해하기 어렵다는 표정의 영환이었다.

'역시나 개쌍! 에이 성질 더러운 것! 저런 걸 누가 데리고 살까! 그놈은 아마도 눈이 없거나 마음이 없거나 둘 중 하나일 거야.'

그렇게 차량은 환시총을 떠나 예시총으로 향하였다.

"기사님, 얼마나 가야지 총으로 도착하나요?"

원래 예시총에서 환시총까지의 거리는 약 4,300km나 되어서 차량의 소요시간은 30시간인 1일 이상을 달려가야 하는 거리였다. 차량이 많지 않은 수성의 도로 사정이었지만 평균 속도인 150km/h를 준수하는 편이었다.

"네, 약 하루 이틀 달려가야 합니다."

"네? 하루 뭐요?"

대화에 끼어드는 니은이었다. 약간의 미간을 좁히면서 불쾌하듯이 말하는 그녀였다.

"왜! 가기 싫으냐? 버리고 갈 수도 있다."

"설마요! 니은님이 계시는 총에 가야지요."

"한 번만 더 귀에 거슬리는 놀리는 듯이 말을 하면 죽을 만큼 팰 것이다."

"얼굴은 천사같이 예쁘신데 성격은……."

"그만하라고 했다."

'훗. 예쁘다!'

세상의 여자들이 자신을 보고 예쁘다는 말에 싫어하는 사람이 있을까. 그런 표현에도 감정을 감추는 니은이었다.

그렇게 한참을 달리고 탄성과 감탄사가 연이어 나오는 소리가 들려왔다. 영환의 일생에서 사계절의 설악산과 사진으로만 보아오던 금강산이 세상에서 제일 아름다운 자연 풍경인지 알았다. 하지만 총으로 귀환하며 지나가는 곳곳마다 감탄사가 절로 나오게 하였다. 우기 철이어서 날씨는 맑지 않았지만 각양각색의 색을 자랑하는 휘황찬란한 계곡과 그 사이로 흐르는 강물! 그 강물에 잔잔하고 고고한 학이 춤을 추듯이 물안개들이 여기저기 어떤 것에 오라는 듯이 손짓을 연출하는 모습과 마치 '내가 대자연이다'는 말을 하듯이 이 산 저 산에서 자연스럽게 연기처럼 흐르고 넘치는 폭포! 형용할 수 없고, 말로도 표현할 수 없는 경관이었다.

"기사님, 차 좀 세워주세요."

영환은 그 경관을 더 보고 싶어서 기사에 차량을 멈추라는 말을 하였지만 신경 날카로운 니은이 짜증나듯이 저지하고 나섰다.

"갈 길이 멀다! 그냥 계속 가자!"

그녀의 말에 풀이 죽은 영환의 모습이었다. 그래도 멀어져가는 경관을 조금이라도 더 보고 싶어서 차창을 내리고 씁쓸한 미소를 띠우며 마치 연인과 헤어지기라도 하듯이 바라보는 영환이었다.

"이봐, 기사! 차 돌려서 아까의 그 자리로 돌아가자!"

"네."

운전하던 기사도 환시총에는 물론 타 총으로 첫 행이었그, 기사 자신도 환시총 어느 곳의 도로를 지나면 자연의 신비스러움이 묻어나는 곳이 있다는 말을 들었었다.

'이 여자 뭔가 변하였나? 이럴 성격이 아닌데……'

영환의 생각이었다.

차에서 내린 영환은 이상한 생각들은 떨쳐버리기라도 하듯이 자연에 빠져들고 있었다.

'저 경관이 그렇게나 좋은 것인가? 수성의 어느 사람이고 저자처럼 자연을 황홀하게 보지는 않는다. 마치 순수한 아이 같지 않은가. 탐욕이라고는 볼 수 없는 얼굴이다.'

"와! 저건 뭐 같고, 저건 누굴 닮았네. 그리고 저건……. 아!"

영환은 한참이나 자연을 구경하다가 어느 곳으로 눈이 가자 탄식하듯이 소리를 내며 굳어버리는 모습이었다.

아악 악! 머리가 아파! 악!

그의 갑작스러운 행동에 황급히 그의 쪽으로 가보는 기사와 니은이었다. 얼굴에는 이미 피로 덮여 있었고, 이마에서는 구슬땀이 범벅되어가고 있었다. 짧은 순간의 일이어서 급히 차량을 움직이는 수밖에는 없었다. 영환은 대체 무엇을 보고 느껴서 전율하며 피를 흘린 것일까! 일단 영환의 코에서 나오는 피를 막고는 기사에 재촉하라는 말을 하는 니은이었다.

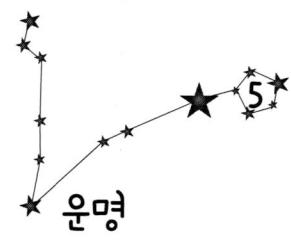

運命

더 두고 볼 수 없어서 총으로 향하던 중, 작은 도시에서 일단 응급처치를 하고 갈 생각의 니은 일행이었다.

"회상하다가 실신한 것뿐입니다."

"그럼 코피는?"

"마음속에 있던 무언가가 울컥하면 나타나는 증상입니다. 인간은 깊은 고통을 느끼면 가장먼저 올라오는 것이 구토와 코피입니다. 이마에 땀이나 훔쳐 주십시오. 몇 시간 후면 깨어날 것입니다."

'후! 설마 전의 기억이 떠오르는 것이었나?'

니은이 영환을 휘해 잠시 머물렀던, 환시총의 작은 도시인 이곳! 도시 이름은 '감찬'인 이곳은 후일 영환이 자신의 운명을 받아들이고, 인상 깊었던 대자연의 신비를 간직한 곳과 거리가 가깝다는 이유로 이곳을 자신의 기거 지역으로 삼는 계기가 된 곳이었다. 아무튼 그것은 한참 후일의 모습이었고, 지금은 새로운 시기를 맞이한 예시총으로 향하였다.

"저는 냄새요. 전 항상 인물이건 물체건 무엇이든 냄새로 기억하는 습관이 있어요."

"전 느낌요! 피부에 와 닿는 느낌요. 이상하게 무엇인가 나타날 거 같으면 피부가 반응을 해요."

"전 분위기요. 아주 미세한 무엇이 말해주는 것도 같기도 하고……."

환시총의 기사 교육기관 중 하급 교육기관의 5개의 관 중 제4관 문서 들려오는 말들이었다. 해저와 7명의 일행들이었다.

"그럼 각자 자세히 설명해보자. 음 일단 '각'이는 냄새로, 해저는 피부, 화선은 분위기며……."

그녀들은 합심하여 각자가 느끼고 살펴본 점을 정보 교환 식으로 말들을 해보았다. 잠시 후인 해가 떨어지기 전인 4시경 문제의 의미를 알아내고 8명 정원이 통과할 수 있었다. 화선의 생각이 맞았던 것이다. 4개의 계단 외에 보이지 않은 코스인 단합, 협동심이 숨어 있었던 것이다.

드디어 어두운 4관문에서 해방한 그녀들은 조금의 여유 시간도 없이 다음 관문인 제3관문으로 향하는 그들이었다. 당연 의아심이 생긴 일행들이었다. 4관문에서 정해진 시간과 정해진 숙소로 이동하여 다음 날의 교육을 준비하는 과정이었다. 그러나 3관문은 입문하자마자 바로 관문으로 이동하라는 것이 아닌가! 총 5개의 관문으로의 통과가 되지 못하면 질문도 받지 않는 관련 관리들이었다.

하지만 3관으로 들어가자 마치 천국에 와 닿은 기분이 들은 일행들이었다. 환하고 넓게 보이는 정원에, 감촉에 좋게 생긴 풀이며, 탁 트인 환경과 숙식도 가능한 관이었다. 그런 것을 접한 해저 일행들은 탄식을 하면서 각자의 방으로 들어가서 하루를 마무리하며 편한 여가를 즐겼다. 그러나 잠시 후 그리고 다시 삼사 시간 후 한마디로 낮이며 밤이며 가리지 않고 항상 교육받을 준비 자세가 되어 있어야 하는 관이었다. 어찌 보면 제일 힘들고 피곤한 관이라고 생각한 해저 일행들이었다.

"그러면 그렇지. 결코 만만하지 않은 곳이야."

"난 당연하게 생각하는데. 상층으로 올라갈수록 힘이 드는 건 당연하잖아?”

“……”

수성력 45011년 3월 11일 오후, 표 대국!

표 대(왕)국은 수성의 서쪽 대륙을 차지하고 있는 인구 730만의 단일 왕국으로, 통치자인 절대 권력자 ‘대’와 그 밑으로 충(총리), 강(장관), 그리고 상급귀족인 패, 하급귀족인 서, 상급기사(대장급), 장기사(소장), 기사(고급장교)로 구성된다. (표의 충과 강은 귀족이나 인망이 두터운 일반학자들도 포함되어 선출됨. 하지만 충은 반발들이 심해서 귀족층에서 선출됨)

대의 나이 올해로 345세를 맞이하였다. 대의 본명은 ‘천’이었으며 그의 나이 216세에 4개의 협력국을 하나의 단일왕국으로 통일시킨 인물이었다. 그는 이름 없는 호족의 아들이었으며, 소년 시절인 어릴 때부터 뭔가를 이루고 싶은 성취의 꿈이 있었다. 그런 꿈들이 성장하면서 차츰 야망으로 이어져갔다. 타인을 위해 자신을 감수하는 마음과 희생정신도 보였으며, 젊은 시절(100세~)이 되자 사람들과의 친분이나 교제를 함으로써 사람들의 인격과 사상, 그리고 이해와 이견, 이런 것들을 배워가며 천천히 야망을 키워갔다.

특히 사람들이 말하는 불평불만과 이견에 대하여 많은 인생 공부가 되었다. 상위건 하위건 사람들이 모이는 곳은 항상 불만 표출이 많은 곳이어서 하나하나 기억하며, 그런 것들을 자신에게도 상기시켰다. 어느 모임에 가든 해가 되는 것과 이로운 것을 집중 탐구하여 세상이 흘러가는 정세, 그리고 지역 간의 갈등, 또 여성들과 남성들 간의 생각과 이해와 견해의 차이 등을 공부하며, 세상이 원하는 이치를 깨달았다.

친필집도 120여 권에 이른다고 한다. 그만큼 사람들과 세상을 공부하며 단계를 밟아왔던 것이다. 그의 나이 206세 때였다. 자신을 눈여겨 본 친인들과 지인들 그리고 그의 견해에 빠져든 학자와 단체장들. 그에게 뭔가를 제안하는 그들이었다. 하지만 그는 늘 조심성 있게 행동하는 인물이었다. 승산 없는 싸움은 처음부터 다시 일일이 문제점을 집어내는 인물이었으며, 철저히 준비하는 유비무환(有備無患)형과 갖은 노력으로 기회를 보는 대기만성(大器晩成)형의 인물이었다. 뜻을 함께하는 인사며, 친우와 작은 단체장들이 지원해준 사병들과 일반인들! 하지만 그 병력으로는 안 되는 싸움이라고 생각한 천은 먼저 자신의 출신 군부대원들과 조우하면서 다른 부대의 장병들에게도 뜻을 물어보러 다녔다. 그들의 이견과 견해를 이해시키는 데는 그동안 배웠다고 생각한 요소들을 들어줌으로써 차츰 다가갈 수 있었다.

그러다가 그의 나이 209세인 44904년 기회가 왔다고 생각한 천은 먼저 제일 힘들 것이라고 판단한 제1세력인 '노전'을 통합, 그 여세를 몰아서 8개월 후인 44905년 9월에 제3세력인 '송전'을 섬멸하였고, 1년 2개월 후인 44907년 1월에 제4세력인 '선전'의 항복을 얻어냈다. 하지만 승승장구하던 그에게 첫 시련을 주는 사건이 일어났다. '천'에 마지막까지 항전하던 제2세력인 '우전'이 그의 이념과 사상을 동경하던 자들을 대거 사사(賜死)시켰으며, 그와 일면식이 조금이라도 있거나 그의 대하여 얘기하는 걸로도 가차 없이 방패막이로 이용하는 '우전'이었다. '쥐도 궁지에 몰리면 고양이를 문다'고 했던가! 그 짝이 난 것이었다. 민심을 얻기 위해서 무혈입성을 꾀하던 천에게는 불편한 전계였다.

여론을 무시하고 적을 치자니 자신을 지지하는 사람들의 목숨을 좌시한다고 민심이 등을 돌릴 것 같고, 물러서자니 지금까지 쌓아왔던 탑이 허물어지는 것이 염려되었다. 만약 적에게 등을 돌리면 다른 단체에서도 이와 같은 방법을 쓸 것이 자명해보여서였다. 진퇴양난의 처지에 있을 때 한 가닥 희망의 빛이 있었다. 그것은 어느 암호로 된 문장이었다. 사람 마음의 문장이었으며, 같이 자란 형제와 친구나 동료들이 무참하게 죽음을 맞이하게 된 것에 죽음을 무릅쓰고 천의 젊은 시절에 잠시 복무했다는 어느 군부대의 암호를 문장화해서 천에게 보낸 것이었다.

〈며칠 몇 시에 어디로 이동하면 성으로 진입할 수 있는 방법이 있을 것이다.〉라는 서신의 내용이었다. 함정일 수 있다는 수하들의 만류에도 불구하고 '마음의 문장이라'고 여기며 약속 장소로 이동하게 되는 천과 그의 부대였다. 시각은 새벽 4시쯤! 과연 약속 장소로 지정한 곳에는 성으로 진입할 수 있는 공간이 있었다. 아무런 제지도 받지 아니하고 부대를 이동! 요직에 있는 관리들과 세력의 장인 '우전'을 추포할 수 있었다. 물론 수비하던 군사들이 있었지만 소문과는 다르게 오합지졸의 모습들이었다.

후일에 알게 되었지만 우전으로부터 사사당한 유가족들의 여인들이 당일 밤에 군 요직에 있는 인물들에 접근, 그들로부터 의심을 피하기 위하여 자기희생인 살신성인의 정신으로 그들을 유혹! 그렇게 밤새 원하지 않은 동침들을 하며 약속의 시간이 오기를 기다렸다고 하였다. 우전의 가혹행위의 억울하게 생을 마감한 유가족들의 희생정신이 있어서 우전을 병합할 수 있었으며, 우전은 자신의 꾀에 자신이 넘어간 꼴이 되고 말았다.

천은 그 후 대국을 세우고 우전의 땅인 제2세력의 영토를 의지를 꺾이지 않고 자신의 사상을 전파한 희생자들과 유가족들의 숭고한 희생정신이 빛났다고 하여 그들에 내어주었다. 영토의 이름은 '마음'이었고, 마음은 유가족의 여인 중에서 선출한 '현'이 맡게 되었다. 그 후로부터 여인만이 마음을 통치하게 되었다고 하였다. 이로써 천은 혁명한 지 6년 만인 수성력 44910년 7월에 서쪽 대륙을 하나의 왕국으로 건설할 수 있었다.

대의 집무실!

각 층의 신료들과 관료들이 대의 집무실에 정숙하고도 겸허(謙虛)하게 앉아 있었다. 대의 측근들은 혁명을 함께한 인물들로 주요 요직에 앉아 있었지만, 신료들은 인망이 두터운 인물을 앉히는 대의 정책의 일환이었다.

"오랜만입니다. 오! '현마음'께서도 오셨구려. 반갑소이다."

'희생과 희망의 대지'라는 여인들의 왕국인 '현마음'의 수장도 참석하였다.

"오랜만에 뵙습니다. 강녕하셨는지요, 폐하!"

"하하, 네네. 오! 노님도 오셨습니다! 어서 오십시오. 우리 왕국의 최고 어르신 아니십니까!"

절대 권력자인 대를 일어서게 하는 인물! 바로 표 왕국으로 통일되기 전 '노전'의 통치자였던 '노'였다. 사실 그는 천문학과 지리학 인류학에 조예가 깊은 인물이었다. 한마디로 학자들의 스승이었다. 그래서 천은 배운 자들이 막강한 군사보다 무섭다는 생각에 노전을 먼저 제압하였던 것이다. 하지만 미래를 예지하는 인물인 노전이어서 천이 오자 바로 고개를 숙였다. '인물이 인물을 알아본다.'라는 말이 있어서 그런 것은 아니지만 노전 그는 보았던 것이다. 미래의 위대한 통솔자를! 그런 연유로 천이 혁명의 성공을 하는 데 있어서 일등공신이었다. 그래서 혹자들은 천의 혁명에 최대의 적이었던 '우전의 몰락'에는 그의 계략이 숨어있었던 것이 아닌가 하고 생각하는 자들이 있었다. 아무튼 천에 있어서는 인생의 스승과도 같은 존재인 현 나이 430세의 학자풍의 인물이었다.

"하하, 송구합니다. 나이만 먹었습니다. 강녕하셨는지요, 폐하!"

"하하, 저야 뭐. 선생님 덕분에 잘 있습니다."

그와 자웅을 겨루던 송전과 선전도 참석하였다.

"어이구, 이게 누구십니까? 본대를 그렇게나 괴롭히신 전설의 선전님과 송전님 아니십니까?"

"하하, 폐하, 저보다는 선전이 14개월간을 괴롭히셨습니다. 그렇지요, 선전님?"

"나 참! 강녕하셨습니까? 폐하. 아직도 폐하와 싸운다면 한 100년은 버틸 수 있나이다."

"와하하핫. 과연 무적 '상기사'다우시오."

대는 오랜만에 보인 원로들, 신료들과 농담을 주고받고 하다가 스승격인 노전의 상기되어 있는 인상에 궁금함을 물어본다.

"아니, 노전님, 어디 편찮으신지요?"

"아, 아닙니다. 그저 대님과의 첫 만남이 잠시 생각이 났습니다. 하하."

사람 보는 안목이 남달리 뛰어난 천이었다. 천은 자신의 안개 빛 염소수염을 한 줄기 만지더니 다시 물어본다.

"정말 그것뿐입니까?"

"하하. 정말이지 폐하는 속일 수 없나이다. 사실은 아주 재미있는 운명을 가진 어떤 생명을 잠시 엿보았나이다."

노선생의 말에 비교적 늙은 천은 오랜만에 환희의 얼굴을 띠었다.

"하하. 그럼 본대하고 겨루게 될 운명을 가진 인물이겠군요?"

"어떻게 폐하는 140년 전이나 지금이나 그저 대결만! 하하. 실망시켜드려서 송구하오나 그런 건 절대 아닙니다."

노선생의 말에 실망의 빛이 역력해 보이는 천이었다.

"후! 본대는 또 뭔가 계실 줄 알았는데……."

"아닙니다. 더 들어 보시지요. 잘하면 어린 공주님의 배필일 수도 있는 운명의 생명입니다. 곧 우리 왕국으로 올 수도 있습니다. 컬컬컬!"

실망스러운 얼굴이었다가 금방 화색을 찾는 천이었다.

"하하. 호! 그래요? 그놈 설마요? 아직 어려서 그런지 남자들은 벌레 보듯 하더이다. 나 원!"

"두고 보십시오, 이미 한 번은 조우하셨을 것입니다. 할할할."

가람의 저택 별관!

"좀 어떠냐?"

"아직도 땀만 줄줄 흘리고 계세요."

영환은 자연에 취해서 뭔가를 보고 상상하다가 쓰러져서 아직도 산송장처럼 누워만 있었다. 벌써 10일간이나 잠만 자는 영환과 그를 지켜보며 애타는 심정의 니은이었다. 가끔 손(송아지만 한 개)이 다가가서 영환의 어깨며 팔이며 깨물어보았지만 여전히 반응이 없었다.

오늘도 힘없는 모습으로 돌아서는 니은이었다.

"후후. 누구 없어? 물 좀 줘."

그의 들릴 듯 말 듯한 말에 몸을 돌리는 니은이었다.

"뭐라고? 정신이 든 것이냐?"

"물."

"아! 잠시만. 로와!"

다급히 시녀들 불렀지만 대답이 없자 다급히 별관의 식료관에서 물을 가지고 방으로 들어가는 니은이었다.

"마, 마셔!"

'아! 난 진정 복도 없구나. 어떻게 매번 일어나면 저 얼굴이 보이지! 시풍.'

"컥! 처, 천……."

"천, 뭐?"

"켈. 천천히 따르라고."

"아, 미안."

'엥. 나 아직 꿈속인가? 이거 그거 맞아? 웬 사과와 상냥한 척하는 것이지?'

생각과 정신을 가다듬고 자신에 무슨 일이 생긴 것인지 물어보는 영환이었다.

"어찌된 일이지?"

"아무 기억도 안 나느냐?"

"음. 어떤 연못과 아니 계곡과 폭포, 그리고 뭔가 큰 동물이 날 깨물던데 뭐지?"

그는 보았다. 감정이 없어 보이고 자신이 '냉혈녀'라고 생각한 그녀의 미소를!

"후훗. 아마도 '손'일 것이야. 오빠의 훈련 동물인데 잘 생각해보면 기억이……."

'뭐야! 내가 미쳤나 봐. 저거 방금 미소 지은 거 맞아? 그것도 엄청 황홀하게. 그동안 해저가 제일 좋은 미소라고 생각했는데! 참 해저는 잘 있겠지? 아악! 환시총에서 왔잖아? 그럼 해저라도 보고 오는 것인데……. 그 뭐시냐, 빙, 그 여자를 잘 구워삶으면 어떻게든……. 아, 난 바보. 근처에서…… 근처에서…….'

"무슨 생각을 그렇게 하는 거야?"

"아뇨, 그냥. 물 고마워요. 미소도 너무 아름……."

쫘악!

"악!"

자신을 보고 놀리는 것이라고 생각한 그녀는 영환의 얼굴을 강력하게 때렸다. 겨우 정신을 차렸다는 생각과 환자라는 생각을 못한 그녀였다. 당연히 날아가서 실신하는 영환이었다. 코피와 눈물이 범벅되어 나오는 영환의 면상이었다. 자신도 모르게 주먹이 나가서 본인도 놀라는 니은은 정신을 수습하며 꿈틀대는 영환의 얼굴을 닦아주었다. 하지만 열 받을 대로 열 받은 생명은 고래고래 소리를 질렀다.

"야! 너무하잖아. 개쌍. 이 완전 미친 것아! 그렇게 때리면 기분이 풀리냐? 짜증이 풀리냐? 속이 시원하냐? 불쌍하지도 않냐? 아욱, 억울해. 그래, 더 때려라. 더 살기 싫다. 아예 죽여라. 한순간에 너의 미소가 황홀하게 아름답다고 생각했는데, 역시 내가 미쳤던 거야. 뭐야? 왜 그렇게 있어? 더 때리…… 아니 죽이라니까."

"미안하다."

"그거 이리 줘. 그리고 앞으로 내 앞에 나타나지 마. 나도 인간이야. 명심해. 더 열 받게 하면 내가, 내가 알아서 죽을게."

얼마나 억울하였으면 스스로 죽는다는 표현을 하였을까. 그런 그를 보는 니은은 더 있으면 미안한 마음에 눈물이라도 쏟아질까 자리를 피하였다. 아니 영환이 먼저 자리를 피하였다. 그녀가 멍하니 앉아 있자 밖에 나가서 소리라도 질러볼 참이었던 것이다. 잠시 후 비명소인지 고통스러움에 내뱉는 소리인지 억울하여서 지르는 소리인지 울부짖음이 울려 퍼졌다.

아악!

하지만 뭔가 심상찮은 비명소리가 들려왔다. 그 소리의 의미가 궁금한 니은은 일어서서 나가보았다. 하지만 방 입구에서 영환과 마주쳐버렸다. 몸과 몸이 부딪히는 경관이 연출되었던 것이다. 서로 얼싸안고 구르는 꼴이 되었다. 재빠른 니은이 위로 향하게 되었고, 남자인 영환이 그녀의 아래로 깔렸다. 다행이 1차적인 폭행의 여건은 피한 영환이었다. 하지만 우수에 찬 그녀의 눈빛이 형용할 수 없는 아름다움이라고 생각하는 영환이었다. 좀 전까지 다시는 상대하지 않는다고 고래고래 소리치던 영환이 말이다.

"미안. 이상하게 큰 동물이 날 노려보아서. 그래서 내가 그렇게 싫으면 저놈한테 잡혀 먹힐 수도 있는데!"

"후훗! 그냥 손일뿐이야. 훈련받아서 안 물어. 수상한 인물만 물 거야."

그녀의 말에 동물에 대한 공포는 사라져갔다. 하지만 위의 동물이 또다시 날뛰면 죽었구나 생각한 영환이었다. 그런 생각에 미스가 아름답다거나 여타 아무 말 없이 자세를 바로 하자고 하는 영환이었다.

"그, 그만 떨어졌으면. 난 잘못이 없지만, 아니, 넌 내가 잘못이 있어도 없어도 때리니까. 그냥 때리고 떨어져도."

그러나 그냥 말없이 떨어져가는 니은이었다. 영환은 천장을 보며, 그녀의 뒷모습을 보며, 어떤 생각에 사로잡혀 있다가 뭔가 자신의 다리 쪽을 핥는 느낌이 와서 정신을 차려보자 은색 털로 가득한 동물과 눈이 마주쳤다.

"아악! 위위잉! 나 좀⋯⋯."

니은이 사라지자 혼자 있는 친구인(?) 영환을 지켜주고자 손이 왔던 것이다.

"후후훗. 안 문다니까. 손아! 나중에 와라. 쉬."

자신의 두 번째 주인인 니은이 가라고 손짓하자 어슬렁거리며 멀어져가는 손이었다. 손이 가는 모습을 보고 영환에게로 시선을 돌리자 실신한 것인지 잠을 자는 것인지 좀 전의 부딪친 자세로 눈을 감고 누워 있는 영환이었다. 기절하였다고 생각한 니은은 살포시 그의 얼굴에 밀착하며 전의 차량에서와 비슷하게 영환의 이마에 입맞춤을 해주었다.

눈만 감고 있는 영환이었다. 그녀의 행동에 온몸이 짜릿해짐을 느끼며 눈을 뜨자 그녀의 눈과 마주쳤다. 너무나 가까운 거리였다. 다음 순간 자신도 모르게 여인을 껴안는 영환이었다. 그리고 "그냥⋯⋯ 이렇게⋯⋯ 나중에 날 죽여도 되지만 지금은 이렇게 조금만⋯⋯." 영환은 그렇게 말하였지만 '냉혈녀' 니은의 주먹이 바로 한 대 날아올 것 같았다. 그러나 잠잠한 그녀! 영환은 자신의 눈에서 나오는 물이 무슨 의미인지 몰랐다. 그냥 계속 나오는 눈물이었다. 남자에 안겨 있는 여인인 니은 또한 의미 모를 눈물이 흘러 넘쳤다. 그들은 그렇게 한참이나 있었다. 서로 부둥켜안은 채 그렇게⋯⋯.

안개 색의 염소수염을 만지며 찻잔을 들고 음미하는 인물이 있었다. 대국의 절대 권력자 천이었다. 그리고 그의 앞에는 늙은 학자풍의 인물이 앉아 있었다.

"오랜만에 인생의 대선배님을 만나서 그런지 향이 더욱 그윽한 거 같습니다."

"하하하. 황공하옵니다."

차 향기로 운을 떼어보는 국왕 천이었다.

"무슨 하실 말씀이라도 있으신지?"

"그냥 궁금해서요. 전에 동쪽의 풍운을 몰고 올 인물이 나타났다 하셨지요?"

"할할할. 풍운을 몰고 올 인물이라고는 말씀드리지 않았습니다. 그저 불행한 운명을 가지고 태어난 다른 세계 사람입니다, 폐하!"

늙은 학자의 말에 황당하듯이 쳐다보고는 말을 잇는 천이었다.

"다른 세계라니요?"

"하핫, 폐하께서도 아시잖습니까. 우리 수성의 밖을 돌고 있는 두 개의 달에 생명이 살고 있다는 것을 말입니다!"

"그거야 그렇지요. 하지만……."

"이 끝없는 우주에서 우리하고 달에만 생명체가 살겠습니까? 절대 아닐 겁니다. 다른 은하계나 우리에게 비추는 태양이 있습니다. 그런 태양이 다른 공간에도 있으면 그 우주엔 분명히 생명체가 살고 있을 것입니다. 그 옛날 광님 전인 4만 년 전에 이미 우주를 탐험한 우리수성이었습니다. 그 기록에 의하면 '다른 행성에서도 우리와 같은 인류가 살고 있을 수 있는 행성이 최소 두세 개는 있다'라는 문서도 있습니다."

"음! 그럼 확실하지는 않은 기록이네요?"

"네. 아쉽게도 이제는 확인할 방법이 없습니다. 하늘은 올라갈 수 없으니. 하지만 인류를 위해 잘하신 방법임에는 맞는 듯합니다. 광님이 말입니다."

"그럼, 거리도 상당히 멀겠습니다. 그럼 이 생명체는 어떻게 우리 수성에 어떻게 온 것인지."

"아마도 차원적인 공간으로 어떤 물질적인 힘에 이끌려서 온 것 같습니다. 그러니 불쌍한 생명체라는 것입니다. 두 번 다시 자신의 고향으로 돌아갈 수 없으니까요."

"음, 돌아가는 방법이 없다! 그런데 그런 일이 가능한 것인지요?"

"가능할 법도 합니다. 다른 인류가 있어 과학문명도 우리보다 월등히 앞서면 가능합니다. 공간에서 이 공간으로. 어쩌면 광님은 알고 계셨을지도 모르겠습니다. 하하."

"하하, 그런데 그 생명체는?"

"음! 천문을 살펴본 결과 우리 땅에는 해가 되지 않을 겁니다. 대님께서 말씀하신 대로 동쪽의 대지에 뭔가 저지를 것입니다."

"본대는 또 우리 아이와 배필이라니 기대했건만 동쪽이라……"

"아닙니다, 폐하. 그렇게 보였습니다."

"그럼 정말로 수와의 부군감이라는 것이요?"

"흘러가는 운명은 누가 정확히 알겠습니까? 하지만 기대해보시지요."

"음!"

영환은 자신의 거처 앞 정원에 우두커니 서 있었다. 손과 마주치자 또 놀라서 도망치다 자신도 모르게 세차게 뛰어오르자 몸이 붕 하고 솟구치듯 올라가는 것이 아닌가. 말도 안 된다고 생각하는 영환이었지만 지구와 수성의 중력을 저울질하게 되었다.

'분명 지구에서는 아무리 높이 뛰어도 일반인이 약 50cm, 농구 선수들이 최대 1m. 그런데 이곳에서는 거의 작은 지붕까지 도달하였다. 마치 새와 같은 기분이다. 물론 새가 아니지만. 그럼 중력이 지구보다 4배 정도는 가볍다는 말인가? 그럼 이해되겠다. 내 몸이 가벼워진 것은 절대 아니겠고……. 일단 이런 건 누구한테도 비밀로 하자. 또 우리에 갇힐 것이다.'

"무슨 생각을 그렇게 하는데?"

무의식적으로 생각하는 중 화들짝 놀라는 영환이었다.

"앗! 깜짝이야! 아니 아무것도……."

"후훗, 손이랑 이제 좀 친해졌니?"

'아! 좋다, 좋구나. 여인의 미소라는 게. 죽음의 미소라는 게 문제지만…….'

"어, 그래도 그렇지, 저게 야수지 귀여운 멍멍이야? 아주 송아지만 하잖아."

'아! 좋다, 좋구나. 한 번 안아줬더니 부끄러운지 반말을 해도 아무 소리 안 하잖아. 당연한가? 내가 나이가 많게 보이는데. 젠장.'

"그런데 전에 할이 아팠을 때……."

"응?"

"몸이 상당히 가벼워서 진찰받았는데 아무 이상 없어서 이상했는데 뭔 남자가 그렇게 가벼워?"

"내가? 그럼 여기 남자들의 평균 몸무게는?"

'내 생각이 맞으면 수성의 남자들은 나보다 몇 배는 무게가 안 나갈 것이다. 아니지 측정하는 기계가 지구랑 달라서 확인 불가능할까?'

"음, 우리 오빠가 약 60 정도."

"음, 몸무게는 어떤 방식으로 측정하는 기계야?"

"기계가 기계지 뭐 어떤 거라니?"

"음, 그러니까……."

"아! 수성의 저울은 아마도 그대가 살던 곳과 비슷하지 않을까? 여기는 특정 물체와 사람의 무게를 비교하여……."

영환이 저울이나 기계의 원리를 알 리 없었다. 간단한 방법이 떠오른 그는 결심을 하듯이 불안한 얼굴을 하면서 니온에게 조심스럽게 말했다.

"잘 모르겠는데 한 가지 확실한 방법이 있는데 해봐도 되겠어?"

평소 그녀답지 않은 호기심 가득한 얼굴로 진지한 영환의 얼굴에 되물어본다.

"어떤 것인데?"

"음, 아마도 날 죽이려고 할 것인데…… 그냥 다른 시녀한테 부탁할게."

여자는 여자였다. 여자인 자신을 앞에 두고 다른 시녀 운운하는 영환이 불쾌하였다.

"뭔지 모르겠지만 날 그렇게…… 어, 뭐하는 짓이지?"

오히려 더한 부작용 같아서 그냥 죽을 결심에 니은을 안고 들어보는 영환이었다. 어차피 해도 맞을 것이고 안 해도 맞을 것이라는 생각에서였다.

"아, 음…… 이거야, 방법이란 건. 내 여동생이 아마도 니은보다는 훨씬 무거울 거야."

'음, 내 여동생이 50kg라면 니은은 20도 안 나갈 듯하다. 그러면 수성의 대기가 몇 배는 가볍다는 얘기가 맞잖아. 그러면 대충 삼사 배 차이가 난다는 말인가? 하지만 저들은 내가 지구에서 다른 사람을 들었을 때하고 비슷한 무게를 느끼겠지? 반대로 무거운 곳에서 온 나는 엄청 가벼울 것이고 반대로 난 여기 사람들이 엄청 가볍게 느껴지고…….'

"미안. 이……."

영환이 생각에 잠겨있을 때 언제 그의 목에 팔을 감았는지 그녀는 편한 자세로 그에게 안겨 있었다. 그녀의 모습을 본 그는 말할 때까지 안고 있을 생각이었다.

'음, 그럼 저기 있는 바위도 들어 올릴 수 있을지 모른다. 나중에……. 엇!'

니은이 영환의 어깨에 머리를 눕혔던 것이다.

'음, 이렇게 있어야 하나? 기분은 나쁘지 않지만 만약 시녀들이나 다른 사람이 보면 날 죽이려고 하겠지?'

"내려줘!"

땅에 발을 밟은 그녀는 느닷없는 말로 영환에게 물어 본다.

"무슨 생각했어?"

"그냥, 가볍다고."

"다른 건?"

"기분은 나쁘지…… 좋았다."

얼굴이 붉어지는 그녀의 얼굴을 보자 왠지 '나쁘지 않았다'고 하면 불쾌감을 주고 맞을 거 같아서 그냥 좋았다고 말하는 영환이었다.

"다른 시녀는 안아 들지 마!"

"왜?"

"그냥!"

'휴! 무사히…….'

쫙!

"그런데 너무 무례했어."

'무례 좋아하네. 시풍! 지는 좋아하는 모습이었으면서 괜히…….'

"그리고 다른 시녀나 어떤(여자) 것도 들지 말고!"

"그럼 저 바위도 안 돼?"

쫙!

"왜 또?"

"놀렸잖아!"

하지만 강도는 한참이나 약한 그녀의 손바닥이었다.

"그런데 무슨 일로 온 것인지."

"아! 오빠가 오시라네."

"네? 저보고 기사가 되라고요?"

"하하, 뭘 그리 놀라나? 수성에서 생활하고 싶으면 검사는 필수항목이네. 여자든 남자든 말이야."

"그럼 누가 절 가르쳐주시나요? 혹시……."

"그렇다네! 니은이 그대의 기초 체력과 훈련을 맡아줄 것이네. 하지만 걱정 말게. 전에처럼 그렇게 막 하지는 않을 것이네. 혹시라도 그러면 나한테 신고하게. 하하하."

"저, 안 하면 안 되나요? 어차피 전 이방인이고 여기 사람들이 볼 때 동물이나 마찬가지입니다. 그렇게들 보시니까 동물이 검사가 된들 뭘 하겠습니까? 또 우리에 갇히겠지요."

"처음이어서 그랬을 것이네. 이제는 어느 누구도 자넬……."

"그렇겠지요. 하지만 검을 쓰는 동물이 있다고 소문이 나면 다시 또 저를 우리에 가두고 호기심보다는 더러운 야욕의 희생물로 이용하려고 하겠지요."

"그렇게 느꼈다면 미안하네. 여기 사람들을 대신하여."

"그만하시오. 여기 온 지 얼마 안 되었지만 참 많은 인간들의 추악한 모습들을 봤습니다. 그중에는 당신과 같은 인물이……."

좌악!

"오빠께 무례하다!"

뺨맞은 얼굴이 붉어지면서 부어올랐지만 자기 생각에 물러남이 없는 지구 남자 영환이었다.

"지금도 보시오. 무례하다는 말로 뺨을 때립니다. 이방인이란 이유만으로! 이게 지금 당신들의 모습이야. 여기보다 50배로 인구가 많은 우리나라 '대한민국'은 겨우 다르게 생겼다고 이렇게 막 대하지는 않아. 여기보다는 최소 100배는 좋은 나라야. 인간들의 심성이 좋아서 매번 다른 나라에 당해서 짜증났지만 당신들과는 비교도 안 되게 좋은 곳이야."

당당하게 말하였지만 왠지 초라하게 보이는 '대한민국 백성' 남자 영환이었다. 사실 그는 그동안의 기억을 찾았다. 수성의 개인 '손'의 모습과 자신이 지하 감옥에서와 비슷한 어떤 곳에서 어떤 인물과 천으로 가린 남자의 얼굴. 그런 자들에게 당한 자신과 그리고 바보로의 생활. 물론 자신의 혼란스러운 과거 일의 원인 제공자는 니은이었지만 자신이 바보가 되자 불철주야 신경 써 준 그녀와 시녀들. 그들에게는 고마운 마음이었다.

"그리고 니은, 뭐가 무례한 거지? 당신이나 총의 인간들은 나에게 어떻게 했지? 그건 당연한 것인가? 나는 바른말도 하지 말아야 하고 당신들은 날 동물 취급해도 당연한 것인가?"

영환의 말에 고요하고도 적막한 침묵이 흘렀다. 잠시 숨을 고르고는 이어 말하는 영환이었다.

"전에 난 자유라고 하였는데 난 자유가 아니…… 난 당신들의 소유물이 아니니까 이런 건 물어볼 필요성도 없네 뭐. 그러니 내가 어디에 가든 날 막지 마시오! 죽음을 각오하고 당신들에 덤벼들 테니까."

말을 마친 영환은 그길로 자신이 기거하던 별관으로 향하였다.

"아! 저, 하지만……."

"막지 말거라! 그의 말이 맞다. 가게 내버려 두어라."

"하지만 오빠! 저렇게 가다가는 누구한테나 당하잖아요."

영환을 뒤쫓아 가는 니은이었다.

"얘! 음, 오빠에게 미소 한 번 안 짓던 것이 그새 정이라도 들었나! 뭐 저것도 나이가 있으니 알아서 하겠지, 부인!"

자신이 이곳에 올 때 입고 있던 헌옷과 여별인 가람의 부인이 만들어 준 옷가지들을 챙기고 뭔 일인지 궁금해서 어슬렁거리며 따라나서는 '손'에게 잘 있으라며 손짓 한 번 하고는 발걸음을 옮기는 영환이었다. 저택의 입구 쪽을 거의 다가갔을 쯤 그의 얼굴에 겨누는 옥빛의 검 한 자루! 검의 주인공은 니은이었다. 그녀 특유의 처연한 얼굴이지만 우수에 찬 눈빛과 매력적이게 보이는 윤기가 도는 입술. 그 입술을 달싹이는 니은이 었다.

"보내주겠다. 단 내 몸에 한 번이라도 상처 입히면 다른 말 없이 보내주겠다. 지금 나가봐야 네놈이 말한 야욕이 넘치는 인간들이 널 잡아갈 것이다. 지금 마음속에는 '어떻게든 되겠지' 하겠지만 현실은 그렇지 않다는 걸 잘 알 것이다. 아니냐? '빙'이라는 인물이나 이상한 콧수염의 인물에 구걸이라도 할 참이었더냐? 겨우 하인이나 아니면 하급기사들이 기거하는 데 '종'으로 쓰겠지. 또 그렇게 살다가 반항하며 여기저기 다니다가 어떤 인물의 꼬임에 속아서 생을 마감하는 처지가 되겠지. 평생을 약한 자신의 처지를 모르고 당하기만 하는 자신을 비관하며, 가하는 자들을 저주하며, 결국 자신의 한심함을 알고 스스로……."

"죽여라!"

쫙!

눈을 감고 있던 그에게 손바닥의 마찰음이 들려왔다. 순간 코피라도 튀어나오는지 뭔가 검붉은 색의 액체가 튀었다. 뺨을 자주 얻어맞던 영환은 얼굴의 얼얼함과 지금까지와는 다른 느낌의 마찰음이었으며, 정신이 번쩍 들게 하는 그런 뺨이라는 생각이 들었다. 눈을 뜨며 손바닥의 주인공을 찾았다. 의외의 인물이 삶의 무게를 느껴지게 하는 얼굴로 그에게 말을 걸어왔다.

"어머! 언니."

"아가씨는 잠시 비켜서 계세요."

"할님! 지금 이대로 가면 우리는 살인자들이 될 것이고, 할님은 어딘가의 우리에 갇히는 신세가 될 것입니다. 아가씨께서 말씀하신 거처럼 잘 알고 계실 거예요. 안 그런가요?"

"부, 부인!"

"좀 전에 저의 부군께서 그러시더군요. '우리는 저자한테 죄인이다. 그러니 최소한의 양심에 어긋나지 않게 여비며 기타 생필품을 챙겨줘서 보내자!'고 하셨는데, 할님 모습을 보니 많이 불안해요. 그러니 아가씨 말씀 들어주세요. 할님도 남자인데 의지는 보여주서야지요. 그리고 고향에 계시는 자신의 목숨을 준 부모님께 못난 자식이 아니라는 걸 보여주서야지요. 안 그런가요? 지금 나가시면 스스로 목숨을 끊는 거나 마찬가지고, 우리는 방관한 살인자들이고요. 아가씨! 이제 더 이상 말리지 마세요. 진짜로 나간다면 저 사람은 남자도 아니고 패배자입니다."

"바, 밥부터 주세요."

영환의 식사하고 싶다는 말에 같이 돌아서 있는 니은과 서로의 얼굴을 보며 미소를 흘리는 그녀들이었다.

"대신 니은이 차려주게 하세요. 니은도 여자면 식사는 할 줄 알아야지."

"뭐? 내가 왜!"

"아가씨 그렇게 해주세요. 할님 말씀이 맞아요. 아가씨도 여인인데 언제까지 검만 들고 다니실 것인가요."

"……."

"저도 의지가 있습니다. 고집이라고 해도 좋고요. 하지만 니은한테 하도 당하다보니 한 번만이라도 그녀의 수발을 들고 싶어서 그러는 것입니다. 부인께서도 니은이 음식을 하는데 옆에서 도움을 주면 절대 안 먹을 겁니다."

"후, 그렇게 하겠습니다. 아가씨! 가시죠"

"당연히 완전 맛없게 하겠지만……."

영환의 말에 극까지 올라오는 심기를 다스리며 가람의 부인이자 손위 언니인 영(208세)을 따라나서는 니은이었다.

"정말 니은이 한 거야?"

별관의 응접실의 잘 차려진 밥상 앞에 영환이 앉아 있었다. 그의 앞에 심기 불편해 보이는 콧대 높고, 영환이 지정한 '냉혈녀' 니은이 서 있었다. 그동안 이 세계인 수성에서 이상하라고 생각한 음식들만 먹어보았다. 수성 사람들의 식문화는 식탁에 과일이 항상 들어갔다. 토마토와 유사한 주먹 모양의 과일과 식빵 모양의 케첩 같은 게 들어간 과일!(처음에는 일반 식빵인줄 알았던 영환) 두 종류 다 천연 식빵이었다. 그리고 밭 등지에서 생산되는 곡식! *환경오염과 물 부족 현상을 막기 위하여 논 같은 거는 제한하였다고 하지만 더 큰 원인은 수분이 빨리 증발하여 논에서의 수확은 기대치에 못 미치어 폐지함*

　그러다보니 자연 밭 등지에서 수확하는 곡식 물에 의존해왔다고 한다. 수성의 농경지의 70%가 밭곡식이었고, 나머지 30%가 밭과 들에서 수확하는 과일이었다. 영환이 생각하기에는 사람의 편의를 위해 과일들을 변형시켰다는 것과, 요리도 할 필요 없는 음식형 과일들을 연구해왔다는 생각이 들었다.

　"그렇다. 맘에 안 들면 안 먹어도 된다. 대신……"

　"그동안 시녀들이 해주는 음식은 먹을 만했어. 이 세계 음식이어서 입에는 잘 안 맞았지만……"

　'역시 지구나 여기나 예쁜 것들은 음식을 못한다는 말이 맞았어. 그냥 대충 먹어두자. 할!'라고 생각하며 음식을 거의 다 비우는 영환이었다.

　수성의 '기사'라는 직위는 지구에서의 군으로 따지자면 고급장교로 (장교(중급기사) 하사관(하급기사)) 물론 아무나 받는 것이 아니었다. 환시총이나 대총의 기사 교육기관인 5관문을 돌파하면 하급기사란 칭호가 부여된다. 그러나 꼭 교육을 걸쳐서 기사가 되는 것은 아니었다. 기사 칭호를 받는 3가지 중 첫 번째가 기사 교육 합격! 두 번째는 중급기사 이상의 인물에 도전하여 어느 정도 실력을 인정받거나 혹은 '장'기사나 '상'기사의 임명장을 받으면 오를 수 있는 자리였다. 마지막 세 번째는 병사나 일반인이나 어떠한 일에 전공을 세우면 부여되는 경우가 있었다.

그러나 모순적인 모습도 있었다. 힘 있는 귀족과 호족의 자제나 그들의 후광을 얻고 기사가 되는 모순적인 경우도 있었다. 하지만 그와 대조적인 경우도 있었다. 출신 집안의 세력이 있으되 일반인들과 같은 교육을 받고 틈틈이 올라오면서 쌓아가는 그런 경우였다. 바로 6총의 유명한 여기사들이 그들이었다. 그중 대표적인 여기사들인 니은, 순, 린이었다. 니은은 대장급인 사촌오빠 가람의 힘이 있었지만 그녀는 자기의 길을 택하였고, '순'과 '린' 등과 비슷한 시기에 대총과 환시총의 기사 교육기관에 입문, 수순을 걸쳐서 오늘날의 여기사들이 되었던 것이다.

"검을 잘 쓰는 법은 딱히 없다! 꾸준한 자기 연구와 발전이다! 난 그렇게 배웠다. 하지만 자세는 중요하다고 배워왔고, 예비동작이 없어야 한다고 배워왔다. 일단!"

"후! 숨을 고르고 자세는 항상……."

"그만! 일단 너는 기본이 안 되어 있다. 다리는 양옆 검 자루의 길이만큼 펴고, 검을 쥔 팔을 앞으로 쭉 펴고 한 시간가량 있어 보아라. 그러면 자신의 문제가 무엇인지 알게 될 것이다."

"후! 잠시만……."

"뭐냐?"

"이 검이나 니은의 검이나 다른 검의 무게는 어느 정도지? 난 수성의 모든 물체가 가볍다는 생각이다. 그러니……."

"음, 과연 그런가? 자구에서의 무거운 검의 무게는?"

"대충 니은을 안고 들었을 때 무게 정도."

"그 그런 말은 누구한테도 하지 말라."

자신을 안았다는 말에 얼굴이 붉어지는 그녀였다.

"그렇게 있어 보라. 잠시 생각 좀 하고 오겠다."

수성력 45011년 4월 8일 오전, 해시 총회!

해시총은 6총 가운데 규모가 제일 큰 총이었다. 물론 인구수도 제일 많은 150만의 총이었다. 총회의실의 상석에 앉아 있는 인물, 팔자수염에 짙은 눈썹과 갈색머리, 그리고, 선 굵은 이목구비를 갖춘 인물이었다. 이 사람이 바로 현 해시 총장(288세)이었다.

"뭐라고요? 타르, 류시, 예시총에서 궐기대회를 하는 국민들이 늘고 있다?"

"그런 건! 별 문제없습니다. 다만……."

"아니오! 각 총의 국민들이 한 목소리를 내면 그것보다 더 어려운 상황은 없소이다. 첩자들을 보내서 서로 다투게 하고, 영향력이 있는 인물을 포섭해서 우리 사람으로 만드시오. 그런 게 별문제 안 되면 대체 뭐가 문제인 것이오."

"하지만 더 시급한 문제는 조직적이게 움직이는 무리들과 예시와 류시 총에서 우리에 트집 잡을 만한 일들을 모색하는 중입니다."

"그게 무엇이오?"

"우리들이 차지한 '왕관 섬'의 원래 소유자와 그런 증거들을 모으는 데 있습니다. 만일 원래주인이 나타나기라도 한다면 큰……."

"이보시오! 총의 최고 귀족이 어찌 그리 답답한 말씀만 하시오! 그런 거야 우리가 먼저 찾아내면 될 것이고, 또 잡스러운 증거가 되어봐야 뭔 큰일이라도 난다고 그러시오. 깡그리 없애면 될 것이 아니요."

총회의 총장의 자리 바로 밑의 앉아있는 '망'(290세)이라는 귀족은 뭔가 조심히 거론은 하면 바로 그냥 밀어붙이라는 무대포식의 총장의 말의 회의를 느끼는 눈치였다. 물론 그런 총장에 바른말을 하는 참된 관료는 별로 없었지만 망이라는 인물이 자주 자기주장을 내세웠다. 하지만 언제나 이런 식이어서 대화며 회의가 안 되었던 것이다.

"왜들 침묵만 하고 계시오! 답답한! 뭔가 말들 좀 하시오. 나 원!"

총장의 이런 성정 때문에 영향력이 조금이라도 있는 ㅈ들은 자신의 자리를 고수하기 바빠서 아무런 의견들을 제시하지 않았던 것이다. 그러나 어쩌겠는가! 자신들이 저렇게 만들었고, 자신들이 총장으로 추대한 인물이 아니었던가! 그러나 가끔이지만 총장의 성정에 바른말을 하는 이들이 두 명가량 있었으니 총장의 아들 경(174세)과 상기사 온(265세)이었다.

"아버님! 아버님을 위하여 성심으로 일하시는 관료분들 아니십니까! 성정을 조금이라도 나추심이……."

해시의 아들 경은 아버지와 정반대의 성격인 차분함과 친화력을 가지고 있는 인물이었다.

"경이는 나서지 말거라!"

"경님의 말씀이 맞습니다. 총장님의 성정이 그래서는 아니 되시고, 관료들도 바른말을 못하게 됩니다. 그러니 성정을 낮추심이 옳은 줄 압니다."

"어허, 상기사까지! 음, 알았소. 하지만 답답……."

"총장님! 답답한 마음은 누구나 가지고 있습니다. 그러니 이해를 하심이……. 또한 관료들의 말을 자르시면 누구나 주눅 들어서 상세한 말을 못 아뢰는 법입니다. 그 점 염두에 두십시오."

"아, 알았소."

해시총의 상급귀족 망의 저택!

"나 참 언제까지 이렇게 숨죽이고 살아야 합니까? 아니 형님은 총의 상급귀족의 우두머리이면서……. 에휴."

"아우가 추대하자고 난리쳤잖은가. 이제 와서 뭘 내 탓이라고. 후! 도무지 여기나 저기나 어쩜 그렇게 자기 생각들만 하누. 그 아들은 성정이 괜찮은데 총장님은 날이 갈수록 예민해지시니 이 일을……."

"참 솔직히 형님이 한심합니다."

"뭐라? 이이……."

"그렇잖아요. 진짜 생각 없는 분은 형님이 아니십니까? 그게 다 모순이라는 것 아닙니까? 연기라는 말입니다."

"이이, 이놈! 아무리 동생이지만 말을 함부로 하지 말거라. 그 입 때문에 언젠가는 네 녀석이 화를 입을 것이다. 넌 언제나 부정적인 시각으로 보는 게 문제야."

"두고 보시지요! 그럼."

망의 동생이라는 '하'라는 인물이 휑하니 나가자 혼잣말을 해보는 망이었다.

"나도 생각 못한 건 아니지만……. 휴! 그나저나 그분은 잘 계실라나!"

해시총의 상급귀족이자 제2인자인 망은 근심 가득한 표정으로 자신이 속한 총의 도시를 보면서 긴 한숨을 쉬었다.

'전에도 느낀 거지만 우리보다는 둔해! 하지만 웬일인지 다른 말없이 시키는 대로 잘하긴 하네. 후훗!'

별관의 정원에서 비지땀을 흘리며 영환답지 않게 자신이 시키는 교육의 진지한 모습에 얇고 부드러운 미소를 흘리는 니은이었다.

"헤헥!"

"다시! 체력이 너무 약하다!"

'이상하네! 몸은 가벼운데 왜 이렇게 기진맥진하는 거지? 니은이 이상한 걸 덮어씌워서 그런가?'

니은은 영환의 수성에서의 모든 물체가 가볍다는데 생각과 자신의 교육받던 시절을 비교하여 보았을 때, 무거운 물체가 훈련생에 더 많은 도움이 된다고 판단하여 영환의 몸에 오빠인 가람이 안 입는 옷 중 하나를 골라서 무거운 물질인 동과 자석을 장착하여 영환에게 입힌 것이었다.

"힘들면 그만해도 된다. 자신의 몸 상태도 생각하는 것이 기사의 도리다."

"됐어! 한심하게 쳐다보는 '손'이나 어떻게 좀 해줘. 눈에 거슬려."

"후훗!"

'사실은 너의 웃음소리가 귀와 눈에 거슬리지만…….'

"그럼 마음속의 힘을 말하는 곳에 집중시킨다! 도중에 근육 경련이 일어날 수 있으니 그때그때 말해라. 하나 손목! 둘 허리! 셋 발목! 넷 어깨! 다섯 무릎! 여섯……."

정신집중의 시간이었다. 니온이 말하는 곳으로 힘을 집중시키는 몸과 마음의 단련이었다.

"그만! 그대로 평상심(平常心) 유지하고, 심호흡 하라! 눈을 아직 뜨지 마라! 최고의 신체 훈련은 눈을 감은 상태로 움직이는 것이다. 눈을 뜨고는 아무나 할 수 있는 동작이나, 눈을 감으면 중심 잡기도 어렵다. 예로 어느 사람의 눈을 가리고 열 걸음을 걷게 하였다고 치자! 과연 몇 걸음이나 중심이 잡혔을까! 그 점을 간파하고 응용만 한다면 몸을 자유자재로 움직일 수 있을 것이다. 상대가 밤에도 낮에도 올 수 있는 것이고, 언제나 방비하는 자세도 같이 길러라."

"……."

"됐다! 오늘은 이만!"

"후훅!"

"그리고 오늘부터는 그 의상 그대로 입고 앉은 자세로 숙면을 취해 봐라. 처음에는 두세 시간 그다음에는 서너 시간."

"하지만 몸 상태를 관리하는 것도 기사의 도리 어쩌고?"

"무리하지는 말라는 소리다, 바보야! 하지만 할 건 다하고 태평하게 임해 봐라. 실력이 늘겠는가!"

"알았어요! 자상한 니은님."

영환의 놀리는 듯이 하는 말에 눈을 흘기는 니은이었다.

"또! 영환은 입이 문제야. 언제나 타인의 심기를 불편하게 하는 거부터 없애버려!"

"그런데 내 본명 부르니까 이상하다. 음, 그냥 할이 좋아. 그렇게 불러. 사실 내 이름의 영자는 부인께서 쓰시고 계시고, 환은 환시 총장님이 쓰시고 계시니 사용하면 안 되잖아. 그리고 할이라는 말이 더 다정하게 들리는데……. 여기서는 난 바보니까."

"후훗!"

"그리고 니은!"

"왜 그러지?"

"니은의 이름이나 고치자. '훗' 하고 웃으니까 훗이 어때?"

"며칠 안……."

"미안합니다. 반성하고 있습니다."

"음!"

영환은 니은의 얼굴을 보다가 뭔가 생각이 난 듯이 발명가의 눈빛으로 말해보았다.

"니은! 전에 내가 가볍다고 했지? 그럼 지금 나를 들어 봐!"

"옷의 무게라면 어느 정도 알고 있다. 괜한 짓일 것이다."

"아니 내 몸이 수성의 환경에 변화가 있는 것이라면, 어떤 무거운 것을 걸쳐도 가볍지 않을까 하고. 그러니 그냥……."

"알았다! 음."

"음?"

"무겁다. 아무런 변화가 없는 듯하다. 설마 자신이 무슨 풍선이라도 된다고 생각하였나?"

'그런데 무겁기도 하네. 거의 나를 안고 훈련하는 거나 마찬가지일 듯!

그런데도 힘들다는 소리 한 번 안 하고 잘 버티네.'

"할! 난 역시 바보 할이야."

"바보 같은! 그리고 오늘 저녁식사는 오빠 가족과 같이 한다. 그리 알고 청결하게 하고 와라!"

가람의 저택 내관!

"어서 오세요, 할님!"

언제나 신분 여하를 막론하고 존칭을 사용하는 가람의 부인 영이었다.

"어서 오게. 니은의 옆에 앉게."

"네, 불러주셔서 감사합니다."

영환은 식사의 초대는 처음이었다. 식탁에는 다들 그렇지만 나물 종류며, 어느 동물의 것인지 육류 몇 점과 과일, 그리고 눈에 들어오는 항아리 병. 영환은 황당한 수성에서의 생활을 어느덧 7개월을 넘어서고 있었다. 그 때문에 퇴근시간에 자주 마시던 소주나 맥주 등 어면 술도 마셔보질 못하였다. 마침 눈에 들어오는 술병으로 보이는 것이 있어 기대를 안고 기다려보았다.

"그대가 살던 곳에서도 이런 음식들이었지?"

"네. 아마도 인류가 사는 곳의 음식은 비슷할 겁니다. 다만 음식 같은 과일이 있어서 처음에는 이상한 맛이었습니다. 지금은 잘 먹고 있지만."

"호호, 전에 아가씨께서 만들어준 음식은 맛이 있던가요?"

영환의 영의 돌발 질문에 니은의 눈치를 살피고는 긴장한 것처럼 말하였다.

"네. 그럭저럭 먹을 만……"

"하핫. 뭐라? 저것이 음식을 해? 그럼 그렇지. 할의 얼굴을 보니 영 아니었던 모양이야. 응? 하하."

"아닙니다! 맛있었습니다. 다만 양념이 좀……"

"……"

"하지만 그런 건 말해 주어야하네. 아니면 자기가 잘하는 줄 알아요."

"네."

가람은 영환이 그렇게 바라던 호리병을 들고 그에게 이게 무엇인지 아느냐는 식으로 물어보았다.

"음. '화'도 마실 줄 아는가?"

"화면?"

"물론 그대가 살았던 곳에서도 있었을 것이네만 사람을 홍취하게 만드는 거 말이야."

영환은 가람의 말에 백이면 백 술이라 여기며 술잔을 들었다. 그러나 술잔을 가로채는 니은이었다.

"안 돼요. 지금도 교육의 한 모퉁이에요. 그런 걸 마시면 심신의 긴장과 근육이 풀리면서 정신이 해이해져서 안 돼요. 할! 절대 마시지 마."

그녀의 협박의 말이었다. 언제나 그녀 앞에서는 기가 죽는 영환이었다.

"으응, 고마우나 다음에 받겠습니다."

'에효, 좋다 말았네. 그놈의 기사가 뭔지 검술이 뭔지……'

"아니다. 그렇게 독하지 않으니까 한 잔만 받게. 니은이도 너무 구박하지 말거라. 자자, 받게."

"아! 네네. 그럼……"

"한 잔이 두 잔이 되고 두 잔이……. 그러니까 안 돼요."

"걱정 마! 나 저런 거는 강해. 여기 와서 근 7개월을 그러니 한 잔만 하고……"

"휴! 강하다고? 반 잔 마시고 자면서……"

"아가씨! 우리는 가보겠습니다. 그럼."

영환은 화라는 술을 반 잔 정도 마셔보더니 향기 때문인지 술의 기운 때문인지, 정신을 잃고 말았다. 아마도 그간의 피로와 긴장이 그런 작용들을 하였을 것이다. 눈물! 억울함의 눈물을 보았다. 하지만 평온한 얼굴에서의 눈물은 처음 접한 니은이었다. 잠든 영환은 자신도 모르게 고향과 가족에 대한 그리움으로 눈물을 흘리고 있었다. 그를 보는 여인의 눈빛은 어떤 감정에 흔들리고 있었다.

"왜! 하필 이곳으로 왔니. 이왕이면 대국이나 환시총에서 발견되지 그랬니. 널 보는 나는 왜 이렇게 속상하고 가슴이 아프지?"

'잘 자라.'

그녀는 자신의 감정이 위험하다고 생각하였다. 자신의 마음이 그에게로 쏠리는 듯해서 싫었고, 감정을 속이는 자신이 싫은 그녀였다. 그녀의 모습이 바로 수성에서 상류층 자녀의 모습이었다. 귀족은 귀족과 일반인은 일반인과 그렇게 엮어지는 연인들이었다. 혹시라도 일반인과 귀족이 양가의 합의를 얻어 혼인을 치르더라도 대중의 입과 귀에 오르내리고 해서 정신적인 피해로 파경을 맞고 헤어지는 청춘남녀들이 종종 있었던 사회였다. 마치 조선사회나 중세기 유럽의 사회를 보는 듯한 수성의 혼인문화였다.

'할을 좋아하는 감정이 동정심이었으면 좋겠다. 아니 동정심이어야 해.'

의지가 강한 니은이지만 사랑이란 '무엇보다 중독이 심하다'고 하지 않았던가! 과연 그녀는 자기모순을 어떤 식으로 헤쳐 나갈까!

왕관반도! 반도의 크기는 6개 총 중, 제일 작은 모시총과 그 대지가 비슷하였다. 상나라 대륙의 동쪽 끝과 대륙에서 다섯 번째로 크다는 '가린산'의 북쪽에서부터 남동쪽의 위치에 있는 문고리 모양의 왕관반도였다. 특히 대륙과 반도가 교차하는 지점이 약 1km나 떨어져 있어서 섬 같기도 하였다. 반도의 대지 모습은 중간 부분 정도에 비교적 높은 산이 양 갈래로 우뚝 솟아있었고, 해안가 중심으로 타원형의 왕관 모양의 산들이 숫구쳐있는 모습들이었다. 그런 이유로 왕관반도라는 이름 붙여진 반도였다. 과거에는 인간은 물론 어느 동식물이건 서식하지 못하는 죽음의 땅으로 황폐했었다. 그랬던 반도에 지금 내륙의 높은 산줄기에서부터 작은 산줄기를 걸쳐 평야를 끼고 양쪽 갈래로 흘러가는 강물의 모습이 '신비의 땅' 왕관반도였다. 인간들이 살아갈 수 있는 공간이 반도의 85% 정도 되었고, 일부는 사막지대와 비슷한 구역이었다.

"저기도! 그리고 하…… 여기서부터 호수가 생겨서 내륙으로 흘러들어 가는 것인가? 호수의 모양과 크기를 집중적으로 담고, 조금 전에 왕관 섬에서 제일 크다는 '우왕산'과 '자왕산'의 탐색 팀들이 서식하기 시작한 동식물들을 포착하여 화면에 담고 있다는 연락이 왔어. 우리도 이 호수에 뭔가가 있으면 담아 가자."

"에이, 겨우 8개월 정도 된 호수인데 물고기나 비슷한 것도 없겠어요."

상나라 어느 총의 방송 촬영 팀이었다.

"그런데 괜찮을까요?"

"뭐가? 생태계와 환경 촬영 보고 팀 인데 무슨! 자자 저쪽!"

"신기하긴 하네요. 갑자기 숫구치듯 생긴 호수와 왕관의 섬이라. 해시 총이 혼자 차지하기에는 넓고도 크네요."

"그러니까 화면에 잘 담아서 널리 알려지게 하자. 그리고 이 호수뿐이 아니고 왕관반도 전체를 차지한 해시총이야."

수성의 어느 나라 어느 신문이나 언론 방송은 제재가 심한 편이었다. 조금이라도 상류층의 의혹에 관련되었거나, 상류층의 심의가 없으면 독단적으로 언론으로의 방송을 공개 못하는 통제가 극히 심한 수성의 언론사였다. 특히나 양국 간의 불편한 영상은 공개 불가였고, 공평하다면 공평하게도 어떤 총이건 나라건 언론을 이용한 나라 간의 공격 또한 제한되어 있었다.

어느덧 우기 철의 마지막인 6월이 왔다. 6개월간 촉촉이 젖은 대지는 화창한 나날인 건기 철을 기다리고 있는 듯이 만물은 더욱 풍성해져갔고, 이슬 머금은 풀잎들이 춤을 추듯 뿌연 안개에 자신의 돋방울을 나누어주고 있었다.

'이렇게 연습한 지 몇 개월인가. 조금은 검을 다루는 것에 익숙해져가는 거 같다. 단, 아직 니은이나 가람과 같이 멋들어진 품위가 안 나온다는 거. 물론 검을 쥔 한쪽 팔을 펴고 걷는 거는 아직도 중심이 잘 안 잡히지만 말이야. 음, 가벼운 상태가 무거운 상태보다 중심 잡기가 더 어렵나?'

기사 훈련 생 초보, 최영환이었다.

"니은? 뭐 좀 물어볼 게 있는데……."

"이제는 제발 알아서 해라. 일일이 참견해주기도 귀찮다."

"아, 미안!"

'아니 처음에는 날 벌레 보듯 하더니 내가 그 다음엔 상냥한 척하고, 또 아니 이번에는 귀찮듯이……. 아니지, 나한테 뭔 감정이 있나? 꼭 싫은 인간 대접이나, 정 붙어서 정떨어지게…… 아닌가? 정이 떨어져가는 모습인가? 에잇, 내가 그런 걸 어찌 알아! 에휴, 여자의 마음은 갈대라더니 나 원. 아무튼 가볍게도 걸어보고 무겁게 해서 걸어보고 해봐야지. 흥! 도도한 것! 지가 잘났으면 얼마나 잘났다고! 누군 처음부터 잘했나? 나 혼자서도 충분히 생각 한다. 두고 봐라!'

"내가 할 수 있는 건 다해주었다고 생각한다. 그러니 이제는 알아서 응용하여라. 난 이제 이곳에 올 일이 없을 것이다. 그리고 오후 2시쯤에 오빠가 잠시 보자신다."

"어, 잘 가! 아니 그간 아둔한 백성 할을 성의껏 가르침을 주신 점 감사드립니다. 그러니 제 염……. 악!"

영환이 자신의 심기를 건드는 말에 순간의 홧김에 손바닥을 날리는 니은이었다.

"놀리는 말이 아니잖아. 뭔 여자가 그렇게…… 미안!"

얼얼해지는 뺨을 만지고는 니은의 얼굴에서 흐르는 눈물을 보고 사과의 말을 하는 영환이었다.

"난 모든 게 잘못되었어. 그러니 얼굴에 어울리지 않는 눈물은 안 흘리는 게……."

그냥 자신이 잘못한 거 같은 느낌을 받은 영환은 위로의 말을 해보았지만 휙 하니 멀어져가는 니은이었다.

'뭐야! 진짜……'

"보자고 하셨다면서요?"

"어서 오게. 교육은 거의 막바지라면서? 어떤가. 많이 배운 거 같은가?"

"많이 미숙합니다. 그간 니은 아가씨가 잘 지도해주어서 그나마……."

"하하 다행이네. 그때 우리 집을 박차고 나갔으면 어쩔 뻔했나 하고 조바심을 느꼈네!"

"감사하게 생각합니다. 그런데 무슨 일로?"

"이걸 읽어보게!"

"아직 글은 못 읽습니다. 로와나 다른 시녀들한테 틈틈이 배웠지만 읽고 쓰는 건 아직 많이 못합니다."

"다이, 거기 있느냐?"

가람의 저택의 시녀 중 영환의 시중을 드는 어리바리한 성격의 다이가 후다닥 하고 뛰어왔다.

"네. 여기 있습니다."

"이 서류의 내용을 읽어보라."

"네."

* 일반 시민증! 시민증 부여(附與) 대상자: 여리

수여내용: 위의 인물은 이방인임에도 불구, 자신의 처지에 불평불만 없이…… (중략)…… 기사 교육에 임하는 자세가 올바르다고 판단하여 기사로서의 자격인 기사 교육기관의 교육을 받을 수 있는 일반시민증을 수여(授與)하는 바 앞으로의 활동을 기대하여 본다.

수성력 45011년 6월 20일. 계시총의 총장 예

6월 20일은 1년 전 영환이 수성으로 떨어진 시기였다.

"하하 축하하네, 여리."

"여리요?"

"그렇다네. 총장님께서 직접 여리란 이름을 하사하신 것이네. 그대의 본명을 수성의 밝음으로 표기한 것일 것이네. 그러니 앞으로 여리란 이름을 써야 하네."

"축하드립니다, 여리님!"

"아! 네."

"다이는 여리를 데리고 총의 통제관으로 가서 시민증을 확인해주고 신분확인증을 교부받고 오너라."

'시민부여증이라! 후후, 참으로 기가 차구나. 지들 멋대로 우리에 가두고, 멋대로 지하에 가두고 각종 가혹행위를 하더니 뭐가 어째? 불평불만 없이 적응을 해간다고? 지들이 행한 행동들은 일절 안 적고. 더러운 것들.'

"후후."

"왜 그렇게 웃지요?"

다이는 영환과 통제관으로 가면서 연신 싱글벙글하는 얼굴이어서 뭐가 그렇게 좋은 것인지 물어본 것이다.

"좋은 거잖아요, 시민증요. 여리님한테는 특히."

"그럼 다이나 다른 시녀들은?"

"당연히 시민증이 없죠. 하녀인데요. 하인들이 뭔 시민증이."

"미안."

"전 그래서 여리님이 좋고 앞으로도 계속 모시고 싶어요. 헤헤."

영환은 모순의 시민증을 받고 불쾌하던 중 다이의 순수한 마음에 찡한 감동이 밀려왔다.

'불쌍하기도 하지. 지구로 따지면 엄청 어린 나이인데 하녀로서 기죽지 않고 밝은 모습이라니. 해저나 로와도 밝은 모습이었지만.'

"미안하지만 난 좋아하는 사람이 있는데."

"알아요. 해저라고 알아요."

영환은 도대체 이 어린 시녀가 어떻게 그런 거까지 알고 있나 하고 의문이 들었다.

"설마! 그런 거까지 알고 있었어?"

"정보가 빠른 게 우리 같은 하녀들인걸요. 특히나 수성에는 여인들이 많아서 어떤 여자건 남자의 관심을 받는 여자는 금방 소문이 나요."

"하핫. 여기서 첫 여인이었어. 아마도 다이를 먼저 만났으면 다이를 좋아했을걸."

영환의 말에 기쁨 가득한 얼굴로 환호하듯 한 얼굴의 어린 시녀 다이었다. 소녀와 말을 주고받던 영환은 우아하고 아름다운 모습으로 걸어오는 여인을 발견하게 되었다. 허연 피부와 가는 다이의 얼굴! 그리고 맑은 자수정의 색깔의 눈동자! 하지만 얼굴의 표정에 웃음이 거의 안 보여서 도도함을 넘어 거만하게 보이는 얼굴의 여인이었다.

"음, 다이? 저기 저 여인은 귀족 자녀가 아닌가?"

"아, 네. 우리는 그냥 고개 숙이고 가시죠. 일반 여자들이나 저희들이 제일 무서워하는 분인 선지 아가씨입니다."

영환은 그제야 기억이 났다. 수성에서의 처음으로 아름답다고 느낀 여인이었다. 하지만 쳐다본다는 이유만으로 자신의 **뺨**을 세차게 때려서 아름답다는 영환의 환상을 깬 여인이기도하였다. 선지가 지나가자 후 하고 어린 시녀 안도가 한숨을 쉬었다.

"휴! 다행. 전 또 절 알아보시고 뭐라 할 줄 알았어요."

"그런데 같은 여자한테도 막 대하는 사람이야? 거참! 얼굴은 아름다울지 모르지만 마음은 탁한 영혼이네."

"뭐라고 했지?"

그녀는 마치 자신에 대해서 떠드는 걸 기다려보기라도 한 듯이 뒤에서 앙칼진 목소리로 물어보며 영환 쪽으로 다가왔다. 당연히 지나갔다고 생각한 영환은 뜨끔하여 무마라도 시킬 참으로 웃음으로 화답하였다. 누가 웃는 얼굴에 침을 뱉겠는가 생각이었다. 하지만…….

쫙! 착!

"네깐 동물이 감히 징그러운 웃음을 날려?"

"죄송합니다, 아가씨. 이분이……."

"넌 시끄럽다. 감히 더러운 피부에 내 손이 닿게 하다니……."

그녀의 안하무인격에 욱하는 뭔가가 나와서 자신의 감정을 말해버리고 마는 영환이었다.

"너무한 것 아니요! 겨우 탁한 영혼이라고 말했을 뿐인데……. 그럼 걸음걸이가 이상하다 해도 죄인 취급에 벌레 취급하겠네그려. 참 좋은 성격이네!"

자신의 행동의 어떠한 잘못도 모르고 앙칼진 성격의 선지라는 여인한테 불타는 것에 기름을 붓는 격이 되고 마는 영환의 말이었다.

"이 더러운 놈이 어디서! 벌레보다도 못한 놈이 어디서 감히……."

"참 희한한 성격이네. 우리 같은 사람은 숨도 못 쉬겠네. 다이야! 우린 가자! 상대할 필요가 없는 여자다."

"뭐라고? 여자? 이……."

쫘악!

"아니 진짜! 그럼 당신이 여자지 남자요? 별말도 아닌데! 다이! 가자."

더 있다가는 분통이 터질 거 같아서 다이의 손목을 잡고 황급히 자리를 피하는 영환이었다.

"아! 이건 꿈일 거야. 꿈이어야 해. 너무나 억울하네. 원래 저런 성격이야?"

"네. 귀족 자녀들은 거의! 그나마 니은 아가씨가 좋은 편이고요. 여리님도 다음에는 어떤 자녀들을 보아도 그냥 아무 말씀 없이 지나치세요."

"그래. 그래야겠다. 그리고 니은이도 처음에 날 벌레 취급했어. 지금도……. 아무튼 수성의 인간들은 다 싫어. 해저와 다이와 로와는 빼고 말이야. 하하."

"그렇게 당하시고 미소 지으시다니 역시 여리님은 좋은 분이세요."

"하하!

다음 날! 예시총의 언론사인 어느 작은 신문사의 일면에 '이방인에 험담하며 뺨을 날리는 상류층 자녀, 선지!'라는 제목으로 총의 도심에 배포되었다. 전날 영환이 통제관으로 향하던 날 '이방인에 시민증을 수여'란 소문이 퍼지가 통제관 쪽에서 취재 차 대기하던 작은 신문사의 기자가 영환과 선지의 모습을 포착, 그들의 모습을 신문의 일면에 실었던 것이다. 신문에는 자세한 사항까지 실려 있었다. 영환이 시녀와 얘기하면서 걸어가던 모습과 어느 순간 가녀린 어린 시녀를 달래는지 미안해하는 표정과 귀족 자녀가 오자 황급히 고개 숙이는 모습. 그리고 지나가다 멈추고 그들의 대화를 듣던 귀족 자녀가 그들을 불러 세워서 문자 머리를 긁적이며 화답하는 모습의 영환과 웃음 짓던 그를 손바닥으로 뺨을 때리는 모습까지 생생하게도 표현한 신문지의 일면이었다. 다음 날에는 주요 신문사들도 '뺨을 때리는 모습'의 사진과 '착잡한 현실의 사회!'와 '귀족사회의 모순!'이라는 제목으로 대서특필되었다.

"어찌 이리된 것이냐? 넌 우리의 얼굴이라고 그랬잖느냐. 승하하신 모시님이 널 얼마나 아꼈었느냐? 바르게 자라라는 말씀도 자주 하셨고! 휴! 이방인에 가서 '오해로 비롯된' 행동이었다고 사과하고 으느라."

"오해라 하심은?"

"동행하던 시녀를 희롱하는 듯해서 '같은 여자로 참을 수 없었다.'고 하면 될 것이다. 가람의 측에도 그렇게 얘기해뒀다. 그리고 요즘 이방인에 대한 관심들이 많다는 걸 명심하여라."

차미의 여식에 대한 착잡한 심정의 말이었다.

"아버님! 한 말씀 드려도 되겠습니까?"

"뭐냐! 말해 보거라!"

"저! 전에 니은을 만나서 같은 의문이었습니다. 왜 이렇게까지 겨우 이방인을 감싸주시는 것인지……. 가람님도 그렇고요!"

"나중에 알게 되겠지만, 재목 쓰임새가 많다는 것만 알고 있어라. 그리 알고 다녀오너라!"

"사사, 거기 있는가?"

"네."

선지가 나가자 대기하고 있기라도 한 듯이 바로 대답하며 나오는 사사라는 인물이었다. 검은 망토를 뒤집어쓰고 있어서 음침한 분위기의 인물이었다.

"전에 그대와 비슷한 안목과 사람의 운명을 예지한다는 사람이 누가 또 있다고 하였나?"

"네. 알고 있기로는 대국의 학사인 '노전'이옵고, 환시총의 '천인'이 그들입니다."

물이 끓는 듯이 울리는 목소리의 사사였다.

"그럼 그대와 마찬가지로 풍운을 몰고 올 인물이라는 것을 알고 있겠나?"

"아마도 그럴 것입니다."

"혹시 그대가 잘못 볼 확률은?"

"거의 정확하옵니다. 다만!"

"다만?"

"야망과 야욕의 상은 없었습니다. 그게 소인도 이상하게 생각하지만 도무지 소인이 생각한 인물이 맞는지가 의심스러웠습니다."

"아니! 좀 전에는 거의 정확하다고 하였잖은가?"

"소인의 예지력은 정확합니다. 아마도 자신을 감추는 거 같습니다. 틀림이 없을 것입니다."

"음, 도무지 어떻게 생각해야 하는지……."

"한 가지 확실한 것은 차미님께 많은 도움이 되어줄 것입니다."

"그거야 당연한 거 아닌가! 그자의 힘을 내 것으로 만들어야 해. 반드시."

귀족계의 신사라는 차미라는 인물은 두 얼굴을 가진 듯 어떠한 인물의 관하여 의미의 말을 남기었다.

가람의 저택 니은의 별채!

두 여인이 마주앉아 있었다. 여기사인 니은과 상급귀족 차미의 딸 선지가 그녀들이었다.

"오랜만이네! 가까운 데 있어도 자주 못 보게 되네."

방문자인 선지의 형식적인 인사치례였다.

"응! 서로 바쁘니까……. 이렇게 마주앉아 있는 건 총의 별관에서 보고 처음이네. 총회에서도 한두 번 만났지만."

"후훗. 나 가끔 이런 생각해. 우리가 남자로 태어났으면 룽(개)이나 횡

(말)을 타고 흙과 풀이 널린 들판을 자주 달려보았을 것인데 하고."

"훗. 나랑 생각도 비슷하구나."

"하지만 여인들인 우리가 좋은 점도 있었잖아. 추억이지만 청년기 시절 서로 귀족이란 걸 몰라보고 겨우 옷감 때문에 '내가 먼저 봤다. 어쩌고' 하고 아옹다옹 다투고 후훗."

"그래! '귀족의 편의시설에도 '내가 먼저니 네가 먼저니' 하건서."

"훗!"

"훗!"

왠지 어색한 그녀들의 미소였다.

"저, 니은아!"

"후훗. 이방인 때문에 왔지? 염려하지 마!"

"모순은 아니지만 내가 괜한 짓을 하였다고 생각해."

니은이도 신문기사며 사진을 보았었다. 속으로는 친구인 선지가 너무 하였다고 생각은 하였다. 하지만 언제나 입 때문에 말썽인 이방인이 한 번은 호되게 당해봐야 한다고 생각한 니은이었다.

영환은 자신이 기거하는 정원 뜰에 누워, 송아지만 한 손의 등을 만지며 생각에 빠져있었다. 영환은 가람으로부터 오해에서 비롯된 선지의 행동이었다고 듣자, 기가 차지도 않았다. 뭔 말이냐고 따지듯 되묻자, '미안하지만 그냥 그렇게 알고 있게'가 다였다. 또한 다이가 며칠 안 오자 이상한 생각이 든 그는 같은 시녀인 '로와'로부터 상세한 내용을 들을 수 있었다. 며칠 전 선지라는 귀족 여인으로부터 자신이 뺨맞은 사건을 각종 신문사들이 다루었다는 것이다. 결국 자신과 다이라는 어린 시녀만 피해를 보았다고 생각한 그는 다이의 성격상 거짓말을 못 꾸며 내겠다는 생각에 그녀부터 찾았지만 역시나 선지와 동행하여 기자들에 통제관으로 향하던 중 자신이 여리라는 인물을 유혹하였고, 그 모습을 이상하게 생각한 선지라는 귀족 여인이 여리의 뺨을 때렸다는 진술이었다고 하였다.

"정말이지! 이건 조선시대나 유럽시대도 아니고……. 그 시대에도 저런 진상들을 쳤을까? 나도 막강한 권력이 있다면 저럴까? 휴! 나가버린다고는 했지만 지금 나가면 시민들이 날 가만히 둘까? 해저를 보러가고는 싶은데……."

"일어나라!"

생각에 잠겨 있는 영환의 귀에 낯익은 앙칼진 목소리가 들려왔다.

"귀찮으니 상대하고 싶지 않다."

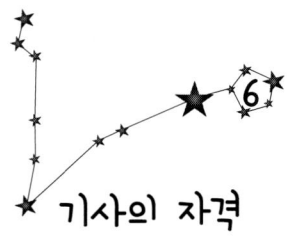

기사의 자격

'저택의 뒷길로 향하면 오솔길이 있을 것이다. 그 오솔길을 따라 걷지도 말고, 쉬지도 말고, 계속 뛰어올라가라. 넌 평지에서만 움직여왔다. 그리고 인간의 상대로도 연습해 본 적이 없다. 그러니 나무들이 방해물이고 인간이다 생각하고, 뛰어가면서 제치고 나가라. 물론 한 발 움직일 때마다 검을 휘두르면서 올라가라. 하루 2회 왕복하고, 정원에서 눈을 감은 채 한쪽 발을 들어 고정되어 있는 다리의 무릎까지 올리고 숨고르기를 한다. 그렇게 10일 정도 지나서 나랑 실전 훈련을 한다. 실전 훈련 중에 날 한 번이라도 내 몸에 상처를 입히면, 그길로 수비대의 중급기사들과 같이 훈련을 받아라. 물론 가르치는 인물은 장기사님이신 수비대장 릴(192)님이시다.'

'만약에 니은의 몸에 상처를 못 입히면?'

'재능이 없다고 판단, 남의 하인이나 하급기사들의 잔심부름이나 하는 인간이 되어라.'

'그리고 환시총에 다녀와도 되는 것인지.'

'가보아야 해저는 못 만날 것이다. 그녀도 기사 교육을 받고 있다. 나중에 알겠지만 기사 교육 중 어느 누구도 면회 불가하다. 그리 알고 천한

네놈 몸이나 챙겨라.'

"젠장! 나 같은 놈도 된다는 걸 보여주겠어. 거만한 니은이를 넘어서주지. 지가 강하면 얼마나 강하겠어! 재수 없는 것!"

그렇게 말하면서 걷기에도 힘든 산속을 달리고 있었다. '억지로 하는 연습은 성과가 없고, 진심으로 하는 연습은 자신을 속이지 않는다.'고 하였던가! 그런 말조차 알 리가 없는 영환은 쉴 새 없이, 힘든 산길을 달리고 달렸다.

환시총의 기사 교육기관 제3관!

"후! 드디어 여기도 통과했다. 휴! 지옥이었어. 뭐 그렇게 힘든 건 아니었는데……. 잠시도 쉬지 못하게 해서 힘들었지만."

"네. 아마도 3관문의 취지는 몸과 마음은 언제나 깨어 있어라, 라는 것인 듯해요."

"그래! 그럴 거야. 그거 말고는 그렇게 할 이유가 없을 듯. 하지만 몇 달을 그렇게 몸에 익숙하게 했으니 습관이 되겠다. 일정한 시간마다 벌떡하고 일어나는. 후후."

문제의 관문의 교육을 습득하고 저마다 한마디씩 해보는 해저와 화선 등 일행들이었다.

"하지만 아무것도 안 보이는 공간에서는 무엇이 나올까 항상 긴장했어요. 물론 공포감이 더 많았지만."

"뭣들 하나! 따라들 와라!"

그녀들이 전의 관문에 대하여 푸념과 상념(想念)에 젖어있을 때 여인의 목소리지만 까칠한 음성이 들려왔다. 각 관문의 통과자들을 다음의 관문으로 통솔하고 교육생들을 관리 감독하는 인물이었다.

제2관문! 이 관문부터는 자신의 의지를 말할 수 있는 관문이었다.

"이 관문의 교육을 습득하면 하급기사의 밑으로 들어가 일을 볼 수가 있다. 물론 통과하면 말이다. 그래서 미리 말하는데 지금까지와는 다른 관문일 것이다. 다들 그리 알고 '이것만 넘으면 된다.' 하는 해이해지는 생각 말고, 마음을 바로잡고, '뒤에 있는 관문도 넘어보자'라는 자세로 교육에 임하라! 알아들었으면 따라와라!"

제2관문은 연습용 목검이 아닌 단단한 동으로 된 검을 사용하였다. 그 결과, 목검에 익숙해있던 교육생의 일부는, 다치거나 심한 부상을 입어 다시 몇 년 후를 기약하여야 했다. 물론 제시한 방식 외의 동작으로 같은 교육생의 몸에 상처를 입히면 타의로 퇴출되거나, 제시한 방식임에도 불량한 심성으로 타인의 몸에 상처를 입히면 상처의 높고 낮음의 상관없이 자동 퇴출되어 최소 10년 이상의 어떤 나라, 어떤 교육기관에서든 기간 내에는 시험을 치를 수 없었다. 이런 규칙은 수성의 모든 기사 교육기관의 교칙과 일치하였다. 어찌 보면 귀족중심의 사회에서 모순일지 모르나 기사도(騎士道) 정신은 있어야 한다는 수성 세계의 모습이었다.

"그럼! 타의로 퇴출되면 영영 기사 시험은 못 보는 것인가?"

"당연하다! 네놈 같으면 3년마다 열리는 자격시험에 1만 명이라는 어마한 숫자의 인원이 풍운의 꿈을 안고 자기 희망을 거는데, 타의에 의한 불운으로 다쳐서 다시는 시험을 치를 수 없는 지경이 되어 봐라. 당연히 그런 불온 불량한 심성으로 타인의 꿈을 짓밟는 인간이 용서가 되겠는가? 그런 규제도 없으면 시험이겠는가! 각종 하류들이 늘뛸 것이 아니겠는가!"

"음, 귀족 사회 중심이어서 양심들이 없는 줄 알았는데, 그런 건 잘 만들어 놓았네."

"자꾸 귀족을 나쁘게 말하는데, 네놈 같은 하류들이 있어서 귀족들이 그렇게 엄한 것이다. 한심한 놈!"

"그게 엄한 거는 아니지. 지랄하는 것이지."

"네놈! 다시 한 번, 내 앞에서 내가 못 듣는 말을 하면 가만두지 않겠다."

영환은 그동안 한국 말을 거의 안 했다가, 선지와 같은 몰상식한 인간들을 상대할 때는 간혹 한국의 욕을 사용하곤 하였던 것이다. 심한 욕은 없었지만, 지랄, 개쌍, 시풍(18) 등을 주로 사용하였다.

"이제 그만하고 쉬어라."

하루 일과를 마치고 기사 교육과 그에 대한 궁금한 점을 물어보았던 영환이었다. 어느덧 세 번째 달이 모습을(약 7시) 드러내려 하고 있었다.

"그런데 요즘은 반찬 맛이 좋던데 역시나 다이나 로와가 하였겠지?"

짝!

"내가 왜 자주 맞아야 하지? 가람님도 그랬어. '못한 걸 잘한다.' 하면 안 된다고."

"기분 나쁜 건 없다. 다만, 네놈이 날 놀리는 것이 참을 수 없다."

영환이 그녀의 말에 변명의 말을 하려고 입을 움직였을 때 어느새 사라져가는 니은이었다. 그리고 바람에 실려 오는 듯 그녀의 목소리가 모기소리보다도 작게 들려왔다.

"고맙다."

뭔 말인지 확인 차 물어보았지만 대답이 없는 니은이었다.

"고, 어쩌고 뭐지? 뭐 좋아! 내일이면 콧대를 납작하게 만들어 주마. 그리고 잘난 그 얼굴! 어떻게 해본다는 조건을 걸어야지. 그러자면 오늘은 심신을 푹 쉬게 하고, 내일 오후 2경이라 그랬으니 호흡조절과 공중으로 얼마나 높이 올라가는지 실험이나 해보자, 그동안 교육에 집중하느라 내 몸이 가벼워서 높이 올라가는 걸 생각 못하고 있었어. 잘만 하면 무협지에 나오는 여기저기 횡횡 날아다니는 경공술의 고수가 될 수 있어."

영환은 자신의 몸이 가벼워서 지붕 정도까지 올라가는 거는 알고 있었다. 하지만 착지 방법인 낙법과 어느 순간 호흡곤란에 시달린 적이 있어서 날아다니는 꿈은 상상만 해보았을 뿐이었다.

불빛이 새오나오는 창가에 세 개의 달빛을 받아서 얼음같이 차갑고, 미소하고는 안 어울리는 여인이 앉아 있었다.

'내일이면 우리 집을 떠나겠지? 내가 그에게 해주고 싶은 말이 뭘까? 무슨 말을 할 수 있을까? 오늘도 내가 말한 '고맙다'란 말 속에 나의 솟구치는 감정이 숨어 있었다. 나는 그에게 어떤 모습일까? 날 어떻게 생각할까? 나도 모르겠고, 저자도 몰랐으면 한다.'

"대련하기 전에 미리 말하겠는데 나의 몸에 조금이라도 상처를 내면, 그길로 넌 수비대의 하급기사관으로 직행할 것이다. 그리되면 이 집에 올 일이 없다는 것이다."

"오호, 그래? 그럼 나야 좋지. 오랜만에 같은 남자들이랑 어울려서 같이 한잔하고."

"미안하지만 인구 수치상 10명 중 7명이 여인들이다."

"아! 그래도 그게 어디야. 음, 그런데 그대는 나랑 실전할 수 있겠는가? 얼굴빛이 영 아니 구만. 참 그 전에 나도 부탁이 한 가지 있다. 니은도 양심이 있다면 당연히 허락해주기 바란다."

"뭐냐?"

"내가 이기면 니은의 얼굴을 살짝만…… 하는 부탁이다. 험험. 그동안 나, 니은한테 너무 맞아서…… 한 대만이라도 뺨을……. 억울하잖아."

오늘따라 수심이 가득한 얼굴의 니은이었다. 천연하고 왠지 초초함과 불안감이 비춘 얼굴이었다.

"좋다! 시작이다. 먼저 와라!"

그들의 실전 대결은 시작되었다. 막상 검을 잡자 빈틈이 없어 보이는 니은과 마치 소매치기 범이 기회를 엿보듯 공격의 기회를 궁리하는 영환이었다. 하지만 단 몇 개월의 훈련으로 한참 위의 수위인 니은을 이기는 건 불가능하게 보였다. 하지만 형식적은 동작으로 막고만 있는 니은이었다. 사실 오만가지 생각을 가지고 대결 장소로 나온 니은이었다. 그녀는 영환에 져줄 생각과 이겨서 별관에 계속 생활하게 하고 영환에 대한 자신의 진짜 감정이 무엇인지 천천히 다가가며 확인하고도 싶었다.

그렇게 그녀의 생각을 대변하는 형식적인 동작과 영환의 공방은 계속되어갔다. 그러다가 실수인지 아니면 자의적인지 니은이 잠시 흔들리는 모습에 기회다 싶은 영환은 일격을 가하였다. 나름 신속하고 정확한 동장에 오른쪽 어깨 부위의 옷가지가 살짝 찢어졌다. 자신의 패배를 인정하는지 검을 쥔 그녀의 팔이 힘 빠지듯 미끄러져갔다. 움직임이 멈추자 그녀의 얼굴이 자세히 보였다. 금방이라도 눈물이 보일 것 같은 우울한 얼굴과 한참이나 잠을 못 이루었는지 피곤해 보이는 모습의 니은이었다.

"일부러 져준 거지? 그 정도는 나도 안다. 사실 말이 안 되는 거잖아. 평생을……."

"아니! 내가 졌어. 이제 볼일이 없을 것이니 더 이상 떠들지 말고…… 읍!"

살짝 달싹 떨리는 그녀의 입술을 자신의 입으로 막은 영환이었다. 생각지도 못한 기습적인 입맞춤에 잠시 몸을 부르르 하고 떨었지만 억울해하거나 불쾌함이 없는 그녀의 반응이었다. 그리고 얇은 입맞춤이었지만 점차 진하게 음미해가는 두 남녀였다. 그렇게 그들의 입맞춤은 약 5분가량 계속되었다. 여자인 니은이 먼저 입을 뗐다. 부끄러워하는 모습이 역력한 니은과 그녀의 얼굴도 쳐다보지도 못하고 어물쩍한 모습의 영환이었다. 그러다 그녀의 얼굴을 살짝 쳐다본 그는 불투명한 말을 해본다.

"음! 미안. 나도 모르게……. 죽을죄지? 심하게만 아니면 막 때…… 음."

그냥 말없이 영환의 어깨를 감싸며 그의 입술을 찾은 니은이었다. 또 그렇게 말없이 한참동안이나 서로 부둥켜안은 채 서로의 대한 달콤함을 맛보는 남녀였다.

'어떻게 보면 가장 불행하고, 가장 행복한 사람일지 모른다. 이걸로 나

중에 다시 만나도 떨어져 있어도 언제든 생각할 거야.'

입맞춤하면서 얇게 행복한 눈빛을 발하는 니온과 '내가 뭐에 끌렸나? 그냥 갑자기지만 안아주고 싶다는…… 하지만 기분은 좋은걸. 해저한 테 미안해야 하는데 오히려 좋아할 거라는 생각은 뭐지?'라고 생각하는 영환.

하급기사는 3년마다 열리는 기사 자격시험으로 응시자들은 하급기사의 기초 교육인 30일간의 '마음의 수련'이 있었다. 거기서 자격 미달인 자들은 귀가 조치를 받았고, 각자의 성격과 실력을 평가받고, 자격이 되는 이들을 5에서 3관문까지 배속된다. 하급기사로의 자격시험인 5단계 관문을 통과하더라도 하급기사 자격증을 부여받는 자들은 극히 일부인 통과자 중 상위 20%로 제한되어 있었다. 그러나 상위 2관문 이상에서 탈락하거나 또는 통과하고도 하급기사로서의 자격이 부여되지 아니한 자들은 다음에 열리는 자격시험에서 다른 교육 없이 2관문에서부터 시험을 치르게 하였다. 영환은 그런 과정 없이 중급기사로의 자격을 인정받는 하급기사관에 합류하게 되었다. 영환이 수성으로 날아온 날로부터 1년 2개월 후인 수성력 45011년 8월 15일의 일이었다.

예시총 하급기사관!

"여러분들은 하급기사들이다. 다시 말하면 기사도를 발휘해야 하는 기사의 자리에 있는 자들이란 말이다. 이 말의 의미는 지금까지의 훈련을 세계 각지에서 모여든 전혀 모르는 사람들과 경쟁하며 협동심이란 걸 자신을 위해 길렀을 것이다. 하지만 여기는 그런 가식과 형식적인 마음과 행동을 일절 금한다. 물론 시기심과 동료들을 음해하는 다음은 없어야 한다는 것이다. 여기는 하급기사로서 중급기사로의 자격을 인정받는 곳이라고 알고 있을 것이다. 하지만 그런 마음자세로 임하지 말아야 할 것이다. 이곳은 여러분들의 평생 혹은 몇 년, 몇 십 년을 생활해야 하는 곳이기에 동료 간의 다툼과 시기심은 없어야 한다는 생각으로 이런 말들을 하는 것이다. 알겠는가? 왜 대답들이 없는가?"

교관으로 보이는 자의 지루한 감이 있는 말에 약 30명으로 보이는 하급기사들이 단체로 대답하는 모습이었다.

"넵!"

"자신은 잘났다고, 좀 있는 집안의 자식이라고, 하는 거만한 척하는 행동과 '시간이 가면 자동적으로 승격되겠지' 하는 시간 때우는 심정으로 왔다면 지금 당장 이곳에서 나가라! 그런 자가 있는가?"

"없습니다!"

"좋다! 그럼 지금부저 여러분들이 함께 행동하고 함께 생활해야 하는 그대들의 조를 발표하겠다. 물론 2인 1조의 팀이다. 먼저!"

'음, 지루하군. 저 사람이 니은이 말한 교관인가 수비대장이라는 그 뭐였지? 음, 아! 낚시하는 릴! 이름하곤 참! 릴이 뭐야!? 하긴 내 이름도 여리가 뭐야. 가슴이 여리나? 시풍.'

"여리? 누구인가? 왜 대답이……."

"네!"

"뭐 하는가. 타인을 기다리게 하는 행동은 삼가라."

"네엣."

"그대가 함께해야 할 기사는……."

기사옷 차림의 여인들이 정원에 모여서 긴장된 모습으로 해당기관의 인물로 보이는 자의 어떤 발표를 기다리는 듯, 보이는 여인들이었다.

"음 제12조에서 18조까지의 합격자 명단을 발표하겠다."

발표자의 말에 희비가 교차하는 여인들이었다.

"하지만 그렇게 실망할 필요는 없다. 아쉽게 명단에 못 오른 인사들은 생각하고 있는 중급기사들의 밑에서 일을 볼 수 있는 혜택이 있다. 그들의 밑에서 차츰 실력을 키워간다면, 지금 합격한 하급기사들보다 더 뛰어난 실력과 자격을 인정받을 수도 있는 것이다.”

발표자의 말에 실망의 빛을 보이던 자들의 화색이 도는 듯하였다.

“와! 해저야, 축하!”

“응. 화선 언니도 축하해요. 그런데…….”

“후후, 지해는 아직일 거야. 우린 15조였잖아. 20조 이하의 팀들은 시간이 많이 걸릴 것이다 하던데……. 우리보다 한참 위의 조인 해인이도 합격하고 출신 지역인 예시총의 하급기사 교육관에 입문하였다던데…….”

해저는 화선의 말에 부러워하는 모습이 역력하였다. 자신의 고향인 예시총이 아니던가! 그리고 언제나 생각하는 영환이 있는 곳이기도 하여서 더 부러워하였다.

“해저는 어디 지원할거야?”

“음…….”

“나랑 빙 아가씨나 모시자.”

“빙 아가씨? 아!”

“중급기사 도전은 언제든 가능하잖아.”

“좋은데! 난 원래 빙 아가씨 덕에 환시총으로 온 것인데. 그것도 시녀로 온 것인데 내가 기사로 아가씨를 모실 수 있는 것인지…….”

“호호! 당연히 되지. 아마 아가씨도 좋아하실걸! 왜 너를 시녀 교육의 항목이다, 하고 기사 교육 받게 하였겠어? 시녀든 뭐든 기사의 검술 정도는 익혀야 한다는 규율이었잖아.”

“아, 내가 정말 남들이 부러워할 만한 기사 자격이 있을까?”

“호호. 확실히 너는 심성이 너무나 고와서 문제야. 소심한 것도 문제지만.”

해저와 화선은 5단계의 관문을 통과하고 하급기사로의 합격통지를 받고 있었다.

"아무리 그래도 그렇지. 이 집을 그렇게나 떠나고 싶었나? 휑하니 말도 없이 가버리다니. 내 입술도……. 나쁜 놈!"

영환이 기거하던 별관 앞의 자기보다도 큰 흔들의자에 앉아서 금방이라도 울 것 같은 우울한 모습의 여인이 있었다. 그런 그녀를 지켜보며 다가가는 여인이 있었다. 가람의 부인이자 니은의 올케인 '영'이었다.

"후후! 아가씨 여기서 뭐 하세요? 한참이나……. 어머! 우셨어요?"

다 큰 처자가 힘없는 모습으로 앉아서 울고 있는 모습이 안쓰러웠는지 미소 지으며 다가가는 영이었다. 영이 다가가자 부끄러움도 쑥스러움도 없이 영에게 안기는 '얼음공주' 니은이었다. 언니에게 안기자 작은 소리로 흐느끼는 그녀와 다독거려주듯 니은의 등을 쓰다듬어주는 영이었다.

"그래요! 울 때는 우셔야 해요. 수성의 여인들은 남자보다 두 배 가까이 더 많지만 우리 여인들은 소리 내어 울지도 못하였고, 웃지도 못하였지요, 귀족이라는 허물과 정숙해야 한다는 편견들이 있어서 하고 싶은 일도 못하고, 어릴 때는 부모님에, 나이 들어서는 부군에."

"언니도 좋아하던 사람이나 첫사랑이 있었어?"

"그럼요. 저도 사람인데요. 소녀 때는 왕자님을 기다리는 소녀였고, 청장년 때는 일반인의 남자를 좋아했답니다. 당연히 이루어질 수 없는 첫사랑이었지요. 후후."

"그럼 지금은 어디 있는데? 살면서 그 사람 생각해본 적 있어?"

"생각 안 난다는 건 거짓말이고요. 왜 사람들은 그렇잖아요. 오래된 물건을 보면 추억을 회상하고 또 추억의 첫사랑을 생각하고요. 언제나 그렇지만 이루어질 수 없는 사랑에 마음은 아팠지만 지금에 와서는 순수했던 추억이라고 생각합니다. 그런 추억은 누구나 있는걸요. 그러니 아가씨도 힘내세요. 분명 좋은 분이 나타나실 겁니다. 혹시라도 나중에 세월이 흘러서 여리님을 다시 보시게 되면 우리가 너무했다고 사과 한 말씀 해주세요. 우리가 불행하다고 생각하였지만 더 불행한 삶을 살아가고 있는 여리님이잖아요. 자기가 자란 고향에 다시는 못 간다는 게, 사랑하는 가족을 다시는 못 본다는 게. 그런 것보다 더 불행한 것은 없을 거예요."

"그런데 어떻게 알았어? 표시나지 않았을 것인데……."

"후후, 여자의 감은 무시하지 못하는 것이잖아요."

"언제 알았는데?"

"후후, 여자들이 좋아하는 사람에게 뭘 해주고 싶을까요? 음식을 만들어주고 싶어 해요. 아마 대부분의 여자들이 그럴 것인데 그때 여리님이 '니은이가 해주는 음식을 먹고 싶다'는 말에 아가씨는 부끄러운 듯 잠시나마 좋아하는 얼굴을 비추었어요! 호홋."

"아! 표가 났어? 내 얼굴 표정이 그렇게……."

"아니요. 마음으로도 알 수 있답니다. 얼굴 표정도 마음에서 나오니까요. 아가씨의 숨소리만으로 알겠던데요. 후후홋."

부끄러워하는 니은은 더듬거리는 소리로 영의 가슴을 한참이나 웃게 하였다.

"그, 그렇게 웃겨요? 그런데 여리와 연관되는 물건은 없잖아."

"후후후홋. 미안요. 하지만 왜 없어요? 당장 아가씨를 한심하게 쳐다보는 손이 있잖아요. 호홋. 저 녀석 우릴 쳐다보는 것 봐요. 여리님과 정이라도 들었는지 우리가 쫓아냈다고 생각하는지, 우릴 아주 이상하게 쳐다보잖아요."

영환이 떠나자 자기랑 놀아주는 인간이 없어서 풀이 죽어 있는 손이었다. 그 참에 시끄러운 여인들이 와서 울고 웃고 떠들어대어서 한심하게 쳐다본 손이었다.

"르르릉!(다 큰 것이 울기는! 다른 데 가서 떠들어, 이것들아.)"

"그런데 저건(손) 왜 그렇게 오래 살아? 내가 오기도 전에 있었잖아."

"후후후훗."
"아잇! 그만 좀 웃어요."

환시총 빙의 별채!(빙이 기거하는 곳)

…… 또 어떤 날은 날 아주 이상하게 보는데 웃겼어. 뭔 남자가 수줍음이 그렇게나 많은지. 같이 생활한 지 첫날부터였지만 긴장하였는지 수줍은지 버벅거리는 모습이란! 나중에 해저나 화선이도 보면 재미난 사람이라고 생각할 거야! 할 말은 많았는데 이만 줄일게. 그럼 해저와 화선, 그리고 지해의 무운을 기원하며.

해인이

하급기사로서 빙의 호위기사로 일하게 된 해저와 화선이었다. 그녀들은 일단 성의 관습에 따라 허름한 기사 옷을 벗고, 여인으로서의 맵시가 드러나는 옷들을 입었다. 자락이 긴 화사한 옷들도 있었지만, 활동하기에 편한 간편한 옷가지들을 입은 것이었다.

별관의 정원 쉼터에서 편지를 읽고 있는 해저와 화선이었다.

"이방인이라! 후훗. 편지를 보낼 줄은 몰랐는걸. 해인을 결국 중급기사의 자격에 한 발 다가섰나? 영민한 것은 알았는데 빠르네. 이러다 우리가 우러러보는 기사님이 되시겠다."

"저, 이 편지 제가 보관해도 되겠죠?"

"물론! 그런데 왜?"

"아니요, 그냥!"

'당신도 기사가 되셨나요? 다행이고 행복해요. 언제나 보고 싶은 나의 영환님!'

"어머! 여리님? 해저를 알고 있었어?"

해저의 답장을 읽어가던 해인은 여리에 대한 글이 보이자 물어 보았던 것이다.

"어랏! 어떻게 해저가……. 그거 편지야? 소리 내어 읽어줘. 난 수성의 글은 못 읽으니 부탁할게."

2인 1조인 팀원의 숙소였다. 일명 기숙사로 보면 될 것이지만, 여자와 생활하게 되는 영환이었다. 처음에는 상당히 황당한 표정으 영환이었다. 아무리 수성의 여자가 남자들보다 배로 많다지만 같은 방에서 생활하다 니 말이 안 되는 조 편성이 아닌가! 그러나 정작 상대방인 여인은 그런 것에 어떠한 표정도 짓지 않았다. 이해한다는 표정과 그냥 그러려니 하는 모습의 여인이었다. 하지만 상당히 불편한 영환이었다.

이렇게 해인님 편으로 안부 인사를 물어볼 수 있어서 다행입니다. 잘 계셨는지요? 전 잘 있답니다. 얼마 전 빙 아가씨의 호위기사로 임명되었고요. 저도 운이 좋아서 빙 아가씨를 모시는 하급이지만 기사가 되었답니다. 여리님도 기사가 되셔서 중급기사 자격의 시험을 준비하신다고고요? 힘내시고, 건강하시고, 즐거운 얼굴 잊지 않게 행복한 모습으로 계셔주세요.

다시 만날 날을 기대하면서 당신의 해저 올림

"읽어줘서 고맙다. 해저는 어떤 얼굴로 있었지?"

편지를 다 읽어준 해인에 고맙다는 말과 해저의 모습이 궁금해 하는 영환이었다.

"음, 항상 밝은 얼굴이었고, 아시겠지만 고운 심성을 지녀서 누구한테도 미움을 받지 않은 얼굴이에요."

"잘 있다니 다행! 음, 이왕 부탁하는 김에 글도 좀 가르쳐주면 고마운데. 시녀들에 가끔 배웠지만 영 안 되네."

"호호, 그러세요. 오늘부터 해보시죠!"

"그리고 반말해서 미안한데."

사실 해인은 늘 미안한 표정과 어색한 웃음의 영환을 귀엽고 그냥 재미있는 사람이라 생각하였다.

"아니요! 저도다 100살은 많아 보이는데요."

"켁! 설마……. 일전에 감이라는 사람이 내 나이를 150대 정도로 측정해주었는데 그냥 150으로 하지 뭐."

"누구라고요? 감요?"

"응. 확실히…… 그렇게……. 왜 아는 사람이야?"

수성의 사람의 이름은 외자거나 두 자였다. 천의 딸인 수와와 시녀들인 해저 등 그리고 니온과 선지 등이었다. 물론 일반 사람들의 이름은 중복(重複)되는 경우가 있었지만 귀족이나 특히 왕족은 이름을 타 귀족이나 일반인이 사용하는 것을 절대 금하였다. 그래서 수성의 대지에 사는 사람들은 타국이든 적대관계의 나라이든 상급귀족과 왕족의 이름을 다들 외우고 다녔다. 그래서 해인이 놀란 것이었다.

"맙소사! 그 이름을 사용하는 사람은 이 세상에서 단 한 사람밖에는 없는데 어떻게 아세요?"

"왜 그렇게나 놀라는지……. 사실은……"

영환은 감과 알게 된 사연들을 설명해주었다.

"음! 이름은 사칭할 수 없는 건데. 그런 사람이 왜 지하 감옥에……."

"왜, 누구인데?"

"아마도 대왕국의 다섯 번째 아들 같은데요. 170대 정도의 나이에."

"아! 맞다. 나이가 173이라 했어."

"그럼 확실할 거예요."

"그런데 왕의 아들이다? 나도 놀랄 일이네. 대체 그런 사람이 어떻게……. 자기 나라도 아니고 먼 타국의 감옥에. 거참. 별 이상한 세상이야, 수성은."

문제의 감이라는 인물이 말하던 중 '그대'라는 말을 자주 사용하여서 귀족 출신이구나, 라는 생각은 해보았지만 설마 대국의 왕자인 줄은 몰랐던 것이다.

"그러면 왕자잖아."

"그렇죠. 전에 듣자하니 다섯 왕자가 세상 구경 차 여행 다닌다는 소문은 들었는데……. 음, 예시총에 있었다니."

"그런데 다섯 왕자? 수성에는 여자가 절대적으로 많다며 그 집은 왜 그렇게 아들이 많은 거야?"

"후후훗. 왕의 부인이 여러 명이니까 그렇겠죠. 아마 5남 1녀일걸요?"

"음, 그런데 해인!"

"네?"

"내가 이상하지 않아? 왜냐면 날 보는 시선들이 좋지 않았는데 해인은……."

"후훗, 저도 당연히 이상하게 생겼고 재미있는 분이라 생각해요."

"그게 아니고, 구박하고 싶거나 뭐 괴롭히고 싶거나, 그런 거."

"호홋, 왜 그런 생각을?"

"아, 아니, 수성의 아니, 아무것도……."

영환은 해인의 반응과 처음 예시총의 귀족들에게 당한 내용을 비교하여 보았을 때 일반인과 귀족의 의식 차이인가 느끼고 물어보았던 것이다.

"뭐 사실 귀족들의 황당한 행동이 많아요. 우린 그냥 그러려니 해요."

영환의 사연을 알고 있기라도 하듯이 귀족에 대한 의미의 말을 해주는 해인이었다.

'해저와 아는 사람이다. 우연이지만 재미있는 만남이네. 어떤 인물인지 두고 볼까?'

수성력 45011년 9월 2일, 예시총 외곽의 도시 '사라'

예시총의 동쪽 외곽 지역에 자리하고 있는 도시 사라! 인구 22만의 도시였다. 대지는 넓은 편이었으나 바다와 황폐한 불모(不毛) 지역이 많아서 자연 재앙에 불안감을 가지고 살아가는 사람들이었다. 사라의 동쪽 외곽 동물들만이 서식하는 곳! 도심의 외곽 지역인 어떤 곳에 사람이 살 수 없는 땅이 되자, 동물만이 서식하였다. 하지만 언제부터인가 동물들의 모습이 보이지 않자. 이상하게 여긴 한 시민이 그 지대를 탐사하던 중 어떤 모습을 보고 경악하고 말았다.

불과 얼마 전까지만 하여도 나무며 풀이며 자라고 있었던 지역이었다. 그러나 풀 한 포기 찾아볼 수 없었으며, 더 앞쪽으로 가보자 정체불명의 회색가루들이 사방을 뒤덮고 있는 모습이 보였다. 가루 성분이 무엇인지 물체에 닿기만 하면 녹아내리듯 죽어가는 모습의 환경이었다. 더 있으면 위험하다는 생각에 자리를 뜬 사람은 도시기관에 신고하고 특별재난지구로 선포해 줄 것을 요구하였다. 하지만 답변은 안일하게 대처하는 모습의 '다른 곳도 마찬가지다'는 이유로 쫓겨나듯 물러나온 시민이었다. 며칠 후에도 빠른 속도로 동식물이 죽어가자 심각하다며 다시 기관을 찾은 시민은 쫓겨나고 말았다.

그로부터 며칠 후 도시기관은 한 시민의 제보를 무시한 것을 곧 후회하고 말았다. 건기 철의 영향으로 동쪽에서부터 바람을 타고 시민이 얘기한 회색 먼지가 날아오기 시작, 밭작물이며 미처 피하지 못한 가축들이 죽음을 맞이하였던 것이다. 그제야 문제의 심각성을 깨달은 도시기관은 급하게 전 시민 대피령을 내렸다. 하지만 소중한 생명인 인명 피해가 나고 말았다.

소식을 접한 예시총은 긴급회의를 열고 의견들을 모았다. 그러나 대재앙에 대항하는 방법이 있었겠는가! 겨우 장비들을 이용하여 더 이상 확산되지 않게 막는 게 전부였다. 하지만 바람을 타고 급속도로 번져가는 먼지에 속수무책이었다. 결국 환경단체와 수질오염기관들의 야유를 무릅쓰고 먼지에 대처하기 위해서 대대적인 물길을 트는 데 노력을 기울였다. 그 결과 먼지의 진행은 막았지만 사라 시는 하루아침에 유령도시가 되고 말았다. 하지만 또 다른 문제는 하루아침에 삶의 터전과 보금자리들을 잃은 사람들이 갈 곳이 없었다는 게 문제였다. 22만이라는 숫자의 인구를 수용할 수 있는 시설의 도시도 없었을뿐더러, 대대적으로 이주하는 데에는 그만큼 힘든 상황이 많았던 것이다.

총과 도시장의 늦은 대처에 망연자실(茫然自失)하고 있던 시민들은 총성이 있는 도시로의 이주해줄 것을 요구하며 도시민의 전부라 할 수 있는 성인들 15만이나 시위에 가담하여 부당함을 호소하고, 총성으로의 이주를 권고(勸告)하고 나섰다.

사라의 상황을 전해들은 예시총의 각 도시의 시민들은 이참에 부당하게 땅(왕관반도)을 차지하고 있는 해시 총으로의 규탄하는 데 확산되어갔다. 일명 '죽음의 먼지'가 낳은 예시총 국민들의 봉기였다.

"우리가 시민들의 진압도 해야 하는 거야?"

"저도 모르겠어요. 위에서 하라 하면 해야지요."

영환이 소속되어 있는 하급기관의 기사들과 지원 나온 군인들이 시민의 안전을 책임지며, 만약의 경우를 대비하여 시위자들을 진압하고 나섰다. 하지만 수성에서는 어딜 가든 눈에 띄는 영환의 외모에 한 시민이 그를 알아보고 뭐라고 소리쳤다.

"저, 저놈이다! 저놈이 재앙을 몰고 왔다."

그 소리에 규탄의 목소리를 올리고 있던 다른 시민도 이방인을 보자 비슷한 말을 하며, 영환이 이해하기 어려운 말들이 나왔다.

"맞다! 저놈이 재앙의 불씨다! 저놈을 죽여라. 죽여라!"

윽!

얼굴에 어떤 것을 맞으며, 불쾌한 모습의 영환은 홧김에 조롱하는 말을 하고 말았다.

"에잇, 이봐! 수성의 황폐한 땅은 4만 년 이전부터 확산되어 왔다며? 그럼 내가 4만 년 이상을 살아온 인간이야? 이게 말이 돼? 한심한! 그리고 과학문명이 4만 년이라면서? 그런데 인간들이 생각은 아주 저질이구나. 당신들의 생각은 400만 년 뒤처진 생각들이야. 안 그래?"

불타는 데 기름을 뿌리는 거나 마찬가지인 영환의 말이었다.

"뭣이! 저놈이 확실히 괴물의 자식이다. 저놈을 죽입시다. 여러분!"

"아! 글쎄 당신들이 생각들 해보시오! 한…… 읍!"

"여리님!"

황당한 말만 하는 영환의 입을 틀어막은 사람은 해인과 그의 동료들이었다.

"이봐, 죽고 싶어? 얼른 사과의 말을 해! 어서! 너 때문에 우리까지 곤욕 치르게 생겼잖아!"

"아니! 그렇잖아! 뭐가……."

"그냥 사과해. 우리보단 시민들이 먼저인 것이야. 이것아!"

"알았어! 이거 놔줘!"

결심한 듯이 제법 진지한 모습으로 시민들에 양해의 말을 하는 영환이었다.

"아아아! 여러분, 제 말이 기분이 나쁘셨다면 죄송합니다. 하지만 전 이곳 수성에 와서 참 더러운 꼴을 하도 많이 당해서 격분하였습니다. 사실 저는 처음부터 동물 취급을 받았으며, 우리에 갇히고, 구경꾼들의 이상한 시선을 받으며, 죄 없이 지하 감옥에도 갇히는 신세도 되었습니다. 이런 제가 무슨 잘못을 하였을까요? 전 이곳에 오고 싶어서 온 것이 아닙니다. 그리고 전 어느 누구한테도 피해를 안 주었다고 생각합니다. 이런 동물인 제가 무슨 재앙을 불러왔으며, 또 어떤 잘못을 하였겠습니까? 이런 제가 정말 재앙을 불러온 것입니까? 아니면 그냥 저를 화풀이로 생각하십니까? 저도 소중한 생명이고 여러분들도 소중한 생명입니다. 그것만 알아두십시오."

"음! 그놈 말은 잘하는구나. 하지만 시민에 대한 욕설은 용서될 수 없다. 어느 누구도. 그러니 네놈은 이쪽으로 오너라."

그들의 말을 들은 영환은 동료들에 조용한 목소리로 물어 보았다.

"저들에게 가야 하는 게 보통이야?"

"어쩔 수 없다. 갔다 와라. 일단 시민의 화를 풀어주는 게 먼저다."

사실 수성이 귀족사회가 중심이라지만 시위자들인 국민들한테는 막말을 해서는 안 되는 사회였다. 통치자 이하 어떤 귀족이건 해당되는 항목이었다.

"죽을 수도 있는 거 아니야?"

영환의 소심한 말에 해병대의 군인의 모습인 동료 기사가 나무라듯이 말하였다.

"그냥 다녀와라. 사내자식이……."

"왜 이쪽으로 올 용기가 없는 것이냐? 말만 앞서는 놈이구나."

누군들 죽임에 두렵지 않겠는가! 조바심을 느끼며 시위자들에 다가가는 영환이었다. 그러자 어느 순간 영환을 에워싸던 자들이 어디선가 마련해온 포박 줄로 그의 몸을 동여매고는 소리치기 시작하였다.

"여러분! 이놈을 잡았습니다. 재앙의 불씨인 이방인 이놈을 불태워 죽입시다."

"와!"

시위자들이 영환을 어디론가 끌고 가자 같이 지내던 동료들이 특히 해인이 나서며 제지하였지만 다른 동료들에 막히고 말았다.

"해인! 어쩌려고 그래? 힘없는 우리들이 뭘 할 수 있다고."

"그래, 그냥 지켜보도록 하자. 우리까지 나서면 일이 더 커진다. 최소한 우린 퇴출되거나 목숨도 부지할 수 없을 것이다. 안됐지만 저놈의 운명이다."

"하지만……."

'대체 운명이라는 것이 무엇인지……. 미안하지만 당신의 운명에 맡기세요! 나한테는 수행할 임무가 있으니. 퇴출은 안 되니까.'

총성 앞에서의 시위는 그렇게 일단락되었다. 다음 날인 10월 2일, 언론에서도 대대적으로 떠들어댔다. '이방인, 시민에 욕설!'과 '이방인은 역시나 재앙의 근원인가!' 등 시민에 한심하다는 말을 하는 모습의 영환이 각 신문에 실려 있었다.

예시총의 수비대장실!

"대장님. 어떻게 그런……. 대체 왜 이방인을 시위자들의 진압에 내세운 것이죠?"

"그렇게 되었네. 난들 알았겠나."

"후! 오라버니도 '모르겠다.' 하시고!"

"구호할 방법이 없을까요?"

"그냥 그자의 운명에 맡기는 수밖에는……."

"그 운명이란 게 무엇인지 사람마다 운명, 운명 하는 것인지……."

오빠인 가람 또한 방법이 없다고 하자, 혹시나 하는 심정으로 수비대장실을 찾은 니은이었다.

'그 바보는 입이 문제라고 그만큼 얘기하였는데……. 바보 같은. 큰일인데 어쩌지? 선지를 찾아가도 불편한 관계니까 별말을 못하겠고.'

아무리 궁리해도 방법이 떠오르지 않자, 니은은 가람의 저택으로 발길을 옮겼다.

"이봐! 물이라도 한 잔 줄까? 곧 죽을 것인데 말이야."

"하급이지만, 기사가 되고 같은 동료인 기사들을 보았을 때, 일반이어서 귀족하고는 상대가 안 되게 상냥하구나 하고 생각하였는데 그런 게 부질없구나. 귀족이든 당신들 일반인이든 다들 양심도 인격도 없는 짐승보다도 못하구나! 더러운 것들! 안 그래? 네놈들이 다른 세상에 가서 당한다고 생각들 해봐! 겨우 다르게 생겼다고 재앙 어쩌고, 불씨의 화근 어쩌고, 스스로 생각해도 말이 안 된다는 거 알고들 있지?"

예시총이 있는 도심의 넓은 광장의 나무로 된 나무기둥에 묵 겨서 아등바등 소리치는 자, 바로 영환이었다.

"확실히 말은 잘해! 괴물의 자식 놈!"

"그래 괴물의 자식이다! 그런 네놈은 괴물보다 더한 악마의 새끼구나!"

"뭐라고? 이이이놈!"

"왜 울화통이 치미냐? 그럼 나도 어떤 기분인지 이제는 잘 알겠지? 자신이 들으면 기분 나쁘고, 타인이 들으면 당연하게 받아들여야 한다고 생각하는 수성의 개인 '룽'보다도 한참 못한 놈!"

"이이이…… 네놈이 죽고 싶어서 그러는구나! 그래, 죽어라, 죽어!"

영환은 그렇게 실신하기를 두어 차례. 정신은 점점 혼미해져갔다. 영환의 생각은 하도 당해서 그냥 미치자는 생각과 그동안 수성의 인물들에 당해왔던 걸 생각하며 더 이상 참으면 과한 스트레스로 인하여, 머리가 터질 거 같아서 일부로 시위자들의 비위가 상하는 말들을 해왔다. 그냥 그렇게 맞아죽기를 바라는 영환이었다.

영환이 실신하고 얼마 후 영과 니은을 필두(筆頭)로 하여 여인 무리들이 시위자들에 들이닥쳤다

"무슨 짓들이오! 동물도 그와 같이 대접하지 않거늘!"

그녀들의 걸음에 잠시 주춤한 시위자들이었다. 예시총의 이름 있는, 그야말로 귀족들의 최상층에 있는 부녀자들이 아닌가!

"무슨 일들이신지?"

"저자를 당장 풀어주게! 이 서류를 읽어보면 알겠지만 귀한 생명은 어느 누구도 뺏을 수 없는 것이네."

먼저 영과 통제관의 고위층인 영의 친구가 이어서 말들을 하였다.

"하오나!"

"왜 저자가 그대들한테 죽을죄라도 지었는가? 그것이 아니라면 당장 풀어 주게. 만약 저자가 죽으면 그대들 또한 중형을 면치 못할 것이야. 그리고 정작 큰 문제는 다른 나라에서 '야만족 행위의 예시총!' 이러면서 세계 각지에서 우릴 비방할 것이고, 또 그대들이 하고자하는 일에 큰 악영향을 미칠 것이네. 아니 그런가?"

"시녀들은 저자의 포박을 풀어라."

영의 말이었다. 하지만 잠자코만 있지 않은 시위자들이었다.

"아니 될 것이오! 저자는 재앙의 근원이며 불의……."

한 시위자의 고전적인 말에 검을 뽑아든 예시총의 모든 젊은 여인들의 우상이며, 상나라의 3대 여기사 중 일인이며, 편안한 일생을 보낼 수 있는 귀족이라는 신분과 여인의 몸으로 기사라는 어려운 관문을 통화하고 기사로서 우뚝 선 여기사 니은이었다.

"뭐라? 그게 말들이 되는가? 일개 개인이 자연적은 재앙을 몰고 올 것이라 여기는가? 스스로를 생각하라! 말 안 되는 말로 힘없는 사람을 비방하면 그게 사람인가! 그리고 그런 고전적인 생각에 우리들 귀족들이 그대들을 낮게 대우하는 것이 아닌가!"

"하지만 우리들도 물러설 수 없습니다. 아시겠지만 전 총장님이신 모시님이나, 새로이 추대되신 총장님인 예님이시나, 이렇다 할 어떤 업적들을 못 남기십니다. 우리 총이 언제까지 이렇게나 숨죽이고 있어야 합니까? 다른 총들은 변화다 뭐다 강력하게들 나가서 그나마 이득들을 취하였습니다. 안 그렇습니까? 하물며 부당하게 '왕관반도'를 갈취한 해시총에 우린 아무런 조치 없이 강 건너 불구경하듯 한 자세 아니었습니까?"

"네 이놈! 그럼 죄 없는 저자를 희생 삼아서 감히 우리와 총장님을 협박하자는 것이냐?"

격노한 니은의 말이었다. 이러다가는 충돌이 있을 것 같아서 영이 중재하고 나섰다.

"아가씨! 잠시만 물러나 계세요."

"여러분! 여러분 말씀도 맞고, 니은 아가씨의 말씀도 맞습니다. 하지만 우리라고 왜 해시총에 아무런 조치가 없었겠습니까? 총장님이나 고위층 분들이 섬세하고, 물적 증거를 모으고 있습니다. 해서 해시총이 아무 말 못 하도록 작은 증거물 하나라도 모으고 있는 이 시점에, 같은 국민인 우리가 이렇게 험하게 나가면 되겠습니까? 이러시면 타 총에 좋은 일 시켜 주고, 나아가서는 협동과 단결이 안 되는 총이라는 핀잔을 듣게 되는 건 당연할 것입니다. 그러니 오늘만은 여러분들이 양보들 하셔서 우리 귀족 부녀자들이 부군과 동지들한테 힘을 실어줄 수 있게 하여 주십시오. 힘 없는 이방인을 우리가 저리 모질게 대하면 세계에서 우리들 좋게 보질 않을 겁니다. 그리고 저 힘없는 생명을 지금 풀어주시면 우리나 여러분께 득이 될 것이고, 앞으로 여러분 하는 일에 많은 도움이 될 겁니다."

영의 말에 시위자들은 공감하는 듯하였으나 곧 다른 자의 말에 귀를 기울였다.

"좋습니다. 우리나 귀족분들이나 한 가지 타협안이 있습니다. 일단 저자를 풀어주겠습니다. 단 우리들이 들고 일어난 이유인 총과 상층 분들이 늦게 대처해서 유령도시가 되어버린 '사라'의 이재민인 22만의 인구들이 기거할 수 있게, 우리 총이나 '왕관반도'의 일부를 그들의 삶의 터전으로 만들어 주십사 하는 요구입니다. 당장 안 되다는 것은 누구나 알고 있습니다만. 그래서 시일 제안을 드리겠습니다. 내년인 수성력 45012년 10월 29일까지 어떤 수단을 강구하셔서, 우리 예시총의 국민들에게 총과 귀족분들의 힘을 보여 주십시오."

그들의 타협안이 말이 안 되는 것은 아니었다. 하지만 겨우 1년의 시간을 주어서 해결하기가 절대 무리였던 것이다. 그리고 부녀자들이 어떻게 결정할 문제가 아니었다. 생각하던 통계청의 고위 여인이 그들의 타협안에 좀 더 숙고해줄 것을 요구하였다.

"알겠지만 일개 도시를 옮기는 일이 아닌가. 무리인 것을 알고들 있을 것이네. 그러니 최소 5개월을 더 주시게,"

"알겠습니다. 귀족분들과 우리가 이 자리에서 결정할 문제가 아니니까 이틀 후 총성의 앞 광장으로 모이겠으니 그때 서로의 타협안을 제시합시다."

그로부터 2일후 22만의 이주 계획을 16개월로 정하였다. 반발하는 귀족들이 있었으나. 총장인 예시의 결정으로 국민과 총성 간의 타협안은 그걸로 종결되었다.

영환은 며칠 만에 정신을 차린 것인지 생각도 못 하였고, 생각도 하기 싫은 마음이었다.

'내가 수성이란 곳에…… 모시 예시총인가? 전생이 있다면 이곳에 엄청난 대죄를 지은 듯하다. 그렇지 않고는 이런 재수 없는 일이 계속……. 어머니! 누가 다치거나 아파서 누워 있으면 제일 먼저 엄마 생각이 난다는데 맞는 말이네. 후후. 하아, 하아! 그런데 발이……. 누구? 설마 또 니은인가? 어떻게 저 인물은 내가 다쳐서 눈을 뜨기만 하면 앞에 있는 것인지.'

영환의 자신을 간호하다 피곤하여서 무릎 쪽으로 얼굴을 기대고 자고 있는 니은의 모습을 보며 어떤 생각들을 하게 되었다. 바보가 되었을 때, 그리고 기사 교육할 때, 그리고 몇 달 전 자신이 뭔가에 이끌려서 니은과의 입맞춤을 하던 생각. 결정적으로 입맞춤할 때 당연히 맞을 거라는 생각을 하였지만 오히려 행복해하던 표정의 니은!

'날 좋아하고 있었나? 후후, 하긴 나도 감정이 조금은 있었지만 좋아한다는 감정은 모르겠는데. 사랑의 감정은 아니었다. 하지만 벌레 취급하고, '냉혈녀'가 날 좋아하리라고는 생각도 못했다. 니은을 보자면 여자들은 어떤 동물인지 절대 모르겠다. 벌레 취급, 동물 취급, 바보 취급과 어느 순간 웃다가 우울한 얼굴. 다시 웃고 울고. 대체 뭐하자는 것인지. 뭐 여자들은 거의 대부분 저렇다고들 하지만.'

이런저런 생각을 하다가 영환은 잠이 들었다.

"자자, 한잔하자고! 우리 영환이 꿈에서 깨어난 의미를 기념하여."

왁자지껄한 어느 호프집에 영환과 그의 친구들이 무더위를 날려버리는 호프 한 잔씩을 나누고 있었다. 오랜만에 만난 고향 친구와 같이 일을 하는 친구들이었다. 술기운인지 아니면 환상이었는지 아직 몽롱한 상태의 영환이었다.

'그러면 그렇지! 그동안 개고생 한 것이 꿈이었잖아. 나 참. 하지만 생생했는데. 해저와 링. 현실에서의 어떤 여자들보다 예뻤는데. 조금 아쉽지만 다행이야.'

거기까지 생각한 영환은 또다시 부어라 마셔라 하며 즐거운 시간을 보냈다.

"영환은 진짜 어떻게 된 것이야? 며칠간 전화도 안 받고?"

"누가? 내가? 짜식, 뭔 소리야. 어제도 오늘도. 에이, 모르겠다. 마셔라."

"하하핫."

영환은 그렇게 친구들이랑 밤이 가는 줄도 모르고 혼취해 있었다.

"나 참! 그래서?"

"뭐가 그래서! 네가 다시 없어지는 꿈이었지, 뭘."

"그래! 나도 그런 꿈 꿨어. 고향의 어머님과 여동생이 어찌나 슬퍼하시던지 위로해 드리느라 죽다 살았다."

"하하, 나 원. 사실은 꿈 같은 현실. 아니지, 현실 같은 꿈이었다. 이 표현이 맞나?"

친구들 앞이어서 신나게 떠드는 영환이었지만, 다음 순간 어떤 인물이 와서 그의 어깨를 잡으며 귀에 대고 뭐라고 속삭였다.

"이제 그만 가시죠, 여리님!"

물이 흘러가는 듯이 들린 목소리의 주인공을 찾았지만 어디에도 없었다. 잘못 들었겠지 하고 생각하였지만 '여리님'이라는 말에 소름이 오싹하고 돌았다. 그리고 목소리의 주인공을 찾느라, 정신이 멍한 영환은 친구들이 있는 자리로 고개를 돌렸지만 친구들이 있던 자리에는 아무도 없었고, 그 많던 호프집의 손님들도 아무도 안 보였다. 다시 움직이려고 다리를 떼었지만 떨어지지 않았다. 온몸이 굳어버린 것이었다. 무서운 생각에 떨어지지 않은 다리를 강제로 움직이려고 하자, 다리며 잡고 있던 손이며, 점차 흐려지는 것이 아닌가. 유령이 되어 가는지, 아니면 자신의 몸이 소멸되어 가는지. 그런 생각이 들자 영환은 비명을 질렀다.

"악!"

"왜 그래? 어디가 많이 불편한 거야?"

비명을 지르고 이마를 감싸던 그에게 잠에서 막 깨어났지만 청아한 목소리의 니은이 걱정스러운 말에 정신을 차린 영환이었다.

'꾸, 꿈이었어! 아주 생생한. 우리 엄마께 위로한다고 고생한 '동하'며 내가 며칠 없어졌다고 말한 회사 친구 '일환'이. 후훅. 친구들이 나왔지만 무서운 꿈이었다.'

"마, 많이 아픈 거니?"

온몸을 부르르 하고 떨기까지 하자, 걱정이 앞서던 니은은 자리에서 일어나더니 의사를 부르러 간다며 나섰다. 하지만 영환이 그녀의 팔을 세차게 끌어당겼다.

"이렇게, 조금 아주 조금만 안아줘. 너무 무서워. 친구들의 모습이 안 보여서, 내 모습이 안 보여서. 아아! 어흑."

영환은 작은 비명을 지르며 울먹거렸다. 그런 그의 모습이 모성애를 자극하였는지, 니은이 영환의 목을 감싸 안아주었다.

"진정해!"

"니은은 울어본 적 있어? 나도 나이 먹고 이렇게 무서워서 울먹이는 것은 처음일 거야. 한심하겠지만."

"후훗."

"그거 알고 있어?"

"뭘?"

"니은의 그 미소 환상적이게 예쁜걸!"

"또 맞고 시……."

"아니 정말이야. 지금까지 아니, 처음에는 니은을 놀리고자 그랬지만 지금은 예뻐."

"음, 그럼 전에는 날……."

"냉혈녀!"

"죽인다!"

"그래! 언젠가는 내가 죽을 정도로 잘못하면 그때 니은이 죽여줘."

"그런 말 누구한테도 하지 마! 정말이지 너무나 아픈 말이잖아."

"그리고 나 같은 놈을 왜 좋아해?"

"누, 누가 좋아한다고!"

"그럼 지금은 뭐하는 행동인데?"

"그러니까 지금 날 놀리는 것이네. 감히?"

그녀가 목을 감싸던 팔을 풀며 자신의 얼굴을 보고 인상을 쓰며 앙칼진 목소리였지만 그렇게 예뻐 보일 수가 없었던 영환은 그녀와의 두 번째 입맞춤을 하였다. 물론 맞거나 한참 맞을 짓이란 것을 알았지만 그냥 그렇게 그녀의 입술로 자신의 어두운 마음을 진정시키고자 하였던 것이다. 그녀의 입술을 탐닉하던 영환은 그녀의 몸을 자신이 누워 있던 자리에 눕히고 그녀의 상체를 더듬어갔다. 물론 입술은 떼지 않는 상태였다. 니은은 자신의 가슴으로 남자의 손길이 오자 속눈썹을 얇게 떨면서 제지하고 입술을 뗐다. 난생처음으로 남자의 손에 자신의 가슴을 내어준 것이었다.

"무 무례한!"

수성의 귀족사회에서 있을 수 없는 일이었던 것이다. 옷맵시를 단정히 고쳐 입은 니은은 아직도 생생한 자신의 가슴으로의 손길을 기억하는지 흥분함에 숨을 몰아쉬고 있었다.

"미안. 하지만 내가 살던…… 아니 그냥 미안해. 그러니 너무 화내지 마."

영환의 사과의 말이 순한 양을 보는 듯이 보여서 그랬을까! 그렇게 황망한 인상으로 그를 쏘아보았던 니은이 그의 옆으로 가서 앉았다.

"이번만 봐 줄 거야."

하며 니은은 다시금 영환의 목을 감싸며 그의 입술을 찾았다. 그러다가 자신의 행동이 부끄러운지 입술을 잠시 떼더니 "정말 한 번만 더 그러면 그땐……." 하고는 다시 남자의 입술을 음미하는 냉혈녀 니은이었다.

'수성의 귀족의 자녀들은 신혼 첫날밤에만 자신을 허락하는 모양이지?'

하지만 바로 조금 전까지 사랑의 감정은 모르겠다고 하던 영환은 그녀의 소녀처럼 부끄러워하는 모습이 그렇게 사랑스러워 보일 수가 없었다. 하지만 남자인 영환이 오히려 당하는 꼴이었다. 하지만 궁금함을 못 참는 영환은 잠시 입술을 떼고는 "그러면! 언제 허락을?" 하고 물었다.

착!

"정말이지 죽을…… 읍!"

그렇게 그들은 약 1시간가량 호흡(?)을 맞추었다.

"아주 난리들 쳤구나. 뭐가 어째? 시위자들에게 욕을 해? 그리고 말리는 놈 하나 없이 동료를 버리고 와? 후! 내 교관 생활 하루 만에 네놈들 같은 기사들은 처음 본다. 하급기사도 기사가 아닌가? 엉? 그리고 중급 기사인 부교관 네놈들은 뭘 했나? 전부 밖으로 나와!"

영환이 속한 하급기사관은 총 4각으로 나누어져 있었다. 그중에서 2각에 배치되었고, 정원 30명에 중급기사인 부교관이 2명. 기사가 두 각의 교관을 맡고 있었다. 영환이 속한 2각의 교관인 기사 '모니'(220세)가 1각과 2각을 맡고 있었고, 3각과 4각의 교관을 맡고 있는 인물이 기사 '토니'(180세)였다. 모니는 기사치고는 늙은 편에 속하였다. 푸르스름한 염소수염이 인상적이었고, 주근깨가 많은 얼굴에 타인을 노려보는 눈이 올빼미 눈 같았다.

"여리! 항상 네놈이 문제야. 항상 그래. 하루라도 그냥 넘어가는 적이 없어. 어떻게 인간이 그러냐? 그래 듣자하니 각종 가혹행위와 동물 취급을 받았다고 치자! 그러나 여기서는 누가 네놈한테 욕을 하느냐, 이상하게 보느냐? 본 교관이 있는 한 어떠한 경우라도 동료 기사를 모독하거나 기타, 다툼이 있으면……. 알겠나?"

"넷!"

"그리고 어떠한 경우라도 동료를 버리고 오는 것은 허락할 수 없다. 그러니 네놈들 2각은 전원 오늘 하루 종일 굶길 것이며, 부교관들이나 많이 다친, 여리 네놈도 마찬가지. 각자 앞에 놓인 돌을 들고, 저 산마루까지 갔다 와라. 기간은 오후 2시까지다. 실시!"

"실시!"

'후후! 좀 다쳤지만 까짓 달리는 거야 내 전문이지. 왜? 가벼우니까! 숨도 안 쉬고 획획 갈수 있으니. 동료들 미안하이. 아니, 사실 네놈들 탓도 있는 것이지. 도망들 쳐? 여자인 해인은 봐주지만 다른 것들은…….'

하급기사 생활 2개월 차인 영환이었다. 그동안 모니한테 잔소리를 안 듣는 날이 없을 정도로 문제아로 찍힌 영환과 그 때문에 같이 고생하는

1각의 29명의 동료 기사들이었다.

"여리 저놈은 왜 저렇게 잘 뛰지? 죽사발 되도록 맞은 놈이."

"신기해. 아무래도 저 생명체는 다른 별에서 온 것이 확실해."

"음, 수성의 중력이 가벼우니까 중력이 무거운 데서 왔으면 저리 잘 뛸 수 있지."

"반지 네놈도 다른 별에서 오지 않았나? 여자도 아니고 허여멀건 한 놈이 이상하게 생겨서……. 네놈이 여리보다는 더 이상하게 생겼어. 여리는 최소한 남자 같잖아. 그렇지들?"

"그럼, 그럼!"

25명의 여인들 속에 영환을 포함하여 수다가 심한 다섯 명의 남자들인 반지 일행들이었다. 반지의 생김새가 여자 같다고 웃으며 놀려먹는 남자 일행들이었다. 극소수의 남자들뿐이다 보니 영환과는 비교적 친하게 지내는 남자 기사들과 남자들이지만 수다들이 심하고, 진지하지 못하다는 평을 듣는 영환 일행과 자주 아옹다옹하는 여인 기사들이었다. 대부분 남자에 대한 자격지심에 빠져 있었지만 간혹 남자들의 도움을 받고 좋아하는 여인들도 있었다. 아무튼 특이한 남자 기사들 다섯 명과 하루라도 얼차려가 없이 가는 날이 없는 2각의 모습이었다.

"좋아! 다들 무사히 귀환하였나?"

"넷!"

"좋아! 그럼 한 번 더 다녀와라."

교관인 모니의 말에 망연자실(茫然自失)하는 2각의 기사들이었다. 그 험한 산을 무거운 돌을 들고 뛰어갔다 왔는데 다시 다녀오라니 환장할 노릇들이었던 것이다. 자연히 다들 기진맥진한 상태였다. 그러나 그들에게 뜻하지 않는 구호의 말이 들려왔다.

"제가 돌멩이 두 개를 들고 4시간 만에 다녀오겠으니 동료들은 쉬게 하시고, 교관님도 쉬고 계십시오."

"음, 네놈이 웬일이냐?"

"저 때문에 동료들이 고생하는 건 못 참습니다. 제가 처신을 잘못하였습니다."

"그래, 그럼 다녀와라. 산마루에 걸려 있는 천을 가지고 와야 하느니."

"넷!"

영환의 자신 있는 듯이 그리고 잘못을 뉘우치는 듯이 보여서 단독행위를 허락하였다.

"저놈이 드디어 철이 들었나? 엉? 네놈들은 뭘 구경하느냐? 각자 위치에서 돌멩이를 들고 있어라!"

"넷!"

'그럼 그렇지. 저 인간이 어떤 인간인데 우릴 쉽게 해주겠어.'

'그나저나 저놈 뭐야? 진짜 대단한 거야, 미친 거야?'

영환은 사실 그동안 뒤로 미뤄왔던 경공술을 익힐 요량이었고, 오랜만에 산길을 달리며 자신이 생각한 방법을 실험해볼 참이었다.

"휴아! 역시 두 개 들고 달리니까 몸의 균형이 잡히네. 음, 가벼우면 더 이상하게 간다는 거. 하긴 빨리 달릴수록 바람의 영향을 받으니 그것도 가벼워서. 그렇지만 맨날 혹은 대련할 때 이러면 골치 아픈데. 그냥 몸을 무겁게 할 방법이 없나? 아! 호흡 조절을 하면 되지 않을까? 숨을 참으면 좀 무거워질 것이고, 숨을 내쉬면 가벼워질 것이고. 맞는가? 니은한테 배운 호흡법을 써봐야지."

2각의 젊은 남녀 기사들이 각자 자기 노력을 할 때쯤 예시총으로 어떤 제안서가 왔다.

예시 총장님 귀하!

노고에 수고가 많으십니다. 본인은 상나라 이전의 3개의 왕국 중 구정이라는 왕국의 후예로, 본명은 압이며, 현재는 해시총에서 작은 단체를 운영하고 있는 사람입니다. 얼마 전 그대의 도시인 '사라'라는 도시가 하루아침에 몰락하게 된 사연을 접하였습니다. 참으로 안타까운 현실이기에 도움을 드릴까 몇 자 적습니다. 본인도 해시총의 사람이지만 부당하게도 1천만 명 이상을 수용할 수 있는 넓은 땅을 차지한 해시총이 마음에 안 드는 건 왜일까요? 그건 당연한 마음입니다. 바로 같은 대륙에 살고 있는 양심 있는 사람으로서 그렇게 부도덕한 행위를 한 해시총을 비난하지 않을 수 없었던 차에, 이렇게 기회가 되어서 또 다급해 보이는 예시총에 작은 정보라도 드릴까 합니다. 일단 왕관반도의 '대지표시보고서'(소유주가 명시되어 있는 서류)를 이 우편물과 같이 보내드립니다. 확인해보시고, 미심쩍은 게 있으시면 아래의 주소로 보내주십시오. 그리고 두 번째는 그쪽 기사들 중 빠른 몸놀림의 기사들을 선별하셔서 해시총의 00가 00호로 가면 어떤 장치의 물건이 있을 겁니다. 그 장치를 확보하시고, 물건의 내부에 보시면 어떤 작은 함이 있을 겁니다. 그 함을 본인 축인 아래의 주소로 보내주시고 다른 물건들은 귀 총의 생활과 안위를 위해 쓰십시오. 그럼 귀 총의 무운을 기원 드리며 제안을 성공하시어 서로 웃는 날을 고대하겠습니다.

구정왕국 후예 -압-

총장의 비서실장격인 '서선'이 총장을 대신하여 읽은 해시총의 어느 단체에서 온 비보(祕報)의 내용이었다. 총장의 비밀리의 소집에 상급귀족인 차미와 상급기사인 가람, 그리고 비서실장격인 서선이 전부였다.

"어떻게 보시나요? 먼저 차미님!"

"네. 음, 일단 함정은 아니라는 생각과 어떤 함의 수거가 목표인 저들의 계산 같습니다."

"음. 다음 가람님!"

"네, 구정왕국이라면 거의 1천 년 전쯤의 왕국입니다. 전 시대의 어느 나라든 망국의 후예들은 자신들의 신상 정보들을 내놓기를 꺼려했었습니다. 다들 그렇게 생각할 것인데 이 우편을 보낸 인물은 대놓고 자신의 정보를 알렸습니다. 그것은 뭐냐면 '우린 야망이 있다'와, '선조의 명예를 걸고 그대들과 거래하고 싶다. 믿어 달라' 이런 뜻일 겁니다."

가람의 논리적인 말에 다들 동감하는지 고개를 끄덕였다.

"그러나 여기서 생각해 볼 문제는 '야망이 있다'라는 뜻은 경쟁하자는 것도 아니고 '우린 힘이 있다' 정도일 겁니다. 무언의 협박으로 보셔도 되겠습니다."

"음, 전 다르게 생각합니다."

서선의 말이었다.

"우선 죄송합니다. 주제넘게 참견하게 되었습니다."

"아니오. 계속 말해보시오."

"네, 그럼! 일단 다들 아시겠지만 우리는 저들을 모릅니다. 저들은 우리의 사정을 잘 알고 있고요. 그리고 자신들도 할 수 있는 것을 우리에 넘겼다는 것은…… 그러니까 제 말의 요지는 우리 총이 저들의 정보에 득이 될 수 있으나, 미래를 생각한다면 저들의 계획의 일부가 된다는 생각에서입니다. 쉽게 말해서 송구하오나 저들의 꼭두각시가 될 수도 있다는 말입니다. 그 점 염두에 두심이 좋을 듯합니다."

세 사람의 각자 일리 있는 말에 고심을 하는 예이었다.

"일단 여기 계신 분들은 오늘 들은 내용을 절대 비밀에 붙이셔야 합니다. 또한, 세 분 모두 오늘 밤 10시까지 다시 한 번 상기하시어 좀 더 구체적인 방안을 제시하시면 좋겠습니다. 물론 10시까지는 이곳에서 계셔주셔야 합니다. 아니면 다수결로 결정하여도 됩니다."

예시의 끝말인 다수결 운운할 때 힘이 실렸다고 느낀 차미가 의아한 표정으로 말했다.

"다수결이라 하심은?"

"네. 이번에는 좀 강하게 나갈까 합니다. 서선의 조심성 있는 의견도 좋지만 이런 기회는 좀처럼 없잖아요. 그리고 한 번 기회를 잃으면 다시는 안 오는 거잖아요. 그래서 전 개인적으로 모험이지만 제안을 받아들일까 합니다. 그리고 서선!"

"네!"

"거기까지 생각하였으면 빠져나갈 방법도 생각해두었겠지?"

"네, 방안을 모색해 놓겠습니다."

"좋아요. 그럼 다수결로 결정하기로 할까요?"

그녀의 말에 다시 한 번 서로의 얼굴을 쳐다보는 차미와 가람이었다.

"네. 그리하겠습니다."

예시의 구체적인 혜안 등은 형식적인 말들이었고, 제안을 받아들이는 것에 기울어져 있었다.

"좋아요! 그럼 요원 선발은 가람님이 맡아주시고, 차미님은 압이라는 인물에 대한 조사를 부탁드립니다. 서선은 혹시라도 있을 수 있는 우리 총의 미래의 안보를 생각해주시고 이상입니다."

"저보고 외출 준비를 하라니요?"

1, 2각의 교관인 모니는 상관으로부터 하급기사들 중 날렵한 몸과 지혜를 겸비한 기사들을 각 2명씩 선발해 오라는 지시를 받고, 2각에서는 빠른 몸인 영환과 지혜가 있는 해인을 선발하였다. 그러자 교관의 난데없는 외출 운운의 말에 이상함을 느낀 영환이 그에게 물어 보았던 것이다.

"그리 알고 준비하라 .지금 즉시 행동하라 집결시간은 08시! 장소는 본 교관의 집무실로 오면 될 것이다."

몇 시간 후, 예시총의 어느 기관에서부터 어딘가로 향하는 일단의 무리들이 빠져나가고 있었다.

'뭐라고? 지금부터 행동하는 모든 것과 마주치는 인물이나, 지역 등을 기억하지 말라니 뭔 소리야? 어디 특수 임무를 뛰고 행동하는 특수부대 같잖아. 그리고 차량이 뭐 이래? 한 열 명은 탈 수 있겠고, 그리고 이상

한 소리가 나는 것이 완전 고물일세. 전에 니온의 차는 좋았는데…….'

그들은 네 개의 기사 각에서 선발되어 어딘가로 향하는 영환 일행들이었다. 총 8명! 해인은 똑똑하다는 걸 알고 있는 영환이었지만, 다른 각의 기사들에 대해서는 거의 모르고 있었다. 어쩌다 마주치면 수인사나 하는 관계인 그들이었다. 여덟 명 중 영환과 명민해 보이는 인상의 남자가 전부였다. 나머지는 여인들로 해인과 까칠한 인상의 여인, 허영심이 많을 거 같은 여인 등 여섯 명이었다.

"다른 각에도 여인들이 대다수인 모양이지? 우리 각은 남자가 다섯 명인데."

"……."

일단 같은 임무를 띠고, 같이 행동해야 하는 이들이기에 무거운 분위기를 밝게 하려고 말을 걸어보는 영환이었다.

"해인아, 이 사람들 벙어리인 모양이다."

"훗, 오라버니가 시끄러운 것이죠."

"나 참, 대충 며칠 거리라며? 계속 이렇게 시무룩하게들 가는 거보다는 정보 교환 차 말이라도 해야 하는 것이지. 안 그래, 똑똑해 보이는 친구?"

"조용히 좀 합시다. 이방인이지만 본인보다 나이 많을 거 같아서 참고 있습니다."

"아! 미안."

'후후, 무게 잡는 성격인가? 하긴 여자들 틈에서 무게 잡고 싶겠지.'라고 생각하며 차창 밖으로 시선을 돌리는 영환이었다. 수성의 아름다운 자연 경관을 보고 싶기도 하였지만 어떤 일인지 생각해보는 그였다.

늘 긴장감이 감도는 미로식의 구조인 지하의 실내였다. 이 건물의 주인으로 보이는 사람의 분위기는 늘 조용한 성격인 듯 탁상에 오른쪽 팔로 얼굴을 고정시키고 눈을 감은 채 수하의 보고를 받고 있었다.

"이상입니다. 생각보다 빨리 움직이는 것 같습니다."

"그렇겠지. 해시총을 규탄하던 와중에 자기 땅의 도시인 사라져 없어졌고 이재민들이 갈 곳이 없자, 본인들의 총에 수용할 수도 없는 것이기에 왕관반도에 대한 소유욕이 높아졌을 것이다. 그리고 시위자들을 그대로 방치했다가는 폭동으로 번질 것은 당연하게 보였으니까 우리 제안을 받아들였을 것이다."

"그럼 우리의……."

"아니 그냥 놔두어라."

비슷한 시각. 대국 노전의 저택!

"후! 올해도 벌써 다 가는가! 젊을 때의 꿈은 그냥 사람들의 편의를 봐주는 학자가 꿈이었는데 어떻게 하다가 일국의 책임자로도 있어 보았고, 본인보다 뛰어난 자를 보고 그에게 자리를 넘겨주었지만 지금 생각해도 잘한 것이야. 잘했어! 하지만 우울했던 것은 보다 많은 사람들을 지켜주지 못했다는 것인데 아직도 가슴이 아프고 쓸쓸하네."

노전이라는 대국의 대학자이자 대국이 생기기 전인 '노전'이라는 왕국을 이끌어갔던 학사 노전이었다. 예전의 기억을 더듬어가던 그에게 한 줄기 신선한 바람이 그의 얼굴을 스치고 지나갔다. 그냥 일반적인 바람이었지만 동쪽의 하늘을 보고 의문의 말을 하는 노전이었다.

"후후! 바람인가? 동쪽의 바람이라! 음, 그런가! 하하, 재미있는 '바람'이 불고 있는가? 그게 너의 운명일 것이다. 바람이여!"

환시총의 어느 저택의 정원에서 떨어져가는 낙엽을 보고 감성에 젖어있는 사람이 있었다. 인생의 무게와 세월의 무성함을 느끼게 하는 모습의 인물이었다.

"음, 노전! 당신도 본인이랑 같은 감정이시겠지요? 그대를 뵌 지도 한참이나 지난 거 같구려! 모든 것을 갖춘 그대였지만 야욕과 야망이 없었고, 부족하지만 본인보다 나은 윗사람을 섬긴 본인! 머리는 있으되 '자신은 천민이다'는 늘 패패의식과 자격지심에 빠져있었던 사사!

어쨌든 타인을 보는 마음의 눈은 노전! 그대가 위에 있소이다. 후후 그 대도 느끼고 있으시겠지만 바람은 그냥 놔두면 흩어져버린다오!"

노전에 대한 경쟁의식을 느끼게 하는 환시총의 어느 인물이었다.

영환이 탄 차량은 계속하여 어느 목적지를 향하여 달리고 있었다. 여전히 수성의 환경에 대하여 궁금한 점이 많은 영환이었다.

"수성에도 호랑이 같은 맹수 동물도 있어?"

"호랑이?"

"웅. 음, 모르나? 하긴……. 음, 여기 말로 하자면 룽보다 크고 '크르릉' 소리를 내며 인명을 해치고, 다른 동물을 잡아먹는 그런 큰 동물."

"아! 클룽이! 오라버니가 말하는 거 보니 아마도 그 동물일 것이야."

"음, 혹시 이빨이 날카롭고, 얼굴에는 굵은 수염이 양 갈래로 있으며, 줄무늬 같은 게 머리부터 발까지 있는?"

"오! 맞아요. 오라버니가 살던 곳에도 그런 동물이 있었네요."

그나마 무거운 분위기를 살리는 해인이었고, 다른 자들은 침묵 그 자체인 묵묵한 인상들이었다.

"전에도 느낀 것이지만 아마도 인류가 사는 곳은 다 비슷하다는 생각이야. 설마 엄청나게 큰 동물은 없겠지? 공룡! 그러니까 집채만 한."

"호홋, 그런 건 예전에 없어졌지. 와! 비슷한 환경이네요."

갑자기 오싹해지는 영환이었다.

"그럼 설마 클룽이라는 동물은 산속에서 지 멋대로 살아가는 거야?"

"네, 조심해야 해요. 높은 산에 서식하고 있어요. 설마 무서워서 오싹한 것이? 후홋."

"당연하지. 누군들 안 무섭겠어? 그런데 이상한 것은 특정 동물의 울음소리를 이름 붙였네? 으르릉 하는 릉, 크르릉 하는 클릉! 수성에는 동물들 이름을 그렇게 붙이는 거야?"

"네, 사람이 타고 다니는 휭!"

"아마도 말이겠지. 이히히휭!"

재미있는 동물들을 생각하다가 눈에 들어오는 자연을 보며 다시 궁금함을 물어보는 영환이었다.

"여기는 바람이 심하게 안 부네? 집이나 사람들이 날아갈 정도로 무서운 바람 말이야?"

"음, 기분 좋게 불어와요. 아마도 대기 영향 탓일 거예요."

영환은 해인의 말에 환경은 너무나 좋은 수성이라고 생각하였다. 태풍 같은 게 없으면 농경사회나 일반 사람들이나 대풍에 대한 걱정이 없을 거라는 생각에서였다. 영환의 말에 일행 중 유달리 가늠한 얼굴의 여인이 놀라는 듯 물어 보았다.

"설마 그렇게 큰 집들이 날아갈 수 있나요?"

뜻하지 않는 여인의 물음에 물어봐줘서 고맙다는 영환은 지구의 환경에 대하여 설명하기 시작하였다. 그의 말에 일행은 재미있는 말 같다고 생각들 하였는지 영환의 말에 빠져 들어가고 있었다.

"세상에나! 인구가 60억이나 된다고요?"

"와! 진짜로 그렇게 큰 집들이 날아가다니⋯⋯. 그런 데서 사람이 어떻게 살아요?"

일행들은 영환의 말에 거의 반신반의(半信半疑)하는 모습들이었다.

"여리님의 말을 완벽히 믿지는 못하겠는데 한 가지만 더 물어보자면 그렇게 인구가 많으면 다툼과 전쟁 같은 재앙이 끝이 없이 일어났겠습니다."

말도 별로 없는 영민하게 생긴 '민'이라는 남자의 물음이었다.

"하핫! 우리의 묵묵씨가 드디어 입을 여셨네. 음! 여기의 시간으로 따지면 한 120년 전쯤 약 30년 기간 동안 큰 전쟁이 두 차례 있었는데 희생자 수가 1억 명은 될 것이라는 결과였고, 아직도 전쟁을 하는 나라들이 있어. 수성에도 예전에는 10억이라는 인구가 살았다는 소리는 들었는데."

"맙소사! 1억 명이나요? 생각한 거보다 심한 곳이네요."

그렇게 수성과 지구의 역사를 비교해보며 무거웠던 분위기가 어느덧 부드러워지는 듯하였다.

"이제 거의 다 와 갑니다. 준비들 해주세요."

운전기사의 안내의 말이었다. 그는 영환 일행이 일의 성공 여부를 떠나서 지정 장소에 있다가 그들을 태워 오는 임무였다.

세 개의 달이 제일 흐리한 날을 잡아서 움직이는 한밤의 무리들인 영환의 일행들이었다. 그들은 목표물로 이동하기 전 전해 받은 건물의 배치도와 '모람'이라는 인물이 탐사하며 확인한 건물의 배치도와 비교하고, 확실하다는 판단하의 3일에 걸쳐서 각자 맡은 임무를 상기하였다. 먼저 몸이 빠른 영환이 첫 번째로 경비병을 유인하면서 다른 건물의 경비병 쪽으로 가는 임무였다. 그 뒤 제2, 제3의 감시자가 있을 것이라 보고, '해수'라는 여기사가 제2감시자 역할을 맡았다. 제2감시자가 재차 확인하고, 이상 없을 시 신호를 보내면 팀장인 민이 일행들을 이끌고 건물 안으로 들어가는 작전이었다. 단 문제 발생 시 4인 이하일 때 팀장은 해인이 맡는 걸로 되어 있었고, 성공하면 차량이 대기하고 있는 지정 장소로 가서 유인책인 영환과 제2감시자인 해수를 탑승하고 떠나는 작전이었다.

만약 지정 장소에서 1시간가량 기다리다가 동료의 모습이 안 보이면 숙소로 가서 다시 1시간 기다리는 걸로 되어 있었다. 또다시 동료의 모습이 안 보이면 동료들을 위해 희생하였다고 판단, 남은 일행들은 그길로 신속하게 총으로 귀환하자는 것에 냉정한 선택을 해줄 것을 부탁하였다.

그렇게 작전들을 되새기며 기다리다, 문제의 날 밤이 오자 일행들은 움직이기 시작하였다. 진행대로 영환의 선두에 섰다. 그리고 심야인 새벽 3시쯤, 날렵하게 몸을 날려서 경비병 두 명 중 한 명의 배 쪽을 심하게 차버리고, 남은 경비병을 다른 경비 초소로 유인해갔다. 하지만 그쪽에는 어떻게 된 일인지 경비병의 숫자가 4~5명은 되어 보였다.

아직 미숙한 영환이어서 긴장하였지만 그들의 몸을 훌쩍 타넘고 달리기 시작하였다. 그의 모습을 보고, 제2의 감시자인 해수가 일행에 이상 없다는 신호를 보내고, 해인과 민 일행은 건물 안으로 침투하여 나오는 소요시간을 약 5분 정도 잡고, 행동을 개시! 약 4분 후 건물 안으로 침투했던 자들이 모습을 보이자, 지정 장소 쪽으로의 이상 없다는 신호를 보내는 해수! 그러나 영환의 모습은 보이지 않았다. 민 일행들이 안전하게 시야에서 벗어나자, 영화의 모습을 찾는 해수였다.

그러나 등 뒤에서 경비병의 외침이 들려왔다. 그 소리에 민 일행 쪽으로 갈 수 없던 해수는 일단 영환의 모습과 소리가 나는 쪽으로 가보았다. 그리고 영환에 합세하여 적진을 돌파하는 듯이 보였지만, 방향을 잘못 이해한 것인지 영환과 해수는 더 많은 숫자의 경비병이 있는 쪽으로 가고 말았다. 혼자였으면 충분히 벗어날 수 있는 영환이었지만 해수 때문에 위험하다고 생각하고, 결국 영환의 선택은 가벼운 그녀를 담벼락 너머로 던지기로 결심하였다. 자신을 희생시키기로 하였던 것이다.

다행히 담 너머로 안착한 해수는 달리기 시작하였고, 하지만 어찌된 일인지 자신 때문에 희생한 영환에 미안해하거나 고마워해야 하는 얼굴이어야 하는데 정체 모를 얇은 미소를 흘리는 해수였다. 초초해하는 모습의 해인은 동료의 모습이 보이자 뛰어오던 해수에 의문의 얼굴로 영환을 물어보았지만 대답이 없었다. 그렇게 1시간을 기다리다 숙소로 향하는 일행들이었다. 숙소에서도 결국 영환의 모습이 보이지 않자 그길로 총의로 향하는 해인 일행들이었다. 불안감을 감추지 못했던 해인은 팀장인 민에게 뭐라고 항의해 보았지만 부질없는 짓이었다.

그렇게 해인 일행들의 모습이 사라져갈 때쯤, 아무리 자신의 몸이 가볍다지만 여인을 안고 뛰고 던지며 말리며 하던 영환은 기진맥진 상태가 되고 말았다.

'여기서 잡힐 수는 없다! 나도 사람이어서 어떠한 고문을 당하면 실토하게 되어 있다. '총을 위해 희생하자.'라! 휴! 지금쯤이면 다들 돌아갔을 것이고, 호흡을 가다듬고 또 뛰어올라 볼까? 연습해보던 것을 해보자!'

그렇게 생각한 영환은 높은 벽을 타넘고, 어디가 어디인 줄 모르고 무작정 달리기 시작하였다.

'후후, 그나마 여인의 무게 정도 나가는 돌을 들고 달리던 연습이 효과가 있었다. 몇 달이나 그렇게 해왔으니 이제 호흡도 좋고 가벼운 몸도 익숙해져가는 것 같은데……. 날아다니는 기분이 이런 것일까! 후!'

슝!

영환이 자신의 기분을 생각하는 중 뭔가가 날아다니는 소리가 나서 돌아보니 화살 같은 게 날아오고 있었다.

"으, 화살 같은 게 없어서 다행이라고 생각했건만 역시나 만만치 않네. 동쪽 대륙에서 군사가 가장 막강하다는 해시총인가? 젠장, 더 빨리 도망가야 하는데 몸이……."

그렇게 몇 시간을 달리던 영환은 멀리 동쪽 하늘에서 해가 솟아오르려고 하는지 한쪽의 하늘이 붉어지는 것을 보고, 밝아지면 더 불리한 상황이 되는 건 당연하다고 판단하여 이름 모를 어느 저택의 지붕 위에서 잠시 안정을 취하려고 생각하였지만 그만 잠이 들고 말았다.

하지만 다행이었다. 비교적 높은 지붕 위여서 사람의 눈에 안 보였고, 한동안 잠을 이룰 수가 있었던 것이다. 한참을 자던 영환은 '푸르륵' 하는 새의 날갯짓 소리를 듣고 깨어났다.

"아함! 잘 잤는데 이제 어디로 가야 예시총이 나오지? 방향도 모르겠고, 어쩐다! 일단 여기서 상황을 좀 봐둘까. 그런데 이 집은 뉘 집인지 조용하네. 가만! 병사들 모습이 보이지 않아서 다행이네. 혹시 어딘가에서 지켜보고 있는 건 아니겠지? 뭐 도망가면 되지. 저기 뭔 사람들이 모여 있지? 벽보인가? 방송과 신문도 있다는 소리는 들었는데 웬 벽보? 설마 내 모습을 그린 건 아닐 테고. 일단 가보자.”

호기심이 강한 영환이어서 뭐가 궁금한지 사람들이 모여 있는 곳으로 가보았다.

‘저게 뭐야! 이젠 어느 정도 읽을 수 있는데. 음, 왕관…….’

해시총장 집무실!

“뭐라고요? 뭘 잃어버려요? 이런!”

“고정하십시오. 추적 중에 있으니까 곧 어떠한 기별이 올 것입니다.”

한밤의 어떤 소식에 대한 보고를 전해들은 해시총장은 대노하며 해당 관료들에게 붉으락푸르락한 얼굴로 소리쳤다.

“고정하게 되었소? 그리고 뭘 추적 중에 있다고? 지금이 몇 시인데. 벌써 한참이나 사라져버렸겠지. 뒤쫓는 자들 기다리는 바보들이 있소? 경비대장, 수비대장은 뭘 했소? 대체 그 시간에 뭣들 하셨소?”

“총장님, 그 시간은 다들 잠자는 시간인 3~4시인지라.”

“으음! 변명하는 거하고는. 도대체 수비나 경비들을 어찌 세웠길래 그리 간단히 당해 버렸나 그 말이오! 당최 답답!”

수비, 경비대장들은 불러서 따지듯 몰아붙이는 총장이었다. 그 시각 소식을 접한 해시의 상급귀족 ‘망’이 총장의 집무실에 모습을 드러내었다. 불안한 얼굴과 긴장한 얼굴이 역력한 망의 모습에 역시나 꼬투리를 잡고 나서는 해시였다.

“후! 해시의 최상류 분이 그게 뭐하자는 모습입니까?”

“송구합니다. 하지만 도난당한 물건은 별탈이 없이 수거해올 것이니 너무 염려 마십시오.”

"한결같습니다, 한결같아. 에잉."

언제나 다급한 성정의 해시가 누군들 마음에 안 들어 했다. 하지만 자신들이 떠받들어 모시는 분이 아니던가! 하지만 간혹 그의 언사에 한마디는 해보는 망이었다.

"고정하십시오. 총장님이 그렇게 다급해하시고 성정을 내시면 어찌 되겠습니까? 고위층인 우리들이 주눅들 지경인데 일개 수비대장들이 오죽하겠습니까! 진정 좀 하시고 대책을 마련하자는 데 힘을 쏟자고 하여 주십시오."

망의 말에 또다시 발끈하려다가 보는 눈들과 자신의 급한 성정이 문제 있어서 그냥 그렇다는 표정의 해시였다.

"후! 알았소! 알았으니 잔소리 좀 하지 마시오. 수비, 경비대장들은 나가 보라."

해시총의 수비대장들이 나가자 남아 있던 자들에게도 자리를 피해달라는 눈치를 주는 망이었다.

"총장님! 아무래도 이번 사건은 어쩔 수 없는 듯합니다."

망의 말에 황당해하는 표정의 해시!

"그게 또 무슨 말이요?"

"후! 그렇게 간단히 도난당한 것에는 동조자가 있었거나, 내부의 소행인 것으로 보입니다."

"음! 황당하구나, 황당해. 과연 내부의 소행일까요? 동조자라는 뜻은 정확히 무엇이오?"

"이득을 위해서 정보를 팔아먹거나, 어떤 자에 협조하여 우리를 배신한다는 것도 염두에 두어야 할 것입니다."

"누가 감히!"

망의 말에 소리쳐대는 해시였다. 배신이라는 말은 곧 자신과 해시 총을 의미하는 것이 아닌가!

"전에도 누차 말씀드렸잖습니까! 그렇게 성정을 부리시다가는 언젠가는 불만들이 쌓일 것이고, 결국 불화가 오는 것입니다. 지금이라도 제발 성정을 죽이십시오. 부족한 형이 이렇게 부탁합니다."

"알았네, 알았어. 하지만 배신은 용서할 수가 없는 것이오. 그리고 망형이 사건에 의문을 제시하였으니 의문이 드는 자들이 누구인지도 밝혀내시오."

"그렇게 누그러지시면 혜안도 떠오르시고, 보기 좋은 거 아니겠습니까!"

"알았다니까! 그……."

사실 해시와 망은 사촌지간이었다. 그런 연유로 망을 막 대하고 하였던 것이다. 하지만 그런 해시도 젊을 때는 빼어난 인재란 소리를 많이 들었었고, 그리고 그의 신분상 차세대 총장감이라고 떠들어댔다. 결국 그런 인망으로 해시총의 제4대 해시총장으로 추대되었다. 하지만 명민하고 언사도 늘 조심스럽게 하던 그는 집권 후 과다한 업무와 스트레스로 점차 성정이 난폭해져 갔던 것이다. 아마도 사촌 형인 망이 없었다면 해시는 자폭하고 말았을 것이다. 그의 조언과 바른말이 없었다면 말이다.

"후후! 똥줄이 타겠구나, 타겠어!"

"그렇습니다. 왕관반도의 3/1이, 아니 어쩌면 6/1이 될 수도 있는 대지가 사라질 판 아니겠습니까?"

"그런데 어떻게 된 것이지? 지금쯤이면 원하던 인물이 우리 손에 있어야 하는 것이 아닌가?"

어떤 인물의 대한 말이 거론되자 수하로 보이는 자가 할 말이 없는 어물쩍한 모습이었다.

"그 그게 어찌된 영문인지! 속하도 자세히!"

"이런! 빨리 알아 봐!"

'여리라! 좋은 거네. 정말로 다른 곳에도 통하는구나. 그나저나 괜찮겠지? 예시총에는 나중에 가지 뭐! 사실……'

영환은 예시총에 그다지 돌아가고 싶지 않았다. 그곳에서 몇 년을 동물 취급을 받지 않았던가! 그만큼 영환에게는 정이 없는 곳이 예시총이었다. 하지만 어떤 인물이 생각이 났다. 그의 마음속에 들어온 여인, 눈웃음이 환상적이게 아름다웠던 니은이었다. 영환의 마음에는 여인이 두 명 있었다. 처음 그를 상냥하게 감싸주던 여인 해저와 자신을 냉정하리만치 대하다가 영환이 다쳤을 때 언제나 옆에 있어준 여인 니은 그리고 그녀와의 잊을 수 없는 영혼의 입맞춤!

"음, 니은한테 미안하지만……. 아! 맞다. 편지 보내자."

영환은 모집 공고를 보고 신비의 땅, 왕관반도라는 곳으로 가보기로 하였다. 그 참에 세상 구경을 하고 싶기도 한 영환이었다. 전에 지하 감옥에서의 감이라는 인물도 여행하는 중이라 하지 않았는가! 나중에 알게 되었지만, 왕자의 신분인데도 감옥에 갇히면서까지 세상이 보고 싶었을까, 하는 그의 마음을 이해해 보고 싶기라도 한 듯이 말이다.

'왕관반도라! 어떤 땅인지 기대되는데!'

그렇게 영환을 태운 운반용 차량은 며칠 걸린다는 왕관반도로 향하고 있었다.

왕관반도

환시총!

'어떻게 보면 빙 아가씨는 우리보다도 불행하시겠구나! 건강하게 태어
난 것이 이렇게나 감사한 줄 몰랐다.'

빙의 호위 겸 시녀 일을 하는 해저와 화선이었고, 지혜도 하급무사를
보조할 수 있는 자리인 2관문을 통과하고, 해저 일행과 합세하였던 것
이다. 그녀들이 하는 일이라고는 빙의 주변에서 수상한 인물들의 견제
하는 일과 시녀들의 총 관리인인 셜리라는 여인을 보좌하는 일이 전부
였다. 오늘도 해저는 빙의 허약한 모습에 안쓰러움과 동정심이 가는 눈
길이었다.

"해저! 이쪽으로 와 보세요."

해저는 빙에 대한 생각에 빠져 있다가 그녀의 부름에 화들짝 놀라며
그녀에게로 다가갔다.

"왜 그렇게 놀라죠? 훗."

"아닙니다. 무슨 일이신지?"

"음, 당신의 훗, 할님이라 했나요?"

"네."

"잘 계시겠죠?"

"네, 기사가 되셨어요. 하급무사긴 하지만 다음 단계로의 교육에 들어 계신답니다."

해저의 생각지도 못한 말에 미소를 짓는 빙이었다.

"홋, 기사? 호호호. 나한테 그렇게 투덜대던 분이……. 잘되었네요."

"네."

하루 종일 수심에 잠겨 있다가 영환의 모습과 그가 하던 말들을 되새 겨보며 표정이 밝아지는 빙이었다. 그녀의 밝은 표정은 보기가 쉽지 않았 다. 자신의 허약한 몸 때문에 늘 처연한 얼굴이었고, 잘 웃지 않았던 것 이다. 그의 아버지인 환시도 그 점이 늘 가슴이 아팠다. 특히나 자식이라 고는 그녀 하나뿐이어서 더 그러하였다. 그러나 오늘 자신의 딸인 빙의 모습을 잠시나마 보려고 딸의 처소로 왔다가, 창밖의 정원에서 즐거워하 는 모습을 보며, 한순간이나마 마음을 놓는 환시였다.

'그래! 그렇게 사는 것이다. 웃는 모습을 자주 보여 주렴.'

수성의 남자들은 수염을 기를 수도 있고, 수염 없이 생활할 수도 있었 다. 어느 나라 총이건 총장이나 귀족들은 대부분 수염을 기르고 있었지 만 환시는 깔끔히 면도하고 있는 모습이었다. 현 나이 311세로 통치자라 고는 볼 수 없는 인자함과 자상함을 두루 갖춘 인물이었다. 하지만 타인 을 휘어잡는 언변과 귀족이든 일반인이든 죄를 지으면 같은 형벌로 다스 리기로 유명한 인물이었다. 간혹 딸 때문에 수심이 깊은 눈과 일자의 코, 과묵해 보이는 입술과 타인의 말에 귀를 기울이기 쉽게 생긴, 얼굴 쪽으 로 기울어진 귀! 그리고, 수성 남자들의 특유의 모습인 은갈색 머리를 가 진 모습의 환시였다. 딸의 즐거워하는 모습을 보고 자신도 즐거운 마음 으로 총장의 집무실로 향하는 그였다. 집무실에 들어가자 기다리고 있 던 어느 인물이 빙의 안부를 물어본다.

"빙의 모습은 좀 어떻습니까?"

"하핫! 오늘은 왠지 즐거워하더이다."

상전인 환시가 딸의 일로 즐거워하자 덩달아 밝아지는 표정의 방문객이었다.

"무슨 일로 집무실을 다 찾았는지요, 천인님!"

자신의 집무실로 찾아온 인물인 '천인'이라고 부른 환시였다.

천인이라는 이름은 환시총에서 없어서는 안 되는 이름인 총장 다음의 서열인 총리급의 인물로 현 나이 425세로 표왕국의 노전(430)과 예시총의 사사(414)와 더불어 수성 대륙의 3대 학자로 유명하였으며, 그들과 마찬가지로 예지력 또한 뛰어난 인물이었다. 그러나 뛰어난 학문과 처세술(處世術)을 지녔음에도 '나는 최상층의 자리에는 어울리지 않다'라며 자신이 집권하면 세상을 보는 눈이 멀어지게 된다, 라는 생각을 가지고 있었다. 그가 학자로 성공하였던 것도 어찌 보면, 야욕이 없어서일 것이다. 그리고 자신의 고향인 환시총을 어느 나라보다 살기 좋은 환경으로 만들고자 애쓰는 인물이었다. 그러던 중 전임 총장이 별세하고 3대 총장의 자리에 오른 환시를 자신이 모실 사람으로 알아보고, 학문과 정책 등 자신이 알고 있는 분야를 환시에 가르치는 데 모든 힘을 쏟았다. 그 결과 오늘 날 환시총이 대륙의 중심에 서 있을 수 있었다. 빛의 도시, 문화의 중심 도시 등과 대륙에서 유일하게 우뚝 서 있는 평화의 상징인 '다래'라는 건물 등을 계획하였고, 동쪽 대륙의 중립 총으로도 그의 제안에서였다. 그 밖에도 수많은 업적을 이루었지만, 몸이 안 좋다는 이유로 총리직은 사임하고 자신의 보금자리에서 쉬고 있는 인물이었다.

"네. 쉬고 있어도 총성에는 가끔 들르라는 총장님의 협박에 잠시 왔습니다."

"협박요? 하하핫."

"하하. 총장님!"

"네."

"일전에 제가 드린 말씀 기억하십니까?"

천인의 물음에 잠시 생각해보던 환시는 무엇인가 떠올랐는지 재미있다는 표정으로 대답하였다.

"음, 하하. 선생께서 총리에서 사임하기 전인 작년 한 5~6월 정도에 그런 말씀을 들은 거 같습니다만. '언제고 재미난 인물이 나타난다.'라고 하셨지요."

"하핫, 기억하고 계십니다. 그렇습니다. 재미난 인물이지요."

"그런데 그 말씀은?"

"얼마 전에 다시 느낀 것입니다만 그 바람이 동쪽으로 향하고 있더이다."

"동쪽이라면 혹시 왕관반도요?"

"네. 하핫, 아마도 한바탕 바람이 불 것입니다. 물론 그 때문에 적지 않은 피해를 보는 이도 있겠지만 다른 자에게는 시원한 바람일 것입니다. 그리고 아마도……!"

"아마도?"

"빙에 관한 것이지만 그 녀석이 우리 빙을 즐거워하게 해줄 것입니다."

천인의 예지력이 뛰어나다는 것은 이미 알고 있었다. 하지만 개인의 미래에 대한 명백한 말을 할 줄은 몰랐던 것이다.

"그 말씀은?"

"하하하. 일단 지켜보시지요. 지금은 뭐라고 확실히……."

"아니 선생!"

인생의 무게와 세월의 무성함을 느끼게 하는 모습의 천인이었지만, 나이 들었어도 장난기가 조금 있어 보이는 얼굴이었다.

"하하핫. 오늘따라 차 맛이 좋습니다."

아무리 환시총의 통치자라고는 하나, 인생 스승인 천인의 장난기의 말에는 언제나 어이없는 표정의 환시였다.

"……"

다른 총들에 비해 성격들이 좋은 총장과 관료의 모습이었다.

예시총. 가람의 저택!

니은은 하루아침에 천국과 지옥을 넘나드는 기분이었다. 작전에 나간 기사들인 영환 일행이 귀가하였다는 소식을 듣고 그의 안부를 물어보았지만, 미처 못 빠져나왔다는 내용과 합의하던 내용을 설명해주는 기사들이었다. 원칙상 비밀리에 붙여진 그들의 임무였지만 상대가 귀족 중 귀족이며, 자신들의 한참 위에 있는 기사 니은의 말에는 그냥 실토하고 말았던 것이다. 또한 그녀의 무게와 그의 오빠인 가람의 존재가 이들을 안정시키게 만들었고, 사실대로 설명을 해주었던 것이다. 자신의 거처로 귀가하고, 영환이 죽었을지도 모른다는 말에 참았던 눈물을 흘리는 니은이었다. 그러나 잠시 후 언니인 영이 가져다주는 어떤 우편물을 받고 화색이 돌아온 니은이었다. 그 우편물은 니은 앞으로 온 편지였다. 편지를 개봉하자 한참이나 못쓰고 형편없는 필체의 글씨가 적혀 있었고, 마지막 부분에 의미를 모르는 4개의 손가락 자국과 조금 떨어져서 찍혀 있는 3개의 손가락 자국이 찍혀 있었다.

아! 미안. 음 일단 내가 살아 있다는 것은 당분간 비밀로……. 운이 좋았어. 니은 때문에 목숨을 건진 거 같아서 좋다. 고마워!

난 지금 '왕관반도'라는 곳으로 가고 있어. 예시총에만 너무 오래 있어서, 그리고 세상 구경도 할 겸……. 사실은 니은이 있는 총으로 어떻게 가야 하는지 모르고. 아무튼 '신비의 땅'이라 했으니 구경 좀 하다가 방법을 강구해볼게. 그러니까 혹시라도 날 찾지는 마. 길이 엇갈리면 더 힘들어지잖아. 이 편지 내용 못 알아보면 어쩌지?

그리고 이 표현이 맞을까? 눈웃음이 환상적이게 아름다운 나의 니은 아가씨!'

'후훗. 바보 같은. 나의 니은이라! 돌아오면……. 그리고 이건……:'

"음! 드디어 다 온 듯하네. 며칠 전의 육지와 바다를 잇는 다리를 지나온 지 한참이나 되었는데 반도가 아니라 대륙이잖아. 우리나라(대한민국)의 몇 배는 되겠는걸. 서울과 부산이 120km/s로 4~5시간. 300km이지만 며칠을 달려왔으니 배의 배의 배 정도인가! 여기서 뭘 하면 되는 거지? 하급기사증이 있으니 이걸 제시하고 치안 어쩌고 하는 데서 근무하다가 반도를 구경 좀하고 그렇게 다녔으면 좋은데 내 운에 그렇게 될까?"

영환이 궁금해 하는 이 땅의 넓이는 호주의 3/2 정도나 되는 대지였다. 그런 영환의 눈에 생명이 자라나기 시작한 것이 얼마 안 되었다는 소리는 들었다. 그래서 그런지 개발이 한창 진행 중이었다. 자연 대지의 넓이만큼 인원도 상당히 필요하였던 차에 영환도 호기심과 구경 차원에서 이곳으로 오게 된 것이었다. 영환은 왕관반도 중앙지역에서 다시 반도의 동서남북 중 동쪽인 그곳의 대지에 인원이 부족하다는 것이어서 그쪽으로 지원 갈 것을 명받아서 이동하였다.

"나 참! 뭐 이래? 며칠을 차만 타고……. 아호. 삭신이야."

"여리!"

"네!"

"당신은 하급 기사증이 있어서 사람들을 따라다니며 안전을 책임지며 그들의 편의를 봐주게!"

반도의 동쪽지역에 도착하자 대기하고 있던 관리자들이 동원되어온 사람들에 호명을 하며 맡을 임무를 주었다.

'안전과 편의라? 이거 생고생 아닐까? 편의란 말은 심부름 그런 거는 아니겠지? 그것도 험한 산 같은 곳에……'

영환의 그런 생각과는 달리 어느 정도 개발이 되어 있었고, 산업기계들로 보이는 것들이 작업을 하였다. 동원된 이들이 하는 일은 기계 조작원들에 음식이며 기타 필수품들을 전달해주는 일과 산과 들에서 사람에 필요한 의학재료인 약초들을 채취하는 작업이었다. 의료시설이 아직

없는 곳이 많았기에 이와 같은 방법들을 강구하였던 것이다. 그래서 기사인 영환이 할 일은 별로 없는 것이었다. 여기저기 빈둥거리기만 할 뿐이었다. 그러자 그를 유심히 본 어떤 인물이 접근해왔다.

"젊은이는 여기 사람이 아니구만!"

"아! 네."

"어쨌든 날 따라오게."

하며 말하는 이는 은백색 머리의 늙은 인물이었다.

"기사라고? 흠, 제법일세. 보기에는 멍청하게 생겼는데."

"할!"

누군들 악설에 좋아하겠는가! 그러나 그냥 넘기는 영환이었다. 지금까지 수성의 사람들을 상대해보았지만, 엄청난 손해만 보아온 영환이기에 그러려니 하고 말았다.

"이놈 보게! 생긴 모습과 같게 이해력이 부족한 놈이구나."

"생긴 모습과는 다르게 라는 말을 들어 봤어도……."

늙은 사람을 따라나서던 영환은 작은 산의 약초 작업 팀에 응하여 가게 되었다. 안전원 역할이라고 생각하고 갔지만, 현실은 약초 채취였다.

"어라! 야 이놈아! 그게 뭐냐! 구시렁거리지 말고 제대로 좀 해라, 한심한 놈아. 이렇게 채취하는 것이지."

"휴! 나 참. 내가 왜 이런 걸 해야 하는지."

"뭐야? 그럼 놀면서 배 채우려고 하였느냐?"

"허허, 은백님 어디서 저런 모자란 백성을 잡아와서 신경 씁니까?"

은백이라는 이름의 늙은이와 아웅다웅하는 모자란(?) 백성 영환이었다.

"그 녀석도 너만큼 컸을 것인데 보고 싶구나. 심성이 맑은 아이었는데. 어라, 에잇! 멍청한 놈아!"

"켁! 누구는 하루아침에 잘합니까?"

"그놈하곤······. 기사로 성공하고 싶으면 이런 것도 배워둬야 혀! 약초의 성분과 이름을 외워두면 도움이 될 것이야. 아무리 과학이 발달하였지만 인체에 못 치는 것들이 많이 있다는 거, 잊지 말게."

'늙은 사람들뿐이지만 배워두자! 배워둬. 이분들이 내가 지금껏 만나 것들보다는 100배는 나으니까.'

"헌데 연세들이 어찌 되시는지?"

"왜! 이놈아, 460이다. 나이를 물어보기는. 아니지 450이던가? 모르겠네. 그대가 얼마였지?"

"나도 잘 몰라. 500 이하겠지 뭐."

괜히 물어보았다고 생각하였지만, 그냥 지나가는 사람들은 아닌 거 같다는 영환의 생각이었다.

산에서 내려오자 이들을 반겨주는 이들이 많이 보였다. 거의 여인들이었지만. 가족 같아 보였다. 힘든 일인 산을 오르거나 멀리 떨어져 있는 기계 조작원에는 남자들이 식료품을 운반하고 하였다. 여인들은 거의 식당 일과 약초의 선별작업이 일이었다.

"아빠, 그 사람은?"

영환은 사실 수성 사람들의 모습과 크게 다르지 않았다. 수성 사람들보다 조금 큰 얼굴이었으며, 눈썹이 짙다는 거하고 연분홍색인 그들과 짙은 분홍색의 차이였다. 이목구비는 별 차이 없는 것이었지만 보는 이들은 다르게 생각한다는 것이 문제였다.

"음! 다른 별에서 왔다네. 하핫."

"호홋, 설마요."

'역시나 얼굴이 문제인가? 지들하고 별로 다르지 않구만. 인간들 참······.'

이들의 술 문화도 지구의 문화와 별반 차이 없었다. 취하면 만만한 사람한테 화풀이하고, 편하다는 핑계를 대고 화풀이하는 문화인 지구!

"이봐! 기사 나부랭이 이방인 주제에 아니 돌연변이인가?"

"하하핫. 옳거니. 맞는 말이야."

저녁이 되자 일하던 사람들이 모여들고, 반주 식으로 한잔하던 술이 어느새 몇 병으로 불어났다. 당연히 취한 사람들이 시비를 걸어 왔다. 하지만 그들의 안전원으로 임무 맡은 자신이 아니던가! 그렇게 생각하고 자리를 벗어났다. 하지만 무시한다고 따지는 사람들은 어딜 가든 있었다.

"뭐야! 저런……"

하지만 늙은 사람들이 말리고 나섰다.

"뭐요! 나이 먹었다고 유세하는 것이오? 비키시오. 아! 열 받네, 이거."

"참아주시게. 그대나 저자나 여기에선 소중한 사람들이네. 서로 아옹다옹하면 되겠는가. 안 그런가? 서로 도우며 일하는 것인데."

"그래도 저놈의 태도가 마음에 안 들어! 야!!!"

"맞아. 이방인 놈이 감히,"

수성 남자들의 평균 키가 175 정도였고, 이 조작원들은 조금 더 컸다. 문제의 인물이 시비를 걸자 그의 동료들은 재미있어 했다. 합심하며 영환의 기를 죽이고자 하였던 것이다. 하지만 수성에서 영환의 힘을 당할 사람은 거의 없을 것이다. 날씬하다지만 니은의 몸을 한 손으로도 들 수 있는 영환이었다. 바로 중력의 차이인 4배는 가벼운 수성의 중력이었다.

"만약에 당신들 다섯 명을 저기 아가씨가 들고 있는 촛불의 3/1이 타들어 가기 전에 해치우지 못하면 나의 패배고, 당신들 마음대로 때리든 해라. 그리고 당신들도 남자가 아닌가? 오늘 이후로 간섭하지 않은 조건도 있다. 이를 어길 시 당신들을 안전법 위반으로 다른 곳으로 송치하겠다. 알아들었으면 시작해볼까?"

"아이고……."

영환에 시비 걸어오던 황망한 표정들의 5인이었다.

"그럼 더 이상 방해하지 마라. 참아주는 건 한 번뿐이다."

그들은 초의 3/1은 고사하고 시작하자마자 1~2초씩에 나가 떨어졌다. 물론 술기운들도 있었지만 영환은 어느 정도 수위에 있는 기사였다. 그렇게 술꾼들과의 작은 소동은 영환의 일방적인 힘으로 제압하였다. 그러나 '발 없는 말이 천리를 간다'고 하였나. 소문에 소문이 나는 법! 기계 조작원들에게 알아주는 5인이었다. 그런 그자들이 웬 이방인에 당했다는 소문이 퍼졌던 것이다. 덕분에 어느 곳에 가든 영환에 시비 걸고자 하는 이는 많이 없어졌다.

'폭력이라! 수성에서 난 깡패가 되어가나? 큭.'

영환은 고향에서도 타인에 해를 입히는 사람은 아니었다. 술버릇이 나쁜 인간이나, 인간성이(간사) 나쁘다고 생각되면 상대를 안 하는 그의 성격이었다. 수성에 와서도 당하기만 하였던 영환이 아니었는가! 그런 그도 일 때문이지만 상대를 상처 입힌 자는 해시총에서의 경비병과 지금의 술꾼들 5인이 전부였다. 그렇게 왕관반도에서의 생활이 시작되었다.

수성력 45012년 2월 7일, 왕관반도 동쪽 구역!

영환이 이상한 나라인 수성에서의 생활이 어느덧 2년 丁까이 되었다. 자연 가족에 대한 그리움이 커질 수밖에 없었다. 향수병(鄕愁病)이었다. 음식도 안 넘어갔고, 모든 일에 힘이 없이 푹하고 처졌다. 매일 하던 연습인 산 오르내리기만 할 뿐 무기력하고 피곤해 보이는 영환의 모습이었다. 보다 못한 늙은 사람 하나가 '고향이 그리울 때면 자신이 맡고 있는 일에만 치중해보라'고 하였지만 이것도 저것도 의욕이 없어 보인 그의 모습이었다. 그래도 멍 때리는 영환의 등 어리를 팍 하고 때리면서 말을 거는 노인이 있었다. 반도에서 처음 만난 은백색의 늙은 사람이었다.

"그게 다 할 일 없이 게을러져서 그래. 나랑 같이 약초나 캐러 가보세.

어느 정도 유명해지더니 누가 네놈한테 시비 거는 놈들이 없어서 편했지? 조용했지? 젊은 놈이 한심한! 그거 들고 따라와!"

'좋아하는 여인을 생각하라! 그래! 나한테도 기다려주는 니은이나 착한 해저가 있었지.'

산에서 약초와 씨름하던 영환에 은백이 한 말을 되새기며 뭔가 자세를 잡아가는 그였다. 사실 은백이라는 인물은 의문투성이의 인물이었다. 말투로 보아 귀족 출신 같기도 하였고, 약초 조제를 하는 것으로 보아 지식인이나 학자 같기도 했다.

"그런데 할아버지는 뭐 하시는 분이신가요?"

"하하핫, 할아버지? 하긴 그 정도 나이는 훌쩍 넘어버렸지. 이놈이 이제 힘이 좀 나는 모양이지?"

"네, 어르신 덕분입니다."

그러나 질문을 회피하는지 자신의 출신 성분을 얘기하기 싫은 것인지 영환에 대해서 얘기하는 은백이었다.

"음, 그대는 어차피 수성에서 살아가야 할 게 아닌가. 하고 싶은 일이나, 야망이나 그런 것이 있는가? 이상하게 들리겠지만 자네가 이곳으로 온 것은 어떠한 물질적인 힘에 의해서일 것이야. 말하자면 누군가 자네를 필요로 해서 자네 의지와 상관없이 오게 된 것이라는 소리네. 물론 그런 생각도 안 해본 것은 아니겠지만."

연백이 말하는 내용을 거의 생각도 안 해본 말들이었다. 그동안 살기에도 바쁜 영환이어서 그런 생각들을 할 여유가 없었던 것이다.

"그렇지만 말이 될까요? 아무리 이 나라가 과학문명이 4만 년이라지만 어떻게 사람을……."

"이런 멍청한 놈! 그렇다는 것이지. 어떻게 공간에서 다른 세상에 있는 네놈을 빨려오게 할 수 있겠나. 운명이라 여기고, 누군가 네놈을 필요로 해서 오게 되었다고 생각하라는 말이지! 그러니 자네가 할 일들을 찾아

봐. 기사가 된 것도 운명일 것이고, 사람은 누구나 한 가지씩 재능을 가지고 태어나네. 그게 자신의 운명과 직접적인 영향이 있겠지만. 하지만 말이야, 작은 불씨가 큰 불씨가 되듯 노력하기 나름이네."

언뜻 이해하기 힘든 은백의 말에 말의 의미를 되짚어보려는 영환이었다.

"그 운명이라는 것이 대체 무엇이기에 그리 간단히 말씀하시는 것입니까?"

"뭐라? 이런 한심한 놈! 그럼 네놈이 이곳으로 온 것이 타의에 의해서라는 생각이냐? 네놈이 태어난 것도 운명이요, 이곳으로 오게 된 것도 운명이라고 말하였잖느냐. 그리고 쓸모없는 인간은 없다는 말이지."

"아! 그렇게……. 그럼 그러자면 어떤 것이 필요합니까?"

"네놈 눈을 보면 좋아하는 사람과 싫어…… 아니, 미워하는 사람들이 보이네. 그러니 뭔가를 이루고 싶거든 사람을 싫어하는 마음을 버리고 좋아하는 마음도 버리게."

"싫어하는 마음도 좋아하는 마음도 버리라는 말씀은?"

"이런, 이런 놈을 보았나. 인생관을 가르쳐달라는 말이네. 자신이 알아서 해야지. 내 말이 어려운 것도 아니구만. 여전히 이해력이 부족한 놈이야. 뭐 내가 대단한 학자는 아니지만 미워하던 사람을 자신한테 오게 하라는 말이네."

"그럼 좋아하는 것은요?"

"기대치가 크면 그만큼 실망감도 크다는 말!"

"전 또 좋아하는 여인들을 싫어해야 한다면 어쩌지 하고……."

"하하핫, 그건 맞는 말이야. 수성에는 여자 수가 남자보다 배는 많다는 걸 들어서 알고 있을 것이야. 그러니 자연 콧대들이 높고 자존심들이 강하지. 특히 귀족 여인들이 너무 마음을 주면 상처받게 되어 있네. 그렇다고 가식(假飾)적인 행동은 금물이라네. 잘 한번 살아 봐!"

예시총장 집무실!

"이게 대체!"

"음. 쇠붙이와 설계도 같습니다."

예시 등 차미의 일행 등은 해시총에서의 어떤 물건을 수거해온 것을 보며 놀라는 표정들이었다.

"서선의 말이 맞았어. 이 물건으로 구실 삼아서 우릴 조정하려는 속셈이었어. 하지만 이미 늦었나요? 흠."

물건의 내용물은 수성 대륙에서 금한 소량의 '쇠 금속'과 금속을 제조하는 설계도였다. 자칫 잘못하다가는 엄청난 궁지에 몰리게 되는 예시총이었다. 만약 쇠붙이를 소유하고 있다는 사실이 세상에 알려지면 총은 물론 국민들까지 위험에 처하게 되어 있는 것이었다. 그만큼 위험한 물건이었다.

"휴! 한마디로 상당히 위험하고 계획적인 인물입니다. 압이라는 자는!"

"네. 이제 일단 이 물건은 지하의 일급 보안함에 넣어 두기로 합시다."

흥분하였지만 차분히 움직이는 그들이었다. 가람이 그들의 얼굴에 희망의 빛이 떠오르는 말을 해주었다.

"그리고 사실은…… 여리라는 기사를 알고 있을 겁니다. 그자의 실종과 관련해서 함정에 빠트린 자를 잡아서 현재 취조 중에 있습니다. 아마도 압이라는 인물과 연관이 있지 않느냐는 제 생각입니다. 거의 그럴 것입니다. 만약 압이라는 자하고 연계가 되어 있으면 우리한테도 어떤 열쇠를 쥐고 있는 것이 됩니다."

예시는 가람의 말에 의문을 느끼면서 흥분의 말투로 물어보고 나섰다.

"어떻게 그런 일이 가능하지요? 한마디로 동료를 죽음에 이르게 하는 짓인데…… 그런데 어떻게 알아내셨나요?"

"네, 사실은……."

가람의 설명은 이러하였다.

편지의 내용의 마지막 부분인 네 개의 손가락 자국을 본 니은은 무슨 의미인지 되새기다가 어느 시점에서 떨어져 찍혀 있는 세 개와의 의미를 알아보고 언니인 영과 영민한 시녀인 로와를 불러서 함정에 빠트린 자를 어떻게 찾아낼까 하고 의견들을 모았었다. 그러던 중 하나의 방법을 생각해내고, 7명을 각기 다른 방에 대기시켜놓고, 평소에 영환을 좋아한다는 가정하의 시녀들인 로와나 선이 우울한 모습으로, '그의 마지막이 어떤 모습이었나요?'라는 질문을 하며, 용의자의 반응을 주시하고 의문이 드는 자를 골라내는 첫 번째 방법이었다.

시녀의 질문의 결과, 유력한 용의자는 두 명으로 좁혀졌다. 이유는 슬픈 얼굴의 시녀들에게 감성이 있는 자들이라면 분명히 '살아 있을 것이다'라고 진심의 표정으로 말하였을 것이고, 같은 말이지만 가식적인 모순의 말을 하는 두 명을 찍었던 것이다. 또한 용의자들이 연관이 되어 있는 인물과 연락을 주고받았다면 살아 있다고 여겼을 것이 아닌가! 로와가 그들의 반응을 섬세하게 관찰하였던 결과였다. '도망쳤는데! 연락받지 않았는가!' 하는 눈동자를 살폈던 것이다.

영환도 마지막까지 같이 도망 다닌 해수에게 의문을 느꼈었다. 그러나 해수 외에 자신을 함정으로 몬 동조자가 더 있을 것으로 보고 손가락 표시를 4:3으로 찍어놓은 것이었다. 만약에 편지 내용에 직접적인 용의자 이름을 적었으면 그를 취조한다는 소문과 아직 모르는 동조자가 안개 속에 묻힐 것이 아닌가, 그렇게 생각한 영환이었다. 아무튼 용의자는 해수와 영환과 같이 생활하는 해인이었다.

그리고 다음에는 '여리님이 운명을 맞이했다네요!'가 질문이었다. 그 결과 의아심이 얼굴에 나타난 1인이 있었다. 바로 해인이었다. 그녀는 사건 당일 날 제2감시자인 해수를 이용하기로 하였다. 해인은 건물에 침입하고 나오면서 민 일행들에 영환이 걱정된다며 속이고, 감시하던 해수가 운둔해있던 장소에 마치 경비인 양 소리를 내며 해수로 하여금 영환 쪽으로 가게 하였던 것이다. 결국 영환은 위험을 느끼고 해수를 던졌던 것이다.

"이제 죽이세요! 대단하고도 대단하신 귀족 여인님!"

"어떻게 그럴 수가 있는 것이지? 같이 지내는 동료가 아닌가?"

"호호홋, 그러는 당신들은요? 동료애는 둘째 치고 조금만이라도 못마땅한 인물이 있으면 각종 비방하는 말로 타인을 죽여오지 않았나요? 말도 안 되는 말로요. 안 그런가요? 또 보아하니 얇은 술책은 할 수 있어도 머리 쓰는 일들은 못 하잖아요. 지금도 보세요. 대단한 귀족이 풀이 못하는 걸 천한 시녀가 풀었잖아요. 뭐 시녀의 연기력이 좋았지만."

쫙! 쫙!

"호호, 역시나 말이 안 되면 손부터 나오는 귀족 공주님이네요."

"내가 왜 때린 줄 아느냐?"

"저야 모르죠, 귀족님."

"저들은 진심이다. 진심으로 여리를 좋아하는 시녀들이다. 네년하고는 질적으로 다르다. 천하지도 않다."

툭툭!

밖에서 수비대장이 잠시 나와 보라는 신호를 보냈다.

"뭐하는 짓인가? 심문에 없는 질문과 말은 하지 마시게. 가혹행위도 있을 수 없는 일이네!"

"하지만 어떻게 그런……."

"일단 자네는 물러나 있게. 내가 심문해보겠네."

"아니다, 내가 직접 하겠다."

수비대장인 릴이 자신이 심문하겠다고 하자, 어떤 인물의 굵지만 가라앉는 목소리가 들려왔다.

사방이 산들이었고, 그 산들의 중간 지점쯤에 비포장도로가 보였으며, 밑의 계곡으로 사람들이 모여 있었다. 상당히 불안한 모습들과 공포에 떨듯 몸부림치는 자도 있었다.

　"설마 우리까지 공격을 받지는 않겠지?"

　"우리 국군이 선전하고 있다는데 여기까지는 못 올 것이야. 그러니 진정들 해."

　"하지만 왠지 불안하잖아. 그리고 아까도 그랬지만 땅이……."

　"공격을 받으면 저 구멍 속으로 숨으면 되잖아. 그러니 겁먹지들 말자."

　불안함과 공포에 떨고 있는 사람들을 위로하는 자는 어느 허연 인물이었다. 다른 사람들은 아연실색할 판에 유독 위로하는 인물만 밝고 긍정적인 표정의 인물이었다. 그때였다. 천지가 개벽이라도 하듯이 땅의 비명소리인 지진 소리가 울려왔다. 산들로 싸여서 작게 보이던 하늘도 공포에 떨듯이 흔들거리는 듯하였다. 잠시 후 더욱 세차게 흔들려왔다.

　"저, 저기……."

　어떤 놀라움에 떨리는 목소리가 들려오자 일행들은 그가 보고 있는 하늘을 보았다. 움직이는 그물처럼 보였고, 모기떼처럼 보였다. 공격용 비행기들이 온 하늘을 뒤덮은 것이었다. 그 모습을 본 일행들은 몸이 굳었는지 경직된 자세로 보고 있었다. 그리고 얼마 후, 탱크들이 콰르릉 소리를 내며 산의 중턱 길로 오고 있는 게 보였다. 그중 한 탱크의 지휘자석에서 일행들을 발견! 일행들 쪽으로 포열을 조준하고 발포하는 경관이 들어왔다. 탱크의 반응에 소스라치게 놀란 일행들은 성인 남성 한 명이 들어갈 수 있는 좁게 생긴 수직 동굴 속으로 들어가자고 소리쳤다. 일행들 절반이 들어갔을 때쯤 탱크에서 발포하는 소리가 났고, 일행들은 정신을 잃고 쓰러져갔다. 그렇게 순간적인 경관에 허연 인물은 자신이 죽었는지 살았는지도 모르는 정신이 혼미한 상태가 되더니 동굴 속과 계곡의 일행들의 모습을 찾았다. 하지만 움직이는 사람은 자신밖에는 없었고, 일행들의 모습에 정신이 나간 그의 옆으로 총구를 겨누는 자가 있었다.

"헉! 꿈이었나? 내가 허연 인물이었나? 너무나 생생하였다. 후, 무슨 2차 대전이나 한국전쟁 같았는데."

영환이 꿈을 꾸었는지 이마부터 턱 밑까지 땀이 흘러내렸다.

"뭔가. 어떤 의미의 꿈인지 대체! 너무나 끔찍한 모습의 사람들이었다."

영환은 잠에서의 이상한 꿈에 바람이나 쏘이려고 밖으로 나갔다. 우기 철이어서 그런지 세 개의 달들은 그 밝은 모습을 잃어 뿌옇게 보였고, 자신의 영토에 인간들의 모습이 보여 심기 불편한 동물의 울음소리도 들려왔다.

"일단 기사로서 실력이나 기르자."

영환은 그동안 은백의 조언으로 많은 생각을 해보았다. 먼저 떠오른 생각이 그냥 평범하게 해저나 니은의 남편이 되어 평안하게 사는 것과, 기사로서 작은 활동 등이 그것이었다. 그러나 하급기사로서는 무리였다. 아무리 자유의 몸이라지만 자신을 보는 사람들의 눈초리와 미래의 자녀들을 의식하지 않을 수 없었던 것이다. 그러자면 어느 정도의 인정받는 인물이 되어야 했다. 그렇게 생각한 영환은 그동안 반도에서 일하고 벌은 돈으로 여비 삼아 어딘가로 향하였다.

"뭐라? 걍이라는 인물이 왕관반도로 가고 있다? 걍이라면 대국의 장기사가 아닌가! 대의 딸, 수와의 호위인이고. 그럼?"

"네, 체격이 남자들보다 작은 걸로 봐서는 수와 공주가 변장한 것이 틀림없습니다."

"음, 후후훗. 얼마 전에는 본인하고 손을 잡고 있는 인물이 보내온 내용에, '이방인의 모습이 보고 싶어서 예시총으로 온 듯함.'이란 내용이 있었다. 그때는 껄끄러운 상대인 걍과 몇 명의 무리들이 있어서 지켜보기만

했다는데 이번에는 우리 땅인 왕관반도에서 포착되었다. 하하하, 잘하면 수와 공주를 이용해서 대국으로 하여금 해시총을 공격하게 만들면 우린 손안 대고 코 푸는 격이 되는데! 음, 강이라는 자가 아무리 뛰어나다 해도 이번에는 혼자야! 더욱이 수와 공주를 지키려고 하다 보면 자연 틈이 생기고 강이는 무력화하게 될 것인데……. 상위 수준에 있는 수하들 20명 정도 골라서 납치해 오거라."

"하오나 20명씩이나! 이상하게 여기는 자들이 있을 것입니다."

"아아, 왕관반도에 산적들이 출몰하여서 지원 간다고 하게. 그러면 될 것이지."

"하지만 보는 눈들을 조심하셔야 합니다. 일전의 일로 어느 움직임도 예의 주시하는 총성입니다."

"아니야. 우리 땅을 지키려고 간다는데 누가 뭐라 하겠나. 왕관반도에도 연락해두겠다. 다녀오라!"

왕관반도의 동쪽에서부터 반도의 중앙지에 양 갈래로 우둑 솟아있는 반도의 최고봉이라는 좌, 우왕산으로 향하는 영환이었다. 그는 마음의 수련과 더 빠른 몸을 만들기 위해서 뛰며 달리며를 반복하여 중앙지역으로 가고 있었다. 우, 좌 왕산의 중간 부분에 있다는 신비의 땅을 만든 호수라도 보고 갈 참이었다. 차량이 하루 정도가 소요되는 거리를 달려가고 있는 것이다.

"모든 일에는 마음가짐이 우선이다. 수성 사람들보다 가벼운 몸과 빠른 몸을 가졌다. 그러나 나는 탁월하다는 생각과, 자신을 너무 믿으면 발전이 없다. 그러니 최소한 이 반도에서만은 발로 다니자."

그렇게 생각한 영환은 지치면 천천히 뛰었으며, 피곤하면 그냥 노숙 등을 하면서 호수로 향하였다.

"불공평하다는 것 아닌가요?"

"그냥 참자. 이런 게 뭔 하루 이틀이냐."

"그래도요. 송진님보다 한참 후배인데도 단숨에 부국장이라니요. 말셉니다, 말세. 그렇게 그 이방인의 모습은 왜 담아서 참."

"같은 인간이 아닌가. 그런 것도 못 내보내면 그게 언론이야? 그리고 뭐라! 오해의 행동이었다? 그게 말이 돼? 더러운 귀족 인간들."

얼마 전에 길을 가던 이방인에게 뺨을 날린 귀족 자녀인 선지라는 여인을 신문과 같이 방송으로 실은 적이 있었다. 해당 기자는 바로 경고를 받고, 좌천(左遷)되어서 멀리 떨어진 왕관반도의 생명의 호수로 오게 되었던 것이다.

"사실 뭐 우리랑 별로 다르게 생기지는 않았잖아. 괜히 지랄들이야."

"후후, 송진님의 그 입은 항상 문제입니다. 듣자 하니 그 이방인도 한 입 한다는데요. 전에 광장에서 시위자들을 진압하는 과정에서 고래고래……."

"후후, 나도 들었어. 자! 저기. 에이, 그 귀족 얘기는 왜 해서 일할 생각 없게 만들어."

"선배님!"

송진이라는 기자의 투덜대는 모습에 그의 후배는 재미있어라 하는 표정을 지으며 화면 속으로 눈길이 갔다. 그때 등 뒤에서 힘찬 목소리가 들려와서 화들짝 놀라는 송진의 후배 나눔이었다.

"헉! 후, 누구시…… 선배님!"

"왜 놀라고 그래? 화면 속에 뭔……. 엇, 그대는……."

후배인 나눔이 보고 있는 인물! 자신을 먼 외지인 이곳으로 간접적으로 좌천시킨 인물인 이방인이 서 있었다. 갑작스러움에 놀란 나눔의 모습이 당연하게 보였지만, 자신한테는 반가운 느낌이 드는 인물로 보였다.

"놀라게 하였다면 죄송합니다. 여기가 생명의 호수가 맞는지요?"

"그, 그렇다네. 한데 여긴 어쩐 일인가?"

이방인을 직접 보게 되자 크게 다른 모습은 아니었고, 왠지 부드러운 얼굴이라고 생각하는 송진이었다.

"어떻게 하다가 이곳으로 오게 되었는데, 호수라도 보고 갈 참이어서 이렇게 오게 되었습니다. 방해했다면 죄송합니다. 그럼."

이렇게 말하며 다른 쪽으로 발길을 옮기는 이방인에 무엇인가 말해보아야겠다고 생각한 송진은 이방인을 말리고 나섰다.

"아니! 모습을 보아하니 많이 지친 것 같은데 물이라도 한잔하시오."

마침 갈증이 난 이방인도 물이라는 말에 고마워하며 다가왔다. 물 잔을 건네받자 시원스럽게도 마시는 이방인이었다.

"한 잔 더 드릴까? 지금 그대 모습을 보니까, 수성의 전설 속 인물인 '피마'가 연상이 되네. 뭐 안 착한 피마의 모습이지만."

물을 두 잔째 벌컥 하고 들이키던 이방인은 피마라는 말이 신경 쓰이는지 어떤 인물인지 궁금해 하며 물어본다.

"어떤 인물인데요? 안 착한 피마란 말은?"

"하하, 들어서 이상하겠지만 수성의 신화나 전설 속의 인물이라네. 불쾌했다면 미안하네만."

"아니요. 신화라! 지구에도 신화가 있었지만 다 지어낸 얘기 아닐까요? 그런데 피마라면 설마 피를 흘리는 인물인가요?"

"하핫! 피마란 악마의 자식이었네. 수많은 사람들의 피를 빨아먹고 살았다고 하네."

송진의 말에 자신의 모습을 보게 되는 이방인 즉 영환이었다.

"많이 날름하게 되었네요. 하긴 4일 정도를 뛰어와서 그러나?"

"4일을 뛰어와? 달려왔다는 말인가? 어디서?"

"네, 동쪽의 개발지대에서요. 차량으로는 10시간 거리라그 들은 것 같은데."

영환의 달려왔다는 말에 황당해하는 송진과 나눔이었다.

"허. 그대는 달리기를 잘하는 모양이야."

"설마요. 내가 살던 곳과 비교하면 몸도 가볍고 잘 달려지게 되던데요. 그리고 4일 내내 뛰어왔겠어요? 지치면 걷다가 자다가. 후훗."

"그래도 그렇지. 어떻게 사람이……. 동물도 아니고."

"하핫, 전 당신들에게 동물이잖아요. 안 그런가요?"

"후, 미안하네. 사람들의 모순이 당연히 보기가 안 좋을 것이네. 참 식사는 하였나? 이렇게 만나게 되었는데 같이 식사라도 하세."

"고맙습니다. 며칠을 대충 먹었더니……."

"이제는 예시총으로 가는 길인가?"

식후에 차 한 잔 하면서 송진이 영환에 물어보는 말이었다.

"오! 예시총에 계세요?"

"그렇다네. 예시총의 작은 방송국 일원이라네."

"잘되었네요! 호수 구경 좀 하다가 예시총으로 가는 길을 가르쳐주세요."

"그대는 그렇게 비박하던 곳으로 가고 싶은가? 가보아야……."

"후후, 걱정은 고마우나 어차피 이곳에서 살게 되었는데 기사로서 살아가보려고 합니다."

"참, 그렇지! 하급기사이던가?"

"네."

말하는 모습이나 행동하는 모습이 순수하게 보이는 이방인이라 생각하는 송진이었다.

"그대는 갖은 힘든 상황을 겪고도 밝은 모습이 보기 좋아요. 그런 그대한테 좋은 일이 있을 것이네."

"좋은 말씀 고맙습니다."

"그런데 그대는 정확히 어디 출신인가?"

"후후."

영환은 자기도 모르게 수성으로 오게 된 사연을 말해주었다.

"믿기 힘든 말이네."

그들과 한참이나 떠들다가 호수 구경하고 이동할 생각인 영환이었다. 그리고 그의 머리에 스친 생각 하나! 해저의 모습이었다. 송진이라는 사람과 이야기하다가 수성에서 처음 만난 여인 해저가 생각이 났던 것이다. 영환의 수성에서의 첫사랑인 그녀였다. 그동안 생각 안 한 건 아니지만 어떻게 가야 하는지 모르는 그여서 송진과의 대화에 잘하면 환시총의 해저한테도 갈 수 있구나 하는 생각에서였다. 결국 송진의 후배인 나눔이 영환을 반도의 입구까지 데려다주기로 하였다. 나눔의 차량으로 산밑에까지 내려오자, 시비가 붙었는지 일단의 무리들이 어느 행인들 두 명을 에워싸고 있는 모습이 눈에 들어왔다. 영환은 수성에서 살아가려면 남의 일에 신경 쓰지 않기로 하였다. 대부분 고마워하지도 않고, 오히려 큰소리쳐대는 꼴들이 보기 싫어서였다. 해시총에서도 반도에서도, 기껏 친절을 베풀어 주었는데도 콧방귀만 켜대는 꼴들이 영 아니었던 것이다.

그러나 다음 순간 에워싸인 두 명의 인물 중 하나가 어디에서 본 듯한 느낌이 들은 인물이었다. 어색한 변장과 체격이 남자보다 작은 모습. 피부색도 허연 인물의 모습에서 오래전의 기억이 떠오른 영혼이었다. 바로 동물 우리에 갇혀 있을 때 조롱하던 눈빛과 거만한 태도로 자신을 쏘아본 남장 여인, 그 인물이었다. 그리고 인상적인 자주색의 맑은 눈빛과 장난기도 많아 보였던 인물이 생각났던 것이다. 그래도 아는 사람이어서 도움을 줄까 하고 나눔에게 차를 세우라는 말을 해보는 영환이었다.

"잠시만 세워보세요."

그러나 둘 중 한 명의 검술이 뛰어나 보였다. 남장 여인을 경호하는 사람으로 보인 그자의 모습이었다. 그들에 공격을 가하던 인물들은 약 20명 정도였고, 절반이나 나가 떨어져갔다.

"앗!"

자신을 경호하는 수하의 실력을 믿고 있던 탓에 한쪽 팔 쪽으로 공격을 당하는 여인이었다. 옷소매가 찢겨지면서 상처가 났던 것이다. 더 두고 보면 경호하던 자가 궁지에 몰리가 염려되어서고 그자의 실력을 보아둘 요량이었던 영환은 여인 쪽으로 날아가더니 그녀를 안고 훌쩍 하고 날아올라 나눔의 차량에 안착시켜놓았다. 너무나 순식간의 일이어서 어리둥절하는 경호인과 공격하던 자들이었다.

"이자는 내가 보고 있을 것이오! 그러니……."

쫙! 쫙!

또 당하는 영환이었다.

"감히! 엇, 그대는?"

잠시 당황하던 경호자였지만 자신이 지키려는 인물과 영환의 모습을 보고 바로 적들을 공격해가는 경호인이었다. 그의 공격력은 결코 니은이나 하급기사 교관인 릴의 아래가 아니라는 생각이 들은 영환이었다. 잘 되었다 싶은 영환은 그의 동작과 검술을 눈에 익혀갔다. 그러나,

쫙!

"흥! 감히 말대꾸를 아니 하다니 그대는 과연 예의 없는 이방인이구나."

쿵!

"어멋, 감히!"

경호인의 검술에 넋 잃고 보다가 자신이 뭔가를 아직까지 안고 있었다는 생각에 눈앞의 싸가지 없는 인물을 내팽개치는 영환이었다.

"그만하고! 저 사람은 누구냐? 상당한 수위에 있는 실력자인데?"

"흥, 모른다! 그리고 어디서 하대를 하는 것이지?"

쫙!

"걍이라는 사람으로 대국의 인물이네. 그리고 이분은 여리가 막 대하면 안 되는 인물인……."

강이라는 인물은 수성 전역에 잘 알려진 인물로, 대국의 기사 교육관과 기사들의 대항인 대회에서 기사 중 최고의 영예라는 '대상'을 차지한 인물이었다. 그런 그를 알아본 나눔이 영환에 일러준 말이었다.

"그대는 빠져 있어라! 이봐! 왜……."

"야! 정신 사납다. 구경 좀 하자!"

쪽!

"내가 왜 네깐 것을 구해주었지? 후회스럽다."

"여, 여리, 잠시 나 좀……."

보다 못한 나눔이 영환을 끌고 가며 그의 귀에다 뭐라고 속삭였다.

"음, 그럼 저자가 수와라는 공주?"

"그렇다네. 그러니……."

그러나 별로 놀라지 않는 영환이었다. 오히려 얼굴을 붉히며 짜증스러움을 토해내는 그였다.

"저들의 공주지 나의 공주는 아니잖아요. 뺨 맞아서 기분 좋은 사람이 있을까요? 나 참, 뭐 저런……."

"흥! 뭐라고 투덜대는 것이냐. 하찮은……."

"그래! 난 하찮다. 이 싸가지야."

영환이 수와라는 여인을 상대하고 있을 쯤 어느 새인가 적들을 눕히고 수와의 곁으로 오며 영환에 감사하다는 말을 하는 강이었다.

"구해주어서 고맙네. 하지만 공주님을 막 대하는 것은 용서할 수 없다. 그대도 검사이니 검을……."

"하하핫. 구해주었다면 그냥 넘어갑시다. 저자가 먼저 나에게 시비를 걸었소."

"저자라니! 이놈! 무례하지 마라!"

영환의 말에 분노하며 그의 목에 검을 겨누는 강이었다.

"강이는 검을 거두어라. 나와 저자의 문제이다. 빠져있어라."

"하오나……."

"감히!"

영환은 대국과 수와라는 말에 떠오르는 단어가 있었다. 바로 감이라는 인물이었다. 그가 생각해낸 인물이 정말로 대국의 왕자라면 수와라는 여인도 반응이 있을 거라는 생각에서였다.

"감형은 성격이 좋은 분이었는데 동생은 그렇지가 않구나."

역시나 반응이 있었다.

"뭐라고? 누구라고 한 거지?"

아예 영환의 목을 움켜잡고 물어보는 수와였다. 만약 영환의 말이 맞는다면 십수 년의 행방을 모르는 자신의 오빠가 아니던가!

"왜 말이 없는 것이냐?"

"이렇게 잡고 있으니까……."

흥분해 있는 자신의 모습에 괜한 심술을 부리는 이상한 성격의 여인인 수와였다.

"흥! 어디서 주워들은 이름일 것이다. 네놈이 죽고 싶어서 오빠의 이름으로 날 협박한 것이렷다! 괘씸한 놈!"

"음! 나도 잘 모르는 사람이다. 얼마 전에 그 사람이 대국의 사람인 것을 알게 되었을 뿐! 윽!"

"어떻게 생기셨더냐?"

옆에서 관전만 하던 걍이 느닷없이 영환의 멱살을 잡으며 협박하듯이 물어보았다.

'아무래도 내가 말을 잘못한 모양이구나. 이들과 적대관계인가……. 에잇, 모르겠다. 왕족의 이름을 아무나 사용하지 못하는 이름이니 대충 말해주고 도망가자.'

"그러니까…… 켁! 놓고 말하게 해주시오. 나 참. 173이라던가 하셨고, 생김새는 저 싸가지 와 같이 눈빛이 비슷하였으며 머리에 은색도 조금 있었고, 키는 대충 나보다 조금 더 컸으며…… 기억에 남은 점은 그러하였소. 말투도 그대하고 본인, 자주…….”

욱!

“공주님께 너무 무례하다. 사과드려라.”

“당신들이 나한테 막 대하는 거는 당연한 거고?”

“강이는 잠시 물러나 있어라. 오라버니와는 어떻게 알게 되었느냐? 지금은 어디에 계시느냐?”

“모른다. 예시촌에서 만나고 헤어졌다. ‘서로에 대한 호감은 잃어버리지 말도록 하세’라는 말을 하며 어딘가로 향하였다.”

자신의 오빠가 확실할 거라는 반응의 수와였다. 뭔가 골똘히 생각하던 그녀는 수하인 강에게 귀환할 것을 강요했다. 그들이 그러는 사이 영환은 나눔에게 출발하자는 신호를 보내었다.

“네놈은 우리와 같이 가야겠다.”

“뭐라고? 난 자유의 몸이다. 그리고 환시촌에 볼일이 있다.”

“강!”

“그냥 조용히 따라와라, 이방인!”

영환이 잡혀가는 것을 멍하니 지켜보다가 자신의 선배가 있는 호수 쪽으로 쳐다보고는 낭패한 얼굴의 나눔이었다.

왕관반도 생명의 호수에서 차량 한 대가 빠져나가고 있었다. 조수석에는 과묵한 표정의 강이 타고 있었고, 뒷좌석에는 수와와 납치당하듯 태워진 황당한 표정의 영환이 타고 있었다.

“후! 좋아. 그러면 환시촌에 잠시만이라도 세워주시오, 강님! 아니 수와님. 기억 못하겠지만 해저라는 여인이 환시촌에 있어서 잠시만 보고 갑시다.”

“기억한다! 최 하녀였지. 하지만 다급한 상황이어서 아니 된다.”

하나하나가 마음에 안 들게 하는 그들의 황당한 말들이었다.

"이런, 통신기로 지시하면 안 되오?"

"그렇게 하면 어느 인물이 위험에 처하게 된다."

"그쪽 사정이고 난 나고 당신들이랑 연관이 없잖아. 그러니……."

"왜! 좋아하기라도 하느냐?"

"내게는 만나야 하는 소중한 여인이다."

영환의 말에 과묵하게 앉아 있던 강이 언제나 협박 투의 음성으로 우리에게 잘 보이라는 식으로 말하였다.

"네놈도 공주님을 소중히 생각하여라. 우리가 아니었으면 네놈은 지금쯤 살해당하였을 것이다. 같이 있던 그자는 방송국 일원 같은데, 그자가 방송에 감이라는 분을 떠들어대면 모르긴 몰라도 최소 하루 만에 네놈의 소재를 파악한 무리들이 닥칠 것이고. 네놈같이 보잘것없는 실력으로 그들을 당해낼 수 있겠느냐!"

강의 말에 설마 하였지만 그럴 수도 있다는 생각이 들었다. 먼저 해시총에서 자신을 찾을 것이고, 감이라는 인물을 알고 있다는 이유로 자신을 찾는 무리들이 당연 있을 것이라는 생각이었다. 하지만 자포자기의 심장으로 말해보는 영환이었다.

"죽음이라! 그래요! 이 세상에서 몇 번의 죽을 고비를 넘겼지만 이렇게 살아 있네요. 그러니 마지막 부탁이라 여기고 만나고 싶어 하는 사람을 만나게 해주시오. 감 형님은 몇 년을 홀로 멀쩡히 살아오신 분인데 별탈이 있겠습니까?"

"누가 네놈한테 형님이라 부르라 했느냐."

수와의 쌀쌀한 투의 말이었다.

"아, 네, 잘못했네요. 소중한 공주 수와님!"

"흥!"

그러나 영환의 죽음이라는 말과 막내오빠의 하나밖에 없는 친구라는 생각이 들어서인지 환시총으로 향하자는 수와였다.

"감사합니다! 소중한 공주 수와님!"

짝!

저 멀리 무산에서 흘러 내려오는 폭포와 도심으로 고고히 흐르는 운하가 찬란하게도 보이는 아름다운 정원의 작은 연못가의 의자에서 창백한 얼굴의 여인이 잠들어 있었다. 그녀의 이름은 '환시의 공주' 빙이었다.

"벌써 3시간째야. 저러시다가 감기 걸리시는 건 아닌지!"

"그러게요. 우리까지 마음이 아프네요. '잠자는 인생'이라니……. 보는 우리도 우울합니다."

"참 요즘은 해인의 편지가 안 오네? 혹시 받은 거 있어?"

"그게 저도 궁금해서 얼마 전에 우편물을 보냈는데 답장이 없으시네요. 바쁘신 모양이에요."

해저와 화선의 대화였다. 그녀들은 해인 처한 현실이 어떤 것인지 모르고 있었다. 답장이 없자 궁금해 하는 그녀들이었지만 바쁘다는 생각을 하고 넘겼다.

"저, 해저님!"

그녀들이 빙의 모습과 해인의 상염에 빠져있을 때 시녀 하나가 다가오더니 해저를 부르는 것이었다.

"네, 무슨 일이시죠?"

"밖에 좀 나가보심이……. 해저님을 찾아온 분이 계세요."

환시총 내에서 해저를 찾는 사람은 아무도 없었다. 그런 그녀였기에 당황하며 시녀가 안내해주는 곳으로 나가자 그녀가 꿈에라도 그리던 인물이 서 있었다. 처음에는 잘못 본 것이라고 자신의 눈을 의심해보았지만 거기에는 자신이 늘 간직하던 사람이 있었다. 그를 보고 점점 빠른 속도로 걸으며 결국에 뛰어가서 그에게 안기는 해저였다.

"꿈이 아니겠죠? 어떻게……. 너무나 보고 싶었습니다. 영환님!"

환희에 찬 말을 하며 결국엔 눈물을 흘리는 해저였다.

"나도 너무나 보고 싶었습니다. 나의 해저! 울지 마. 나도 울게 되잖아. 울지 마시오! 나의 공주님!"

소중한 사람의 얼굴을 자세히 보려고 그녀의 얼굴을 양손으로 받치고는 눈물을 닦아주는 영환이었다.

"후후! 언제나 밝지만 처연한 얼굴. 너무나 그리웠어요."

영환은 해저의 입술에 자신의 입술을 댔다. 그러나 밀쳐내는 해저였다. 보는 눈들이 많아서 의식하지 않을 수 없었던 것이다. 그러고는 남자의 손을 잡고 어딘가로 이끌고 가는 그녀였다.

"휴! 너무하세요. 사람들이 보고 있는데……."

해저는 영환을 자신이 기거하는 숙소 쪽으로 끌고 오며 눈꼬리를 살짝 올리면서 나무라는 식의 말을 했다. 하지만 영환이 그토록 보고 싶어 하던 맑은 웃음을 보여주는 그녀였다. 애틋한 사랑의 향기와 그리워하던 여인의 향기가 울려나오자 자신을 주체할 수 없었던 영환은 기어이 해저의 입술을 탐하고 말았다. 그리고 해저 역시도 지금 이 순간만큼은 자신이 원하던 남자한테 모든 걸 주고 싶었다. 사탕발림의 입맞춤을 하던 그녀는 영환의 손을 잡고 다시금 어딘가로 향하였다. 누구한테도 허락하지 않았던 그녀의 방이었다.

방에 들어가서도 그들의 입맞춤은 끝나지 않았다. 결국 흥분한 영환은 그녀를 눕히고 예민한 여체로 손길이 갔다. 여인의 상징인 가슴과 그리고 남자의 애무에 당하던 여인도 얇은 반항을 해보았지만 스스로 허사였다는 걸 인정이라도 하듯이 허락하여 주었다. 남자에게 몸을 허락하였던 것이다. 그렇게 그들의 달콤한 오후의 정사는 이루어졌다. 한참을 그렇게 헐떡이던 두 남녀는 작은 휴식을 취하였다. 영환의 가슴에 해저가 얼굴을 묻고, 영환은 그녀의 가녀린 몸을 쓸어 만지면서 정사의 피로를 풀어갔다.

"사랑해요, 해저!"

"꿈만 같아요. 나의 영환님!"

하지만 언제까지 그렇게만 있을 수 없는 그들이었다. 그들을 기다리는 자들이 있어서였다.

"해저, 나 대국에 가게 되었어. 거의 강제지만 하지만 곧 올 것이니까 다시 조금만 기다려주세요."

"훗! 네. 하지만 건강하셔야 해요. 그리고 빙 아가씨께도 인사드리고 가시면 좋은데."

"아! 빙 아가씨. 그 창백한?"

"네. 지금쯤 정원에서 눈 뜨고 계실 거예요."

"그게 무슨 소리? 그 여자는 그렇게 할 일이 없어요? 대낮에 잠을 자다니. 그것도 아가씨가."

"아니에요. 그분 몸이 워낙 안 좋으셔서 하루 중 10시간 이상은 주무셔야 한대요. 불쌍한 분이세요."

"그런 병도 있었나? 음! 희귀병이네. 과학문명도 많이 발전한 수성이 못 고치는 병도 있어요?"

"네! 그렇대요."

"뭐가 이리 오래 걸리나!"

자신이 기다리던 장소에서 수와의 앙칼진 목소리가 들려왔다. 심히 못마땅한 표정의 말투였다. 정원 앞 작은 광장에서 수와의 목소리가 울려퍼져서일까! 수와의 말이 끝나고 얼마 후, 빙이 모습을 드러내면서 역시나 힘없고 작은 목소리로 영환을 알아보면서 반기는 인상의 그녀였다.

"어머나! 여리님 아니신가요?"

"아! 빙 아가씨, 잘 계셨는지요. 아가씨께는 늘 감사한 마음입니다."

"제가 뭘요! 그런데 그분은……."

빙의 말에 영환은 손가락으로 코의 양옆으로 수염이라도 그리듯이 흉내를 내어보았다. 영환의 동작을 보고 어떤 인물을 생각하게 되는 빙이었다.

"아! 오랜만입니다."

인사를 하려는 그녀의 옆으로 와서 그녀가 누구인지 설명해주는 영환이었다.

"아! 수와 공주님! 뵙게 되어 영광입니다."

"빙 아가씨도 오랜만이오. 흠."

"저 싸가지는 상대할 필요가 없어요, 빙님."

영환의 귀띔에 오랜만에 웃음을 지어보는 빙이었다.

"이렇게 왕림해주셔서 뭐라고 표현해야 할지도 모르겠습니다. 대국의 공주님께서."

"아니요. 그냥 벌레 한 마리가 용건이 있다고. 여리, 그만 가자."

"벌써 가시게요, 여리님?"

"네! 대국에서 이 벌레가 필요하답니다. 건강하시고 안녕히 계세요."

아무리 하찮은 인물한테도 늘 존칭을 하는 빙은 역시나 영환한테도 허리를 굽히며 송별인사를 건네었다.

"언제라도 오고 싶으시면 오세요. 환영합니다."

그녀의 말에 영환 특유의 눈웃음을 하며 인사에 답하고, 연인 해저에 미소를 머금은 얼굴을 보여주고 돌아서는 그였다.

"여리님!"

영환이 승차한 차량이 시야에서 사라져도 계속해서 그가 떠난 방향에 시선을 고정시키는 해저였다.

'여리님! 오늘 이 몸한테는 일생의 가장 행복한 하루였답니다. 당산의 숨결 고이 간직하겠습니다. 부디 다치거나 아프지 마세요.'

"뭐가 그렇게 오래 걸렸지?"

"오랜만에 만나 하도 울어서 달래주느라 늦었다. 그리고 벌레는 너무했잖아. 난 당신의 백성도 아니고. 어느 정도 도는 지켜라! 안 그래요, 걍님?"

할 말 없으면 침묵을 지키는 대국의 인물들이었다. 지금까지의 예시총의 사람들과는 다르다는 느낌도 받았다. 할 말 없으면 손부터 나온 예시총의 인물들과 대국의 사람들과는 비교가 되었던 것이다.

"뭐라고 하였느냐!?"

미로의 지하건물에서 대노한 음성이 흘려 나왔다.

"네. 거의 다 들어온 그물에 훼방꾼이 나타나서……. 나중에 보고 받아보니 이방인이라고."

"으으, 그러니까 우리가 놓치고 예시총에 있던 그 이방인이더냐?"

"네. 그러하옵니다. 여리라는 인물입니다."

"이런! 그놈이 왜 왕관반도에 있었지?"

"네. 복장이 많이 해진 걸로 보아서 그동안 그곳에서 지내며 수련을 한 것처럼 보였답니다."

"음, 걍이가 그놈을 끌고 갔다! 그럼 지금쯤 대국으로 향하는 '수정형'에 타고 있겠구나. 그런데 왜 그런 자를 끌고 갔지?"

"그건 소인도 모르겠습니다. 수소문해서 무슨 용도로 쓸 것인지 알아보겠습니다."

"아니다. 괜한 짓으로 대국의 정보망에 걸릴 필요가 있어.'

수정형! 수성의 하늘을 달리는 전자석의 전차이다. 최장거리는 동쪽 대륙의 가장 동쪽인 해시총에서, 서쪽 대륙의 가장 서쪽의 도시인 '부름'시까지 약 14,000km에 이르렀다. 수정형의 주요 역은 해시에서 류시, 예시, 타르, 환시, 완르였다. 대총인 완르에서 각 총으로 연결되었고, 교차지점인 완르총에서 대국의 중앙지역인 대성이 있는 '오름' 시까지 왕복 운행되는 전차였다.

지금 그 전차 안에 설레는 마음과 모험의 눈빛을 한 남자가 타고 있었다.

"와! 이게 어떻게 떠다닐 수가 있는 것이지? 신기하네. 와! 완전 비행기 잖아!"

"그만 떠들고 앉아라, 벌레!"

걍은 수와의 말에 자리에 앉는 영환에 그동안 참았던 궁금함을 물어보았다.

"한 가지만 물어보자."

"네네?"

"그때 네놈은 도망칠 수 있었을 것인데 왜 얌전히 잡혀주었지? 대국에 불온한 마음으로 가는……."

걍의 말을 자르는 영환이었다.

"설마 불손한 마음이 있겠소? 그저 여행 차원에서……."

"거짓말하지 마라! 환시총에서도 그렇고, 네놈은 뭔가……."

"후후, 역시 감을 가진 인물이오, 걍님은. 사실은 걍님의 검술 실력과 뛰어난 몸의 반응을 좀 배워둘까 하고요. 그게 조건입니다. 잡혀가는 조건."

"네놈도 충분히 배우지 않았나? 남의 실력을 부러워하지 말고 자기 노력을 해야 한다."

"음. 그럼 잘 있…… 아얏! 야!"

"감히!"

"아니, 앉아 있어라, 걍은."

수와가 영환의 볼을 잡아당긴 것이었다.

"네놈은 빙한테는 그렇게 예의를 차리더니 공주인 나한테는 왜 그렇게 막 나가는 것이지?"

"네 행동이 그렇게 만들잖아. 툭하면 때리고 툭하면 욕하고. 빙처럼 얌전하고 조신 좀 해 봐라. 그리고 남장은 왜 하는 거야? 금방 들통 날 짓을."

"흥! 네놈이……. 오냐! 좋다! 대국에 당도하거든 두고 보자. 벌레로 만들 것이야."

'수성의 어떤 여자들보다 예쁜 눈과 아름다운 얼굴을 지녔지만 성격은 상냥한 해저와 판이하게 다르다.'

영환은 대국으로의 소모 시간이 많이 걸린다는 말을 듣고, 해저와의 풋풋한 사랑을 기억하며 눈을 감았다.

'이렇게 있어도 되세요? 같이 온 분들은…….'

이미 한 번의 정사로 몸이 나근해지는 듯하였고, 자신의 가슴에 얼굴을 묻고 속삭이고 있는 해저가 너무나 사랑스럽게 보인 영환이었다.

'해저!'

'네, 그렇게 보지 마세요.'

부끄러워하는 모습 또한 피로가 확 하고 달아날 것 같았다. 수줍어서 얼굴이 붉게 달아오른 해저에 무언의 손짓으로 그녀의 가슴부터 더듬어 내려가는 영환이었다.

'붉어진 얼굴도 예뻐.'

'또 이러시면 안 돼요.'

하지만 싫지 않는 표정의 해저였다. 그녀의 비밀스러운 쪽으로 손이 가던 영환은 그녀를 반듯이 눕히고 입술을 찾았다.

'으음, 사랑해!'

'나빠요. 다음에 만나면 허락 안 할 거예요. 지금도 기…… 읍!'

그렇게 다시 폭풍우가 치듯이 서로를 끌어안으며 사랑의 갈증을 해소해가는 두 남녀였다.

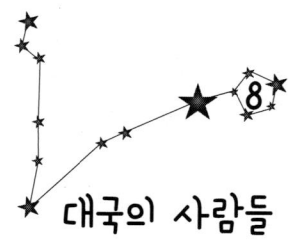

대국의 사람들

표 대국의 중심 도시 오름!

대국의 730만 인구 중 약 210만의 인구가 살아가는 곳이었다. 도심의 좌우로 우뚝 솟은 높은 산이 사람들에게 인사라도 하듯이 살짝 숙인 모습이 인상적이었다. 그 양쪽의 산에서 흘러 내려오는 물길이 도심을 두 개로 가로지르는 모습 또한 경관이었고, 도심의 외곽으로는 산림지대와 농경단지가 조성되어 있는 모습이었다. 지금 영환은 도심의 중앙지대에 우뚝하고 세워져 있는 동산의 성같이 보인 건물들이 늘어서 있는 성으로 향하고 있었다.

"공주님! 어서 오십시오."

"공주님의 귀환을 환영합니다. 강님께서도 수고하셨습니다."

일렬로 정렬해있는 시녀, 하녀들과 기사들로 보이는 자들이 깍듯이 인사들을 하는 모습이었다. 이상한 모습은 자신은 전혀 신경들을 안 쓴다는 것이었다.

"누가 저 인물을 사람으로 만들어라!"

영환이 멍한 표정으로 두리번거리자 목불인견(目不忍見)이라도 보듯이 처량한 말투로 소리치는 수와였다. 그러자 시녀들의 관리로 보이는 여인이 시녀들에게 뭐라고 하자 어리게 보이는 시녀 하나가 영환에게로 다가 오면서 수줍은 듯 말을 건네었다.

"이쪽으로 오시지요."

"아, 네."

기분 탓인가 엷게 웃는 모습인 듯 보이는 시녀의 모습이었다. 해저가 급하게 준비해 준 옷가지 때문이어서 그랬을까. 자신이 보기에도 우스꽝스러워 보인 모습이라고 생각한 영환이었다.

"앗, 내가 씻을게요."

"안 됩니다. 제가 씻겨드려야……."

"글쎄……."

목욕도 손수 해준다는 황당한 시녀였다.

"이제 사람같이 보이는구나. 그 여자도 그렇지 어떻게 그런 이상한 옷을……."

영환이 시녀들이 준비해준 옷을 입고 안내되어 온 별관으로 오자 밝은 목소리로 그를 반기는 여인이 있었다. 우아한 드레스와 물방울 모양과 가는 배꽃 같은 문양이 나비처럼 휘날리는 모습을 수놓은 상의를 입은 여인! 그리고 머리에 얹은 장식들, 하얗고 작은 은줄 같은 걸로 보이는 왕관과 어깨 쪽으로 내려와 있는 자주색의 머릿결! 그리고 타인을 거만하게 보는 자주색의 눈빛. 자주색의 눈빛을 보자 대강 누구인지 짐작하는 영환이었다.

"서, 설마 소중한 공주 수와님?"

"음! 누가 저놈을 클룽의 우리에다 쳐 넣어라!"

앙칼진 목소리에 확인하였다는 듯이 말하는 영환이었다.

"역시 그 싸가지가 맞구나. 난 또 누구라고."

그의 말에 가만히 있을 수와가 아니었다. 그리고 대국의 공주가 아니던가!

"이, 이놈! 감히."

"뭐 존칭 써주면 나도 존칭 써드리고. 난 여기 사람이 아니니 그대 또한 나의 공주가 아니다. 안 그래?"

"호호호홋. 그럴까…… 요, 여리님?"

"네, 소중한 공주 수와님!"

"언제고 네놈을 벌레로 만들 것이야."

"왜 지금은 못 만드시나?"

그녀가 뭐라 말하려는 차에 천의 장남이자 수와의 큰오빠인 정이 오고 있다는 말을 전하는 시녀가 있었다.

"그럼 난 성의 구경을 좀……. 수와 공주님."

"어딜 가느냐! 네놈도 같이 만나야 한다. 막내오빠의 일이다."

"또 지 멋대로 여행 갔다 온 것이냐? 이제는 좀 조신하여라. 아버님 심기를 그렇게 불편하게 만들고 싶니? 요 작…… 음, 그대는……."

정이 수와를 꾸짖다가 영환을 발견하고 뭐 하는 사람인지 물어보는 사이에 영환이 대답하고 나섰다.

"당신들의 공주에게 강제적으로 납치당해온 사람입니다."

"그대의 모습을 보아 하니 수와가 줄곧 말하던 문제의 이방인인가? 환영하네."

"오라버니들은 예의가 바르신데 저 공주는……."

"하하핫. 그대가 이해하게. 누가 있어 저 녀석을 다그치겠나."

"오라버니! 저놈이 글쎄 허락도 없이 제 몸에 손을 댔어요. 그런 놈이 감히……."

"호오! 그럼 중형인데? 저자를 죽여야겠구나."

"뭐 그건 아니고……."

'젠장! 애구나, 애야. 저런 버르장머리.'

환시총!

"후홋! '아가씨께는 늘 감사한 마음입니다' '대국에서 이 벌레가 필요하답니다.' 언제나 재미있는 분이야, 여리님은."

방긋한 얼굴로 영환의 모습을 회상하는 빙이었다. 몇 번이고 되새기는지 미소를 짓다가, 어느 순간 자신이 믿기지 않는지 흐릿한 말로 중얼거려보는 빙이었다.

"그런데 왜 그분만 보면 내 몸이 편해지는 것일까. 활기찬 모습에 나도 모르게 내 안의 무언가가 솟구쳐서 그런가! 아니면 기분 탓일까! 여리님만 대하면 정신이 맑아지고, 잡스런 생각들이 달아난 느낌이 들었어. 뭐지? 혹시 여리님이 자신도 모르게 병을 치료하는 뭔가를 가지고 계시나? 그런 사람이 있을까? 지금도 기분이 맑아지는 느낌이야. 뭐지?"

영환의 대한 호기심이 자신의 마음의 병을 다스린다는 느낌을 받은 빙이었다. 또 하나의 여인이 영환의 모습에 관심을 가지게 되는 일이었다.

예시총!

하핫, 미안! 어떻게 하다 보니 지금 대국에 와 있어. 사실은 강이라는 인물의 검술과 몸의 운동신경에 관심이 가서 배워둘 참으로……. 하핫.
여기서 조금만 있다가 당신의 곁으로 갈게. 울지 말고 기다려주세요! 나의 니은 아가씨!

'훗! 바보 같기는. 누가 운다고 그래? 넓은 세상도 구경하면 좋은 경험이 될 것이야.'

영환의 편지를 받아본 니은의 생각이었다.

예시총회!

"대총장님의 선택의 결과를 기다리고 있습니다. 문제는 대총장님의 어떤 결정이고, 그에 대한 대비를 하고 있을 것이라는 해시총의 모습이었다고 합니다."

총장의 비서실장격인 서선의 보고였다. 얼마 전의 *대지표시보고서: 왕관반도 원래 주인의 서명*이 들어간 서류를 예시 측의 차미와 퓨시와 타르의 고위관료와 연계하여 대총장에 제시하고 선택의 결과를 기다리고 있다는 소식을 전하는 서선이었다.

총의 운명이라 할 수 있는 사태다 보니 총의 최고위인 차미가 직접 참석하였다. 대총장의 선택의 결과가 공동 소유로 되돌리면 왕관반도를 6등분하게 되어 있었고, 그 반대일 경우를 대비하자는 의견들이었다. 대비하자는 말은 해시총을 제외한 5총의 국민들에 서명운동을 통해서 규탄의 목소리를 내자는 대안들이었다. 물론 언론 또한 방송연합체의 승인하에 각지로 내보내자는 데 3총이 합의한 내용들이었다.

완르총회!

흐릿한 눈빛과 볼살이 내려앉아서 욕심이 많아 보일 것 같은 인물이 총회의 상석에 앉아 있었고, 좌우로는 대총의 관료들과 예시 등 3총 연합에서 회의 참석차 발걸음을 한, 예시의 차미 타르의 '당'과 류시의 '황' 들이 모습을 보였다. 침묵이 흐르는 정적이 계속되었다. 이러기를 수차례! 그런 원인은 누구나 알 수 있는 욕심 많은 대총장에게 로비하는 무리들인 해시총의 방해 공작 덕택이었다. 뭔가 불리하다 싶으면 대총장의 비서한테 손짓을 해가며 총회를 중단시키고 하는 그들의 만행(?)이었다. 그러나 개인보다는 연합하여 단결체로 와 있는 차미 등의 인물들에 더 이상 부적절한 관계를 원하지 않아서 대총장인 완르는 다음과 같은 판결을 내렸다.

협력 국가인 상나라의 최고 결정권자인 본인 대총장은, 타르총 등 3총 연합이 제시한 영토 분쟁이 발생하게 된 계기인 해시총이 가지고 있는 왕관 반도의 주도권을 6총의 분할권으로 돌리는 데 결정하였다. 추후 어떠한 분쟁도 있으면 아니 될 것이고, 각 총은 물론 어느 단체건 군사의 움직임을 제안한다. 또한 이 서류는 개인이 소지할 수 없으므로, 중립지역인 환시총에 일임한다.

수성력 45012년 5월 20일 상나라 대총장 완르

완르의 결정이 떨어지자 여기저기서 환호성이 들려왔다.

해시총장 집무실!

"젠장! 괘씸한 늙은이! 후."

"어쩔 수 없는 일일 겁니다. 대총장님도 각종 언론가 보는 눈들이 무서운 것은 당연한 일입니다. 이제 할 수 없이 분할해야 할 듯합니다."

붉으락푸르락해져가는 해시와 그런 그를 애써 말리느라 진땀을 빼는 망이었다.

"후! 그럼 그동안 들어간 투자와 시간은 어쩌고요?"

"대총장도 우리한테 받아먹은 게 있으니 반도의 3/1 정도는 내 놓으라고 해야지요. 그 정도는 어느 총이건 반발하지 못할 것입니다."

"알았어! 알아서 하세요. 휴! 그나저나 우릴 곤경에 빠트린 인물은 뭔가 좀 잡히고 있습니까? 특별히 의심이 가는 인물이 있냐는 말이요!"

"후! 한두 명은 있지만 도려내기 위해서 은밀히 작업 중에 있습니다. 너무 염려마세요."

"어떤 자인지 내 이……. 그리고 그분은 어디에 계시는지 알아?"

"후훗."

"웃지 말고 좀!"

"그분의 모습으로 보이는 분이 한두 곳에서 포착되었다고 합니다. 곧 오시게 되실 겁니다."

예시총장 집무실!

"차미님, 수고가 많으셨습니다. 덕분에 훌륭한 일을 해냈습니다."

총장인 예시가 여독도 풀리기 전에 회의에 참석한 차미한테 인사의 말을 건네었다.

"후후, 총장님의 결정 덕분이었습니다. 총장님의 덕입니다."

"별말씀을……. 그럼 반도의 3/1은 해시가 차지하고 대지의 60%를 분할하는데 우리는 어느 쪽의 땅을 차지해야 하나요?"

차미가 말을 받았다.

"네, 해시가 중앙지대인 생명의 호수에서 우왕산 밑으로 해서 서쪽 일부를 차지하였고요, 우리는 반도의 동쪽 지점인 이원산에서부터 강물을 끼고 평야지대를 차지하게 되었습니다. 음! '사라' 시보다는 약 4배의 크기입니다."

아버지인 차미의 말에 놀라움과 밝은 목소리로 말하는 해였다.

"와! 그렇게나요? 비교적 넓은 땅이네요."

"그렇다. 우리도 총의 자금과 사비를 대어서라도 개발에 참여해야 할 것이다. 하핫, 잘하면 우리 총의 제2의 도시가 되겠습니다, 여러분!"

"하하, 아무렴요."

오랜만에 피리와 고니도 동조해보았다.

"그러자면 안전을 책임지는 기사들도 대거 발탁해야 할 것입니다."

총장의 말에 니은이 나섰다.

"제가 가겠습니다. 저도 총에만 있어서 그런 곳에도 다녀와야 할 듯합니다. 몇 달 후의 여기사들의 모임에도 참석해야 합니다."

그녀의 말에 해도 동참하듯이 말하였다.

표 왕국. 영환의 숙소!

영환은 대국으로 와서 오전 오후에는 걍의 직무실로 가서 그의 검술을 익히는 데 주력하였고, 밤에는 글 연습 삼아 니은이나 해저한테 편지를 종종 쓰곤 하였다. 그러나 답장이 없어서 이상하게 여겼지만 별일 아니겠지 하고 오늘도 밤 공부를 하는 중이었다.

'여기 사람들은 자유의 냄새가 난다. 다들 다른 것에는 신경들을 안 쓰고, 맡은 일에만 충실히 하는 사람들이었다. 작은 나라들인 예시 같은 데는 사람들이 초초해하는 모습들이었고, 여긴 대국이어서 여유로워서 그런가!'

이런저런 생각들을 편지에 옮겨 적는 중인 영환이었다.

팟!

"헛! 뭐……. 으, 뭐지?"

대국에 대한 생각과 편지에 정신이 팔려있는 영환의 등 뒤로 다가와서 그의 편지를 낚아채는 인물이 있었다.

"공주! 이게 뭔 짓이오? 휴!"

아무리 공주의 신분이지만 자신이 기거하는 곳까지 올 줄을 모르고 있던 영환은 크게 당한 불편한 얼굴로 수와에게 편지를 내놓으라고 정자세를 하며 나무랐다.

"휴! 이제는 공주님께 하대도 안 하고 싫은 짓도 안 하잖아요. 남의 편지는…….'

"호! 나의 니은 아가씨! 전에는 나의 해저 어쩌고 적었는데."

영환은 공주의 입에서 나온 자기만 아는 내용을 공주가 떠버리자 당황한 눈빛과 황당한 얼굴로 그녀를 쏘아보며 따지듯 말하였다.

"아, 아니 그걸……. 설마 지금까지 내 편지를……. 아, 정말 아무리 내가 공주한테는 벌레로 보여도 편지는 개인의 사생활인데 계속 이러면 내일 당장 가겠소. 내 볼일은 끝났으니."

쫙!

"누구한테 따지는 것이냐? 벌레 놈이 감히!"

"가정교육 참 잘 받았네. 후!"

탁!

영환은 더 있으면 공주한테 실수할 듯하여 결국 밖으로 뛰쳐나갔다. 그러나 그냥 보고 있을 공주가 아니었다.

"이 벌레 놈이 어디서! 본 공주의 허락을 맡고 떠나든지 하여라. 이놈 거기 서지 못할까!"

공주가 뒤쫓아 오자, 크게 안 높아 보이는 건물의 지붕으로 날듯이 올라가는 영환이었다.

"젠장, 뭐 하자는 거야? 완전 지 멋대로야."

영환은 우울할 때면 항상 생각하는 그것을 생각한다. 바로 가족과 어린 시절의 기억이다. 작고 귀여운 여동생을 업어준 거며 장난치던 생각들. 그리고 첫사랑의 기억. '여기에 해저가 있다면 저쪽에는 '은주'가 있는데 잘들 있을까? 후후, 가만, 여기 시간이 2년이 흘렀다면 저쪽에는 음, 비슷하겠지. 2년 동안 소식 없는 나를 어떻게들 생각할까? 죽었다고 치겠지. 후후, 미안들 해요!'

타타탁!

"뭔 소리야? 오잉! 저들은 강님하고 같은 장기사인 융님이 아닌가? 뭐 하시지? 음, 대결!? 좀 더 가까이 가볼까?"

옆 지붕으로 올라타고 그들 쪽으로 향하는 영환이었다. 서쪽 대륙의 이름난 고수들이 아닌가! 그들의 대결의 호기심도 있었지만 흔하지 않은 대결이어서 배우는 자세로 그들에게로 다가간 영환이었다.

"하하핫, 오랜만일세!"

"그렇습니다, 융님!"

"인사치레는 되었으니 다음으로 가볼까."

"네! 바라던 바입니다."

장가사인 융은 대국의 정보전의 전주이기도 하였다.

"듣자 하니 여리라는 이방인이 자네한테 관심이 많다며!"

"네! 둔한 편인데 나름 노력을 하려고 하더이다."

그들은 대련을 하면서 떠들어댔다. 여유 만만한 고수들의 싸움이라고 생각한 영환이었다.

"자네가 가르치면 훌륭한 검사가 될 것인데 말이야."

"지금도 누구에게 배웠는지 기본은 되어 있더이다. 합!"

"그 누구가 누구인 줄 아는가? 바로 동쪽에서 소문이 자자한 여기사 니은이라네. 우리보다는 한참이나 젊지만 더욱이 귀족과 여인의 몸으로 대단하이, 대단해! 첩!"

"하하핫, 역시나 정보 전주님이십니다. 그런 것도……. 휙!"

'음! 과연 대국의 정보다. 동쪽에서 제일 작은 총이 예시총인데도 눈이 있다니. 그리고 연필과 종이를 가져왔으면 그림이라도 그리면서 외워둘 건데……. 아쉽지만 기억할 수 있는 것은 기억하자.'

그렇게 걍과 융의 대련이 계속되었다. 밀고 미는 대련이었다. 걍의 실력은 어느 정도란 것을 알고 있는 영환이었지만 그에 버금가는 실력을 갖춘 융의 모습을 보자니 역시나 걷는 자 위에 뛰는 자, 거기에 나는 자라고 생각하는 영환이었다.

'저게 과연 본 실력들일까? 당연히 아닐 것이다. 저들한테는 몸 풀기 정도일 것이다.'

"핫! 하지만 왠지 대님께서도 그자를 눈여겨보고 계시네. 아마도 이방인의 모습에 궁금하셨겠지만 알아서 몇 가지만 가르쳐놓으시게."

"대님께서요? 허, 음. 네, 그리하겠습니다. 많은 걸 가르쳐봐야 그자의 머리로는 이해 불능일겁니다만."

'쳇, 내 머리가 나쁜 편인가? 하긴 아직 얼얼하지만 수성의 탓이지요. 머리를 하도 얻어맞아서 그렇다, 이 양반들아.'

탑! 얍! 휙!

'그런데 대님이라는 건 왕을 말하는 거잖아. 그 아버지인……'

영환은 생각하기도 싫은 수와의 아버지이자 대국의 절대 권력자인 대를 생각하게 되었다. 그런 대단한 사람이 왜 자신 같은 이상한 놈에 관심을 둔다는 말인가! 그렇게 생각한 영환이었다.

그들의 검과의 대화는 깊은 밤인 새벽 1시까지 계속되다가 서로 지쳤는지 마무리하고 각자들 자리로 돌아갔다.

"음, 확실히 여기 사람들의 인간성이 좋은 느낌이다. 여유로움과 초초함 그런 차이 같아."

"뭔 차이지?"

의미 없는 발길로 숙소로 향하던 영환의 귀에 여인의 음성이 들려왔다. 설마 했지만 많이도 토라진 수와의 목소리였다.

"나 힘 없으니까……"

말하며 다가가다 수척해진 그녀의 모습에 할 말을 잊은 영환이었다. 몇 시간을 밖에서 이슬을 맞은 듯 보인 모습과 얇은 옷을 걸쳐서인지 추위에 떠는 듯 보인 모습이었다.

"시녀들을 불러 오:……"

영환이 말하는 중 스르륵 하고 그의 품속으로 쓰러져가는 공주였다. 자존심이 강한 공주여서 밑의 사람들인 시녀들에게 아무 말도 안 하였을 것과 자신을 기다렸을 것으로 보고 괜히 미안함 마음이 드는 영환이었다.

"어쩐다? 그냥 안고 가면 공주를 함부로 안은 놈이라 추궁을 받겠고, 가만두자니 불쌍해 보이고! 거참 안 나타나면 자기의 별채로 갈 것이지.

뭔 고집이야, 이 공주!"

흔들어 깨워봤지만 반응이 없자, 이슬이라도 닦아줄 요량으로 이마로 손이 가졌지만, 열기가 많이 나는 것을 보고 화들짝 놀라는 영환이었다. 어쩔 줄 모르다가 시녀들과 하녀들의 관리자인 '화진'이라는 여인이 있는 곳으로 안고 뛰어갔다.

공주가 쓰러졌다는 소문이 퍼지자 새벽 시간인데도 여기저기서 작은 소동이 일어났다. 급기야는 대의 귀에까지 들어가게 되고, 영환은 졸지에 죄인 취급을 받는 듯하였다. 그러나 그의 자초지종을 들은 천의 장남인 정은, 잘못이 없다고 판정하였지만, 원인은 영환한테 있다며 공주가 깨어나기 전까지 공주의 별채 앞 정원에서 기도를 올리는 심정으로 앉아 있으라고 명하였다. 별 이상한 처신이라고 생각한 영환이지만 그래도 눈을 감고 애쓰는 척은 하였다. 따지고 보면 자신한테도 간접적이지만 공주가 쓰러진 데에 잘못이 있다고 생각하였던 것이다.

그렇게 몇 시간이 지나고 새벽이 밝아오는지 멀리서 불타는 듯이 보이는 한쪽의 하늘이 붉게 물들어가고 있었다. 그리고 자신을 관찰하는지 우두커니 내려다보는 남자가 있었다. 은색머리를 어깨까지 길렀으며, 근엄하게 보이는 염소수염과 열정적인 붉은 얼굴의 늙은 사람이었다. 그는 눈이 마주치자 심드렁한 얼굴로 쏘아붙이듯 말했다.

"네놈이 공주를 어찌해보려다가 공주가 기절하자, 정원의 풀숲에 버린 다음 몇 시간 후에 공주를 다시 꺼내서 감기라도 걸려서 쓰러졌다고 소동을 일으킨 다음……."

"누구신지 모르나 참 대단한 추측입니다. 나이 먹은 분이 생각을 그렇게도 많이 합니까? 그냥 어찌해보려다가 죽은 줄 알고 버렸다고 하지 그러세요?"

영환의 말에 안면 근육이 옥신하며 쏘아붙이는 새벽의 타들어가는 얼굴이었다. 영환은 그의 얼굴이 일출의 영향으로 불그스름한 줄 알았다.

"네놈이 실토를 하는구나. 여봐라."

"이보세요! 누구신지 모르나 나이 먹고 사리 분별없이 그렇게 사람을 대하면 되겠습니까? 제가 뭐가 부족해서 저따위 싸가지 없는 공주를 건드리겠어요! 지가 잘못하고 지가 멋대로 쓰러지고……. 정신 차리면 물어보세요. 내가 뭔 잘못을 하였나. 공주 아버지가 대님이라고 들었는데 가정교육 참 예의 없게 잘도 키우셨습니다."

"뭐라고 이놈! 본대를 알고도 놀리는 것이냐? 네 이놈!"

"아! 대님이세요? 대님이 이런 하찮은 벌레를 상대하시리라고는 생각도 못하였나이다. 하지만 틀린 말은 안 드렸습니다."

"이이이…… 이놈! 정아! 정이 있느냐!"

대국의 절대 권력자 천! 그가 공주의 일로 직접 나타난 것이었다.

아버지의 부름에 정이 황급히 다가왔다.

"네, 여기 있사옵니다."

"네놈은 뭘 하였느냐! 저놈이 공주를 업신여기고 추행하려고 하였다. 그 죄명은 무엇이고 죗값은 무엇이더냐?"

"사형이옵니다."

"그래? 그럼 죽이거라."

천의 대노에 아들인 정이도 주춤하였으며 영환도 어이가 없었다.

"하하하! 그 아버지의 그 딸입니다, 경우가 없는 건. 말이 안 되는 말로 사람을 환장하게 하는 데는 일가견들이 있으십니다. 저 싸가지가 저런 데에는 대님의 영향이 있었습니다그려."

영환의 심기가 어지럽혀지는 말에 붉으락푸르락한 인상이 되어가더니 급기야는 실성을 하였는지 하늘에 대고 대소를 하는 천이었다.

"하하하핫, 뭐라 그 아버지에 그 딸이라! 네놈은 겁이 없는 것이냐, 상실한 것이냐?"

"어차피 당하는 거 바른말을 하고 죽어야지요. 수성 인간들은 다 같이 인간성에 문제들이 있더군요. 고작 살려주고자 안았을 뿐인데 죽을죄라니……."

"네놈은 그 혀로 하여금 위기를 모면하려는 것이렷다? 뭐라! 우리에게 인간성의 문제가 있다고? 인간성이 죄라는 식으로 우리한테 죄를 전가시키는구나. 말 못 하게 만드는 재주가 있어."

"타인을 탓하기 전에 자신부터 탓하시오. 그러니 멋대로 하시구려."

어느새 아침이 밝아오고, 사람들의 모습이 자세히 나타나자 모여든 사람들은 대님인 천이 어떠한 행동을 할 것인가 그의 행동에 숨죽이며 주목하고 있었다.

"정이는 들어라!"

"네, 아버님!"

"이놈을……."

"아빠! 그자는 죄가 없어요. 소녀가 그만……."

사람들 사이로 급히 뛰어오는 소녀가 있었다. 아픈 몸이었는지 창백한 얼굴로 뛰쳐나와 아버지인 천에게 힘없는 목소리로 뭐라고 중얼거렸다. 그러나 못들은 척하고 아들인 정이에 이어서 말하는 천이었다.

"이놈을 옥에 가두고 3일 후에……."

쫙! 쫙! 쫙!

"대님께 잘못을 빌어라! 본 공주를 안은 것은 희롱한 거나 마찬가지. 어떤 이유에서건 일반인이 내 몸에 손대는 건 있을 수 없는 일이다. 더욱이 네놈은 날 두 번이나 멋대로 안았다. 나에게는 최대의 수치심이었고, 여인에게 있어 최대의 수치심이라는 말이다. 그리고 네놈 같은 벌레 놈은 100번 죽어도 날 안으면 안 되는 것이다. 그리 알고……."

"말도 안 되는 소리. 그냥 죽여라! 공주는 사람이 아니더냐? 그럼 죽어가게 놔두어야 했느냐? 어느 귀족 여인이 물에 빠진 걸 구해주어도 죽을 죄더냐? 그게 뭔 법이야! 사람이 먼저다. 너의 목숨은 여벌로 몇 개라도 되느냐? 참 더러운 세상이야, 수성은. 그냥 비참하게 만들지 말고 죽여라. 죽어서라도 더러운 이곳을 벗어나고 싶다."

"후후후! 죽어서 이곳을 벗어나고 싶다? 할 말이 그게 다냐? 기백은 있으되 살고자 하는 용기는 없구나. 그렇게 모든 일에 회의를 느끼며 죽고자 하면 네놈을 기다리는 사람들은 어떻게 하라고 그러느냐?"

"음, 뭔 뜻인지 모르겠소."

"말은 잘하되 머리는 아둔한 놈이구나. 여인을 살리고자 안았는데 그게 죄가 되는 세상이 있다더냐? 공주도 네놈보고 죄라고는 하지 않았다."

대국의 절대 권력자인 천의 입에서 이상하게 생각되는 말들이 나오자 황당한 표정으로 물어보았다.

"무슨 말씀이시온지?"

"네놈으로 하여금 저놈의 버릇을 고치려고 하였다. 말도 안 되는 말에 죽고자 하는 네놈이나, 아직도 자기 잘못을 모르는 저런 철딱서니나……."

"아빠! 그러면……."

"이놈아! 사람을 함부로 대하면 되겠느냐. 그것도 일국의 공주가 말이다. 늘 조신하라고 일렀거늘 천방지축으로 그저. 오늘부터 네놈은 별채에서 외출금지다 그걸 어기면 네놈의 곁에 있는 자들을 모조리 추궁하고, 최후에는 중형으로 다스릴 것이다."

"그럼 저는 뭔가요? 당신들의 집안일에 이용한 것이오? 그러게 가정교육이 중요하다는……. 저런 예의 없는 것은……."

영환의 투덜거림이었다. 그러나 대국의 왕인 천이었다.

"이놈! 뭐시라! 그럼 네놈은 남이 대련하는 곳에 왜 기웃거렸느냐? 그것은 중죄이니라!"

영환은 후일에 강으로부터 고위직들의 대련을 훔쳐보면 안 되는 것이라고 들었다. 기초체력 없이 상위 검술을 익히면 그만큼 부작용도 따른다는 것과 출세에 눈들이 멀어 이 검술 저 검술을 혼합하다 보면 기사도 정신도 없이 지저분한 검술만 난무한다는 것이었다.

"하지만 일국의 통치자인 본대가 두말하면 안 되는 것이니 간접적이지만 희롱죄도 법은 법! 그러니 3일 동안 옥에서 생활해야 한다. 하지만 공주도 죄가 있으니 공주를 안고 그녀의 방 안에까지 들어다 주겠느냐! 아니면 3일 동안 옥에서 생활하겠느냐? 물론 방 안에까지 들어다주면 네 놈은 사면이고 다른 일을 해도 된다. 어쩌겠느냐? 간접적으로 공주의 버릇……."

"감옥에 갈게요."

착!

"야! 이……."

뺨도 힘없이 때리는 수와였다. 그녀의 아픈 모습에 어쩔 수 없이 안고 들어다주는 영환이었다. 그렇게 말도 안 되는 아침의 소동은 해가 비추자 끝이 났다.

"그럼 여기에 내리고 난……."

"아니다. 저기가 침실이다."

외인의 침입이 단절된 곳! 공주의 방이었다. 천은 영환으로 하여금 그녀의 버릇을 고치고자 그녀의 방까지 가게 하였던 것이다. 아무리 애지중지하는 공주라지만 함부로 행동하면 망신시켜서 버릇을 고치게 하는 천의 생각에서였다.

"내가 기절하였을 때 무슨 짓을 하려고 하였느냐?"

"아무 짓도……. 그냥 이마의 땀방울만……. 또 시비 걸려는 것 같은데?"

사람들은 아플 때 자신의 잘못을 느낀다고 하였던가!

"미안. 편지도……. 콜록, 콜……."

"시녀들을 불러."

기침하던 그녀는 영환의 몸에 기댄 채 눈을 감고 있었다.

'벌레, 벌레 하더니 나 참. 자는 모습은 귀엽네. 하긴 여동생도 내 무릎에 앉아서 잘 자곤 하였지만. 해맑게 잘 자라고 있겠지. 이제 18살쯤 되었나? 후후.'

수와의 잠든 모습을 보고 여동생의 기억을 찾은 영환이었다.

"다시! 다시!"

타인을 압도한 듯한 목소리가 들려왔다. 장기사관 앞의 정원에서였다. 영환과 걍이 대련을 하듯이 일대일 상황이었다.

"그럼 난 직선으로 공격하고 방어하겠다. 너는 좌우로 공격해 보거라!"

하압!

타타탁!

"지금은 승부를 가늠 지을 수 없다. 하지만 결국 누가 이기겠느냐?"

"그거야 걍님이요!"

"이유는?"

"강하니까."

"이놈 교육 중에 농담은 정신을 흐트……."

"아고! 진짜잖아요. 걍님을 생각해서지. 사실은 제가 좌우로 흔들거리면 운동량이 많아서 장시간 대결하면 제가 지는 건 당연한 것이겠지요."

"안다니 다행이구나. 그럼 나는 한 손으로 너는 두 손으로 공격해 보거라! 자, 오라!"

타합!

"아직도 예비 동작이 너무 많다. 그래가지고는 어느 누구도 이기기 힘들다. 중심을 잘 잡으라는 말이다. 그렇지. 발을 고정시키고 자유롭게 몸의 균형과 무릎의 힘으로 또 허리의 유연성으로! 일 분 일 초라도 헛동

작은 하지 말거라."

'확실히 기본은 잘되어 있는데 배운 지 얼마 안 되어서 자세가 엉망이야. 힘은 수성의 어느 장사보다 배는 좋은데. 저 힘에 절도된 동작만 가해도 좋은 검사가 될 것인데……'

"자! 다음이다."

공주의 소동이 있었고, 얼마 후부터인가 강이 직접적으로 지도해주는 모습에 적지 않게 놀란 영환이었다. 그렇게 부탁해도 눈길 한 번 안 주던 인물이 대체 왜 갑자기 지도해주느냐는 의문이 들은 영환이었다. 하지만 의문이 들어도 물어볼 생각은 없었다. 강의 지도 덕분에 아침잠이 많던 영환도 동이 트기 전에 일어나서, 아침의 맑은 공기를 마시고 자세를 잡고 호흡을 가다듬으며 기사로서의 하루를 시작하였다.

어느 날 아침!

아침의 공기를 마시며 정자세를 틀고 앉아있는 그에게 여인의 향기를 풍기며 다소곳한 자세로 차의 향기를 느끼게 하고 마시라는 여인이 있었다. 향기의 냄새만 맡아도 누구인지 알 수 있었다.

"마셔. 이건 그냥 고마워서. 아빠도 너무 겁주신 거 같아서."

"공주가 이러시면 안 됩니다. 공주를 흠모하는 사람들이 날 어찌 보겠소. 난 만인의 적이 된다오."

"어떻게 말을 그리도……."

"진심이오. 이제 공주께 농담도 하지 않을 것이며 놀리ス도 않을 것이오. 그보다 몸은 좀 괜찮으시오?"

"괜찮다."

그나마 요즘은 앙칼진 소리도, 퉁명한 소리도 안 내는 수와의 목소리였다.

"저녁에 같이 식사하자. 부담스러우면 안 와도 되지만."

"영광이오! 소중한 공주 수와님!"

"그럼……."

'호, 웬일이지? 좀 전에는 놀리는 말이었는데 성격이 많이 변했나?'

"식사를 어떻게 하면 얼굴에 묻힐 수가 있지?"

저녁식사를 같이하고 식후 차 한 잔을 나누는 영환과 수와였다.

"미안하오. 식사 예절은 아주 예전 사람들이나……."

"그 말투 좀 고치면 안 될까? 너무 이상한……."

"아! 미안해요. 미안합니다. 이렇게?"

"웅! 후훗."

'수성의 어느 여인들이고 웃음 하나는 좋은데. 특히 니은, 그리고 해저, 그리고 이 여자! 아! 빙도 힘없어 보이지만…….'

"무슨 생각하는데 대답을 안 해?"

"어, 아! 네. 왜! 뭘 물어 오신건지?"

"아니 그냥 차 맛이 어떤가 하고."

"공주랑 마시니 맛없는 것도 맛나나이다. 좋아요."

"그, 있잖아! 그거 좋아해?"

영환은 순간 이상한 상상을 할 뻔하였다. 그, 그거! 그러나 여자들을 좋아하느냐는 질문 같아서 사실대로 대답하는 영환이었다.

"음, 해저! 니은?"

"웅! 좋아하는 거지?"

"네. 해저는 수성의 첫사랑이고. 그래서 늘 가슴에. 특히 맑은 웃음이 좋아서. 니은은 귀족이면서 날 먼저 좋아해주었고. 특하나 내가 많이 죽을 고비를 넘겼을 때 한시도 떠나지 않고 날 보살펴줘서……. 음, 그래서 좋아합니다. 안 좋아하면 나쁜 사람이잖아요. 아마도 두 여인이 없었으면 지금 이 자리에도 없었을 것입니다. 죽었을 것이니까."

"음, 그럼……."

"공주님은 많은 사람들이 좋아해주시니까 행복한 분이고……."

"하지만 가족……."

"왕국의 모든 사람이……."

영환이 자신 말을 못하게 잘라서일까! 그의 팔에 손을 얹고 울 것 같은 눈으로 자신 없게 중얼거리는 수와였다.

"내가 그렇게 싫어? 내가 뭔 말을 하면 자르고……. 그거 예의 아니야."

"전 공주님을 싫어하지도 좋아하지도 못합니다. 싫어해서는 안 되고, 좋아해서도 안 되는 분이 공주시잖아요."

'이 수성의 여인들은 특이한 사람을 좋아하는 모양이야. 수와도 날 좋아하는 눈빛인데 큰일이네. 이 여자는 사람이 많아서 행복하잖아. 니은이나 해저는 내가 있어야 해.'

영환의 마음을 알기라도 하듯이 영롱한 목소리로 중얼거리는 수와였다.

"그거 알아? 오히려 나 같은 신분의 사람이 더 외롭다는 거."

순간 어느 여인들보다 불쌍하고 측은하게 보인 공주의 모습에 찡한 뭔가가 올라오는 영환이었다. 너무나도 아니 이 수성에서 제일 아름답게 느껴진 수와 공주가 이처럼 불쌍하게 보이다니 믿을 수 없는 자신이었다. 안아주고 싶었다. 입술이라도 마주쳐주고 싶었다. 하지만 자신한테는 이미 사랑하기 시작한 여인들이 있었다. 더 있으면 찡한 가슴 때문에 잘못된 행동을 할까 염려되어 영환은 자리에서 일어났다.

'더 배워둘 게 많지만 이제 대국도 떠나야겠다.'

"그럼 먼저 음……."

그녀가 인사하는 그의 입에 입술을 댔다. 눈물도 같이 흘러내려왔다. 그는 그녀의 얼굴을 떼고 만지면서 눈물을 닦아주며 용기 주는 말을 해보았다.

"당신은 대국을 위해 당신의 가족을 위해 행복해야 할 의무가 있습니다. 순간적인 감정에 이러시면 당신을 좋아하는 분들이 좋아할까요? 그들의 눈에 눈물 흐르게 하지 마세요. 당신은 언제나 행복해야 합니다.

저도 당신의 행복을 빌어 줄게요."

하지만 더 커지는 그녀의 눈물! 하염없는 눈물에 발이 떨어지지 않는 영환이었다.

"차라리 절 한 대 때려주세요. 왜 저 같은 걸……. 하핫, 아마 소유욕일 겁니다."

"소유욕? 그런 건 아니야. 절대로!"

그녀의 말에 힘차게 안아주는 영환이었다. 여동생처럼 그렇게 안아주었다.

"후후, 우리 공주님. 착한 우리 공주님. 나중에 멋진 왕자님이 등장하실 겁니다."

"나쁜 놈! 누가 강제로 안으래?"

"하하핫, 싫으신 표정은 아닌 거 같은데요. 음, 우리의 소중한 공주님!"

강의 직무실의 앞 정원에 영환과 언제나 과묵한 표정과 매사에 강인한 인상을 주는 걍이 마주하고 서 있었다.

"그간의 노력에 얼마나 진보가 되었는지 와보라! 오늘은 본인에게 배운 모든 걸 발산해 보거라! 오라!"

"네! 그럼……. 하압!"

영환은 니은에게 배운 중심력과 기초적인 자세와 걍의 절단된 동작과 그가 가지고 있는 검술의 변화와 본능적으로 따라 움직이는 부러웠던 동작들을 상기하며 조합 식으로 밀고나갔다.

"탓! 제법이다만 아직이다. 으음! 호!"

'저놈이 여기 온 지 5개월 정도인데 판이하게 변화하였다. 향상되었다고 해야 하나? 많이 늘긴 하였는데 아직은 조금 미숙하다. 응용력만 감안한다면. 후후, 내 마음이라도 알듯이 응용도 하는구나!'

"그럼 나도 슬슬 움직여볼까?"

타압!

"힘과 절단된 동작이라! 좋아. 핫!"

그렇게 그들은 식사들도 안 하고 하루 종일 정원의 풀이며, 흙이며, 날아올랐다가 땅에 닿기도 전에 움직이고, 움직이고, 하였다.

"이상! 많이 좋아졌다. 그러나 항상 긴장하는 자세로 임하라! 너의 최고의 문제는 긴장감이 없다는 것이다. 그러나 너무 긴장해서도 아니 될 것이다. 몸이 굳어버리니까. 음, 이건 그냥 참고사항인데 사람을 보는 눈을 길러라! 그 사람이 풍기는 기도라든지, 분위기라든지, 특히 사람의 마음을 잘 기억해 두어라! 그동안의 노력에 조금이나마 도움이 되었으면 한다."

"네, 그동안 지도해 주시느라 수고하셨습니다."

"그리고 따라오라!"

걍을 따라가자 점점 더 고풍스러워 보이는 건물과 정원이 지나갔다. 건물의 장식이며, 화단이며, 대국에서의 5개월 동안 단 한 번도 못 본 것들도 있었다. 공주의 별채에도 수많은 화단과 장식들을 보았지만, 다른 느낌이 드는 곳으로 따라 걸었다. 그렇게 걷기를 10여 분 정도, 어느 건물 앞에서 멈추더니 조심스럽게 안쪽으로 뭔가 말하는 걍의 모습이었다. 들어오라는 신호가 오자 영환도 따라 들어갔다. 응접실인지, 집무실인지, 굉장히 넓은 사무실 같았다. 넓은 공간에 주인은 없는지 주인을 기다리는 고급스러운 의자만 놓여 있었다. 벽 쪽의 장식이며 책상이며, 윤기가 흐르는 듯하였다. 어느 화가의 작품인지 오래된 그림들도 있었고, 어느 인물을 묘사하였는지 그중에는 언젠가 보았던 사람의 모습으로 보였다. 힘을 상징하는 글씨체들도 보였다. 화풍과 서예와 오래되어 보이는 장식들이 잘 어우러져 있는 방 안의 모습이었다. 아마도 이 방의 주인은 최소한 대의 아들들 아니면 상급귀족일 것이라 짐작하는 영환이었다.

'공주의 별채가 우아하다면 여기는 남자의 힘을 상징하는 곳이기도 하

구나! 누구 방일까?'

"잘 지내고……."

남자가 작별인사를 고하자 못 기다리고 그의 품 안으로 파고드는 여인, 수와였다.

"그것만 알아둬! 나도 너를 좋아하는 거 아니야. 그냥 불쌍해서……."

"하핫, 아! 네."

"그리고 전해! 해저나 니은한테. 뺏을 거라고."

"무슨 말인지……."

"둔한! 가면서 생각해 봐. 그리고 다시 한 번 말하지만……."

"하하, 이 세상에서 가장 아름다우신 공주, 수와님. 내가 좋아한 것입니다."

"내가 세상에서 제일 아름답다는 말은 정말이야?"

"그럼요! 그러니 행……."

"그럼 내가 제일 아름답다는 증거를 대봐."

"어떤? 그냥 제일……."

"못 믿어! 사람은 아름다운 것에 입술을 대잖아. 그러니 너도 내 입술에……."

"그건 사랑하는 사람의 마음입니다."

자수정의 색의 맑은 눈동자인 수와를 보자면 금방이라도 빨려 들어갈 것 같은 영환이었다.

'뭐 가벼운 입맞춤은 상관이 없겠지.'

"그 봐! 거짓…… 읍!"

'다른 여인들보다도 향긋하지만 기분은 쓸쓸하다 해야 하나?'

영환이 입맞춤해주자 급히 입술을 떼는 수와였다.

"누구 멋대로! 그 상냥하게 수와라 하면서……."

머리를 뒷머리를 긁적이는 영환이었다.

"음…… 수와!"

마음의 입맞춤을 해주는 영환이었지만 점점 진하게 입술을 요구하는 수와였다.

'뭐 이건 수와와의 비밀일 것이니…….'

어느새 그의 목덜미를 감싸 안은 수와였다. 그렇게 몇 분 동안 있다가 입술을 떼고는 뺨을 때리는 수와였다.

"이제 됐으니까 그만. 하지만 날 보러 온다는 것은 지켜야 해."

"후후, 그럼요."

"그런데 그거 자주 해 봤지?"

"하핫, 살다보면…….'

"불결해! 하지만 이제는 내 허락 없이 함부로 그거 하지 마."

동쪽 대륙행 수정형 전차에 몸을 실은 영환이의 손에는 기사증이 들려 있었다.

'오래 기다리게 해서 미안들 하네. 음 그대가 여리라고 하나?'

걍과 같이 들어간 사무실의 주인의 말이었다. 대국의 귀족이자 상급기사인 '독'(302세)이라는 인물이었다. 그의 방에 있던 인물화도 젊은 시절의 천과 독의 모습이었다. 독은 천과 같은 지역 출신으로 선배가 되는 천에게 젊은 시절부터 많은 도움과 힘을 실어준 인물이었다.

'그럼 바로 시작하겠네. 본 상급기사 독은 하급기사인 여리를…….'

기사자격증

성 명: 여리

위의 사람은 기사로서 자가 노력을 통해 실력을 향상시켰고,

그에 대한 실력을 인정받아 세계 기사의 귀감이 되었으므로

이에 대한 기사증을 수료함.

수성력 45012년 9월 1일   표 대국 상급기사: 독

　: 위 수료증을 받는 즉시 통계청에 제출하고 기사 문양의 마크를

　　교부받아 착용할 것을 권유함!

　: 기사 마크는 세계의 어떠한 국가나 총에서의 중하급기사 20명과

　　군사 30명을 지휘할 수 있는 권위(權威)가 있음.

　그렇게 해서 하급기사보다 2계단위인 기사증을 받게 되었다. 본인인 영환도 영문을 모르고 기사증을 받았고, 강에게 어찌된 영문인지 물어보았으나 답이 없었다.

　'공주나…… 아니야, 공주는 그런 것에 관심이 없을 것이다. 있다 하여도 삼촌뻘인 독에게 뭐라 말 못할 것이고, 그렇다면 큰 왕자인 정과 대인 천님이 그 정도 힘을 쓸 수 있을 것인데……. 음, 어느 누가 손을 써주었던 간에 받고 말자. 문제될 것은 없잖아. 어느 대륙에서든 통하는 기사라……. 좋은 거네.'

　영환을 태운 전차는 유유히 대국의 중심 도시인 오름을 막 벗어나고 있었다.

　"아무튼 신기해! 어떻게 하늘을 달리는 기차냐고. 듣자 하니 한 칸에 정원 38명에 4칸으로 되어 있고, 내가 타고 있는 고급 승객실이 하나, 총 5칸의 전자석 차! 음, 그나저나 촌스럽게 생긴 기사 마크를 달고 다녀야 하나?"

　잘 다듬어진 10개의 계단 위에 양쪽 거치식 의자가 있었고, 심기 불편해 보이는 인물이 한쪽 팔로 얼굴을 감싸며 고개를 숙이고 있었다. 예의 굵은 목소리였으며 영환의 머리를 때려서 죽음 직전까지 가게 하였던 인물이었다. 영환은 그 덕분에 바보 생활 몇 개월을 보낸 적이 있었던 천으

로 얼굴을 가린 인물이었다.

"이방인! 그놈이 완르총에서 모습을 보였다? 이제 와서 그놈을……. 그놈은 이제 가치 없다."

"하지만 주인님의 얼굴과 목소리를……."

"상관없다. 바보였던 놈의 말을 누가 믿겠나. 그것보다 피리와 고니 그놈들은 이제는 아예 헤벌쭉하고 다니더구나. 한심한! 지조 없는 것들. 하지만 건은 뭔가 생각 중인 것 같아 보이고 돼지도 뭔가 추진하려고 하는데 우리도 뭔가를……. 뭔가 좋은 방법 없어?"

"아블을 시켜서 왕관반도의 우리 땅을 해시총과 충돌시켜서……."

"예시와 해시를 이간질 시키자는 것이냐? 충돌이 일어나게? 멍청한 것! 대총장의 발표를 못 봤어? 어느 충돌도 없어야 할 것이며, 어느 군사의 움직임도 없어야 한다고 했는데 군사가 움직여 봐. 우리 총은 세간의 미움을 받아 불바다가 될 것이고 그럼 총장이 되기도 전에 우리는 끝장이야. 한심한! 그러면 욕심 많은 대총장이 우리 땅을 차지할 것이고! 에잉, 보다 신선한 생각 좀 하고 살아라. 머리 쓰는 게 점점 맘에 안 들어."

"하지만……. 방법이 있습니다. 예시가 분할 받은 땅이 작다며 해시와 충돌하려고 한다는 소문을 우리 총의 각지에 뿌리는 것이죠. 그리되면 욕심 많은 예시라고들 떠들 것이고, 총을 불안하게 한다는 미움을 받고 총장 자리에서도 내려오게 할 수도 있습니다."

"에잇! 야, 이놈아! 그들이 그런 생각들도 없겠느냐? 소문의 진상부터 파악하고 나설 게 아니냐. 나가 봐. 꼴도 보기 싫다."

수하가 나가자 의미 모를 미소를 흘리는 천의 얼굴이었다.

'후후, 압이라! 그자한테 뭔가 응시가 되는 말을 보내야 되겠어. 야망이 큰 인물이라면 예시는 물론 타 총들의 인물에도 비보를 주고받을 것이다. 모르긴 몰라도 두세 개의 집단과 포섭을 해놓았을 것이고. 나에게도 좋은 기회이다. 자연스레 나의 정적들도 제거하고. 그러니 일단 비위를

맞춰주어야 하겠다.'

"주인님, 예시의 모전이라는 인물과 타르의 부수가 우리에 연락을 보내
왔습니다."

언제나 차분히 말하는 미로의 인물 압이었다.

"그래? 읽어보라!"

"네, 이렇게 연락하게 되어서 영광입니다. 옛 구정의 압님! 저는……."

수하의 두 개의 서신을 읽는 것을 듣고, 잠시 생각에 잠기는 압이었다.

"음! 그대는 그들의 성격과 직위는 어떤 것이라 보는가! 자네의 생각을
말해 봐!"

실험이라도 하듯이 수화에 특정 인물의 성격을 말하여 보라는 말을 하
였다.

"네. 소인이 보기에는 부수란 인물은 우리와 연락을 한동안 뜸하다가
최근에 두 번 정도 왔던가? 그자는 귀족도 아닌 듯하고 기사일 것 같은
데 내용을 보면 귀족을 멸시하는 자로 보입니다. 그리고 모전은 글씨체
와 격식을 잘 차리는 자로 보여서, 그의 총에 약 10위권 안에 드는 자로
보입니다. 성격은 서신 내용으로 보아서 급한 성격과 초초함이 묻어났습
니다. 음! 부수는 되라면 되라는 식으로 밀고나가는 성격인 막장 성격으
로 보입니다."

"후후, 그대도 본인과 오래 있다 보니 많은 걸 보게 되는구나. 잘 보았
네. 사람을 잘 보는 것도 흥망을 좌우한단 말이야. 큰 것이건 작은 것이
건. 우리에게는 득이 될 인물들이니 받아 적게. '서신은 잘 받아보았습니
다. 이렇게 뜻을 모아서……."

타르총의 도심외곽 의문의 건물!

건물 내에는 기사로 보이는 자들과 그들을 통솔하는 자로 보이는 인물

이 정돈된 탁상 몇 개를 놓고 양쪽으로 앉아 있는 모습이었다. 일견하기에도 위계질서가 확실한 군인이나, 기사들로 보이는 모습들이었다. 상석에 앉은 인물과 행대를 맞춘 듯 일렬로 배치되어 앉아 있는 그들의 모습이었다.

"오랜만에 모였습니다. 그간 잘들 계셨는지요."

"네! 부수님도 잘 계셨는지요!"

상석의 인물이 인사치례를 건네자 다들 저마다 한마디씩 하고, 잠시 정적이 흐르자 부수라는 인물이 힘 있는 목소리로 일행들에게 소리쳤다.

"우리는 그동안 총에는 아무런 불만이 없었습니다. 하지만 거만한 귀족들 때문에 늘 문제였습니다. 우리가 하고자 하는 일마다 사사건건 문제를 일으켜왔으며, 자신들에만 이득이 가게끔 취한 행동들! 그리고 총장님을 꼭두각시인 양 취급해 왔던 것도 사실입니다. 국민들을 위해 계시는 총장님을 자신들의 필요한 총장님으로 대우해왔던 것입니다. 이게 다 그 '탁신'(사람의 혼을 빨아먹었다는 괴물) 같은 놈인 귀족 '잠'과 비열한 상급기사 '삭' 때문입니다.

해서 그동안 비밀리에 연락을 주고받던 어느 단체와의 연락을 시도하여 지원군만 성사되면 결전의 날을 잡을까 합니다. 물론 저도 타인의 힘을 빌려서 내국의 질서를 잡는 것은 국민들이나 저 자신한테도 못난 짓은 맞을 겁니다. 하지만 개인보다도 우리 총이 먼저 아닙니까! 욕을 먹어도 제가 먹을 것입니다. 저 타르님의 아들 '조국'(168세)은 울분을 참으며 여러분께 고합니다. 더 좋은 의견들이 있으시면 답을 주십시오."

부수 즉 조국이란 이름은 상나라의 제2총장인 타르 총장의 아들이었다. 그러나 좌중은 선뜻 나서는 자가 없었다. 한뜻으로 모인 자들이 서로들 눈치를 보며 침묵을 지키는 모습들과 흘러가는 분위기에 직감적으로 뭔가 일이 틀어졌다는 생각을 한 조국은 자신의 측근들에 눈치를 주었지만, 자신을 믿고 따르던 소수의 인물들만 주의하며 다른 사람들의 반응을 살폈다. 하지만 믿었던 다른 일행들은 반응이 없이, 어떤 인물에 시선이 고정되어갔다.

'하, 함정이었나? 이런! 나의 운도 오늘로서 끝인가?'

"조국 왕자님! 비열한 '삭'이다 하셨습니까? 하하핫."

호탕한 웃음을 날리며 일어서는 자! 타인을 조롱할 듯이 보인 회색과 검은색이 조화를 이룬 눈동자와 유난히 눈썹이 길었으며 일자수염의 인물! 바로 타르총의 상급기사인 삭이었다.

"그대가 어떻……. 그럼 그동안…… 네놈의 수하들이었더냐?"

"허허, 일총의 상급기사올시다. 당신의 아버지인 타르님도 본인한테는 어쩌지 못하거늘 그 아들이……."

"이놈! 총을 멋대로 좌지우지하는 놈한테 뭔 예의를 차릴 것이며, 뭔 좋은 말이 나가겠느냐. 비열하고 간사한 놈!"

"조국님! 그만하시고 뒷일을 생각하시어 퇴로를 확보하심이……. 제가 앞장서겠습니다."

"그렇습니다, 조국님."

조국이라는 타르의 아들은 비밀리에 회합을 소집하였지만, 그동안 자신이 덫에 걸린 것을 모르고 총의 주요 인물들을 숙청하려다가 오히려 역습을 당한 꼴이 되었다. 자신의 측근들인 15명의 기사, 군사들을 포함, 약 40명의 기사들과 주요 군사직에 있는 인물들과 회합을 가졌지만, 총의 상급기사의 등장으로 밝은 앞날로의 꿈이 깨어지고 말았던 것이다.

"어림없는 소리. 추포하라! 총의 반역을 모의한 타르의 아드님 조국을 추포하라."

삭의 소리에 검들을 뽑아들었다. 삭의 기사의 수는 30명 가까이 되는 반면 조국의 측근들은 겨우 10명 남짓하였다. 그러나 조국의 측근 중 하나는 만일을 대비하여 비밀 통로를 설치해두어서 그나마 조국 일행들이 빠져나갈 수 있었다. 하지만 조국의 측근들 몇몇이 삭의 편에 서서 통로의 위치와 함정들을 알 수 있어서 곧 추격을 당하고 말았다.

"토이! 도대체 어떻게 이런 일이 있을 수 있지? 총장님의 아들인 나보다도 저 비열한 자를 더 따르는 세상인가? 우리 총이 말이야. 원통하구나, 원통해! 우리 기사들이……."

"너무 원통해하지 마십시오. 소인의 불찰입니다. 후일을 도모……."

"맞습니다. 후일을……."

"그럼! 우리 아버님은 어쩌고? 저들이 아버님을 가만둘 것 같은가? 사람들의 귀와 입을 막고 패륜(悖倫)을 저지를 것은 안 봐도 뻔하다. 차라리 저들과 생사를……."

"그런 말씀 마십시오. 타르님도 조국님은 무사히 빠져나가길 원하실 겁니다."

"이 사람들아! 어떻게 자식이 부모를 버릴 수가 있는가. 발길을……."

조국 일행은 비밀 통로가 산 아래로 이어져서 산을 끼고 달리고 있었다. 수적으로 열세인 그들은 도로가 없는 곳이어서 다행이라 여겼지만 더 이상 앞으로 나갈 수 없자 평탄한 길을 택하고자 살림이 우거진 풀숲을 헤쳐 나갔다.

"여긴 대체 어디야? 내가 배운 글들이 각 총마다 다른가? 아요! 완르총인가에서 내려서 분명히 예시 비슷한 문구를 보고 달려 왔건만……. 아유, 짜증나. 근데 저것들은 뭐 하는 인간들이지? 쫓기는 자와 쫓는 자들인가? 키보다 높은 풀밭을 헤치고 나오잖아. 앞에 오는 놈들한테 물어볼까, 뒤에 오는 것들한테 물어볼까? 귀족 인간들만 이용한다는 큰 도로는 차량을 세워 달라 해도 안 서는 것들이니 잘되었네. 일반 사람으로 보이는 저것들한테 물어봐야지."

큰 도로가에서 어슬렁, 구시렁거리는 인물이 풀밭의 소동을 보고 재미있다는 듯이 내갈기며 그들에 접근해 보면서 뭐라고 떠들어보았다. 그러나 앞에 오는 그룹의 사람들은 물어 보는 자가 귀찮은지 '비키시오'와 어느 정도 예의를 차리는 사람은 '저들에 부딪히면 귀찮은 일을 당할 수 있으니 비켜가세요'란 말을 하며 도망가기 바빴다.

"뭐가 저래? 그럼 저 사람들한테!"

"이놈! 이놈도 검을 들은 걸 보니 같은 패거리로 보인다. 포박하여라!"

그러나 '이놈'이라 불린 사람은 호락하지 않았다. 겨우 목적지를 물어 보았는데 돌아오는 건 포박이라는 말에 화딱지가 난 것이었다.

'음, 좋아! 그렇다 이거지! 다수를 상대할 때는 강님이 뭐라 했지? 우선 기죽지 말고, 불필요한 움직임을 줄이고, 절단된 동작으로 공격하되, 상대가 잠시 뜸을 들이면 치고 나가라 하셨는데 과연…… 휴! 하지만 이들도 좋은 움직임이잖아. 뒤에 오는 저들도 앞선 자들보다 높은 실력일 것이다.'

의문자의 말은 당연하였고, 한 총의 기사 무리들이었던 것이다. 그리고 서성이던 자는 영환이었다. 그는 수정형 전차로 대총인 완르총에서 내려 도보로 목적지인 예시총을 찾아 헤맸던 것이다. 물론 대총인 완르에서 에시로 가는 수정형이 있었지만 많은 기다림 후에 있을 것이라는 역무원의 말에 도보로 걷고 있던 중이었다.

"네놈은 누구냐? 저들의 소속이냐? 아니라면 그냥 지나가라."

갑작스럽게 나타난 인물에 붉으락푸르락해진 타르총의 상급기사 삭의 말이었다.

"그러게 처음부터 말을 들어주었으면 되었을 것인데 나 참. 다짜고짜 포박한다니 무슨……."

"삭님! 그냥 보낼 수 없습니다. 제 부하들을 여덟 명이나……."

'저들은 어느 정도 수위에 있는 자들이다. 그러나 그렇게 강해보이지는 않는다. 공격해야 하나 아니면 점프력을 이용해서……. 아니다. 저들을 피해 도망간다면 틀림없이 내 모습을 수소문해서 예시에 피해를 줄 것이다. 결판을 짓자. 나를 지나쳐 가던 자들이 일곱 명은 쫓기고 있던 자들이 알아서 할 것이고 남아 있는 자들이 대략 열세 명. 어쩐다. 나는 아직 지치지 않았다. 강님도 나의 힘은 수성에서 따들 자가 없다고 했으니 일단 순간적인 점프력과 힘으로 몇 놈 날려 보내고……. 지금이다!'

대결하고자 결심한 영환은 다음 순간 남아 있던 삭 일행을 치고 들어갔다. 순식간에 세 명이나 날려 보내는 영환! 그리고 쉴 새 없이 공격해 오는 영환을 보자 불안감에 잡혀 있는 삭이었다. 아무리 힘으로 얻은 자리라지만 그도 당당히 상급기사라는 칭호를 받고 있는 자가 아니던가! 상급기사답게 호령하며 공격 대형을 갖추라는 명령을 내리는 삭이었다.

하지만 명령의 순간적인 빈틈을 발견한 영환은 다시 치고 나가며 갈팡질팡하던 두 명을 땅바닥에 내팽개치고는 긴 점프력으로 대형을 이루기 전에 삭 일행의 중심부로 들어가며, 인간의 최약점인 머리를 향하여 검을 휘둘러갔다. 강의 움직임을 응용하며 그렇게 네 명을 실신시키고, 다시 남아 있는 그들 쪽으로 이동하며, 힘겨루기라도 할 참으로 검을 크게 휘둘러댔다. 세 명이 한 명을 보호하듯이 에워싸고 있는 모습에 힘으로 밀어붙인 것이었다. 그 여파로 두 명이 나가떨어지고 두 명만이 남게 되자, 소스라치게 놀라는 한 사람이 있었다. 각 층에 한 명만이 있다는 상급기사 삭이었다. 영환의 광폭한 모습에 위험하다고 판단한 삭은 뭔가 타협할 심산으로 떠들어보았지만 이미 늦었다는 생각이 들고 말았다. 공격자의 눈빛은 마치 야수와 같았고, 오로지 상대를 해치고자 하는 모습이었던 것이다.

사실 영환은 다수가 소수를 괴롭히는 것을 보고, 자신이 당해왔던 것에 격노하며 인성을 상실하였던 것이다. 그런 그의 일격에 몇 달 몇 년을 누워 있어야 할 신세가 되고 마는 어느 한심한 상습기사의 최후였다. 그때 자신의 측근들과 도망치다 쫓는 자들을 처리하고 멀리서 삭의 일행과 어떤 인물이 대결하는 모습을 지켜보며 결판이 나자, 어떤 인물인지 궁금하여 되돌아온 조국이었다. 영환의 모습과 삭의 일행들이 널브러져 있는 광경을 보고 아연실색하고 할 말을 잃은 조국과 그의 일행들이었다. 영환의 모습을 보고 조국의 측근들 몇몇은 수성의 신화에 나오는 피마(악마의 자식으로 사람을 죽이고 피를 빨아먹음)라고 연상들 하였다.

"누, 누구신줄 모르나 고맙소. 저는……."

조국이 고맙다는 말과 뭐라고 떠들어대자 숨이 차는 듯한 음성으로 뭔가를 요구하는 피마였다.

"물이 있으면 좀 줘!"

"아! 누가 물 좀……."

"카하! 그런데 당신들은?"

"아! 정신이 드셨는지요?"

"하핫, 제가 좀……."

조국은 영환에게 자신에게서 일어난 일들과 자신의 신분을 말해주었다.

"헛! 그럼! 저기 한심한 인간이 가람님과 같은 상급기사?"

"네. 우리 총의 못 볼 꼴을 보여드렸습니다. 그런데 당신은 혹시 어리님이 아니신지요?"

"호옷! 저를 알고 있으시네!"

"네. 이 동쪽 대륙에서는 거의 알고 있을 것입니다. 이방인에서 일반인, 그리고 하급기사! 그런 당신의 살아가는 모습에 저 역시 경의를 표합니다. 그리고 오늘 구해주셔서 대단히 감사합니다."

영환은 수성으로 와서 거의 못 들어본 조국의 감사하다는 말이었다.

"하핫! 일부러 구해주려고 한 것은 아닌데……."

영환과 조국이 말을 주고받던 사이 조국의 수하가 그에게 긴장된 표정으로 말하였다.

"조국님, 계속 이렇게만 있을 수 없습니다. 저들을 포박하고 다음 일을 모색하셔야 합니다."

수하의 말에 일행 중 조국의 최측근인 토이가 말을 받았다.

"아닙니다. 이참에 저들을 이용해서 잠과 그의 측근들을 도려내서야 합니다. 좋은 기회입니다. 일단은 저들을 은밀스러운 곳에 가두고 저들의……."

토리의 의견이 옳다고 생각한 다른 측근들도 조국에 힘을 실어주듯한 목소리로 말하고 나섰다.

"그렇게 하시는 게 좋겠습니다."

다시 토이가 말을 받았다.

"하지만 지금의 군사로는 무리입니다."

"알았다. 삭은 포박하여 움직이지 못하게 하고, 다른 동조자들은 포박 줄을 풀어주어라."

수하들은 삭의 동조자요 자신들의 배신자들을 풀어주라는 조국의 말에 황당해하며 저마다 떠들어댔다.

"하지만 같은 국민들이 아닌가! 저들도 어쩔 수 없이 삭`나 잠에 동조하였을 것이야. 그러니 나에게 기회를 주시게. 내가 설득해보겠네. 그리고 여리님은 며칠만 우리 총에 기거해주시면 고맙겠습니다. 가능하시겠는지요?"

"음, 그렇게 합시다."

영환이 그렇게 하겠다는 말에 급 화색을 찾으면 마치 천군만마라도 얻은 양 기뻐하는 조국이었다. 그리고 잠시 후 삭의 동조자들이 깨어나자 한데 모아놓고 차분함과 지조가 있게 말해나가는 타르의 아들 조국이었다.

"여러분들의 마음을 충분히 이해합니다. 저라도 힘이, 권력이, 그리고 생사 여탈권을 쥐고 흔드는 타르총의 귀족 잠이라는 인물에 반감을 못 가지셨을 것입니다. 저 또한, 지금에 와서야 오랜 세월을 그들의 노예로, 그들의 허수아비로 지내왔습니다. 제가 그럴진대 힘없는 여러분은 오죽하셨겠습니까! 하지만 죽고자 하면 살아갈 수 있습니다. 아니, 극단적인 생각을 아니하고도 충분히 저 탐욕에 눈이 멀어서 총의 온 국민을 수단과 방법을 가리지 아니하고 괴롭히는 악마의 수괴인 '잠'에 맞설 수 있습니다. 우리는 하나! 우리는 하나라는 모습을 보여주면 어떠한 강적도 물리칠 수 있습니다. 그리고 동무와 이웃이 있습니다. 자신을 믿어주는 그들이 있어서 우리는 행복합니다. 그 행복에 그 행복을 지켜야 자신에게 믿음을 준 동무나 이웃에 보답하는 길이 아니겠습니까!"

영환이 듣기에도 타인의 감성을 자극하는 말이라고 생각하였고, 어느 누구도 그의 설득력 있는 말에 동조하는 마음과 동참하고자 박수갈채를 보낼 것이라고 생각한 영환이었다. 역시나 환호성과 믿고자 하는 말들이 쏟아져 나왔다. 급기야는 어떤 단합대회라도 하듯이 각종인사치레와 그간의 쌓인 불편함을 풀어보는 그들이었다.

그리고 새벽! 조국의 측근인 토이의 방책하의 마음 돌린 동조자들과 뜻을 함께하려는 자들을 모집하여, 기사와 군사들이 잠의 측근인 장 기사 겸 수비대장을 포획하고, 늦은 새벽에 수비대장을 포획한 인사들과 조우하였다. 그리고 동이 트기 전인 4시쯤 잠과 그의 주변 인물들을 도려내기 시작하였다. 일사천리(一瀉千里)로 진행된 타르총의 혁명이었다.

타르총, 총장의 집무실 앞 정원!

정원의 계단 위에 의자에 근심 가득한 표정으로 타르가 앉아 있었다. 아들에 의해 잡혀온 자들을 면밀히 살피며 절제된 음성으로 질책하였다.

"이게 무슨 일이오, 잠! 우리가 어쩌다가 이렇게 되고 말았는지. 그놈의 탐욕이 무엇인지, 권력이 무엇인지. 젊었을 때 그렇게 청렴하던 사람이⋯⋯. 음! 애석합니다. 애석해! 본 총장도 그동안 그대와 일하면서 많은 걸 느끼고 생각하게 되더이다. 본인한테도 문제가 있을 것이다, 그렇게도 생각해보고⋯⋯. 하지만 동무 아니오. 휴! 국아!"

"네. 아버님!"

"그래도 내 동무인 잠이다. 어디 작은 섬으로 유배 보내주자꾸나."

"하지만 아버님, 아니 되옵니다. 다른 무리들이 그를 토필하고자 들고……."

"그건 너한테나 잠한테는 안 어울리는 말이다. 잠의 측근들은 모르되 그를 따르던 자들은 우리가 하기 나름이다. 우리를 믿고 따르게 하는 것이 이로울 것이다. 아니 그러느냐? 그들이 잠을 보필하고자 함은 역시 우리에게도 문제가 있는 것이야. 그러니 조국이가 불만 있는 자들의 민심을 얻어 보거라. 그게 남아 있는 자들이 해야 할 일이야. 잠?"

"네! 송구하오이다. 많은 권력을 가져봤으나 좋은 친구를 잃어버려서 송구합니다. 그러니 더 이상 말씀을 아껴주십시오."

"후! 부디 여생을 맑게 보내시길!"

그렇게 타르총의 탐욕의 수괴인 잠은 유배 갔지만, 타르도 용서가 안 되는 인물이 있었다. 바로 금전으로 상급기사가 되어 수많은 비리를 저지른 삭이었다. 탐이 난다고 부하의 부녀자를 빼앗고 급기야는 어린 소녀들도 탐하게 되었다. 그것도 모자라 항소하는 부하의 제산을 갈취하였으며, 멀리 귀향까지 보내기도 하였다. 상급기사치고는 너무나 악랄한 처신의 삭이었다.

"네 이놈! 저놈은 왜 아직까지 살려두었느냐. 당장 죽이거라. 우리 타르총의 역사에 최악의 범죄자이다."

타르총 사람들의 모습을 켜보다가 은근슬쩍 자리를 피하는 영환이었다.

'위가 썩으니 아래까지 썩는 모습들이었다. 최고위 관료인 잠이 저러니 삭이라는 인물은 됨됨이도 틀려먹었구나. 잠이나 삭의 최측근들도 그러하였고. 어느새 밤이 되었다. 오늘은 도망치기는 틀렸고 목욕이나 하자. 저들도 내가 안 보이면 알아서 사라진 줄 알겠지 뭐.'

토이가 기거하라고 마련해준 방으로 오자 오랜만에 따뜻한 물에 몸을 담그니 피로가 싹 하고 풀리는 듯 노곤해져가는 영환이었다. 그렇게 얼마동안 누워 있다가 사람의 인기척을 느낀 영환은 본능적으로 반응하듯, 일어서며 뭔가 무기가 될 것을 찾았지만, 여인의 목소리가 들려오자 소름이 돋는 듯 몸이 굳어져갔다. 이곳은 전등불을 커서 그렇지만 어두운 욕실이 아닌가!

"누구세요?"

영환이 놀라며 물어보자 기어가는 소리로 말하는 여인이었다.

"저…… 여리님 맞으시죠?"

"네, 그런데 대체…… 욕실에 여인이……."

"시중들러 온 것입니다. 그렇게 긴장하지 않으셔도……."

"컥! 이보세요. 전 그런 거, 필요 없습니다. 누가 시킨 것인지 모르겠지만 그만 물러가주세요. 나 참."

영환은 대국에서처럼 목욕 시중만이 목적인 시녀의 행동과는 다르다고 느끼고 여인을 물리쳤다.

'몸으로 접대하는 것처럼 느껴졌는데 아무도 토이 짓이겠지?'

영환이 몸을 추스르고 방으로 오자 방 안의 의자에 앉아 있던 인물이 일어서며 미소로 맞이해주었지만 영환은 심드렁한 말로 물었다.

"이것 보세요. 좀 전의 여인은 무엇이오. 토이님."

"하핫. 아시다시피 여인이 많은 세상이어서 여리님의 시중을 들어드리려고. 하지만 여인을 생각해서 내치셨겠지만 그 여인은 시녀들의 관리인한테 심한 꾸지람을 들을 것입니다."

"아니 왜요?"

"당연한 것이지요. 조국님의 귀한 손님도 제대로 시중 못 드는 어리바리한 시녀라고."

"그, 그럼 그 시녀는?"

"아마도 쫓겨나겠지요."

"그럼 원인인 토이님이 책임지시면 되겠네."

"하하핫, 역시나 말로는 여리님한테는 못 당합니다. 하지만 그녀들도 거부감들이 들 것입니다. 좋아서 하는 일들이 아니니까요. 그러나 저 시녀들도 자신과 자신의 가족을 위해서 모든 일을 감수하며 하는 일들입니다."

"……"

"하하핫. 여리님은 보기보다 마음이 여리시군요."

"그래서 여리겠지. 음, 그럼 아까의 시녀는 나 때문에 다른 곳으로 보내지나요?"

영환은 어떤 생각을 하는지 그에게 문제의 시녀 안부를 물어보았다.

"아마도……"

"그럼 다시 보내주시오."

토이는 영환의 얼굴에 나타나는 작전(?)의 의미를 아는지 미소 짓고는 답해주었다.

"그런데 무슨 일로?"

"아! 총장님과 조국님이 뵙자고 하십니다."

"이래서 도망치려고 한 것인데 밤이어서 도망도 못 가고 잘못 없는 시녀만……"

"도, 도망이라니요. 말도 안 됩니다."

영환은 토이의 반응에 잘못하다가는 타르총에 잡히겠다는 불안한 생각이 들었다.

조국과 토이의 끈질긴 구애(拘礙)를 뿌리치고 결국은 자신을 따라나서는 시녀인 상아와 함께 타르총을 벗어나는 영환이었다.

"괜찮아요? 나랑 다니면 갖은 멸시와 눈총을 받을 것인데! 거참."

"후훗. 전 괜찮습니다. 그리고 여리님을 뫼셨는데 어떻게 다른 남자를 다시 모실 수 있겠어요! 전 하찮은 하녀지만 지조란 것은 있답니다."

"뫼시다니? 이상한……. 그냥 밤을 같이 보낸 것이지."

"여인에게는……."

"후! 뭐 할 수 없지. 일단은 그 하찮다는 말을 하지 마셔요. 듣기가 좀!"

'후! 낭패다. 다시 온 시녀를 그냥 몇 시간 있다가 가라고 한 것인데 설마 아침까지 버티고 있었다니. 후! 이일을……. 그런데 뭐가 좋아서 저리 미소 짓는 것인지. 말투로 보아서는 일반 자녀 같지는 않은데. 어딘지 로와나 다이와는 다른 느낌이다.'

그의 상념을 깨는 차량의 울림이 들려왔다. 운전석에는 토이가 있었고, 문을 열고 내리더니 승차하라는 듯이 뒷문을 열어주었다.

"또 무슨 짓을 하려고?"

"하하핫, 그렇게 경계할 필요 없어요, 여리 기사님."

"그것은 어떻게?"

"하하핫. 정보는 괜히 있겠소? 대국에서도 소문이 자자하더이다. 사실 조국님이 '친구를 그냥 보낼 수 없다' 하시면서 예시총까지 모셔드리라는 명입니다. 그러니……."

"으흐. 며칠 거리인데요. 상아하고 천천히……."

"언제 가시려고요? 편안히 앉아 계세요, 친구님."

"친구라니요? 토이님이나 조국님이 한참이나 더 늙으셨는데!"

"하하핫. 역시! 상아는 밝으신 여리님을 잘 모시게!"

"네, 잘 모시겠습니다."

"음, 그러니까 그동안 우리와 간혹 비보를 주고받던 부수라는 인물이 타르의 아들인 조국이었고, 그의 측근의 어느 자가 대필해서 우리에게 보내었다? 음, 신중한 자들이었네. 아쉽네, 아쉬워! 진작 군사를 지원해주었으면 그 빌미로 뭔가 요구할 사항이 많았을 것인데 자발적으로 거사를 하였다."

"네. 사실 조국이라는 인물은 권력자들에 머리를 숙이며 철저한 자기 안배로 기회를 엿보고 있었던 차에 거사를 감행한 것입니다."

"그런데 아무리 탐욕에 잡혀서 총을 쥐고 흔들었다지만, 잠이라는 인물은 통솔력이 있는 인물이었는데 그 참."

"잠이 몰락하였던 이유는 한심한 상급기사 삭이라는 인물과 부조리에만 관심이 많았던 그의 측근들 때문입니다."

"그래도 군사가 월등히 많았을 것인데……."

"네! 정보로는 삭의 밑에서 일하던 자들을 포섭해서 새벽에 일사천리로 진행된 거사라고 합니다. 결정적으로 조국의 언변이 좋았다고 합니다. 그리고 어떤 기사가 그들에 도움을 주었다는 소문이 있사오나 자세히는……."

"음! 언제 한번 그 조국이라는 자를 만나보고 싶구나. 기회를 만들어보라. 그리고 그 건은 어떻게 되었나?"

"네, 준비되고 있습니다."

"여리님! 이 세상에서 강하다는 여기사들을 알고 있으세요?"

토이는 운전하며 무료함을 달래기 위함인지 여인 기사들의 얘기를 꺼내었다.

"글쎄! 니은은 알고 있지만 그렇게 강한 여기사들이 더 있나요?"

"허! 여리님처럼 실력 있는 기사가 수성 대륙을 떠들썩하게 하는 여기사들을 모른대서야……."

"실력은요. 그냥 좀……."

"하핫. 때론 겸손이 지나치면 상대를 놀리는 것이니 그렇게 자신을 낮추지는 마세요. 친구 기사님."

"내가 보기에는 토이님이야말로 타인을 놀리는 듯이 보입니다. 흠!"

사실 토이라는 인물은 하급귀족이면서 조국과 어린 시절을 같이 보낸 인물이었다. 또한 친구 관계이자 최측근인 관계로 조국이 여리를 친구라 부르자 자신도 친구, 친구하며 여리를 대하였다.

"하핫, 송구합니다. 아무튼……."

동쪽 대륙의 대표 여기사들인 대총의 서린(152세)과 환시의 순선(147세) 그리고, 예시의 니은(131세)이었다. 서쪽 대륙은 지월(157세)과 자은(164세) 그리고 다원(142세)이 그녀들이었다.

"그런데 여기사들 이야기는 왜?"

"아! 사실은 대총에서 10월 10일과 20일인 약 10일에 걸쳐서 여기사들의 모임이 있습니다. 대련도 하고요. 지금 대총 쪽으로 가고 있으니 비슷한 시기입니다."

영환의 토이의 말에 황당해하며 되물어보았다.

"허! 거기서 왔는데 다시 그쪽으로……."

"하하. 사실은 여리님이 반대쪽으로 오신 겁니다. 예시는 북동쪽에 위치해 있는데. 우리 총인 이곳은 남서쪽입니다. 그러니 완전 반대쪽인 것입니다."

"어라? 예시란 문구가 있어서 이쪽으로……."

"예시총은 한 곳이지만 예시라는 이름의 도시는 몇 곳이 있습니다. 그러니 잘못 보신 듯합니다."

"아! 이런 세상에…… 뭐 그런……."

"어찌 보면 여리님의 불행이 우리에겐 행운이었습니다. 사람들이 말하는 하늘의 뜻인 것이죠. 당장 저기 있는 상아도 그리 생각할 것입니다."

토이의 말에 방긋 웃어 보이는 상아였다.

"음, 그런데 대련도 한다고요? 수성의 전역에서 모인 여기사들이?"

"네. 거의 직접적으로는 안 하지만 그동안 자신들이 지도해주었던 여기사들을 지목해서 대련을 시키는 것이죠. 간접적인 대련도 되고요."

"와! 그럼 여기사들은 많다는 것입니까?"

"음, 여기사들 중 상위의 실력자들이 6명이고 어느 정도의 실력을 갖춘 여기사들이 약 1,200명은 된다고 하더이다."

"아! 그럼 기사라고 다 같은 기사는 아니라는 얘기네요? 하, 중급을 걸쳐서 기사가 되면, 실력들을 인정받으면 기사가 되는 줄……. 난 그럼? 남자 기사들은 얼마나?"

"하하! 여리님도 충분히 실력을 갖춘 분입니다. 음! 남자 기사들은 약 500명 정도에, 상위 실력자들은 7명 정도일 겁니다. 나중에 말씀드리겠지만 일단은 대총으로 향합시다."

'난 초보 기사라는 얘기잖아! 일단 대총으로 가보자. 아! 그럼 니은을 보겠네.'

"오늘은 저기 보이는 '달맞이'에서 투숙하고 내일도 신나게 달려봅시다."

달맞이란 지구의 숙박시설인 호텔, 모텔 등을 말한 것이다. 역시나 일반실과 고급실이 있었다. 고급실은 방 두 개에, 간이부엌 같은 게 있어서 식생활을 할 수 있었다. 토이랑 쉬며 떠들며 달려왔지만 피곤한 영환이었다. 언제 또 이런 호의를 받겠나 싶은 영환은 욕실에 몸을 담그고 자신이 가지고 있는 가사란 호칭을 생각해보게 되었다.

'그럼 기사란 상중하가 있다는 말! 나는 급 진행된 기사니까 초급기사도 안 되겠지 싶다. 뭐 생각해보면 간단하지만 난 겨우 1년 남짓 실력을 쌓은 것이고 다른 자들은 수십 년을 단련해왔으니 당연하……. 어?'

역시나 당황하는 영환에게 조용하고 가는 음성이 들려왔다.

"오늘은 물리치지 마세요. 제가 원하는 것입니다."

고급실이어서 욕실 또한 전등불이 밝았다. 여인의 나체! 그것이 보인 것이다. 주요 부분은 양손으로 가렸다지만 여체의 윤곽이 눈에 들어온 것이었다.

"아! 음……."

할 말을 잃은 영환이었다.

"기사님이시면 몸의 피로도 잘 푸셔야 하니까요! 가, 가만히 계세요."

'뭐 일단 피로가 풀리지만……. 아! 이런 흥분하면 안 되는데…….'

"대충 해요! 당신의 향기 때문에……."

"훗!"

영환은 때론 여인의 귓가에 파고드는 황홀한 웃음소리에 확 하고 가는 경우가 있었다. 여체의 향기와 웃음소리에 넋이 나간 영환이어서 자신도 모르게 늑대가 되어갔다. 여인 쪽으로 고개를 돌리자 여전히 얇은 눈웃음으로 그의 육체를 바라보며 부드러운 손감으로 이리저리 손질(?)하고 있는 그녀, 상아였다.

"해, 해도 돼?"

"……."

말없이 얼굴만 붉어지는 상아에 늑대의 본성이 나왔다. 입술을 훔치며, 여체를 더듬으며, 여체의 황홀함에 취해서 그렇게 본능적인 동작이 밀려갔다. 어느 순간이 되자 그녀를 안아들고 침대로 향하는 늑대 영환이었다. 그렇게 두세 번의 폭풍우가 치듯 지나갔다.

"후! 후욱. 미안해요."

"……."

부끄러움에 그리고 자신의 행동을 정당화시키려고 조심히 사과해보는 영환이었다. 그녀가 말없이 눈을 감고 있자 다시 그녀를 감싸 안아보는 영환이었다.

"음! 나, 나는……."

"그냥 안아주세요."

정사 후 침묵을 지키고 있던 그녀가 말을 하자 세차게 안아주는 영환이었지만 숨이 막힌다고 모기 소리로 말하는 상아였다. 다시 안아주자 참고 있던 눈물을 흘리는 상아와 그런 그녀에 미안함과 쑥스러움에 입술로 그녀의 눈망울을 적셔주었다. 그러자 눈물을 더 흘리는 상아였다. 남자 영환은 울고 있는 여인을 달래주고자 안았던 것이 또다시 여체의 향기에 취해 늑대가 되고 말았다.

무슨 축제라도 열리는 듯 보이는 대총인 완르총, 도심의 모습이었다. 완르총의 총 인구 128만 중, 35만이 모여 사는 완르의 중심 도시 여울이었다. 다른 총들의 중심 도시에 비해, 여울시의 운하가 있었지만, 거의 바닥을 드러내고 있었다. 다른 총보다 비가 많이 안 오는 영향도 있었지만 큰 산들도 없어서 흘러오는 강물 또한 급격히 줄고 있었던 것이다. 덕분에 건조한 환경 탓으로 수분이 빨리도 없어져가는 도시였다. 결국 물이 풍족한 이웃 도시로 물관을 연결하여 소량의 물줄기를 유지할 수 있었다. 그리고 운하의 하류지에 댐을 건설하고 필요 없는 물길을 되돌려오는 공사도 하고 있는 모습이었다. 여울시의 시민들은 하류지의 물길을 되돌려오기를 학수고대하고 있는 모습들이라고 하였다. 그리되면 두 배는 물길이 풍족해지지 않은가 하는 기대감이었다.

"으, 한 번 사용한 물을 다시 쓴다?"

"하하! 연구가들은 괜히 있겠어요? 정수 시설 또한 공사 중에 있다고 합니다."

"어쩐지 대도시의 인구가 고작 35만이라니 이유가 있었군요. 타르의 중심 도시는 인구가 얼마라고 하셨지요?"

"우리의 중심 도시인 '타산시가 46만입니다."

영환은 토이와 말하다가 각종 풍선들이 떠있는 쪽으로 시선을 고정시키며 물어보았다.

"저기가 경기장인 모양인데요? 참 관전자들도 여인들만 있는 것인가요?"

"설마요! 후후후! 귀족이나 일반인들도 들어갈 수 있습니다."

"벌써부터 환호성이 들려오는 듯합니다. 열기가 굉장하근요."

"네. 6년마다 한 번 열리는 여인들의 대회인데요. 갈고닦은 실력들을 발휘할 수 있는 기회고, 참가자의 가족들과 친구들이 많이들 참석하니까요."

토이하고만 대화하다가 옆의 상아를 보자 무슨 생각을 하는지 영환과 반대쪽으로 시선을 주고 상념에 빠져 있는 그녀였다.

"음, 상아는 이런 곳에는 관심이……."

"……."

"상아!"

"네에! 아, 뭐라고 하셨는지?"

"아니! 여인들의 열기에 관심이 없는가 해서!"

"후훗. 저도 여인의 몸인데요. 저도 여기사들이 부럽기도 하답니다."

"응."

그녀의 상념에서 막 깨어난 모습에 은근히 미안함에 그녀의 손을 꼭 잡아주는 영환이었다. 그러자 예의 밝은 얼굴과 얇은 눈웃음을 보여주는 상아였다.

'휴! 다행이다.'

"일단은 외곽이지만 저기 보이는 달맞이 숙소를 잡고, 저녁에는 오랜만에 남자들끼리 술이나 한잔합시다, 친구님."

"네! 기대합니다. 그런데 내일부터인가요? 여인들의 대항전은?"

"네네."

영환은 토이와 이별주를 마시고 숙소로 돌아왔다. 오랜만의 술기운인지 몽롱한 상태의 영환이었다. 수성에서 두 번째 술을 먹어보았던 것이다. 많이 마시지는 않았지만 온몸이 노곤해져갔다. 10시가 다 되어서 상아는 자고 있을 것으로 생각하였지만 그가 들어가자 기다리고 있었는지 방긋 웃으며 맞이해주는 그녀였다. 다시금 여인의 웃음에 취해, 술에 취해, 상아를 덮치는 늑대 영환이었다. 하지만 오늘은 열정적으로 나오는 여인, 상아와 그런 그녀를 위해 봉사해주는 늑대 영환이었다.

　다음 날, 토이와 아쉬운 작별을 고하였다. 토이도 여기사들의 대항전을 구경하고 싶었지만 총의 인사 변동이 있어서 급히 돌아가야 한다는 말에 작별을 고하였던 것이다.

　'언제든 누구든 여리님한테 피해를 주면 여차 없이 우리 총으로 오십시오. 오시기만 하면 언제든 열렬한 대환영입니다.'

　토이는 환하고 밝게 웃는 모습을 보여주고 떠났다. 영환은 그의 떠나는 모습을 보고 많이 발전한(?) 상아의 손을 잡고 여인들의 대항전이 열리는 광장으로 발길을 옮겼다.

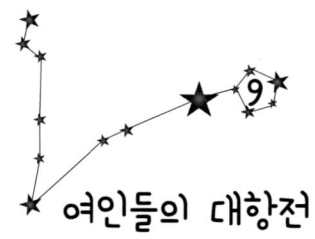

여인들의 대항전

일　시: 수성력 45012년 10월 10일
규　모: 동쪽 대륙과 서쪽 대륙의 모든 여기사!
참가자: 동쪽과 서쪽의 일급 여기사인 6명 중 일인으로부터 승인을 받은
여기사와 지목된 여기사!
장　소: 완르총, 여울시 시민의 광장(경기장, 관람자 정원: 약 2만 7천 명)
관련사항: 어느 누구도 살상을 하거나 규율을 어기면 가차 없이 자격 박탈
과 그에 따른 형을 집행함!
안내사항: 관전자는 어느 누구도 무기를 소지하고 관전할 수 없음!

　"상아! 이거 광장이면 사람들이 자유롭게 드나들 수 있는 넓은 광장이
야? 아니면 시설이 되어 있는⋯⋯."
　"네, 시설이 되어 있는 곳에서요. 저기 보이는 타원형의 건물이에요."
　"음. 우리랑 비슷한 경기장이네."
　"그런데 저⋯⋯ 제 손을 잡고 가시면 혹시라도 여리님을⋯⋯."
　"아! 괜찮아. 누가 뭐라 하겠어!"
　"그래도요. 방송이나 신문에⋯⋯."

"글쎄 이젠 어느 누구도 날……. 으악!"

영환의 일생 중에서 가장 처참하게 날아간 몸이었다. 하지만 가해자가 누구인지 짐작하고 좀 전의 말을 바로 후회하는 불쌍한 백성 영환이었다. 전혀 질투하고 거리가 멀다고 생각한 니은의 발차기였던 것이다.

"네놈이 그동안 겁을 상실하였구나. 내가 안 보여서, 없어서, 함부로 행동하고 다녔겠다!"

어두운 얼굴도, 도도함과 거만한 태도는 안 보였지만, 분위기상 상당히 뻗쳐 있구나 생각한 영환은 그녀를 달래주기 위해서 헤헤거리면서 다가갔다.

쫙쫙!

"그, 그동안 늘 생각했습니다. 나의 공주 니은님!"

그러나 휙 돌아서서 걸어가는 니은이었다.

'많이 새침해졌네.'

그동안 영환에게 들어서 니은이라는 존재는 알고 있던 상아는 니은의 뒤를 따라가며 뭐라고 해명하는 모습이었다.

경기장에 들어서자 시작도 하기 전인데도 환호성들이 들려왔다. 영환은 토이가 마지막까지 편의를 제공해주어서 고급 좌석으로 자리를 잡고 앉았다. 하지만 니은의 눈초리가 따가워서 그녀의 지정석이 있는 곳의 뒤로 가서 앉았다.

'훗! 가벼운 놈! 하지만 건강해보여서 보기 좋은걸!'

니은의 안 보이는 얇은 미소와 함께 경기장의 환호성들이 힘차게 들려왔다. 대항전의 시간을 알리는 안내방송이 나오자 소리들을 질렀던 것이다. 대항전의 대결방식은 참가자 16명에 1:1의 승자가 피라미드식으로 다음 대결로 올라가는 식이었다. 대결 규칙은 16명 전원을 당일 경기장에서 공개 추첨식으로 대결 상대를 가렸고, 8강전과 4강전도 추첨식으로 결정하였다. 우승자는 상금과 영향력 있는 상위 여기사로의 칭호를 얻을 수 있었고, 4강 안에만 들어도 그 실력을 인정받아 해당 총이나 나라에 어느 정도 특권을 받을 수 있는 혜택이 주어진 대항전의 제도였다.

니은은 2명만이 지목하였고, 그 인물은 예시의 중급기사인 '서수'와 류시의 중급기사 '시금'이었다. 류시에는 상위의 여기사가 없는 관계로 영향력 있는 여기사인 니은이 이웃 총의 중급기사를 지목하였던 것이다.

제1대결은 서쪽 대륙의 해풍과 동쪽의 소은의 대결이었다. 대련에 사용되는 검은 목검에 동의 물질을 입힌 목동 검을 사용하였다. 대결의 결과는 한쪽이 항복할 때까지 계속 이어진다는 내용이었다. 첫 대결은 접전 끝에 소은이 먼저 1승을 챙겼고, 제2대결은 약 1시간 후에 진행된다는 안내방송이 나왔다.

영환은 은근슬쩍 니은의 뒤로 다가가며 조용히 말을 시켜보았다.

"잘 있었나요? 나의 소중한……"

"시끄럽다! 바보 같은 놈! 내, 내 허락 없이 시녀를 거느렸겠다? 이 나쁜……"

"하하. 어떻게 하다 보니! 날 잘 알잖아요. 나 누구의 시중도 받기 싫어하는걸."

"그, 그럼 그들은 어떻게 할 거지?"

"누구요?"

"멍청한 놈! 다이와 로와 말이다. 네놈이 오기를 울먹이며 기다리고 있던데……"

"하하! 그녀들은 많이 어리니까!"

"우유부단하지 말고 확실히 처신해라. 누구한테나 상냥하게 보이면 어느 여인이고 네놈을……"

"하하. 우리의 소중한 냉혈녀님께서 질투를……"

"네놈이 죽기를……"

"미안해! 많이 보고 싶었어. 잠시만 안아보면 안 돼?"

"사, 사람들이 많다. 나중에……."

'은근히 말 더듬는 게 귀엽네. 역시나 난 이 여자를 좋아하는 게…….'

니은은 원래 새침함과 도도, 거만함을 두루 갖춘 여인이었다. 하지만 영환을 가슴속에 새기면서부터 자신도 모르게 그만 보면 달더듬는 버릇이 되었다. 물론 사람들이 있어서 부끄러워서 그럴 것이다.

"그런데 니은 같은 실력자는 실력자들을 알아보잖아! 그래서 말인데 누가 우승할 거 같아?"

"후훗. 당사자들만이 알겠지. 하지만 많은 노력들을 해왔다. 그런 그들의 노력이 결실을 맺게 해주는 것도 우리가 할 일이다. 관전자인 네놈도 그리고 오늘의 일과가 끝나면 나랑 대련을 해야겠다. 알……."

대련 얘기를 꺼내며 영환을 찾았지만 어느새 자신의 자리로 돌아가서 다른 곳을 보고 있었다.

"음! 저 저놈이……."

제2대결은 집안인 완르의 요성과 서쪽의 수선이 맞붙었다. 열렬한 환호를 받으며 입장하는 요성과 흐트러짐 없는 가짐으로 입장하는 수선! 안방에서의 열렬한 환호에도 불구하고 쓰러져서 항복하는 요성이었다. 실력 차이가 판이하게 나타났던 것이다. 그리고 어느 쪽을 보며 검을 겨누는 수선의 모습이 잡혔다. 자신들이 응원하던 요성이 졌음에도 승자의 여유의 동작에 박수를 보내는 완르의 응원 문화였다.

문제는 승자의 검이 가르치는 인물이었다. 다들 니은이라고 생각들 하였으나 그녀의 뒤에 있는 영환에게로 시선들이 꽂혔다. 그러나 당사자인 영환은 다른 곳으로 시선을 돌렸다. 하지만 보는 사람들은 검사의 모습에 꼬리를 감추는 강아지처럼 겁먹은 사람으로 비추어졌다.

당연히 영환에게로 야유들이 쏟아졌다. 망했다고 싶은 영환은 억지로 수선에게 손을 흔들며 자리에서 일어섰다. 그리고 박수를 쳐주는 영환!

하지만 야유는 끝날 기미가 안 보였다. 결국 경기장의 앞으로 다가가며 수선에게 뭐라고 떠들어댔다.

"내게 뭔가 하고 싶은 말이⋯⋯."

"난 그냥 네놈이 싫다. 죽을 각오를 하고 기다려라."

영환과 수선의 대화에 다들 한마디씩 하더니 한바탕 웃음소리가 이어져갔다. 수선과 영환의 소동으로 제3대결은 한참 후에 진행되어서 승자는 동쪽의 단비가 차지하였고, 제4대결은 수선의 소동이 원인이 되어 다음 날로 연기되었다.

여울시의 외곽. 달맞이의 앞 정원 저녁!

"으음. 오늘은 얼마나 늘었는지 확인만 해본다. 오라."

니은의 다부진 외침이었다. 영환은 머뭇거림 없이 파고들고 그동안 배운 동작들은 니은에게 선보여 주었다.

'제법이다. 많이 늘었어. 하지만⋯⋯.'

"하앗!"

그녀의 기합과 함께 둔탁한 소리가 들리며 외마디 짧은 비명소리가 들려왔다. 니은은 자신의 일격에 상대방이 나가떨어졌거나 아니면, 휘청거리며 자세가 흐트러져야 정상이라고 생각하였다. 하지만 당당히 자세를 잡고 버티고 있는 영환이었다.

'호오! 이놈 보게.'

"대단하구나! 그럼 다음!"

"후! 위협적인 말이 나에겐 너무 힘들어. 좀 상냥하게 말해주면⋯⋯."

"네놈은 어느 상대가 상냥하게 대하며 자신을 죽이러 올 것이라고 생각하느냐! 바보 같은 놈!"

"큭. 아! 네네. 그럼 부탁합니다. 나의 소중한⋯⋯."

"시끄럽다!"

"살살! 니은 아가씨, 좀 살살!"

"시끄럿!"

그들이 그러는 사이 떨어져 있는 어느 건물 사이로 지켜보는 눈이 있었다.

'제법이잖아? 남들은 수십 년을 갈고닦아야 오를 수 있는 자리인 기사 자격증을 단 몇 개월 만에 오른 저놈을 시기했었다. 하지단 상위기사인 니은과 거의 맞먹는 수준이다. 물론 밀리고 있지만……. 강님도 저놈한테는 많은 걸 안 가르쳐주셨다고 들었다. 다원님이 말씀하시던 응용력인가? 엇!'

영환의 움직임을 주시하던 의문의 인물은 어느 순간 놀라움을 금치 못하였다.

"어, 어떻게 인간이 새처럼 저렇게 날아오를 수가 있는 것이지? 이, 이상한 놈이다, 저놈."

라고 말하며 영환 쪽으로 다가가는 인물이었다.

"저, 죄송하지만……."

"뭐냐? 남의 대련을 엿보는 것은 대국이 훨씬 엄격히 다스릴 것인데."

"죄송합니다. 니은님! 제가 미천하여서 저도 모르게 저자의 움직임이나 높은 이동력이 이상해서……. 죄송합니다. 여리! 아까는 미안하게 되었다. 아니 미안하게 되었습니다."

"그건 이놈의 신체 때문이다. 수성의 어느 사람보다 힘이 서너 배는 셀 것이고, 높이 또한 우리보다 네 배는 높이 오를 수 있는 신체이다. 그대는 수선이라고 하였나?"

"네! 그렇습니다. 이름을 기억해주서서 영광입니다."

"아니다! 그대 같은 열정이 대국을 지탱하는 것이라고 본다. 어떤가! 이놈을 패버리는 것이……."

대련해보라는 니은의 말이었다. 수선은 니은의 행동이 있을 수 없는 일이라는 생각이 들었다. 같은 층도 아닌, 그것도 적대시하는 대국의 인물에 대련이라는 말은 있을 수 없다는 생각에서였다.

'강함을 보여주기 위함인가, 자만심인가! 하지만 해보고 싶다.'

"그, 그럼 여리님, 부탁드리겠습니다."

"니은? 난 여자랑 잘 안 싸워봐서……. 내가 다치거나 저 여인이 다치면 공주님이 책임져야해. 안 그럼 나 안 해!"

"후훗. 시끄럽고 대련해보라! 본인보다 좋은 상대가 될 것이다."

'윽! 무지막지한 힘이었다. 니은님한테 미리 들어서 대비하였지만 그래도 얼얼하구나. 만약 모르고 덤볐다가는 오늘 나는 귀국해야 하였을 것이다. 대항전의 승패에 상관없이 얼마 동안 여리라는 인물을 관찰해보아야겠다.'

수선은 영환과의 대련을 하고 돌아오는 길에 그의 힘과 아직까지 의문이 드는 신체에 생각을 해보며 귀가하였다.

"아주 좋아서 난리더구나. 본인이랑 할 때는 그렇게……. 읍! 사람들이 볼 수도 있다. 무례……."

"하지만 가벼운 입맞춤은 용서해주세요, 니은 아가씨!"

"바보 같은 놈! 이리 와라."

두 남녀들이 늦은 시간까지 모습이 안 보이자 궁금해서 밖으로 나와서 정원으로 향하던 상아는 정원의 어느 한쪽에서 부둥켜안고 입맞춤을 하는 연인들을 발견했다.

'훗. 그렇게도 무섭게 대하시더니 니은님과 여리님은 연인이셨구나. 하지만 니은님 같은 상급자녀께서 여리님과……. 하긴 여리님의 마음이 좋으셔서 누구나 좋아하실 것이다.'

10월 12일 대항전이 열리는 여울시, 경기장!

전날의 수선과 영환의 소동으로 미루어진 4대결이 한참 벌어지고 있었다. 대결을 벌이는 자들은 서쪽의 수하와, 동쪽인 니은이 지도한 서수의 대결이었다. 밀고 당기는 그녀들의 비슷한 실력에 장장 2시간을 넘기고 있었고, 서로 양보 없는 싸움으로 보이는 대결이었다.

니은의 모습 또한 긴장하는 모습으로 보였고, 상대편들도 마찬가지로 긴장감을 늦추지 않았다. 결국 보다 못한 주심이, 잠시 중단시키고 10여 분 후 다시 속행하였다. 양측의 지도자들에 뭔가 방법을 받아와서 보는 사람이나 당사자들에게 상처 없이 승부를 가리라는, 참가자 보호 차원의 판단이었다.

그러나 1시간가량 안개 속의 밀고 당기는 접전이 계속되어갔고, 그렇게 다시 1시간 가까이 되었을 무렵 결국은 승부가 갈라졌다. 승부도 그냥 난 것이 아니었고. 서로에게 타격을 입히고 누워 버렸던 것이다. 주심과 부심의 선택으로 먼저 일어나는 자가 승으로 간주하기로 하였던 것이다. 그 결과 간발의 차이로 니은의 지도를 받은 서수가 승을 챙겨갔다. 그렇게 생애 최고의 힘든 싸움을 끝내고 승자도 패자도 서로 얼싸안고 울음을 터트린 관경에 관전자들은 박수갈채를 보내어주었다.

'후! 다행이네. 니은이 지도해준 사람이 이겨서. 그런데 진 사람도 잘했다. 아무튼 무서운 여자들일세. 남자들도 저렇게 하겠지만 집념의 승부다.'

제5대결은 서쪽의 '우안과 류시의 '시금'이었다. 5대결도 접전이었지만 경험의 차이로 우안이 승패를 결정지었다. 출전 중, 최연장자인 우안과 반면 최연소자인 시금이었다. 초반에는 패기로 시금이 파고들어갔다. 시금의 저돌적인 공격에 주춤한 우안이었지만, 자의적으로 기선을 내어주고 패기의 시금이 제풀에 지치기를 엿보다가 결정적인 한 방의 타격을 입히는 우안과 젊은 나이답게 곧 정신을 수습하며, 자신의 노출의 행동에 심기일전하며 신중히 맞대응해나가는 시금이었다. 그러나 어린 나이에 감당하기 어려운 타격을 받아서 휘청거리는 시금에 양보 없는 대결에 냉정히 가격해가는 우안! 결국 어린 시금의 기권으로 이길 수 있었다. 하지만 많은 관심이 쏠린 189세와 112세와의 좋은 대결 내용에 박수들을 받았다.

제6대결은 서쪽의 하송과 동쪽의 소울의 대결이었다. 타르총의 새바람의 물결에 형식적으로 출전한 소울과 여인이지만 강인한 인상의 하송이 환호를 받으며 대결하고 있었다. 누가 봐도 승부는 이미 갈린 것이라고 보고 있었다. 검사지만 쑥스러워하는 소울과 남자 같은 인상의 하송! 그리고 하송은 전 대회의 4강까지 오른 인물이었다. 하지만 개인 사정으로 기권하고 6년 만에 다시 나타나자 박수를 받은 것이었다. 그런 사정으로 하송이 이길 것이라는 반응들이었다. 하지만 막상 뚜껑을 열어보니 의외로 선전하는 소울에 관심이 쏠려서 환호를 받은 것이었다.

'후훅! 일단 대결전에 오른발로 힘차게 땅을 치고, 검을 강하게 잡은 것은 효과가 있었다. 수줍어하는 내 모습에 강하게 자세를 잡자, 상대인 하송이나 관중들도 의외라는 반응이었고, 30분 이상 지나갔는데도 난 아직 멀쩡하다. 역시 그 님의 조언 때문인가!'

소울은 자신의 의외의 선전에 본인도 놀라고 있었고, 며칠 전의 기억을 떠오르며 공격해나갔다.

이틀 전! 저녁노을이 질 때쯤, 숙소의 건물에서 나오자 두리번거리는 여인과 그런 그녀에 다가가는 인물이 있었다.

"타르의 소울님?"

누군가! 그것도 남자가 말을 해오자 수줍어하는 소울이었다.

"네에, 누구신지?"

'뭐야! 엄청 수줍어하잖아. 이래서 뭔 대결을 한다고. 토이도 그렇지. 그냥 부탁한다니! 나 참! 저런 성격으로는……. 휴! 일단 아는 것만 가르쳐주자.'

"하하. 여리라고 합니다. 일전에 타르에 잠시 있었던!"

영환의 자신이 누구라는 말에 급 화색을 찾은 소울이었다. 하지만 여전히 타인에 숙기가 많은 그녀여서 탄성어만 지르고 말이 없었다.

"음. 그렇게 수줍어 할 필요 없어요. 괜찮다면 몇 가지 조언해드리려고!"

"어머! 영광이에요."

역시나 말을 시킬 때마다 몸을 비비꼬면서 말하는 소울이었다.

"일단 검을 가지고 저기 보이는 정원으로 오세요."

잠시 후 다급히 뛰어오는 소울이었다.

"먼저 공포를 이겨야 하니까 검을 들고 방어 자세를 취하세요!"

탁! 악!

그렇게 영환은 무지막지한 힘으로 소울을 날려 보냈다.

"당신도 여인이기 전에 검사니까 다시 한 번 받아보세요."

악!

"다시! 다시! 다시!"

그러나 수십 번을 날려가고, 넘어져도 그만하자는 소리는 안 하는 소울이었다.

"지금까지 몇 번을 넘어졌는지 기억하나요?"

"네! 열아홉 번요."

"그럼 몸의 반응을 기억하고 이번엔 더 세게 갑니다. 준비!"

영환이 자세를 잡으라 하자 눈동자를 동그랗게 뜨고 이번만은 막아보겠다는 의지가 담겨 있는 소울의 모습이었다. 하지만 더 강하게 날아가고 말았다.

"후후! 이제는 공포감이 조금 없어졌네요? 누구라도 이렇게 강하게는 못 갈 것입니다. 그러니 출전하는 어떤 자들이고 자신하고 비슷하다는 생각을 가지세요. 그리고 상대의 움직임을 잘 보고 약하게 오는 것은 검으로 쳐대거나 피하시고, 오히려 힘이 실려 있는 동작을 노리세요! 누구라도 약한 힘에 공격해 올 것이라고 알 것이니. 그리고 마음이 약해져서 순간을 놓치지 마시고 결정적인 한 방을 날리세요. 그리고 시작하기 전에……."

대결 장소에서 숨을 몰아쉬고 있는 소울이었다.

'이제 오겠지! 실력이 있는 자들은 의외의 선전하는 자가 있으며 점점 초초해진다고 하셨다. 분명 강하게 약하게 그 다음을 노려야 한다.'

소울의 말대로 하송이 달려들어 왔다. 역시나 처음엔 강하게 그리고 약하게 그리고 소울이 벼르고 있던!

턱! 착! 턱! 하고 소리가 나는 동시에 재차 공격을 가하는 소울이었다. 결국 응용을 잘하는 소울이 이겼고, 자신의 초초함과 자신의 실력을 너무 믿은 하송의 패배였다. 일순간 보는 관전자도 양 선수에게도 정적이 흘렀고, 고요하던 정적은 주심의 손짓에 환호성이 터져 나왔다. 자신의 승과 자신의 패배를 믿지 못하는 두 선수와 그와 비슷한 반응의 관중들이어서 정적이 흘렀던 것이었다.

"죄, 죄송합니다. 제가 운이 좋았습니다."

"아니다! 멋진 조언자에 멋진 응용이었다."

결과 후 하송과 소울의 대화였지만, 조언자 운운하는 모습의 하송에 부끄러워하듯 말하는 소울이었다.

"보, 보셨나요?"

"미안하다. 본의 아니게. 여리님이 유명하시니까 그의 행동에 눈이 가져서……. 그리고 사실은 수선한테 들었다. 여리님의 힘은 상상초월이라고. 아마 나도 소울만큼 날아갔을 것이다. 휴! 이제 이걸로……."

"하지만 다음 대회에서도 뵙게 되기를 바랍니다. 저도 그때는 운이 아닌 실력을 쌓아서 도전해보겠습니다. 그러니 대회의 은퇴는……."

"호호홋. 이거 말에도 내가 졌구나. 좋아. 두고 보자."

보기 좋은 모습의 두 여기사의 서로에 대한 격려에 관중들은 기립 박수들을 보내주었다. 그렇게 해서 3일차의 대결은 끝이 났다. 제7, 8대결은 다음 날인 13일에 다시 진행된다는 안내방송이 나왔다.

10월 13일 대항전 경기장!

제7대결은 서쪽의 소루와 동쪽의 호리가 맞붙었다. 호리는 환시의 여기사 순선이 직접 지도하는 여인이었고, 소루 또한 대국의 자은이라는 여기사의 가르침을 받은 여인이었다. 관중들이 관심을 가지게 된 것은 제이의 자은과 순선의 대결이었던 것이다. 그녀들은 4회전 대항전인 30년 전에도 맞붙은 적이 있었다. 결과는 자은이 간발의 실력 차이로 이겼지만 항간에서는 운이었다고들 하였다.

"그럼 이번에 호리가 이기면 30년 전의 설욕을 하는 것이네?"

"그렇다!"

"그럼 나의 아가씨 니은님은 얼마 전에 우승을?"

"나, 난 모른다. 한심한 놈."

"후후."

"웃지 마라. 이상하게 보인다. 그런 웃음에 시중을 드는……. 음! 상아는 어디 갔느냐?"

"아! 응, 내가 목마르다 하니까 음료수라도 구입하러 간다고."

"시중 받는 게 좋은 모양이다!"

"뭘! 괜찮다고 했는데도. 뭐 좋은 여자지만."

"좋은 여자?"

영환의 상아에 대한 연인같이 묻어나오는 언어와 말에 시기심이 보이더니 점점 불편한 얼굴이 되어갔다.

"하하. 당연이 좋은 여인은 니은이고!"

"한 번만 더 날 가지고 놀면 가만……. 무슨 소란이냐?"

푹, 콰앙!

니은이 말하려는 순간 관중석의 어느 뒤 건물 쪽에서 소동이 일어났다. 뭔가 터지는 소리와 함께 관중들의 비명소리도 들려왔다.

"뭔가! 폭탄 터지는 소리도 난 것 같은데. 저, 저기는 상아가 갔을 것인데. 갔다 올게."

영환은 상아가 음료수라도 구입하러 간다면서 사라진 건물 쪽으로 뛰어갔다.

"설마! 아닐 거야. 수성은 정전상태라고 했잖아. 테러 같은 게 있을 수가 없겠지! 내 생각이 맞기를!"

문제의 사태가 난 건물 쪽으로 다가가자 시커먼 연기가 하늘로 흩어지고 있었다. 사람들이 운명을 맞이하면 지정 장소에 묻힌다고 한다. 수성의 장례 모습인 '묘산'이라는 곳에 시신들을 안장한다고 하며, 사망자의 주변에 있던 사람들은 신분 여하를 막론하고, 사망자가 안장되는 시간에는 일제히 모여서 묵념을 한다고 하였다.

'요즘 내 방에 안 오던데 무슨 일이 있어? 하하, 그냥 상아를 시녀라고 한 번도 생각해 본적이 없어. 그냥 편안해, 안으면.'

'후훗, 죄송하지만 가끔 여리님 행동이 귀여우세요. 하지만 저한테는 그렇게 잘해……'

'무슨 소리! 내 여자로 생각하는데. 하핫!'

'후훗, 말씀만이라도 좋아요! 저는……'

'사실 수성에는 여자가 남자보다 두 배는 많잖아. 아! 그러니까 좋아해줄게! 상아도 나를 좋아해줘. 이상한 말인가? 벌써 여인의 몸을 함부로……. 읍!'

'그런 말씀 마세요! 전 이미 제가 원해서 그런 거예요. 나중에 방으로……'

'하하핫! 난 행운아일 거야.'

많은 사람들이 지켜보는 '묘역'에서 뭔가 생각을 하며 눈물을 흘리는 남자가 있었다. 그는 수성의 이방인이자 상아라는 여인의 시중을 본의 아니게 받았던 영환이었다. 물론 짧은 기간이었지만 호감을 넘어 연인으로 생각해 준 상아였다.

'당신은 나에게 사랑을 주었지만 난 그대에게 무엇을 주었을까. 상아! 나 한심하지? 그래! 어쩌면 나 같은 한심한 놈을 잊어버리고 좋은 곳으로 가는 것도 괜찮을 거야.'

어느새 묵념의 시간을 갖고 떠나는 사람들이 많았고, 영환은 홀로 상아의 묘를 지키고 앉아 있었다. 밤이 찾아오고 영환의 모습이 보이지 않자, 묘역의 한편에서 슬픔에 젖어 있는 그를 니은은 멀찌감치 뒤에서 지켜보다가 조심히 말을 건넸다.

"이제 그만 내려가자. 어떤 말로도 위로가 안 되겠지만 너와 그녀의 운명이라고 생각하여라. 그리고 누구의 잘못도 아니다. 잘못이 있다면 미연에 방지 못한 시 측이나 시설관리팀의 잘못이다. 그러니 자신 때문이라고 자학하지 마라."

"……."

"네놈을 생각하는 사람들도 생각해야지."

"마지막 말 해주고 싶었어!"

영환의 의미를 모르는 말에 니은이 발길을 돌리려다 물었다.

"뭐!"

"마지막에……."

"위험하니 다가오지 마시오!"

검은 연기를 뚫고 사건 현장으로 접근하다가 시설관리팀 요원이 영환을 제지하며 위험하니 더 이상 다가오지 말라고 소리를 질렀다.

"아니요. 안 돼! 저 안에는 내, 내 여인이 있어요."

영환은 사건 현장의 모습을 둘러보았다. 3층으로 된 관람석의 일부가 내려앉은 모습과 하필이면 매점 쪽과 관람석 입구 쪽이 함몰되어서 다급함이 더해지고 있었다. 불안한 마음에 허둥지둥 다른 쪽의 진입로를 찾아보았지만 소용이 없었다. 다시 다른 출구를 찾아서 아래층으로 내려가 보았다. 2층에서는 구조작업이 한창인 듯 보였고, 방해될까 싶어서 혹시나 하는 심정으로 다시 1층으로 내려가 보았다. 하지만 상아의 모습은 어디에도 없었다. 다시 2층으로, 다시 3층으로, 그렇게 뛰어다니다가 어디선가 들려오는 환호성에 사람들에게 물어보았다.

"1층의 입구 쪽에서 사상자들을 싣고 있다고 합니다."

그 소리를 들은 영환은 부랴부랴 다시 1층으로 향하였다. 다행히도 많은 양의 건물이 무너지지는 않았다는 말들에 희망을 걸고 뛰어 내려갔다. 1층으로 내려가자 응급차들이 즐비하게 대기하고 있었고, 어느 사상자들을 싣고 떠나는 차들도 있었다.

"혹시 여리님이시라고?"

두리번거리다가 자신을 알아보는 사람의 말에 직감적으로 '이 사람이다'라는 생각에 영환이 말했다.

"혹시 상아라는 여인을?"

"네! 중상을 입은 자신의 몸보다는 '시중 받는 걸 싫어하지만 좋아하는 분이 있다. 그분은 나의 사랑이 필요한데……'라는 같은 말을 여러 번 해서 이렇게 기다리게 된 것입니다."

"어디로 실려 갔나요?"

영환은 병원 응급실로 급히 뛰어갔다.

'아! 상아라는 분은 제2응급실. 저기요!'

병원 안내인의 말에 무작정 제2응급실로 뛰어갔지만 그를 기다리는 건 창백한 모습의 상아였다.

"여, 여기서 뭐 해? 이보세요! 의사!"

"그, 그만두세요! 전 가망이 없어요. 알아요. 하지만 다행이에요. 마지막에 당신을 볼 수 있어서……. 음, 여전히 상냥한 얼굴이세요."

"이것들 봐!"

"후훗. 여리님은! 자, 당신이 원하는 곳에서 편하고 아름답게 사시기를 기원해 드릴게요. 그러니 너무 슬퍼 마세요. 언제 오시나 기다렸는데…… 다…… 다행…… 마지막으로 제 이름을 불러주세요. 상……."

"상아!"

"그렇게 말하고 눈을 감았어! 자기 이름도 못 듣고……난 뭐 하는 놈이야?"

"……."

"그러니 오늘만이라도 같이 있어주고 싶어. 미안하지만 먼저 가."

"하지만 내가 상아라도 행복한 순간이었을 거야. 미안해. 먼저 간다."

'저기 언제고 내 아내로 맞이하려고……. 그러니 자신은 시녀라는 생각은 하지 마.'

'후훗, 혹시라도 나중에 제가 안 보이면 다른 말씀 하시려고요?'

'헛! 설마…… 안 보인다는 말은 말아줘. 나쁜 말이잖아. 혹시, 설마, 날 떠나려고? 절대 안 돼!'

'후훗!'

"전날 밤에 나에게 안기면서 그런 소리를 했어. 뭔가 어떤 느낌이 들어서였을까? 평소보다 말도 많이 하고, 어딘가로 가려는 느낌이었어. 하필……."

영환은 상아와의 행복하던 때를 회상하며 다시 눈물을 흘렸다.

여울시의 시민경기장 함몰 참사 5일 후!

사상자 수는 사망 5명, 중상자 12명, 실족 2명, 사상자 수 총 19명을 낸

사건이었다. 대항전은 중단되었고, 각종 언론들은 '암흑의 손'들이 수수를 쓴 것이 아닌가 하는 의혹이 제기되었다.

완르총과 여울시는 대대전인 수사들을 벌였지만 이렇다 할 성과가 없이 시간만 지나갔다. 결국 각 총에서 수사대의 파견과 기사들은 대거 투입하여 진상조사에 착수하였다. 초동수사 때는 경기장의 부실공사로 인한 함몰 사건이라고 발표되었지만, 진상조사팀의 조사 결과 매점이 있는 출입구 쪽의 1층과 2층의 버팀목의 일부분에 미세한 이물질을 확보하여 조사한 결과 사회에서 만든 폭발물의 성분이라고 발표되었다. 그 결과에 주목한 합동수사팀은 최근 석 달 사이에 여울시로 출입한 인물들을 조사하여 취조하였지만 크게 의심스러운 자는 없었다는 보고가 나왔다.

그렇게 시간은 흘러갔지만 합동수사팀의 일부는 계속하여 수사를 해나가고 있다는 작은 보고만 있었을 뿐, 여전히 오리무중의 사건으로 기억되어가고 있었다. 하지만 대항전은 찬반투표를 하여 다시 속행되었다. 6년간이나 노력을 기울인 기사들에 대한 각 총과 대항전의 작은 배려였다. 우승은 수선과 불운한 일을 겪은 여울 시민들의 응원에 힘입어 소해가 차지하였다.

수성력 45013년 1월 3일 완르총 여울시!

"……."

영환은 여전히 실의에 빠져 있었다. 오늘도 아침 일찍 상아의 무덤을 찾고, 멍한 표정으로 먼 산을 바라보고 있었다.

"나, 오늘은 가야 한다. 예시총의 '사라' 시민들이 왕관반도에서 분할 받은 땅인 '강릉'으로 이주하는데 도움을 주어야 한다. 같이 가겠느냐?"

영환은 멍하니 있다가 강릉이라는 말에 반응을 보였다.

"강릉?"

"응. 반도의 지명을 그렇게 정하였다고 한다. 다른 총들의 도시 이름도 잘 지켜내자는 뜻으로 '릉' 자를 붙인다고 한다. 왜 그렇게 놀라느냐?"

"아니, 내 고향 이름도 강릉이어서……."

사실 영환의 고향과 본가는 강원도 강릉의 어느 작은 뗀에 있었다.

"우연의 일치구나. 같이 가볼까?"

니은의 말에 영환은 마지못해서 일어나는 척했다, 그러나,

쫙! 퍽!

"보는 사람을 걱정시키면 안 되는 것이다."

"어, 미안! 니은 아가씨."

어둠이 나오는 컴컴한 분위기의 어느 공간이었다.

"수사관들을 매수하려면 확실히 매수하지. 사제 폭발물이라고 판명되었는데 어떤 단체건 예의 주시하고 있다니까 그 수사관의 책임자라는 인물을 상세히 알아 봐."

"네. 그리고 지원해 준 기사들을 몇몇 수사관으로 들여보냈습니다."

"오! 잘하였네. 그런데 들통 나지는 않을까?"

"안 그럴 것입니다. 비밀리에 키워진 자들이어서 안심하고 이용하라는 동조자의 말이었습니다."

"그래도 주의시켜! 만약이고 만일이야."

"네. 조심 있게 하겠습니다."

"그리고 대국의 기사들도 희생을 삼았어야 했었는데……."

"송구합니다. 방법을 찾다가 사람들이 갈증이 많이 나는 시간 때를 골라서 많이 붐비는 곳에 설치하여서 자연 대국의 인물들도 올 것이라고 보고……."

"뭐, 됐어! 최종 사망자가 일곱 명이라고?"

"네! 실족했던 두 명의 시신을 찾았다고 합니다."

"음, 그래도 여섯 명의 여기사들을 한 명쯤은 희생시켰어야 하는데 아

쉬워!"

"그, 그리되면 더 커집니다. 난리들이……."

"아니야! 큰 걸 잡았어야지. 그리되면 6총의 인사들이 경계하여 전시상황이라도 벌어졌어야 했다."

"네!"

"음, 당분간 어느 움직임도 하지 말고 대기하라. 어떤 자가 책임자인지 알아내고. 물론 우리 편으로 만들면 좋겠지만. 아아! 그자들은?"

"우리 쪽에 지원해준 인물들 말씀입니까?"

"그래!"

"일단 은신처를 마련해주고 대기하라 일러주었습니다."

수사팀에서 나왔다는 사람의 안내를 받으며 어느 장소로 가자 니은과 친분이 있는 듯 그녀를 반겨주는 여인들의 모습이 눈에 들어왔다.

"오! 니은님. 아직 안 가셨네요?"

"아! 여러분들도 여기에? 무슨 일인지."

"참고 조사차 왔어요. 그 사람은?"

"인사드려라. 저쪽에서부터 순선, 서린, 지월, 자은, 다원님들이다."

토이한테서 들은 말과 경기장에서의 그녀들의 모습을 보아서 누구인지 알고 있는 영환이었다. 수성 대륙을 떠들썩하게 한다는 여기사 5인방이었다. 그녀들도 의문이 남아 있는 경기장의 함몰 사건과의 참고인 조사차 여울시의 수사기구에 발걸음을 하였던 것이다.

"여리라고 합니다."

인사만 하고 바로 고개를 돌려 시선을 다른 곳으로 피하는 영환이었다.

"호홋, 여인네들을 몹시도 겁을 내는 인물이네. 아님 어려워서 그런가? 하지만 단번에 그렇게 고개를 '획' 하고 돌리면 무례한 것이라네, 여리!"

"호호, 놔두세요. 듣자 하니 우리의 대단하신 걍님을 힘으로 날려 보내셨다고? 기사의 실력은 모르겠는데 무지막지한 힘은 소문이 자자하다. 그대! 언제 한번 검을 맞대어보세, 여리!"

유명하다는 여기사와 대련은 여인이고 남자들이고 꿈에 그리던 일이었다. 하지만 대수롭게 생각지 않은 영환이었다. 그는 갈수록 무기력해지고 만사가 귀찮게 느껴진 것이었다. 하지만 니은을 제외한 어떤 인물이고 자신에 완력을 가해오면 바로 반응을 보이는 그의 행동이었다. 다른 자들과 단리 자신에게는 완력을 사용해서 강제로 연행하는 모습을 보인 수사관들에 악에 바친 영환은 그들을 두들겨 패버리고 말았다.

"나에게만 왜 그렇게 불합리하게 대하는지 물어보고 싶다."

영환은 쓰러진 두 명의 수산과에 하대를 하며 따졌다. 니은과 여기사들은 갑작스런 영환의 행동에 황당해했다. 그녀들이 그런 이유는 합동수사관의 책임자가 그녀들보다 위인 완르총의 장기사 연지였기 때문이었다.

"네놈이 지금 무슨 짓을 한 것이냐! 내 부하들이다."

연지라는 여인이 소리치자 다른 수사관들도 소리의 정체가 궁금하여 우르르 모여들었다.

"내가 먼저 물어보았소. 이방인에게는 막 대하여도 되는 것이고 당신들은 조금이라도……."

쫙!

"한 번은 참아주겠소! 다시 한 번 손이 나온다면 당신의 목숨은 오늘로 끝일 것이오."

"이이……."

그녀의 손이 다시 나오자 영환은 그녀의 팔을 잡고 한 손으로는 그녀의 목을 움켜잡고 눈을 부라렸다.

"말 못 하겠으면 손부터 나오는 족속들! 죽어라!"

영환은 손아귀의 힘을 점점 높여갔다. 진짜로 죽일 기세였던 것이다. 그러나 연지라는 여인은 호락하지 않았다. 기사 위에 군림하는 장기사의 일인인 그녀였던 것이다. 한 손으로는 자신의 목을 잡고 있던 영환의 팔을 가격하고, 상대방의 손아귀가 약해지자 다시 몸을 회전함과 동시에 회전차기식의 다리가 영환의 얼굴 쪽으로 강타해갔다. 그러나 영환도 살짝 피하면서 상대의 허리를 잡고 던져버렸다. 살포시 안착한 연지는 옆의 부하가 들고 있던 검을 잡고 공격을 가해왔다. 영환도 검을 쥐고 마주쳐갔다. 일단 상대의 검에 온 힘을 다해 휘둘러갔다. 영환의 존재를 모르고 맞받아친 연지는 그대로 벼 짚단이 날아가듯 한참이나 날아가서 누워버렸다. 부하들이 그녀를 부축하자 연지는 그들의 손을 뿌리치고 다시 검을 잡았다.

"네놈 무슨 짓이냐! 어서 사과드려라! 장기사님이신 연지님이다."

니은이 영환과 연지의 사이를 막고 서면서 앙칼지게 쏘아붙였다.

"어서! 내가 가만 안 둘 것이다."

"알았어! 화내지 마. 하지만 저들의 행동이 잘못되었어. 저 여인도 인정할 거야. 인격이 있는 장기사님이라면."

니은은 영환이 떠들거나 말거나 연지 쪽으로 가서 양해를 구했다.

"와하하하! 인격이라! 좋다! 사과하겠다. 하지만 상위인 내 몸에 무례한 짓을 한 것은 용서할 수 없다."

"그거야 당신이 먼저 시비를 걸었으니……. 상관이 그런 성격인데 그 부하들도 당신에 배워서 저 모양들이겠지. 세상에 참고인을 벌레 보듯이 하류 취급하면 되겠소? 장기사 연지님!"

영환의 말에 연지는 자신의 부하들을 쳐다보았다. 수사관들은 그런 그녀의 눈빛을 대부분 피하고 있었다.

"하지만 나중에 무례를 저지른 것은 받아야겠다."

"아, 네 장기사 연지님. 멋대로 하시오."

"호호홋. 니은! 그대가 저자를 지도하였다고?"

"네."

"무식하게 힘만⋯⋯. 음, 말하는 예의도 가르치시게."

"네. 송구합니다."

연지도 귀족 출신이어서 니은한테 하대하는 것이었다.

'하지만 얼마나 날아간 것이야? 무자비한 놈. 으, 아직도 얼얼해.'

연지는 영환의 의문의 말에 자신의 느낌을 접었다.

"자, 잠깐! 남자 기사들은 다시 한 번 말해봅시다! 니은 아가씨 잠시 나 좀⋯⋯."

니은은 무슨 일인가 하고 영환에게로 갔다. 잠시 후 니은은 영환으로부터 어떤 말을 듣고 영환의 말을 연지한테 귓속말로 설명해주었다. 그러자 고개를 끄덕이는 연지와 니은의 모습에 영환은 알았다는 듯이 고개를 숙여주고 남자 기사들에 지시하듯이 말하였다.

"여인 기사분들은 저쪽으로 잠시 자리를⋯⋯. 남자 기사들은 각자 내 말을 따라해 보시오. '그놈 참 할하게 생겼네!'"

연지의 부하들은 중급기사들로 여인 기사 20명 정도에 남자 기사들이 12명가량 있었다. 다들 돌아가며 영환의 말해준 대사를 한 번씩 해보았다.

'잘못 들었나? 분명히 그때 그 목소리였어. 그들의 목소리.'

영환은 "잠깐! 당신과 당신 다시 해봐!"라고 말하면서 문제의 인물들에게 다가갔다. 그리고 자신을 마주치자 눈빛이 미세하게 떨리는 두 명에게 다시 한 번 대사를 외워보라는 지시를 하였다.

퍽! 퍽!

"이놈들이야! 연지님은 이놈들을 직접 신문해보시오. 틀림없이 어떤 자들과 연관이 있을 것이요. 그리고 이놈들을 고문하시오! 고문이 취미인 놈들이니⋯⋯."

잠시 후 연지가 취조실에서 나오면서 영환의 일행들에게 들뜬 목소리로 말하였다.

"이거 잘하면 주동자와 배후를 알아낼 수 있겠는데? 고문도 하지 않았는데 그냥 술술 하고 이실직고를 해주네."

영환은 그녀의 말에 찬물을 끼얹듯 참견을 했다.

"좋아하기는 이릅니다. 저들은 행동자들일 뿐이고 주동자는……."

하지만 붙잡힌 하수인들의 실토를 통해서 어느 총의 외곽에 그들의 은거지가 있다는 정보를 입수하고 해당 총과 협력하여 문제의 근거지로 급습하였다. 하지만 일부는 도주하였고, 일부는 잡아들일 수 있었다.

며칠 후 수사 책임자인 연지는 도주자들과 가담자들의 신분을 각 언론에 협의 후 퍼트리도록 하였고, 도주자들과 동조자 및 배후자들을 가려내는 데 총력을 기울였다.

"네 이놈! 그만큼 주의를 주라고 일렀거늘 이게 대체 뭐냐! 잘못하다가는 우리까지 드러나게 생겼잖아. 이이……."

"죄송합니다. 어떻게 이런 일이! 진즉에 책임자인 연지라는 인물을 포섭하는 것인데……. 틈이 없는 인물이었습니다. 더욱이 사건의 장소인 여울시 출신의 그녀여서……."

"답답한……."

"하지만 우린 빠지면 그만입니다. 다행히도 우리 측의 요원들은 빼놓은 상태이고, 도주한 자들이나, 잡힌 자들이나, 다들 예시의 인물이니까 크게 걱정하지 않으셔도……."

"허헛, 그러다 예시의 모전이라는 인물이 우릴 걸고넘어지면?"

"저들은 우릴 모르는 것 아니겠습니까!"

"걸고넘어지자 하면 수단과 방법을 가리지 않는 게 넘어지는 자들의 심보이다. 그러니 조심해서 방비하도록!"

"네."

예시총의 의문의 귀족 저택!

"난리구나, 난리야. 일단 아블에게 연락해서 그놈······ 그놈 이방인을 죽이라 하여라! 여의치 않으면 같이 뒈지라고 하고······."

"네. 그리 하겠습니다. 주인님도 이제 피하시지요."

"그래. 본래 모습으로 돌아가자. 잠잠해질 때까지 모습을 드러내지 말거라."

여울시 합동수사기구 연지의 직무실!

"잡졸들만 잡아들이는 꼴이 되었어. 언론에 흘린 것은 너무 성급하였나? 예시총의 근거지나 해시총의 근거지들에 하수인들만 있었다."

"어쩔 수 없었어요. 오히려 천천히 갔다가는 포섭당하기 십상이었을 것입니다. 그만한 체계적인 집단이면······. 모르긴 몰라도 연지님이나 다른 중간급 간부들에 손들이 뻗쳐왔을 것입니다."

연지의 직무실에 6인방의 여기사들이 모여 있었다. 연지의 성급했다는 말에 니은이 위로해주며 의미 있는 말을 해주었다. 동쪽의 여기사 중 최연장자인 대총의 서린도 의견을 내놓았다.

"니은님의 말이 맞는 듯합니다. 그 정도의 힘을 가지고 있는 그룹은 아마도 각 총의 제2, 3인자로 보시는 게 좋을 것입니다. 그리고 자은, 지월, 다은님, 우리 총에서 못난 모습을 보여 드렸습니다. 송구합니다. 가시는 길이시다니 제가 수정형역까지 배웅해드리겠습니다."

"저도 같이 가요. 왕관반도에 가야 해요."

니은의 말에 서린과 순선도 뭔가 잊고 있었다는 듯이 말했다.

"아! 본인도 반도에······. 휴, 이제 생각하다니······."

"그럼 연지님, 수고하시고 또 뵙겠습니다."

"그래요. 긴 여행 즐겁게들 가세요. 니은 그대는 잠시만……."

다들 나가자 무엇 때문에 남으라고 하였는지 눈치 있게 말하는 니은이었다.

"여리라면 수정형에 타고 예시로 절반쯤 갔을 것입니다."

"아! 그러면 도착하거든 이쪽으로 연락 좀 하라 그러시오."

"네, 무슨 일로?"

"후훗. 관심이 있어서요."

연지의 장난스러운 말에 그래도 놀라는 니은이었다.

"후훗, 놀라기는……. 협조와 부탁할 게 좀 있어서……. 음, 설마 얼음 공주 니은이 그자를 좋아하는 것인가?"

"호훗, 설마용!"

"호오호오훗! 아니라면 내가?"

"네?"

"호오호오훗!"

"……!"

"오호호훗!"

"……!"

완르에서 예시로 가는 수정형에 영환이 타고 있었다.

"니은의 말대로라면 물론 선지라는 여인의 추측이었다지만 모시의 아들, 상록과 건이, 그들이 날 납치했을 가능성이 있는 인물이라고 하였다. 하지만 가람님이나 차미님도 마찬가지다. 누구도 믿을 수 없다. 그리고 해인이 날 배신하였다고 한다. 정말 그녀가 그랬을까? 아니면 다른 자들 위해 자신이 희생하였을까? 민, 해인 등과 해시로 작전을 갔을 때 이상한 느낌은 받았지만 설마 해인일 줄은 몰랐다. 이상한 느낌은 더 있을 것이라는 것이다. 내 본능이 틀리기를 바라지만! 먼저 해인을 만나보자. 그리고……."

"네 이놈! 어디 갔다가 이제야 온 것이냐?"

영환이 교육받던 하급기사관에 들어서자마자 호통이 떨어졌다. 호통의 주인공은 역시나 교관 '모니'였다.

"하핫! 그간 강녕하셨는지요, 모니 교관님!"

"어디에서 사고치고 지금에서야 온 것이냐. 이이이……."

언제나 영환만 보면 부르르 떨면서 금방이라도 한 대 날아올 것 같은 모습의 기사 모니였다.

"하하핫! 너무 열 내지 마시지. 그간 사정이 있어서! 같은 기사님. 와하하핫."

기름을 퍼붓는 영환의 말이었다. 기사로서는 늙은 축에 드는 220세의 기사 모니와, 한참 어린 150세의 기사 영환 때문이다.

"뭐라! 같은 기, 기, 기사? 이이이놈!"

"하지만 이 세상에서 제일 존경하는 모니님이십니다. 부족한 몸으로 긴 여행 잘 다녀왔습니다."

모니의 재미난 인상에 거의 농담의 말이었지만 존경하는 마음은 진심인 영환이었다.

"험! 뭐 같은 기사가 존경한다면 좋은 것이고……. 어험! 하지만 이놈! 연락은 해야 할 것이 아니냐!"

남자로서는 작은 체구에 고래고래 소리 지르는 것은 누구나 못 따라가는 것이었다.

모니한테 안부를 묻고 장기사인 릴의 안배로 해인과 마주앉았다. 물론 예시총에서는 그녀를 이중첩자로 활용하는 중이었다. 미안함과 안도의 모습이 묻어 있는 처연한 얼굴로 영환을 맞이하는 해인이었다.

"잘 있었어? 얼굴이 많이 야위었네."

"이렇게…… 마주앉아서……."

"하핫. 나야 뭐 워낙에 운이 없잖아. 신경 쓰지 마! 음, 누구라도 사정이 있으니 뭐라 할 거는 못된다."

"듣기가 거북합니다. 그냥 욕……."

"너를 내 동생으로 생각한다. 오빠가 여동생을 뭐라 할 수 있겠냐? 우리 내가 살던 곳에 가정적인 말이 있는데 '자식이 부모를 버릴 수는 있지만 부모가 자식을 버릴 수는 없다'는 말이 있어. 같은 거잖아. 음! 그러니 거북하다는 말이나 이상한 말은 말아줘. 내가 뭐 심문하러 온 것도 아니고. 그냥 얼굴이나 보려고 왔다."

해인에게 자초지종을 물으러 왔지만 영환은 입이 떨어지지 않았다. 결국 한마디 더 하고 일어섰다.

"주제 넘는 말이겠지만 후회되는 삶은 살지 말거라. 음, 그럼……."

"왜 그렇게…… 그렇게 사람을 좋아하는 것이죠? 차라리 모순의 표정을 지어주던가 아니면.…… 불쌍한 표정을……."

"내가 사람을 좋아한다고? 천만에! 수성 사람들을 죽어도 싫어한다. 하지만 있잖아. 인간의 정이라는 거. 그거일 뿐이다."

영환은 그 말을 끝으로 문을 열고 나왔다.

탁!

"와악!"

뒤에서 해인의 한 맺힌 울음소리가 들려왔지만 영환은 씁쓸한 표정으로 걸어 나갔다. 해인과의 독대를 하고 의문이 드는 인물들인 차미와 가람을 감시하며 뒤를 밟았지만 이상한 행동들은 안 보였다. 하지만 며칠을 뒤따라 다녔고, 둘에게서는 어떤 단서도 잡히지 않자, 선지의 추측이었다는 상록과 거니를 감시할 요량으로 거니의 뒤를 은밀히 따라 다녔다.

그렇게 며칠을 소모하고 어느 날인가, 거니가 뚱뚱한 도니하고 어떤 모종의 일이 있는지 야심한 시각에 자주 만나는 모습을 목격하게 되었다.

도니의 별장으로 꾸며진 주택에서였다. 자신을 동물이나 벌레로 취급한 피리와 고니의 모습도 보였고, 문제의 상록이라는 인물로 보이는 자도 있었다. 예시총을 거의 절반을 움직이는 요인들인 좌파의 핵심 인물들이 모여 있었던 것이다. 하지만 그들의 대화 내용이 어떤 것인지 알 수가 없었다. 어쩔 수 없이 그들의 모임이 끝나기를 기다리다가 상록으로 보이는 자가 나오자 그를 조심히 뒤따라가 보았다.

'일행 중에서 나이가 제일 많아 보이는 자가 상록이라고 하였다. 아마도 저자가 맞을 것이다. 그런데. 어디를 계속 가는 거지? 뭔가 느낌이 좋지 않다. 오늘은 일단 물러가야 하는가? 그래, 오랜만에 가람님의 집인 내 별채로 가서 목욕이나 하자.'

그렇게 생각한 영환은 '슝' 하고 하늘을 나는 식으로 뛰어올랐다. 그러자 길 가던 주민이 그의 모습에 멍하니 고개를 천천히 움직여갔다. 영환이 낙차하면 아래로, 뛰어오르면 위로 몇 번을 그렇게 지켜보다가 헛것이라도 본 것처럼 눈을 비벼보았지만, 사실이라고 판단하고는 집으로 귀가하는 주민이었다. 하지만 귀가하던 주민은 자신의 집 지붕 위로 오르며 집 안 사람들의 눈치를 살폈다.

"다, 당신, 뭐 하세요? 지붕 위에는 뭐 하시러?"

아내가 그렇게 묻자 가는 신음소리를 내는 주민이었다.

"가만있어 봐아!"

"악! 설마!"

"아아아아악!"

쿵!

영환의 모습에 자신도 날아다니는 새가 될 수 있다는 착각을 한 주민이었다. 그리고 연구심이 대단한 남자여서 지붕에서 그만 뛰어내리고 말았던 것이다. 그다음 날 병원으로 실려 가면서 "내가 잘못 보았나?"라는 말을 남겼다고 한다.

"어서 오시게! 많이 늠름해졌구나."

가람의 집에 오자 가람과 그의 부인이 환하게 받아주었다. 영환은 니은이 연락하였거나, 자신이 예시에 왔다는 소문을 들었거나 둘 중 하나였을 것이라고 생각했다. 일단은 예시의 모든 사람을 다른 총과의 동조자로 보고 있는 영환이어서 가람한테도 의문이 드는 자들을 관찰하러 왔다는 소리는 하지 않았다. 일반적인 얘기만 하고 별채로 향하였지만 어떻게 된 일인지 별채로 오는 내내 기분이 묘했다.

'혹시 차에다가 약을? 몸이 몽롱한 상태. 윽! 뭐지?'

영환은 미처 몸을 가누기도 전에 쓰러지고 말았다. 멀리서 영환의 냄새를 맡고 달려온 룽(개)만이 그의 몸을 뒤척여 보았지만 아무 반응이 없었다.

영환이 정신을 차린 것은 달리고 있는 어느 차 안에서였다. 먼저 자신의 상태를 살폈다. 상체가 포승줄로 묶여 있었고, 하체는 그나마 움직일 수 있을 것 같았다. 하지만 머리는 아직까지 띵해왔다. 그리고 어떤 차량인지 살펴보았고, 사람들이 몇 명인지, 어떤 자들인지 힐끔거려보았다. 양옆에 두 명씩 네 명과, 운적석에 두 명이 타고 있는 것을 확인하였다.

'일단 두 발은 움직일 수 있으니까 여차하면 튀어 오를 수 있는데 문제는 밧줄을 어떻게 풀어본다? 음!'

영환은 갖가지 생각을 하며, 자신을 감시하는 자들을 살펴보는 차에 어떤 인물과 눈이 마주쳤다. 그러나 그는 웬일인지 알고도 모르는 척 시선을 다른 곳으로 돌리고, 자신의 동료들에게 갑작스러운 말을 했다.

"아직도 눈을 감고 있네. 마취가 강했나 봅니다. 불쌍합니다. 불쌍해요!"

영환은 자신을 떠보기 위함인지 아니면, 잠자코 있어, 라는 뜻인지 의미를 모르는 눈이 마주친 자라고 생각하였다.

"해시총이면 한참이나 더 가야 하는데 잠시 쉬었다가 가시죠? 밤새 달려와서 많이들 지쳤을 것인데……."

그러나 일행들의 수장으로 보이는 자가 까칠한 음성으로 되받아쳤다.

"시끄럽다! 봉진 네놈은 긴장감이 없다. 그리고 하급기사면 조용히 하고 따라다녀라."

"아! 네. 그냥 지치신 선배분들께 무료함을 달래기 위해서……주의하겠습니다."

봉진이라 불린 자가 반성의 말을 하자 이번에는 여인의 음성이 들려왔다.

"음, 진저님! 우리도 좀 쉬었다가 가시죠! 곧 제 고향을 지나면 오르막 정도에 쉼터가 있어요. 거기서 기지개라도 펴고 갑시다."

여인의 말에 일행은 잠시 쉬었다 가기로 했다. 얼마 후 차량이 정지하고 의문의 일행들이 음료수와 간단한 식료품들을 나누어먹는 소리가 들려왔다. 뭐라고들 떠들어대고 잠시 후 눈이 마주친 인물로 보이는 자가 영환에게 음료수를 권하였다,

"마시세요! 움직일 수 있겠어요?"

"하! 놀리는 거라면 저리 가라."

"하핫. 설마 놀리겠어요? 일단 목부터 축이세요. 자!"

"음, 쿨룩! 천천히……. 그리고 줄을 풀어주면 안 되겠나? 그대들은 여섯 명이고 난 혼자이다. 소심들 하면 그냥 느슨하게만 해줘라."

영환의 말에 잠시 주의를 둘러보고, 미안한 표정으로 말하는 봉진이었다.

"아! 이거 죄송하지만 그리되면…… 살짝만 느슨하게……."

봉진은 영환을 묶은 포승줄을 약간이나마 느슨하게 해주었다.

"한 가지만 더 물어보자. 왜 내게 선심을 써주는 것이냐? 그리고 어디

선가 그 목소리는 들은 것 같다만……."

"하핫. 아마도 지하……. 불쌍하다고 말하였던 인물이 저입니다."

그랬다! 영환이 천으로 얼굴을 가린 인물에 잡혀있을 때 아블이라는 자에게 가혹하게 당하였었고, 한 줄기 안쓰러워하는 목소리가 들려왔는데 그자가 바로 지금 앞에 있는 봉진이라는 인물이었던 것이다.

"어떻게 된 것인가. 그대는 옴이라는 인물의 수하가 아니었나? 그럼 가람이나 천의 얼굴이나 한통속이었나?"

"그것은 저도 모르는 일입니다. 그리고 내 나이가 더 많은 것 같은데 험한 말은……."

"뭐야? 당신 같으면 이 상황에서 좋은 말이 나가겠어?"

영환이 버럭 하는 말에 의문의 인물들이 우르르 하고 몰려왔다.

"뭐, 뭐야? 이 자가 자신의 처지를 모르고……. 역시 환장한 자로구나. 뭐야! 밧줄을 느슨하게 해주었나?"

그들의 일행 중, 험한 인상의 인물이 봉진을 노려보며 일갈하였다.

"어차피 약기운도 있고, 두 다리로 뭘 할 수 있겠습니까?"

"이놈! 네놈이 뭘 안다고 주절대는 것이냐!"

'음! 남자 셋에 여자가 셋이다. 이놈들 정도면 발차기 정도로 날려 보낼 수 있지 않을까? 그래! 어차피 저기 가나 여기 가나 당하는 건 매한가지! 일단 조장으로 보이는 인상 험하게 생긴 저놈을 다리 쪽으로 유도해보자.'

"허. 그놈 인상 한번 더럽구나. 이봐, 인상! 할 말이 있는데……."

"이이……!"

영환은 조장으로 보이는 자인 진저가 가까이 오자 있는 힘껏 그의 턱을 날려 보내고 일어서며, 놀라서 주춤하는 일행들 중 여자와 남자 하나를 간단히 제압하였다. 그사이 봉진은 두 손바닥을 자신의 얼굴 쪽으로 가져가며 펴보았다. 싸울 의사가 없다는 뜻이었다. 남은 자는 여인 둘과 남자 하나! 진저나 다른 두 사람이 방심하다 당했다고 생각하며 검을 쥐고는 영환에 덤벼왔다. 좀처럼 접근하지 않는 그들이었고, 신중히 대처하는 자세였던 것이다. 하급기사의 첫 번째다. 자신보다 강한 자와 상대할 때는 기회를 엿보며 근접하지 않는다는 것이다. 영환도 나름 방법을 생각하였다. 누가 봐도 유치하고 뻔히 보이는 방법인 정신을 흩트려 놓는 겁주는 방법이었다.

"이봐! 당신들의 조장도 한 방에 갔는데 이 밧줄을 마저 풀면 당신들은⋯⋯."

"흥! 내가 조장이다. 멍청한 놈! 저자는 나이 많아서 그냥 참고 있었을 뿐이다."

"아! 미안. 난 또 저리 멍청한 자가 조장인가 하고⋯⋯. 저런 조장을 둔 당신들이 안쓰럽게 보여서⋯⋯. 아! 덤벼라! 조장이면⋯⋯."

"흥! 네놈이 와라!"

영환은 무슨 생각에서인지 동작을 멈추고, 상대들에게 말을 걸어보았다.

"잠깐! 이렇게 된 거 당신들이나 나나 서로 피곤만 할 뿐이다. 그러니 이쯤에서 타협하자. 당신들도 좋고 나도 좋은 방법! 내가 그냥 같이 가주겠다! 그대들이 원하는 장소에. 나도 궁금해! 어떤 놈이 나를 이리도 원하는지 그자의 얼굴을 보아야 하겠다. 나중에 알게 되겠지만, 사실 나를 몇 번이나 납치하려고 했던 인물들이 있었다. 못 믿겠나? 난 당신들과 다르다. 한 번 약속하면 반드시 지킨다. 잘 믿지 못하는 족속들인 네놈⋯⋯."

"좋다! 그 대신⋯⋯!"

"알았다!"

"그리고 좋아하지 마라! 이건 어디까지나 우리의 일이다. 우리도 다치기는 싫어서이다."

어느 건물 안에 죽어있는 듯 반듯이 누워있는 인물이 있었다. 그런 인물에 음흉하게도 내려다보는 인물과 그의 수하로 보이는 자가 서성이고 있었다.

"드디어 내 손에 들어왔구나! 이놈의 장기와 세포를 그자한테 이식시키기만 하면 모든 게 끝이다."

의문이 가는 인물의 말이었다. 시체같이 누워 있는 자의 장기들을 누군가에게 이식시킨다는 말이 아닌가!

"왜! 하필 이자입니까?"

"이방인이다, 이놈은. 그간의 행동으로 보면 우리보다는 체력이 월등하고 힘도 세다는 것이다."

"하지만 그자와 이자는 엄연히 다른 신체여서 장기가……."

"모르는 소리! 같은 인간이고, 같은 장기일 것이다. 이 일이 성공만 하면 우리는 훌륭한 병기를 손에 넣는 것이고, 내 앞을 막는 자들은 제거하기만 하면 될 것이다. 그리되면 곧 동쪽의 통일왕국이 탄생할 것인데……. 아무튼 예시가 잘해주었어. 아니지, 너의 방법이 좋았다. 예시의 사라를 유령도시로 만들자는 것도 그렇고……. 물론 예시의 폭동이 안 일어나서 처음엔 조바심이 났지만 대신에 이놈이 손에 들어왔으니 절반은 성공이구나."

픽!

"윽. 뭐냐? 네, 네놈!"

"뭐가 그리 좋을까?"

"여, 여, 컥!"

의문의 인물들이 말하던 도중 시체로 생각한, 움직이지 않던 인물이 일어나면서 그들을 갈겨버린 것이었다. 그중 하수로 보이는 자는 아예 움직임을 멈추게 힘을 가하였고, 목 부위를 가격당하고 불안에 떠는 한 인물로 시선을 주는 시체 즉, 영환이었다.

예시총. 서선의 저택!

'혹시라도 예시에서 가장 믿을 만한 인물이 있어? 난 솔직히 당신 오빠나 누구도 믿지 않아. 아니 믿을 수 없어!'

'미안해! 너의 그간의 처지를 보면 이해가 간다. 음, 믿을 수 있는 인물은 총장님의 비서님인 서선'님과 영 언니일 것이다. 무슨 일이 생기면 언니한테 먼저 연락해서 서선님께 가보라.'

'영님도 그렇고 저 서선이라는 여인도 믿음이 가는 얼굴이지만 문제는 총장이라는 인물이다. 아무튼 니은한테 미리 언급받기 잘하였다.'

영환은 예시총에서 자신을 넘기려 한 무리들과 말을 맞추어 대기시켜 놓고, 어느 건물에 의식이 없는 거처럼 가장하여 자신을 납치하려는 자들을 눕히고 데려올 수 있었다. 처음에는 자신에 몇 번의 고난을 겪게 한 그들을 물씬 두들겨 패고 평생을 기어 다니도록 만들고 싶었지만 그들의 대화를 듣던 내내 이상한 소리들이 흘러나와서 예시총으로 데리고 오게 된 것이었다.

"그러니까…… 사라를 유령도시로 만든 장본인이 당신이라는 말인가?"

"난 그렇게 말한 적이 없다. 난 모르는 일이다."

"여리? 이게……."

퍽퍽!

"어머! 여리님."

"윽! 무식한 놈!"

폭행자는 영환이었다.

"네놈은 몰라도 네놈의 부하 놈은 이미 실토하였다. 이봐! 이름이 뭐라 하였나? 네놈의 이름과 이자의 이름을 말하라. 아까처럼!"

"좋소! 대신 주인님은 더 이상 때리지 마시오."

"닥쳐라 이놈! 이놈! 곧 전쟁이 일어날 것이다."

"전쟁이고 뭐고, 주인님의 안위가 먼저입니다. 제발 고정하십시오!"

"저의 이름은 서인이고 저분은 옛 왕국인 구정의 후손인 압이라는 분입니다. 그리고 모든 일은 본인이 꾸민 것이오. 사라의 황폐화도 죽음의 땅에서 채취한 가루들을 이용하여 계절풍이 불 때에 뿌린 것이고, 은밀히 죽음의 약물들을 식물에 뿌린 것이오. 겨우 회색 가루만가지고 죽음으로 몰고 갈 수가 있었겠소? 물론 당신들의 초동수사와 아무런 조치가 없어서 성공할 수 있었지만."

총장의 비서실장인 서선의 얼굴이 점차 붉어져갔다. 황당하고도 황당하였지만 자신들의 안일하고도 무지한 대응 때문에 멀쩡한 도시가 하루아침에 유령도시로 되어갔던 것에 부끄러운 감정도 내재되어 있었던 것이다.

그때 영환이 참견하여 보았다. 물론 궁금함이었다.

"그럼! 나의 장기를 어떤 인물에 이식한다는 말은 무엇이지?"

"어차피 주인님께서 말씀하신 그 인물은 시체나 마찬가지요. 곧 죽을 몸이오. 아니 벌써 죽었을 것이오. 하루에 한 번씩 생명수를 주입하여야 하는데 며칠이나 지났으니."

"그럼 장기를 뺏긴 나는?"

"그거야 죽음이……."

퍽퍽퍽!

갑작스런 압과 하인에 구타를 가하는 영환이었다. 여인들이 있는 곳에서의 너무 과한 처사라 생각한 영이 황급히 다가갔지만.

"영님도…… 아무도 말리지 마! 나도 당신들 수성 인간들에 화풀이 좀 해보자! 영님, 안 그래요? 수성 사람들 다 죽여도 영님만은 안 죽일 것이니. 아! 니은도…… 아! 다이 로와도……. 아! 아, 아무튼, 후훅!"

하지만 귀족 여인들이 보기에는 상당히 무례한 영환의 행동이었다. 그런 난폭자에게 어이없는 듯 빤히 쳐다보기만 할 뿐이었다.

"그리고 그렇게 쳐다보지 마시오. 나도 뺨 때리고 싶으니. 왜? 남자들이 여인을 쳐다보면 여인들이 뺨 때리라는 법이 있다면서요? 그래야 공평하지!"

"그런 법은 어디에도 없으며, 단지 무뢰배의 여인의 대한 무례함을 막고자 그런 조항이 있을 뿐이오. 그대가 여리라는 기사인가?"

어느새 서선이 보고하였는지. 예시총장이 왕림하면서 황당하게 들린 영환의 말에 일축하며 다가왔다. 영환은 말하면서 걸어오는 여인이 총장인 것을 알아보고 자리를 피하듯이 고개를 숙이며 나가는 모습을 보였다. 하지만 서선의 말에 참을 수 없는 반박감이 들어서 한소리 해보았다.

"무례하구나! 예의를 갖추어라. 총장님이시다!"

"무례요? 무엇이 무례고, 무뢰배인지 모르겠습니다. 서선님! 가람님이 날 저자한테 넘기려고 한 것은 무엇이오? 물론 내 앞에 계시는 분들도 모른다고는 못 하시겠지."

"아니! 이……"

"됐어요! 큰일을 해주셔서 감사해요. 가서 쉬세요."

"그리고 영님? 영님만은 믿었는데……. 힘든 현실입니다. 이제 가람님의 저택에도 가기 싫습니다."

"저…… 뭔가 오해가……"

"오해는 무슨! 당신들의 얼굴을 보면 뻔하구만!"

영환이 나가려 하자 서선 쪽으로 눈치를 주는 영이었다.

"음, 불편하겠지만 어떻게든 본인의 집에 왔으니까 거처를 마련하라고 일러두었네. 그러니 음, 거처에 가서 쉬시게, 여리."

까칠할 때는 까칠하게 나가보자는 영환이었다.

"왜! 또 덮치려고? 흥, 시녀도 뭣도 필요 없으니 쉬고 있을 동안 누구도 얼씬 못하게 하시오!"

하며 휙 하고 나가는 영환이었다.

"음, 별종이군요! 영님! 어떻게 저런 자를 몇 년을 머물게 해주셨는지……."

"후후훗, 서선이 이해하세요! 우리가 저렇게 만들었을 수도 있으니. 아! 송구합니다. 총장님."

"아니, 오랜만이구나, 영!"

"네. 그렇게 친구처럼 불러주셔서 몸 둘 바를 모르겠습니다."

"음! 재미있는 사람이구나, 여리 기사는."

"기사는요! 저렇게 품위 없는 자가!"

"그만하라! 서선도! 그런데 이자가 압이라는 인물이 확실한 것이오?"

"네. 모든 정황(情況)으로 미루어보면 확실합니다."

"그럼 이자가 압이 확실하다면, 우리를 조정하려고 하였던 인물이 아닌가!"

예시총. 비상회의!

예시총의 우파인 차미와 가람, 수비대장 릴과 서선이 회의석에 앉아 있었다. 자초지종을 들은 차미가 무거운 입을 열어보았다

"좋아해야 할 일인지, 슬퍼해야 할 일인지! 더 큰 산이 있을 수 있다는 게 문제인 듯합니다. 압의 말을 조합해보자면 자신과 협력하고 있다는 또 다른 집단이 정말로 존재한다면……. 숙고해 볼 일입니다."

가람도 열변을 토해내듯이 자신의 의견을 내놓았다.

"아니 그럼 겨우 잡은 물고기를 놓아주자는 말씀인가요? 일단은 압이라는 인물을 잡고 있는 것이 우리에게는 더 좋은 수 일겁니다만! 만약에 일이 터져도 저자를 구실로 협상할 수도 있는 것이고요."

"그러다가 지금까지 저자로 인해서 피해를 본 자들이 우리 총에 있다는 것을 알고 우리 총을 같이 의심하면 어쩌겠소? 호시탐탐 기회를 엿보며 전쟁의 명분을 찾고 있는 해시총의 귀에 들어가 보시오!"

차미와 가람의 실랑이를 관전하다 참견하고 나서는 예시였다.

"전쟁의 명분을 주어서도 아니 될 것이며, 그렇다고 악의 축인 압이라는 자를 풀어줄 수도 없는 일입니다."

총장의 말에 황망한 표정의 서선이 조심스럽게 말하며 좌중의 눈치를 살폈다.

"저, 그동안 잊고 있었는데 사실 압이라는 인물은 해시의 인물입니다. 혹시라도 막강한 군사력과 정보력을 보유한 해시에서 우리 쪽에서 저자를 구금하고 있는 것을 알게 된다면, 일이 커질 수도 있습니다. 그 점 숙고해주시고, 자신이 살기 위한 수단으로 꾸며낸 얘기일 수도 있다는 점에 유념해주십시오."

예시총에서는 압이라는 자를 이럴 수도 없고, 저럴 수도 없는 지경이었다. 문제는 쇠금속이 전부가 아니었고, 여울시의 함몰 사건과도 연관이 있을 수 있다는 판단에서였다. 하지만 예시총의 어떤 인물과 거래하였다는 것을 알아낸 예시는 기사 첩자인 해인과 압을 통해 모전이라는 인물과 거래하였다는 것을 알아내고 문제의 인물을 찾는 데 주력하였다. 결국 그 인물이 전 총장인 모시의 아들 상록이라는 것은 알게 되면서, 그와 협력하던 거니와 도니, 그리고 피리와 고니를 같이 구금하는 데 성공하게 되었다. 하지만 귀족인 상록 등을 구금하는 과정에서 그들에 모욕 주는 언사와 수치심을 유발시키는 행동을 보인 영환은 귀족들의 눈총과 세간의 따가운 이목을 받고 옥중생활을 하는 사건도 벌어졌다. 그러나 일반인들의 총을 위한 어쩔 수 없는 일이라는 한 목소리의 규명 운동을 받고 얼마 안 가서 풀려났다.

수성력 45013년 4월 22일
압과 상록의 사건 후, 왕관반도 동쪽, 예시총의 강릉시!
얏! 픽!

"누, 누구세……. 뭐 하는 자들이냐?"

일단의 무리들이 검은 망토로 얼굴들을 가리고 검을 휘두르며 강릉시를 유린하고 있었다. 여기저기서 신음소리와 절규가 들려왔으며, 그중에는 어린아이와 아녀자들도 포함되어 있었다. 주민들과 배치되어 있던 기사들이 달려 나와서 처절한 저항을 해보았지만 소수의 전력과 시민들을 지키며 싸우기란 중과부적(衆寡不敵)이었다.

"모조리 잡아라! 어린이와 여자는 데리고 간다!"

"젊은 여자는 데리고 가자!"

악!

"뭐냐! 누구냐?"

강탈의 무리들 중 일부가 목표를 달성하고 젊은 여인들을 강제로 끌고 가려하자 기사차림의 여인들이 나타나면서 강탈자들을 가로막고 섰다. 하지만 많이 지친 모습의 여기사들! 힘에 부친 모습들이었지만 지친 몸을 위해 절제된 동작으로 약탈자의 무리들을 어느 정도 소탕하여갔다.

"겨우 여자들이다! 그리고 많이 지쳐간다! 콧대 높은 여기사들을 이 기회에 농락해보자꾸나. 치고 빠지고, 대기자들이 치고 하여라. 저들은 곧 지친다."

"이놈! 네놈이 수괴로구나. 기사들은 각자 호흡 조절하면서 대응하고 흩어지지 말거라! 곧 증원이 올 것이다. 어떻게 해서든 지켜내자. 이보라, 남자들? 그대들의 마을이 아닌가? 구경만 할 것이냐! 아무거나 잡고 저들을 향해 부딪쳐라. 여자들도 마찬가지. 힘이 없다고, 나는 안 된다는 그런 생각 따위는 버리고 최소한의 의지를 보여라! 나는 니은이라고 한다. 오늘 여기서 죽는다 해도 결코 항복은 없을 것이다. 네놈! 각오하라."

니은이었다. 그녀는 완르총에서 대항 항전이 끝나자 강릉으로 온 것이었다. 동쪽 대륙에서의 가장 영향력이 있다는 3인의 여기사 중 일인인 니은! 그런 그녀의 존재만으로 소속 총의 여인들에게는 정신적 지주나 마찬가지였다.

침울하던 분위기가 한 여인으로 등장으로 인하여 회오리치듯 전세가 역전이 되어가는 듯이 흘렀으며, 그 여세로 강탈자의 수괴로 보이는 자를 구금하는 데 성공하였다. 결과 또한 잘 훈련된 기사들과 사람들을 움직이는 말 한마디로, 다수의 힘을 믿고 안하무인격으로 설치던 한밤의 야습자들을 물리치는 데 성공할 수 있었던 것이다.

"오늘 우리는 '하면 된다!'는 것을 보여주었다. 그렇다! 의지를 잃지 말고 눈에, 몸에, 마음에, 힘을 주면 상대 또한 함부로 하지 못하는 법이다. 가까운 예로 여리라는 이방인이 있다. 그자 또한 처음엔 무기력하고, 배우고자 하는 마음과 자세 또한 없었다. 하지만 지금은 어떤가? 어느 누구도 못 건드는 인물이 되어가고 있다. 그런 바보 같은 자가 왜 그렇게 되었겠나? 바로 무엇을 지키고자 함이었다. 비록 자신은 천대받고 멸시받고 했어도 의지는 있어서 그런 것이다. 그리고 얼마 전 총으로부터 큰 공훈을 세웠다며 장기사란 직위를 받았다. 하지만 그 대단한 직위를 거절한 인물이다. 누가 보면 엄청난 바보일 것이다. 하지만 왜 거절하였겠나? 바로 자신의 부족함을 느끼고 그런 것이다. 아직 배울 게 많다는 뜻일 것이다. 그런 바보 같은, 그런 이방인에 우리 총의 국민이 지면 되겠는가? 져줄 것인가? 노력할 것인가?"

"노력할 것입니다."

"노력! 니은님 만세!"

"기사 니은! 기사 니은!"

그녀의 말에 화색이 돈으며 환호하는 군중들이었다. 그들의 환호를 잠시 진정시키고 이어 말하는 니은이었다.

"또한 언제 또 불온한 무리들이 급습할 줄 몰라서 총에 증원을 요청해 놓았다. 하지만 앞으로도 타인에 의지하면 되겠는가! 우리 땅은 우리가 지켜냅시다. 좀 전의 말과 마찬가지로 당장 오늘부터 손에 검을 쥐고 최소한의 몸을 지킬 수 있는 검술을 배워야 할 것이오."

예시총장 집무실!

압을 풀어주시오. 쇠 금속을 내어주던가 둘 중 하나를 선택하시오! 예시총
장! 아니면 강릉을 초토화시키겠소. 들어서 알겠지만 이번엔 반응을 보려고
허접한 인사들을 보냈지만, 다음번엔 기사들을 투입하겠소.
아, 참참! 누구였지? 곱고 단아한 아름다운 예시의 여신이 우리 쪽에 붙잡
혀 있었지. 이름이 뭐라고 하더라? 선지였나? 특히 자수정 빛깔의 눈동자
가 맑고 예쁘던데……

서선이 총장 앞으로 배달되어온 우편물의 일부분을 읽어갔다. 서선이
말한 편지의 내용에 온몸이 부르르 떨리는 모습의 남자! 바로 선지의 아
버지 차미였다.
"이이이! 버러지 같은……."
"일단 고정하십시오, 차미님!"
"가람! 지금 고정하게 되었나? 이 시간에도 어떤 몹쓸 짓을 당할지도
모르는데……. 니은이도 그래! 검술을 못하는 아이를 홀로 남겨두고 가
면 어쩌란 말이었나. 아무리 호위 기사들이 있었다지만 노리고 있었다는
걸 알았어야지."
잠자코 있던 예시가 좌중을 진정시키듯 나서보았다.
"차미님은 잠시 진정 좀 하시고……. 서선? 드시라 그러세요."
"네! 총장님. 기사 여리는 들어오세요!"
옷이 날개라 하였던가! 고급스러워 보이는 옷감과 기사로의 직위를 나
타내는 장신구! 그리고 조금 부족하지만 당당한 걸음걸이의 남자! 여리
라는 이름의 인물이었다. 그가 들어오자 총장의 비서실장인 서선의 옆에

있던 기록관이 일어서며 외친다.

"전체 기립하여 주십시오!"

기록관의 상투적인 말이 끝나자 총장인 예시가 배턴을 이어받듯 말하고 나섰다. 하지만 서선이 총장의 행동에 참견하면서 잠시 주춤한 예시였다.

"아닙니다. 총장님! 일개 장기사 임명입니다. 총장님께서……."

"아니오. 비상시국인데 총장이라도 힘이 되는 분께는 힘을 실어드려야지요. 본장이 직접 임명하겠으니 그리들 아세요."

예시의 돌발행동에 당황한 서선은 황급히 떠들어본다.

"여리는 무얼 하시오! 총장님 앞입니다. 당장 한쪽 무릎을 땅에 짚고, 양손을 총장님 쪽으로 향하여 받드는 모양을 취하시오!"

서선의 말대로 엉거주춤 자세로 총장을 향해 손을 펴는 여리, 즉 영환이었다.

"본 예시총의 총장인 예시는 기사로서 맡은바 임무를 다하였고, 각 총과 우리 총으로의 화해를 앞장선 기사 여리에게 장기사라는 칭호를 내린다. 수성력 45013년 5월 1일 예시총장 예!"

예시의 영환에 대한 고무적(鼓舞的)인 언사가 끝나자, 영환에 수여문과 장기사에 대한 권위를 나타내는 문양을 전달하는 서선이었다.

피곤에 겨워 잠자리에 들려는 영환의 귓가로 시녀의 목소리가 들려왔다.

"여리님! 잠시만 괜찮으신지요?"

"무슨 일이오?"

"저, 잠시……."

"알았어요."

시녀의 안내를 받고, 어느 건물로 들어가게 되는 영환은 눈앞에서의 여성 때문에 눈빛이 놀라듯이 춤을 추며 앞의 여인에 대해서 생각하게 되었다.

'그동안 보아온 귀족 여인들은 대부분 예의나 버르장머리들이 없었다. 남자들 알기를 마치 짐승을 대하듯……. 그런데 저 여인은 뭐랄까! 완숙미와 조숙함 그리고 지적인 이미지가 강하다. 한마디로 강하다는 느낌이 든다. 누구지?'

"누구신지?"

"네놈이 또 놀리는구나!"

"헉! 설마 서선님? 그 복장과 그 자태는 무엇인지. 그리고 저를 왜?"

"자, 자태! 무례한……. 역시나 못돼먹은 이방인이구나. 오늘만은 용서해주겠다. 앉아라!"

단아한 모습과 수성의 풍속 옷이라는 화려함을 자랑하는 옷가지들을 걸치고 있는 서선이었다.

"거래를 하려고 불렀다."

서선은 차 한 잔을 목만 축이듯 천천히 마시며 속삭이듯 말했다.

"거래라면 어떤?"

"총을 위해서의 거래다."

"하핫. 난 또! 미안하지만 일어서겠소. 나하고는 안 좋은 장소인 당신의 총인 예시오."

"네놈이 뭐라도 되는 줄 아느냐? 지금 일어서면 네놈은 씻을 수 없는 대 죄인이 될 것이다."

"아니 뭔 죄인이요?"

"귀족 여인을 강체로 취하면 어떤 형벌인지 아느냐?"

서선의 말이 무슨 의미인지 대강은 알아차릴 수 있는 말이었다. 그 말인즉 지금 일어나면 소리쳐서 성추행범으로 신고하겠다는 의미의 말이었던 것이다.

"대체 왜 이러는 것이오! 아! 일단 그 거래가 뭔지 하는 것을 말이나 해보시오."

"그럼 본론부터 말하겠다. 총장인 예시님을 도와주거라. 그게 거래이다."

"내가 왜 그래야 하는 것이오?"

"다른 사람은 몰라도 여리는 꼭 그럴 이유가 있다."

"글쎄 그 이유가 무엇이오?

후!

서선은 목이 자주 타는지 다시 차 한 잔을 마시며 말했다.

"날 취하였기 때문이다."

"하핫, 나 원! 사람을 처음에는 동물에, 우리 전시에, 지하 감옥에! 이제는 뭣이라? 하지도 않은 일을 만들어서 이제는 아……."

"날 취하여라. 부탁이다."

차의 온기 때문인지 아니면 얼굴의 땀 때문인지. 서선의 눈가로 가늘고 미세한 이슬 같은 게 보였다. 자신의 몸을 희생하여서라도 총장에게 어떤 도움을 주고자 하는 모습이었다.

역시나 마음이 약해진 영환!

"알았소! 울지 마시오. 진짜 내가 나쁜 놈 같잖아! 일단 어떻게 하면 되는 것인지 알려주시오."

"일단 나를 안고 침대에 눕히고……."

"알았소. 그냥 무조건 거래합시다. 뭔 부탁이오?"

"네놈이 감히 날 희롱하는 것이냐?"

"어찌……. 그렇잖아요! 당신을! 아, 알았으니……."

서선을 덥석 들고 침대로 가는 영환이었다.

"이제…… 말……."

짝!

"더 이상 날 추하게 하지 말고 취하여라."

"좋아! 이건 당신이 원해서……. 음, 나중에……."

영환은 그렇게 여인을 품어갔다. 하지만 입술을 허락하지 않는 서선이었다.

'이 여인은 이렇게까지 해서 뭔 이득을 취하려는 것일까? 자신의 야망? 아니 야망은 아닐 것이다. 음, 언니 같은 예시총장에 맹목적인 충심으로? 강압일까 아니면……. 느낌상 강압 같지는 않아 보인다. 강압이었으면 입술도 허락하였을 것이며, 이게 귀족 여인들의 무서운 점인가? 하긴 이런 희생이 있어서 귀족이 존재해왔겠지만……. 여인을 품고 있지만 왠지 씁쓸하다. 이런 생각은 예의가 아닌가? 이 가련한 여인을 위해 입맞춤이라도 해주고 싶은 심정이다.'

서선이라는 여인에 대하여 생각을 해보며 그녀의 얼굴을 보았다. 어느덧 가는 이슬은 큰 이슬이 되면서 서선의 얼굴을 타고 내려갔다. 안쓰럽다는 생각의 영환은 감고 있는 그녀의 눈으로 입술을 살짝 대어 주었다.

"동정하지…… 읍…… 읍…… 이…… 무……."

"미안해요. 하지만……."

"나쁜…… 읍……."

울먹이며 남자의 입술을 받아들이는 가련한 여인이었다.

다음 날 아침!

안락함에 취해서 잠을 이루던 영환은 여인의 인기척에 눈을 떴다.

"이, 일어났느냐! 그럼 어떤 거래…… 읍!"

"이건 당신 잘못이오. 남자들은 아침에 그……."

영환은 아침부터 운동을 하였다. 뺨 같은 거는 나중의 일이었다. 아침의 갈증을 해소해가던 영환은 밤과 다른 느낌이 들어서 그녀의 얼굴을 찾아보았다. 밤의 처연한 눈빛은 온데간데없고 도도하지만 자신의 앞에 있는 남자를 위한 눈빛을 보내는 것 같았다. 그렇게 또 두어 번을 난리친 영환은 서선의 위로 쓰러졌다.

"언제고 네놈을 죽이겠다!"

"뭐라고요? 한 번 더!"

"이…… 읍! 아, 안 돼…… 읍…… 음……."

그리고 잠시 후, 서선으로부터 말을 들은 영환은 서선이 왜 이런 행동을 하게 되었는지 어느 정도를 이해하게 되었다. 지금의 예시총장은 측근이 너무 없다는 얘기였다. 준비도 안 되어 있었고, 그녀를 따르는 인사들도 없는 상태에서 갑작스럽게 찾아온 총장의 자리이다 보니, 쉽사리 접근해오는 인물 또한 없었던 것이다.

"그리고 장기사의 칭호를 내릴 것이다. 처음에는 사양하다가 나중에 회의 때 부르면 그때 다시 받들어드리고, 일단은 인망을 얻어야 하니까 어떤 일이고 나서서 해결하는 모습을 보여드려라. 그리고 알겠지만 차미님이나 가람님에게는 좋은 감정으로 다가서야 할 것이며 회의 때 나한테는 막말을 하여야 할 것이다."

"음! 알았소. 그리고 차미님은 모르겠으나 가람님한테는 좀 어렵겠는데……. 차미님은 아직 어떤 인물인지 모르지만 가람은 나를 팔……. 설마 총장님도 절 압이라는 자에게 넘기자는 제안을 받아들인 것이오? 아니면?"

"그건 미안하게 생각한다. 내 머리에서 나온 것이다. 알다시피 차미님과 가람님은 매우 가까운 사이지만, 가람이라는 사람은 과연 어떤 반응을 보이는지 보기 위함이었다. 그동안 여리는 몰랐겠지만 그대의 뒤를 봐주고 뭔가 이용하려고 하였다. 그리고 이건 그냥 상상인데 여리의 납치사건도 차미님이나 가람님의 계획적인지도 모르는 일일 것이다."

"저도 생각 안 해본 것은 아니지만, 이상하긴 했어요. 상급기사의 정원에서 사람이 납치되다니 있을 수 없는 일 같다고! 스스로 서, 설마 니은 아가씨는 관계가 없겠죠?"

"니은은 힘없는 아녀자일 뿐이다. 겉으로는 강할지 모르나 귀족으로서 자신보다도 명예를 택하는 우리 귀족의 모습이다."

서선의 니은에 관한 말에 작은 신음소리를 흘리는 영환이었다.

"음! 불쌍하군요! 서선님이나 니은 그리고 다른 귀족 자녀들도."

'전에도 느낀 것이지만 이거 마치 조선 여인들의 모습 같잖아.'

"하지만 날 한 번 안았다고 해서 이상한 행동은 삼가라. 혹시라도 책임
이란 말을 운운하면 .그리고 날 또다시 함부로 안으면…… 읍!"

"이건 그냥 안아주고 싶어서요."

"네…… 네놈, 지, 지금…… 읍!"

"오늘만은 내 여자가 되어주시오!"

"이, 이놈. 그 눈, 보기…… 읍! 음, 이게 마지막이다. 또 그러면 소리치
겠다."

'하지만 안겨서 울고 싶다. 그냥 왠지 이 남자는 그냥 이용물일 뿐이지
만. 미안하다, 이방인! 만약에 그대가 잘못되면 내 죽음으로 갚겠다.'

서선한테는 치유할 수 없는 얼마 전의 기억이었다.

그러나 영환을 안 좋은 시선으로 보는 이들이 있었으니 다름 아닌 최
근에 신원이 복원된 거니와 피리 등이었다. 역시나 고니가 먼저 불쾌함
을 토하였다.

"음! 이방인에 장기사라니 너무 후한 처사가 아닐는지! 과연 저 이방
인……."

"이방인이 아니라 여리라는 이름이 있다. 고니! 장 기사! 나도 받기 싫
어. 부담되고. 하지만 당신 같은 인물들을 좀 골려주려고. 그래야 인생사
공평하지. 안 그래?"

고니의 말에 어느 누구한테도 말싸움만은 백전불패인 영환의 말이
었다.

"뭐라? 이이이, 이방인 주제에!"

"뭐? 주제를 모른다고? 그럼 고니는 주제를 알고? 자신이 안 되면 타인

도 안 되어야 하고, 자신이 되면 타인은 무조건 안 되어야 하는 생각은 버려라. 저질 귀족 고니님! 안 그래요? 대단한 가람님?"

"으흠! 듣기가 거북하네. 여리, 그만하세."

영환에 빚이 있어서인지 나름 점잖게 말하는 가람이었고, 친구인 고니가 말 한마디로 망신을 당하자 피리가 뛰어들었다.

"역시나 무지한 이방인이로구나. 난 그대를 동지로 생각하고 있었다. 그런 우리 여러 귀족님들을 무시하면 되겠나. 사실 그동안 거니님이나 본인의 친구인 고나나 그대를 위해……."

"동물 우리에 가두었지!? 키만 크고, 눈썹은 특이하게 길게 나오고, 간사한 모습의 당신이 그런 행동밖에는 못하겠지. 동지로 생각한다는 인간이 동물의 우리에 가둬? 말도 잘 못하는 무지한 귀족이구만."

"이이이! 뭐라!"

안 되겠다 싶은지 서선이 신호라도 주는 듯 작은 신음소리를 내었다.

"후훗. 장기사 여리가 그동안 우리 총에 쌓인 게 많은 걸로 알고 있습니다. 다른 분들도 그만하시고 여리도 그만 자리로 가서 앉으세요."

영환은 그렇게 자신에게 닥쳐올 일은 예상하지 못한 채 강릉행을 하게 되었다.

- 1부 끝